U0113122

闽籍学者文丛 第二辑

福建文艺发展基金资助项目

现实主义研习录

曾镇南 著

海峡出版发行集团

福建人民出版社

图书在版编目（CIP）数据

现实主义研习录/曾镇南著．—福州：福建人民出版社，2017.3
（闽籍学者文丛/张炯，吴子林主编．第二辑）
ISBN 978-7-211-07532-4

Ⅰ.①现…　Ⅱ.①曾…　Ⅲ.①现实主义—文学研究
Ⅳ.①I109.9

中国版本图书馆 CIP 数据核字（2016）第 313000 号

现实主义研习录
XIANSHI ZHUYI YANXILU

作　　者：曾镇南
责任编辑：张　宁
出版发行：海峡出版发行集团
　　　　　福建人民出版社　　　　　　电　　话：0591-87533169（发行部）
网　　址：http：//www.fjpph.com　　电子邮箱：fjpph7211@126.com
地　　址：福州市东水路 76 号　　　　邮政编码：350001
经　　销：福建新华发行（集团）有限责任公司
印　　刷：福州德安彩色印刷有限公司
地　　址：福州市金山浦上工业区 B 区 42 幢　　邮政编码：350007
开　　本：700 毫米×1000 毫米　　1/16
印　　张：20.75
字　　数：273 千字
版　　次：2017 年 3 月第 1 版　　　　2017 年 3 月第 1 次印刷
书　　号：ISBN 978-7-211-07532-4
定　　价：42.00 元

总　序

　　本丛书为闽籍知名学者的学术论著精选集。

　　福建地处我国东南海隅。南临大海，有一条美丽绵长的海岸线，让人联想起一种开放性；北为武夷山脉等群山所隔，又略显局促、逼仄。地理位置的这种矛盾性特点，一方面，使闽地学者不安于空间狭小的故园，历经磨难而游学四方，冲出"边缘"进入"中心"；另一方面，又有一种与"中心"相疏离的"外省"特色，在"中心"与"边缘"之间保持着必要的张力。这有力地塑造了闽地文化独特的"精神气候"：有比较开阔的世界性视野，善于借助异域文化经验、文化优势来实现自己、完成自己，建构属于自己的原创性理论话语，占据着学术思想的高地。

　　自魏晋南北朝以来，中原文化渐次南移，尤以唐宋为甚，故闽地学人辈出不已。在19世纪末、20世纪初中国社会文化的转型期，福州、厦门被列入"五口"开放，西学进入沿海城市，闽地涌现许多文化先驱，一度成为中国的文化中心之一。如，"开眼看世界第一人"的林则徐，引进西方社会科学理论的严复，译介域外小说的林纾，等等。此后，闽地文化人如鲍照诗所云"泻水置平地，各自东西南北流"，以其才智和气魄在激烈竞争中居于重要地位。

　　在20世纪80年代的中国文化又一转型期，闽地文化人再次异军突起、风云际会，主动发起、参与了当代中国文坛数次意义重大的论战，发出时代的最强音，大大深化了 80 年代以降的文学变革和思想启蒙，成为学界思想潮流的"尖兵"。为此，当代著名作家王蒙提出了文学理论、批评界的"京派""海派""闽派"三足鼎立之说。这对于一个文化边缘省份而言，既是悠久历史传统的复苏，也是未来文化前景的预期；既是一项殊荣，也是一种鼓舞。

当代学术中"闽派"的提法，不仅仅是一个地域概念，更是一种文化概念。这个以地域命名的学术群落，散布全国各地学术重镇，每个人的文化素养、价值观念、审美向度和言述方式大相径庭，但都在全国产生了辐射性的影响力，充分展现了八闽大地包容万象的气势。职是之故，我们不拘于一"派"之囿，以"闽籍学者"定位这一丰富的文化现象。

受福建人民出版社的委托，我们欣然编选、推出这套"闽籍学者文丛"，其志在薪梓承传，泽被后学，为学术发展尽一绵薄之力。古人云："文章千古事，得失寸心知。"闽籍学者阵容强大，我们拟分期分批分人结集出版，以检阅闽地学人的学术实绩。

这是"闽籍学者文丛"的第二辑。本辑推出的是我国当代文学界著名的文艺理论家、文学史家、文学评论家，既有年逾九旬的老学者，也有中青年学术新锐；每人一集，收录有分量的代表性论文，凸显"一家之言"的戛戛独造。

如果时机成熟，本文丛还将进一步扩大规模，我们真诚地希望读者诸君一如既往地提出宝贵的建议。

张　炯　吴子林

2016 年 12 月 9 日

目　　录

答问两篇（代序）…………………………………………（001）

第一辑

论真实或真实性

　　——从真实到典型的艺术范畴发展逻辑 …………（002）

王国维美学思想述评 …………………………………（063）

读厨川白村《苦闷的象征》 …………………………（112）

也谈创作方法多样化问题 ……………………………（126）

第二辑

关于现实主义的学习、思考和论辩 …………………（144）

关于文学作品的生活性的思考 ………………………（157）

了解他，学习他

　　——读《林默涵劫后文集》漫记 ………………（167）

现实主义作家修养二题 ………………………………（182）

把握中国近现代史的灵魂

　　——作家历史修养谈片 …………………………（191）

伟大也要有人懂

　　——兼论茅盾在现实主义文学中的地位 ·············（198）

第三辑

从抗战文学的实绩看文学的社会战斗功能

　　——为纪念抗日战争胜利 50 周年作 ·············（212）

深沉而广阔地反映时代风貌

　　——张贤亮论 ·······························（228）

南方的生力和南方的孤独

　　——论李杭育的小说创作 ···················（249）

《南渡记》的评价与现实主义问题 ·················（278）

朴实浑厚的生活长卷

　　——读《平凡的世界》 ·····················（306）

学术简表 ·····································（314）

答问两篇（代序）

一、答《当代文艺探索》编者问
（1986 年 11 月 11 日）

（一）

世界上没有什么绝对孤立和封闭、不与任何别的事物发生联系的事物。即使表面上块然独处的东西，详究底里，也还是能发现它和这个世界存在着隐蔽的勾连。尤其是精神领域里的事物，更是在各具特质的存在中连成一气。想要把它从错综复杂的现实联系中抽取出来、提纯出来，单独研究它自身，当然也不妨试试，不过我想，那所得一定很有限。自然科学的研究例如物理、化学的某些试验，可以在排除一些现实中必有的干扰的条件下，考察某一特定的过程——如运动或化学反应——得出精确的规律性结论。但人类精神现象的研究，就很难这样做。

　　文学作品，是人类思维之树上结出的奇异的果实，当然属于精神现象。这奇异的果实，离开特定的土壤、天候、人功，即无由产生。也就是说，文学作品，作为观念形态的东西，它自身不是自身存在的原因。要解释其存在——盛衰变化及具体的艺术形态——就必须探寻到社会生活、时代风气、历史文化传统等等更深的根源中去。文学研究和批评，特别是对具体的文学作品的分析，无法避开对这一作品的内容与形式及产生这一作品的特定社会、时代、历史、文化等等条件的内在联系的研究。问题是，这种种内在联系，是荟萃在作家独特的认识力、想象力、表现力之中，积淀在作品独具的美学价值形态之中的。因此，所谓美学的批评，其实正饱含着所谓社会学的批评，是经由美的幽径，到达那历史与社会、民族与文化的深处。对文学作品的美学分析，也就是对结晶化在美学价值形态中的种种丰富的联系的分析。

　　所以，在我看来，文学作品犹如作家用五光十色的精神丝缕精心编织成的斑斓的锦缎。这锦缎上的每一根精神丝缕，都是从作家所经历、所感受、所呼应的社会生活、时代风气、历史文化传统、文学思潮等等的深处抽绎出来，又延伸开去的。文学批评的任务，就是要梳理这些精神的丝缕，不可能不触及文学作品之外的社会。陆游讲过，学习写诗的功夫在诗外。这话也适用于批评家。

　　基于以上朴素的认识，我从来没有相信过种种纯美学的、鄙薄所谓社会学批评的玄妙之论。在我的批评实践中，包括对《你别无选择》《爸爸爸》等新潮小说的评论，也都努力着在美学批评中开掘作品的社会生活内涵。也许我做得不太好。但我相信，这样的批评方向，于我是便捷的、适宜的。我将继续做下去。

（二）

　　提倡研究和尊重文学自身的特殊规律，与加强作家对社会生活、对历史、对文化构建、对人类进步等等的崇高的责任感，我以为是没有矛盾的。这里的关键，是对作家的社会责任感不要作庸俗的、狭隘的理解。如果把社会责任感当作对长官意志的屈从，或当作具体创作过程中只许写什么不许写什么、只许这样写不许那样写的"艺术指令"的"自觉执行"，那当然就会与文学自身的特殊规律发生矛盾了。在文学生活中，"横加干涉"的一条重要理由，常常就是"作家应有社会责任感"。这是很冠冕堂皇的。搬出这条理由，干涉者的种种狭隘自私、鲁莽灭裂的行为，似乎也就"马列化"、神圣化起来了。这也是我们不能不注意的特种"国情"。

但历史上，提倡研究和尊重文学自身的特殊规律的人，往往倒是有着崇高的社会责任感、有着艺术良心的勇敢的作家、批评家。远的不说，即以 20 世纪 50 年代后期中国文坛的史迹而论，就有很多作家、理论家因痛感文学现状中公式化、概念化、虚假化的积弊，奋起强调对艺术的特殊规律的尊重。他们的本意，正是要加强文学作用于社会生活的艺术力量，加强作家的社会责任感的。他们所理解的文学的特殊规律中，正跳动着文学紧密联系社会生活的血脉。

中国当代文学史上，是流过这些正直的、忠于艺术的特殊规律也忠于人民的社会主义事业的作家、批评家的血和泪的。他们直言无忌、孤危忠信、愈挫愈勇的声音和身姿，将永远受到后人尊敬。

现在的情况有些不同。确实有人在尊重艺术的特殊规律的借口下，淡漠了自己对于现实生活的感情，削弱了自己崇高的社会责任心。这原因，我认为是他们把艺术的特殊规律弄得太狭小、太玄虚了。如果使艺术的特殊规律和生活完全脱节，那恰恰是对艺术的特殊规律的毁弃——无意的、过于钟爱所造成的毁弃比起有意的、过于粗暴的毁弃来，虽然较难察觉，但对创作的损害则并无二致。

（三）

人道主义问题有两面：作为对历史和现实的解释，作为历史观，它是善良而软弱的；但作为人类精神的素质、作为人的精神素质的涵养，作为伦理学，它是纯洁而深厚的。

文学是建构人类精神、建构人的精神世界的重要材料。它之所以需要纯洁而深厚的人道主义，是出于其天性。没有听说哪个伟大的作家不是伟大深厚的人道主义者的。没有挚爱人类、悲悯人类苦难的大心，怎么产生伟大的文学作品呢？

在这个意义上，用人道主义精神的觉醒、复归、高扬、深化来概括新时期文学十年的文学思潮，不失为一种重要的概括角度。

但是，全面地把握新时期文学十年的进程，不仅仅有人道主义这个角度。文学运动本身，永远比一种社会思潮和文学思潮要丰富很多，复杂得多。就人道主义思潮去研究人道主义思潮及其文学表现，是研究不清楚的。只有从文学运动与社会生活进程的关联中，从文学与现实的关系中，才能理清人道主义文学思潮以及别的种种文学思潮的发展脉络及具体存在形态。

（四）

我对"后崛起派"诗人一无所知，也许是因为他们的作品发表不多，评介不力吧！作为一般读者，总是要读到一两首好诗后才会注意诗人，逐渐知道并喜欢那诗人的。例如我知道而且喜爱舒婷，因为我读过她很多好诗，从这些诗中，得到了精神的慰藉和美感享受。

"人间要好诗"！我希望不断地读到不论哪一代、哪一派诗人的好诗。

好诗、好诗句多的诗人，就不会湮没无闻。

（五）

近两年来，文学创作中的宣言之多和文学研究中概括之多，是当代文学史上仅见的，甚至五四文学革命高潮期也没有这样热闹。这是思想活跃的表现，是作家、批评家情绪很高、竞技状态很好的表现，是思想文化政策开放的结果。这样热闹，的确是可以开拓思维空间的。我也情不自禁，凑过热闹，研究过新时期文学中的现代浪漫主义。

不过，宣言也罢、概括也罢，都得看创作实绩如何。所以，很难遽尔论定哪一个宣言、哪一个概括的价值。我还想再看看。

也不知为什么，我对于艺术流派过多的自我标榜，心底总持一种怀疑主义。文学史上，明清诗词，标举流派最多，而诗体词格却渐趋卑弱琐屑，门户之见、党同伐异、排他性有增无减，终于把中国旧文学拖入了死路。而唐诗不怎么标举流派，却蔚为大国，辉耀诗史。这是为什么？"五四"后的新文学运动中，标举流派，发布宣言，而后在创作上异军突起，浩然成为主潮的，当然也有，如文学研究会、创造社两大流派。但细察真相，在文学社团的分野之中，各个作家创作上往往各趋所是，面貌殊异，并不勉强自己符合哪种风格、流派。所以孙犁慨叹，流派之说，甚难言矣。我以为这是识者之叹。

问题在于，作家的创作，要受他自己不能预料的生活变动、生活冲激的制约。他只能听命于生活、听命于心灵的感受，而不能遵守宣言、契约。创作的实际路径和面貌，比一切宣言、概括要复杂得多。

（六）

我不能同意那种认为当代文学处于危机之中，是一种复古的文学的意见。原因很简单，因为它不符合我这些年所目睹的文学发展的事实。雄辩可以惊听回视，哗众取宠，但事实终究胜于雄辩。

二、答《光明日报》六问
(2000 年 10 月 10 日)

（一）您正在研究的课题是什么，它对我们的意义如何？

我是一个文学评论工作者。我日常的工作是跟踪评论当代作家的新作，在日积月累的基础上，对中国当代文学的一些重大现象、重要作家，作深入一步的研究。现在研究的着重点放在 20 世纪 90 年代的长篇小说上。有时也根据需要，回溯性地探讨现代文学史上的一些对当前创作和文艺思想有着重要关联的学术课题，如对鲁迅、茅盾、郁达夫、孙犁等作家的研究，并写一些有关创作思想、艺术规律的文章。

我选择的研究课题和写文章的题目，都着眼于它对新的时代条件下社会主义文学的新发展所能具有的意义。我没有大部头的学术专著，平时所写，大多为短评、短论，每年所写的较长的文学论文，也就三五篇，几乎全部发表在报刊上。经常浏览文学报刊的读者也许会有一点印象吧。

（二）在未来几年内，哪些社会科学领域的突破、哪些内容的思想著作将深刻影响和改变我们的生活？

这个问题很难作出过细和确凿的回答。大致地说，能直接深刻影响和改变我们的生活的社会科学领域，我以为主要是政治经济学、社会主义理论、政治学、法学等，但这些领域的"突破"和在实际生活中的影响，恐怕不是纯粹的学术课题，而是与政治设施和体制、经济政策的实施和调整、法制的确立与完善等等实践相联系的。在这方面，党和政府的政策决策部门在对国情、民意、时势深入调查研究的基础上，不断提出新的思想、新的举措，并随时从实践上升到理论，已经取得了许多重大的理论成果。这些社会科学领域里的纯学术性著作，也只有和现实生活进程取得更深刻的联系，才有可能对我们的生活产生实际的影响。但这并不是理论工作者单方面的努力就能奏效的。

对于我个人来说，更关注的是那些在上层建筑中飘浮在更高处并对人们的精神生活、时代风气、民族素质产生影响的社会科学领域，如历史学、伦理学、文学等。当然，还有与人们的世界观、思维能力、思维方式密切相关的哲学。这些社会科学领域对我们的生活似乎没有马上看得见的影响，但却有间接的、长久的、深刻的影响，它关系到我们的心智活动、品德修养、相互关系、交往方式、情感世界，一句话，是通过曲折的途径影响人的灵魂的东西。人类社会的维系和发展，不能没有这些学问和知识。没有史学，人类将会失去历史记忆，与历史经验隔绝；没有道德伦理，人类将率性而为，纵欲而行，徇私利而弃公理、悖情义，道德崩溃，尊严扫地，贪婪横行；没有文学，人类将失去交流感情、启迪心灵的最平正的方式，心心相隔，陷入精神荒漠；没有哲学，人类将使自己的思维能力退化，无力探索有关人的精神发展的规律问题，出现物质膨胀、灵魂偏枯的畸形状态……试想，那将成个什么世界？但不幸的是，现在的人们，似乎越来越看重有实效、有实利的东西，而对社会科学中的这些更带精神性的、有"无用之大用"的学问和知识，越来越疏离、漠视了。

在史学、文学、哲学、伦理学等领域里，学术的发展，并不总是表现为"突破"，有时也表现为"持恒"。尤其是现在，在这些学科内部和外部，一种基于对历史的无知的"突破"，已经泛滥有年；而原有的几代人努力形成的学术积累、学术成果被随意毁弃、颠覆，造成了极大的混乱。最鲜明的例子如现代文学史研究中的鲁迅评价问题。我想，在推进这些学科的发展，从事学术创造的时候，用得着刘勰在《文心雕龙·序志》篇里说的这样几句话："及其品列成文，有同乎旧谈者，非雷同也，势自不可异也；有异乎前论者，非苟异也，理自不可同也。同之与异，不屑古今，擘肌分理，唯务折衷……"学术的每一个新的发展，总是在前人已有的成果基础上，依"势"顺"理"，进行损益弥纶，沿革生发的结果。轻侮前人，逞臆而谈，以为这就是"突破"，其实只能惊听回视，喧哗一时，绝留不下真正的学术成果。

（三）在过去几年里，哪些人文思想著作是真正有价值的著作，为什么？

人文思想著作价值的高下优劣的评判，是一个远比自然科学研究成果的评估更复杂的问题。不同社会背景、立场观点，不同的世界观和方法论的研究者的主观倾向，往往在学术论著中打下鲜明的烙印。即使是客观材料的取舍这样本来有严格的学术规范来约束的问题，现在也常常受到个人狭隘偏私的主观情绪的左右，很难做到言必有据，论从史出。清代文论家尚镕说："盖文章者天下之公物，非可以一二小夫之私意为欣厌，遂可据为定评也。"可惜的是现在看到的标榜学术的论著和文章，臧否人物，取舍材料，衡理照辞，常常是以私意为欣厌，以亲疏定褒贬。过去有一句话说："自由自由，多少罪恶假汝之名以行！"套用一下，我简直要感慨"学术学术，多少昏话假汝之名以行"了。这也许有点偏颇，但确是痛乎言之的感慨。至少在文学理论研究、现当代文学研究这两个我较熟悉的领域而论，"昏话"而标榜"学术"，已经有一定的普遍性了。学术界和读书界借助媒体所推荐的学术著作，不能说没有较有价值的，但能真正为社会公论所肯定，经受得住时间磨洗的杰作，却很难轻易举出来。

就我所从事的文艺评论领域来说，对我的工作有启迪有帮助的，大多是历经岁月颠簸而仍不失价值的名著，如：马克思主义经典作家论文学和艺术的著作；俄国革命民主主义批评家别林斯基、车尔尼雪夫斯基、赫尔岑、杜勃罗留波夫的著作；俄国和中国近现代产生的马克思主义批评家的著作，如普列汉诺夫、卢那察尔斯基、高尔基、鲁迅、茅盾、孙犁、冯雪峰、何其芳等人的著作。近年来较常翻阅的书，有陈涌的《在新时期面前》及其他文学论文，孙犁的《劫后十种》，冯至的《论歌德》《立斜阳集》《文坛边缘随笔》等，也不是什么高文典册，只是一些论说常令我心折、共鸣的文章集子而已。

（四）您所知道的国外思想家著作中，有哪些应该翻译到中国来，为什么？

我对国外思想界了解得很少。商务印书馆出版的汉译学术名著丛书中，我尤其喜读历史类的名著。哪些著作该译过来，我想他们和他们联系的各个学科的翻译家比我知道得多，一般我只能信赖人家的选择，在阅读时运用自己的判断力。

我觉得，从事文学创作和文艺批评的人，可以把读书的范围拓宽一些，静下心来也读几本学术著作。如写小说的人不妨读一下鲁迅的《中国小说史略》，写新诗的人不妨读一下冯沅君、陆侃如的《中国诗史》，搞当代文艺批评的人要读几部中国和西方的文艺批评史等等。而以学术研究为业的人，不妨也读点中国当代小说。如有选择地看看《小说选刊》中选载的文学新作，看几本当代作家的长篇小说。这不仅可以广见闻、怡情志，而且对自己所从事的学术研究，也是有好处的。过分厚古薄今，非先秦两汉魏晋以上的书不窥，不肯逾越专业的雷池一步，这也不是好办法。我这里可以推荐几本90年代出版的较为可读的长篇小说，如路遥的《平凡的世界》、凌力的《梦断关河》、叶广苓的《采桑子》、曹文轩的《草房子》、郑君华的《芙蓉风》等等。

（五）在思想著作和文化图书的出版中，出版界有哪些问题？

作为一个喜欢到书店淘书的理论工作者，新出的学术著作给我的印象是大（卷帙浩繁）、全（全集文集比比皆是）、贵（价格一年年涨）、粗（内容有错失、编排无体例、校勘不精严），买不起也不太敢买。倒是常在潘家园旧书摊、灯市东口和隆福寺中国书店等处，买到一些有用的旧书。有些五六十年代出版的书，纸张黑黄，烟尘满面，但内容却是有用的。那时的编书者、出版者和作者，一般工作态度比现在认真得多，所出的书，品位并不低。我觉得民国时期一些好的学术著作已经以多种丛书的形式再版了，出版界不妨把新中国成立以后到80年代那一段历史时期出版的学术著作，也选择一些再版一下，保留其原来的历史风貌，这对于研究当代中国的政治史、经济史、文化史、文学史、哲学思想史，都会有很大的用处。

（六）请向普通读者推荐几本值得读的人文思想著作。

向中国的普通读者推荐几本有必要读的人文思想图书，令我颇费踌躇。有读人文思想图书的能力和要求的读者，恐怕就不是一般以读书为消遣的读者，而是想满足思想渴求的读者了。对这样的读者，我推荐《鲁迅全集》里的创作和杂文，《孙犁文集》里的创作和散文；如有更进一步的兴趣，可以再读一些郁达夫的小说与文论，冯至的诗和散文，宗璞的小说和童话，等等。鲁迅的著作，其实很容易读进去，"艰深难懂，一般读者不宜"之说，是不足为信的。1981年人民文学出版社出版的《鲁迅全集》，有那么多注解，足以当向导了。只要你能静静地、细细地读下去，没有不渐渐着迷的。谓予不信，不妨一试。

第一辑

论真实或真实性
——从真实到典型的艺术范畴发展逻辑

　　真实或真实性问题，是历来文艺理论中聚讼纷纭的问题。它不但含蕴着丰富的学术意义，借着对这一问题的透视，可以从中探讨一系列带有最根本最普遍意义的艺术规律和艺术方法课题；而且，它还牵动着我们现实的文艺运动中各种思潮的神经，具有敏感的严峻的影响创作实践的意义。本文的目的，是在清理、总结前人有关这个问题的有价值的见解的基础上，按照马克思列宁主义文艺理论的思想，尽可能给予这个似乎夹缠不清的问题以一个比较剀切明了的阐释，同时也要连带涉及目前文艺论争中的一些看法。

一

　　有一次，列宁对卢那察尔斯基激动地谈起他读完巴比塞的《火线》之后的感想。他说："……在艺术作品中，首要的倒不是这个赤裸裸的思想！因为它也可以干脆用一篇谈巴比塞这本书的好论文来表达。在艺术作品中，重要的是使读者对于所描写的事物的真实性不致怀疑。读者用他的每根神经感觉到，一切正好是这样发生，这样被感受、体验和谈论的。在巴比塞的书里，这一点最叫我激动。我原先就知道大概该是这么回事，现在巴比塞告诉我正是这么回事。"① 这是一个对第一次世界大战的本质和战场上人们的情绪有着深刻的洞察的读者讲出的对反映这次大战的艺术作品的感受。使列宁激动的是，《火线》展现的艺术世界，印证了他对这场肮脏的战争的看法。文学作品以它对事物的描写的真实性对读者产生了不容置疑的说服力，这种说服力和赤裸裸的思想的说服力是不同的。在列宁看来，艺术作品最重要的是具备这种由于艺术形象的真实性而产生的说服力、感染力。

这当然不是列宁关于真实性的严谨的理论概括，它只是一个生活经验丰富、对艺术有湛深了解的读者对自己欣赏艺术的经验的感性描述。但是，这种感性描述是重要的，有普遍性的。几乎所有被文学作品激动过的读者都会有这种同感。这是对文艺的真实所具有的重要性的共同认识。事实上，对这种感性认识的描述，大量地出现在文艺理论的发展史上。对真实或真实性的探讨，可以从这些感性认识开始。当然，我们很快就会看到，在这些感性认识的描述中，人们对真实或真实性这个概念的内涵的理解是非常有歧异的。不过我们会有机会来讨论这些歧异及其意义，现在重要的是从这些感性认识的描述中获得一个对于我们选择的论题的重要性的强烈印象。

亚里士多德的《诗学》没有提及真实或真实性的概念。但是，他提出了"模仿说"，并探讨了模仿实物产生的艺术形象引起人们的

---

① 卢卡契：《革命前俄国的人间喜剧（1936 年）》，载中国社会科学院外国文学研究所、外国文学研究资料丛刊编辑委员会编：《卢卡契文学论文集》（二），中国社会科学出版社 1981 年版，第 288 页。

审美快感的原因。他说："我们看见那些图像所以感到快感，就因为我们一面在看，一面在求知，断定每一事物是某一事物，比方说，'这就是那个事物'。"① 他还说："诗人在安排情节，用言词把它写出来的时候，应竭力把剧中情景摆在眼前，唯有这样，才看得清清楚楚——仿佛置身于发生事件的现场中——才能作出适当的处理，决不至于疏忽其中的矛盾"。② 亚里士多德的描述是朴素的，但却是深刻的。他实际上触及了关于真实性的两个最基本的也最发人深思的审美现象：一是具有真实性的艺术形象能唤起人们对现实事物的联想，加深人们对现实事物的认识，满足人们"求知"的愿望。真实感给予人们的愉快，是一种"求知"的愉快，也即认识现实的愉快。人们在艺术形象和现实事物的比照、印证中经验到这种审美的愉快。二是真实的艺术形象唤起的真实感觉是一种"恍如身历其景"的幻觉。人们在鉴赏艺术作品的时候，是在逼真的幻觉—现实事物的印证中"求知"，是在被魅惑、被陶醉的状态下"求知"。这种"求知"是和对现实事物求得理性认识的"求知"不同的。亚里士多德当然只是描述了上述审美现象，他并没有多加分析，但是我们已经可以看到，他描述的审美现象实际上涉及了对艺术的本质、功能的根本看法。艺术是帮助人们"求知"也即认识现实的特殊的意识形态形式，它把对现实的认识成果潜埋在艺术形象中，它是通过艺术形象给予人真实的幻觉，把这种认识成果传达给人的。

　　亚里士多德描述的审美现象，和本节开头的列宁读《火线》后的感触，是很相似的。事实上，这种审美现象确是普遍现象。莎士比亚说："假如他写起你来能说出'你就是你'，这作品就贵重无双。"（莎士比亚：《十四行诗集》）塔索则说："诗人应当用真实的

----

① 亚里士多德：《诗学》，载伍蠡甫等编：《西方文论选》上卷，上海译文出版社 1979 年版，第 53 页。

② 亚里士多德：《诗学》，载伍蠡甫等编：《西方文论选》上卷，上海译文出版社 1979 年版，第 74 页。

外衣来瞒过读者，不只使它们相信，他叙述的故事确是实有其事，而且使这些故事产生这样的效果，让读者觉得自己不是在阅读故事，而简直是亲身参与了故事描写的事件，是亲眼所见，亲耳所闻。而要在读者的心灵里赢得这样的真实感"①。这两位是有丰富创作经验的大作家，他们是把造成真实感视为获得艺术价值和艺术魅力的不二法门的。我们中国古典的大文艺理论家刘勰也认识到这一类审美现象。他提出："巧言切状，如印之印泥，不加雕削，而曲写豪芥，故能瞻言而见貌，印字而知时也。"（刘勰：《文心雕龙·物色》）指出"体物为妙，功在密附"（刘勰：《文心雕龙·物色》），"故比类虽繁，以切至为贵，若刻鹄类鹜，则无所取焉"（刘勰：《文心雕龙·比兴》）。是要求作家在创造艺术形象时要力争体物真切，使读者能借作家的文学语言，想见他所描写的物貌天时，如果变形失真，创作就算失败。所有上引这些中外理论家、文学家的议论，都说明艺术唤起真实感这一审美现象很早就引起了普遍的重视，而且人们已经察觉到这一审美现象中，潜埋着文艺创作成败的契机。

随着资产阶级的兴起，自然科学和哲学蓬勃发展，现实主义和浪漫主义两大文学潮流汹涌澎湃，人们对文艺的真实性的重要性的认识也大大提高了。沈雁冰指出："近代的时代精神是科学的。科学的精神重在求真，故文艺亦以求真为唯一目的。"（沈雁冰：《文学与人生》）这话虽然用语不很精确，但却透露了真实性的要求在文学的地位与时俱升的信息。很多理论家、文学家开始把真实二字特地拈出，提升到艺术的生命、艺术的最高要求的高度。歌德说："对天才所提出的头一个和末一个要求都是：爱真实。"黑格尔则说："艺术家之所以为艺术家，全在于他认识到真实，而且把真实放在正确的形式里，供我们观照，打动我们的情感。"（黑格尔：《美学》）

---

① 塔索：《论诗的艺术》，载《欧美古典作家论现实主义和浪漫主义》（一），中国社会科学出版社1980年版，第125页。

"艺术的使命在于用感性的艺术形象的形式去显现真实"①。别林斯基认为："一部真正的艺术作品，总是以真实性、自然性、正确性、现实性来打动读者，使你在读它的时候，会不自觉地、但却深刻地相信，里面所叙述或者所表现的一切，真是这样发生，并且不可能按照另外的样子发生。"② 屠格涅夫把文学创作称为"真实的领域"，声称准确而有力地表现真实和生活状况才是作家的最高幸福，即使这真实同他个人的喜爱并不符合。无产阶级的革命家也把真实对于文艺的重要性放在十分突出的地位。高尔基就说过，文学是巨大而又重要的事业，它是建立在真实上面，而且在与它有关的一切方面，要求的就是真实。鲁迅则以他特有的精练深邃的表达方式，提出了真实是艺术的生命这一美学命题。在评论俄国作家雅各武莱夫时，鲁迅指出他的中篇小说《竖琴》，意识虽然是"非革命的"，但仍有人读，就"因为不远于事实的缘故"。"它的生命，是在照看着所能写的写真实"，在论及讽刺艺术时，鲁迅指出："讽刺的生命是真实；不必是曾有的实事，但必须是会有的实情。"（鲁迅：《什么是"讽刺"》）这一论断当然也适用于一切艺术。因此，我们不妨说，把真实提到攸关艺术生命的高度，这是鲁迅对文艺真实性问题的一个新贡献，反映了他对文艺的特殊性的透彻的认识。

从上面这些关于文艺的真实性的重要性的言论中，我们可得到两点深刻的印象：第一，古今中外的艺术大师，他们讲到真实或真实性这一概念时，各个具体场合的含义，各人的理解抑或不同，但他们有一个共同的态度，那就是无保留地推重文艺的这一根本的真实品格。真实被共同地视为文艺女神的桂冠。他们谈论真实，大有其对于文艺的重要性怎么强调也不过分的口气。大约没有另外一个

---

① 转引自蒋孔阳：《德国古典美学》，商务印书馆 1980 年版，第 29 页。

② ［俄］别林斯基：《玛尔林斯基全集》，载《别林斯基选集》第 2 卷，上海译文出版社 1979 年版，第 196 页。

关于文艺的美学范畴受到这样的重视①。特别是鲁迅提出的文艺的生命是真实这一美学命题，是值得我们深长思之的。我以为，鲁迅提出的这一对真实的看法，是不附加任何条件的。他对真实的强调，是到了顶的，是带一种绝对如此的口气的。在他看来，真实是文艺的命脉所在。失去真实，即砍断了命脉，关于文艺的其他种种特性、功能、效用都谈不上了。这就可见真实是文艺的最基本的素质。我们常常不假思索地说，文艺的基本特征在于它是形象地反映现实、概括现实，并通过艺术形象来感染人。一般地说，这是对的。但深究地看，这种对文艺基本特征的说明还是不够的。艺术形象为什么会有入人深、感人切的力量呢？关键还在于艺术形象必须是真实可信的。凝结在艺术形象上的真实感，是文艺的更为内在的特征。这种文艺借以葆其生命、葆其魅力的真实感，是文艺最费猜说的特性。我们应该抓住这个雄踞在通往真正的文艺创造之途的路口上司芬克斯提出的谜语，尽力地予以解答。第二，古今中外的大师们对真实的强调，讲出了他们在进行文艺创作和文艺鉴赏时深切的会心，描述了有关真实的种种审美现象。但是，为什么说真实是文艺的生命？文艺是真实的领域？为什么说真实是对艺术家的最高要求？这些问

---

① 与真实性这一范畴相联系而经常被提及的，还有倾向性、典型性等范畴，但他们似乎都没有像真实性这一范畴那样受到人们频繁地谈论和强调。这大概是因为，倾向性只有通过真实性才能得到实现，而典型性则是真实性的高度发展（这一点可参看本文第九节）。对于文艺，真实性是最基本的东西。现在我们还可以看到，有些文章因为重视倾向性而有意无意地怀疑、贬低写真实的文学主张。对于持这种意见的同志，我觉得卢卡契指出的一种现象很值得他们深思。卢卡契说："什么叫倾向？从表面意思理解，艺术家想用他的艺术作品来证明、传播、解说某一种政治、社会主张。非常有趣和别致的是，每当马克思和恩格斯提起这种艺术，他们总是用讥讽的口吻来谈论一些属于这类艺术的次品。而对客观现实采取粗暴行为，将它进行歪曲时，他们的讽刺就特别尖锐（请特别参阅马克思对苏的批评）"。（《卢卡契文学论文集》（一），中国社会科学出版社1980年版，第295页）马克思、恩格斯当然并不否定倾向性本身。不过他们谈及倾向性，总是与真实性一起谈的。离开真实性去强调倾向性，迷信倾向性，这并不是马克思主义美学的立场。

题他们还没有给我们一个集中的理论上的回答，以至这个问题至今仍是一个人言言殊的问题。前人的论述让我们深刻地感觉到问题的重要性，但问题何以重要，问题的内情如何，还有待于我们去剖析，去分析。

真实或真实性的概念，是古已有之的。关于真实的认识，人类也积累了丰富的思想材料，有待于我们去认真地清理。但是，这种清理，必须凭借马克思列宁主义文艺理论的指引。马克思列宁主义文艺理论创造性地继承了人类美学史的一切积极成果，发展了一切有用的文艺范畴，把它们提高到十分自觉和完全明确的新阶段。真实或真实性这个范畴，也同样被纳入了马克思列宁主义文艺理论的体系。必须指出，马克思主义美学的真实理论，并不是什么凭空产生的彻底新的东西，而是吸取、包括了过去美学史上有关真实性的一切有价值的见解。把这个在文艺理论和创作实践中占中心地位的问题，置于新的方法论下进行考察。重要的并不全在于他们提及真实或真实性的具体论点，还在于他们用以观察文艺问题的辩证唯物主义的科学方法。正是这种科学方法，成为指引我们阐释、发展、丰富马克思主义美学的理论的明灯。

二

真实或真实性的问题，诚如高尔基所说的，是一个"非常复杂和困难的问题"①。它的困难和复杂首先在于不同的人们，甚至同一个人在不同场合使用这个概念时，其含义是很不相同的。马克思在

---

① 〔苏〕高尔基：《文学论文选》，孟昌等译，人民文学出版社1985年版，第130页。

《资本论》中指出："把一个专门名词用在不同意义上是容易引起误会的，但没有一种科学能把这个缺陷完全免掉。"为了阐述问题的方便，需要给真实或真实性的概念一个确定的科学内涵。而这一科学内涵的完全明朗化，只能在论述的展开过程中逐步实现。

如果我们一开始就从文艺作品给予读者的具体的真实感出发，那么，由于文艺作品种类繁多，读者千差万别，我们就会陷入一座迷宫。有些资产阶级作家由于停留在描述具体的真实感上面，就发出了真实性问题难于捉摸的慨叹。亨利·詹姆斯就说过："真实性的程序是很难确定的。……人类是无边无际的，真实也有无数的形式。"① 大画家安格尔也说："我知道，真实性有时候并不很真实。两者之间的界限往往是间不容发的。"② 他们正确地指出了具体的文艺作品产生的真实感具有某种相对性，但这并不能成为我们在真实问题上陷入相对主义的理由。

马克思主义美学的真实或真实性概念，首先是在科学地确定文艺作品和客观现实的关系的过程中产生的，是和对文艺的本质特征的认识相联系的。文艺要有真实性，或者说，文艺要写真实，这样的命题的含义是什么呢？我认为，这主要指的是文艺要面对现实生活，毫不隐讳、毫不妥协地反映生活的真实情况。这是对文艺的第一个和最基本的要求。我们讲真实或真实性，就是从这样一个基本立场出发的。这也就是说，马克思主义美学的真实理论，是建立在唯物论的反映论基础上的。只有承认文艺是以艺术形象来反映现实，才会产生它们的艺术形象是否符合客观实际的问题，也就是真实性问题。当然，艺术形象的符合客观实际，和理论上的推理和判断的符合客观实际，其表现形态是不同的。前者呈现直观性，以精确逼真而又有概括力的生活画面来丰富、加深人们对现实生活的认识，

---

① 亨利·詹姆斯：《小说的艺术》，《外国文艺》1981 年第 1 期。

② ［法］安格尔：《安格尔论艺术》，朱伯雄译，辽宁美术出版社 1980 年版，第24 页。

激起人们对现实生活的强烈的审美感情；后者则主要表现于抽象的概念和判断之内容上的正确。但是，理论要正确，文艺要真实，这两个表现形态不同的要求，都是建立在唯物论的反映论的基础上的。都揭示了人类的意识形态尽管形式不同，但都具有不以人的主观意志为转移的客观内容。文艺的真实性，实质上也是文艺内容的客观性，也就是文艺反映不以人的主观意志为转移的客观现实的功能。

美学中的反映论实际上也是古已有之的。正如卢卡契指出的："它早就是亚里士多德美学的中心问题，并且从那时起几乎统治着每一种（颓废派除外）伟大的美学学派。……许多唯心主义美学家（例如柏拉图）也都是按照自己的方式站在这个理论的基础上的。……世界文学中所有伟大作家都是本能地、自觉不自觉地运用这个办法来进行创作的。"[1] 但是，只有马克思主义美学才能在辩证唯物主义论和历史唯物主义论的基础上，总结前人的成果，以前所未有的坚定性和彻底性将反映客观现实摆在美学的中心。这里没有可能详尽回顾反映论在美学史上的发展行程，不过，把和真实问题密切相关的"镜子说"稍微展开来看看，则是很有意思的。西方美学史上第一个使用"镜子"来比拟文艺与现实事物的反映与被反映关系的人是柏拉图。柏拉图虽然贬低艺术，认为艺术提供的图像和真理隔着三层。但是，他并不否定"从荷马起，一切诗人都只是摹仿者"[2]。他说，艺术家"只要拿面镜子东照照西照照就行了。一会儿功夫，太阳、天空、大气、自己、动物、植物，一切的一切都全在那镜子里了"[3]。这话虽然是带着嘲讽艺术家的口吻说的，但客观上

---

① 卢卡契：《马克思、恩格斯美学论文集引言（1945 年）》，载中国社会科学院外国文学研究所、外国文学研究资料丛刊编辑委员会编：《卢卡契文学论文集》（一），中国社会科学出版社 1980 年版，第 287 页。

② 柏拉图：《文艺对话录》，载《欧美古典作家论现实主义和浪漫主义》（一），中国社会科学出版社 1980 年版，第 23 页。

③ 柏拉图：《理想国》，转引自《文艺论丛》第 11 辑，上海人民出版社 1980 年版，第 2 页。

却承认了艺术作品具有"镜子"的功能，能把现实世界中的"一切的一切"反映到镜子里。有意思的是，西语中"Mirroring"一词既可解释为"反映"，也可解释为"照镜子"。可见美学中的"反映论"与"镜子说"是二合一的东西。自柏拉图后，"镜子说"在西方文论中不断出现，[①] 其中以莎士比亚讲得最为精彩。莎士比亚说，"演戏的目的，从前也好，现在也好，都是仿佛要给自然照一面镜子；给德行看一看自己的面貌，给荒唐看一看自己的姿态，给时代和社会看一看自己的形象和印记"。（莎士比亚：《哈姆雷特》）莎士比亚的"镜子说"，其新意在于给文学提出了反映"时代和社会"的真实面貌的任务。批判现实主义的文学大师司汤达的"镜子说"则具有一种论战的姿态。他认为，创作犹如一面镜子，既映出蓝色的天空，也映出了路上的泥塘，读者不应责备镜子上面的泥塘，而应责备护路的人，不该让水停滞在路上，弄得泥泞难行。（司汤达：《红与黑》）这种论战的姿态，当然是针对攻击批判现实主义只知暴露社会黑暗的论调的，实际上是在捍卫文学真实地反映现实生活的权利。列宁把"镜子说"运用于对托尔斯泰的评论，提出托尔斯泰是俄国革命的镜子的论点，指出："如果我们看到的是一位真正伟大的艺术家，那么他就一定会在自己的作品中至少反映出革命的某些本质的方面。"（列宁：《托尔斯泰是俄国革命的镜子》）列宁用彻底的唯物主义观点赋予了西方美学史上传统的"镜子说"以完整的科学的形

---

① 例如，达·芬奇说："画家的心应该像一面镜子，永远把它所反映事物的色彩摄进来，前面摆着多少事物，就摄取多少形象。""画家应该研究普遍的自然，就眼睛所看到的东西多加思索，要运用组成每一事物的类型的那些优美的部分。用这种办法，他的心就会像一面镜子，真实地反映面前一切，就会变成第二自然"。莫里哀在《太太学堂的批评》一剧中，通过剧中人物合拉妮的话说舞台上演的种种场面都"是一面公众的镜子"。菲尔丁在《约瑟夫·安德路斯》卷三第一章绪论中说："我所写的几乎全是我眼见的。……我写这样一个可怜虫，并不是要使一小撮凡夫俗子见了就认出他是他们认识的某某熟人，而是给千万个藏在密室里的人照一面镜子，使他们能够端详自己的丑态，好努力克服"。甚至连浪漫主义诗人雪莱也说过，诗人"是镜子，反映未来向现在所投射的巨影"。

态，把我们对文艺的真实性的认识提高到一个崭新的阶段。从以上简略的回顾我们可以看出：与古希腊人的"模仿说""镜子说"相联系，当时文学必须真实地反映现实的美学观点还处于一种萌芽的状态，那时真实的观念主要是指文艺形象、图像对于原型的外形上的相似性，即亚里士多德所说的"惟妙惟肖的图像"；与资产阶级文艺复兴时期莎士比亚的"镜子说"相联系，文学必须真实地反映现实的美学观点已经获得了一种自觉的形态，真实概念已扩大为给"时代和社会"准确地画像；与19世纪资产阶级批判现实主义者司汤达的"镜子说"相联系，文学必须真实地反映现实的美学观点在斗争中获得了一种毫不妥协、毫不退让的战斗性格，真实的概念意味着撕下现实的假面，意味着别林斯基所说的"毫无假借的直率"，把"生活表现得赤裸裸到令人害羞的程度，把全部可怕的丑恶和全部庄严的美一起揭发出来，好像用解剖刀切开一样"；与无产阶级革命时代列宁的"镜子说"相联系，文学必须真实地反映现实的美学观点具备了科学的严谨性，真实的概念获得了唯物史观提供的科学内容。马克思、恩格斯提出的"真实地描写现实关系"，恩格斯提出的细节的真实性与真实地再现典型环境中的典型性格的统一，列宁提出的反映革命现实的本质等著名论点，构成了马克思主义美学的真实性概念的确定内涵。美学史的行程告诉我们，真实或真实性的概念，是随着美学反映论的逐步丰富、完备、深化而逐步发展的，是随着人类对文艺的本质特征的认识的逐步丰富、完备、深化而逐步发展的。而且，真实或真实性概念的发展路途上，充满了对企图掩盖、粉饰现实面貌的文学流派和文学思潮的斗争。可以说，写真实的马克思主义文学主张，是在论战的火焰中锻制出来的。

在我国现代革命文学的发展史上，鲁迅继承俄国19世纪批判现实主义文学写真实的理论余绪，在同封建统治阶级传统文学观念的斗争中，提出了反对瞒和骗的文艺的著名论点。他指出，中国封建主义文学中流行的团圆主义，是极为有害的。"凡有缺陷，一经作者粉饰，后半便大抵改观，使读者落诬妄中，以为世间委实尽够光明，

谁有不幸，便是自作，自受。"（鲁迅：《论睁了眼看》）他沉痛而热
烈地说："中国人向来因为不敢正视人生，只好瞒和骗，由此也生出
瞒和骗的文艺来。由这文艺，更令中国人更深地陷入瞒和骗的大泽
中，甚而至于已经自己不觉得。世界日日改变，我们的作家取下假
面，真诚地，深入地，大胆地看取人生，并且写出他的血和肉来的
时候早到了；早就应该有一片崭新的文场，早就应该有几个凶猛的
闯将！"（鲁迅：《论睁了眼看》）鲁迅对文学的真实的迫切的呼唤，
不但寄托着他对文学命运的关切，而且寄托着他对民族命运的关切。
在他看来，"只要写出实情，即于中国有益，是非曲直，昭然具在，
揭其障蔽，便是公道耳"①。他提出的文学的生命是真实的命题，就
是反对瞒和骗的僵尸文艺的斗争产物。1933 年，鲁迅将恩格斯给明
娜·考茨基信里说的关于具有社会主义倾向的小说，如果它能真实
地描写现实的关系，即使作者没有再提供任何明确的解决，也是完
成了自己使命的那段话，亲自译出，引用于《关于翻译》一文，发
表在当时影响最大的文学杂志《现代》上，使之广泛传播。（唐弢：
《论鲁迅小说的现实意义》）这标志着鲁迅对于真实和真实性问题的
认识，和马克思主义的经典作家取得了一致。鲁迅把文学的真实问
题同民族发展的命运联系起来的观点，和国外一些马克思主义学者
是不谋而合的。例如，卢卡契就说过："文学，如果要作为文学留存
下来，那必须具备许多东西，但却不需要撒谎，也不要自己欺骗自
己。一个作家，如果陷入美化、任意着色和虚伪的泥潭，那不但会
把民族引入歧途，而且作为作家，自己也必然会遭受到失败。"② 我
觉得，这样一个思想对于我们今天的文学运动，仍然具有十分警策
的意义。我们的社会主义文学，从"四人帮"的桎梏下获得了新生，
重新真诚地面向真实，取得了新中国文学史上空前的成功。这与马

①　鲁迅 1934 年 1 月 25 日致姚克的信。

②　卢卡契：《文学与民主（一）（1946 年）》，载《卢卡契文学论文集》（一），
中国社会科学出版社 1980 年版，第 322 页。

克思主义美学的真实理论恢复了声誉，获得了传播有关。文艺理论战线上迫切的任务之一，是结合文艺的特殊规律，透辟地阐发这一真实理论，坚持它，发展它，使之不被种种自然主义的、公式化概念化的、主观编造的文学倾向侵蚀，而绝不是削弱甚或放弃写真实的马克思主义文学主张，迫使文学再扭过头去背向真实。面向真实抑或背向真实，是文学理论和创作实践中唯物主义反映论和唯心主义先验论的斗争，是坚持尊重客观存在的艺术规律还是漠视、违背艺术规律的斗争，实际上是执行还是反对党的马克思列宁主义文艺政策的斗争。研究真实或真实性问题，自然不能不着眼于这种文学思潮的争锋交绥。

三

真实或真实性，既然首先是指文艺作品内容的客观实在性，那么，对这种客观性进行一番考察，就是非常必要的了。别林斯基说："客观性是诗的条件，没有客观性就没有诗；没有客观性，一切作品无论怎样美，都会有死亡的萌芽。"[①] 什么是客观性呢？别林斯基解释说："诗人所创造的一切人物对于他应该是一种完全外在于他的对象，作者的任务就在于把这个对象表现得尽可能踏实，这就叫作客观的描写。"他在指出莎士比亚具有"天才的客观性"的时候，又说："这客观性的特点就在于能够离开自己的个性，按照实在情况来

---

　　① 别林斯基也讲过："客观性不可能是一部艺术作品的唯一的优点，这里还须有深刻的思想才成"。但是，艺术作品的深刻的思想是蕴含在艺术形象中的，也就是说，这种思想是从被反映在艺术形象中的客观生活内容中生长起来的。对于艺术作品，客观性毕竟是最基本的东西。别林斯基批评的缺乏深刻的思想的客观性，大概是指自然主义的作品中的那种客观性。

理解对象，移居到对象里面去，以那些对象的生活为生活。"从别林斯基的解释来看，所谓创造的客观性，实际上是文艺的真实性之另一个角度的表达。就文艺作品以逼真而有概括力的生活画面吸引读者的魅力而言，那就是真实性；就作家在创作过程中尊重生活真实、尊重艺术规律，避免主观任意性的态度而言，那就是客观性。写真实的文学主张，就包含了作家尊重客观现实的意思；而文艺作品具有真实性，也就蕴涵着它们正确地吸摄、反映、概括了具有客观实在性的现实内容的意思。因此，深刻地认识文艺创作的客观性，是从认识根源上反对文艺创作中的主观唯心主义路线所必需的。这种主观唯心主义的创作路线，表现为公式化、概念化的图解主题的恶劣倾向，至今仍然是我们文艺创作中最易复发的痼疾。只有坚持写真实、坚持表现客观的生活实际，才能从根本上看清公式化、概念化的危害。

公式化、概念化的创作方法，是怎样产生的呢？从根子上看，它产生于一种唯心主义的思维习惯：把原则、观点作为研究的出发点强加给现实，以之代替对现实的真实过程的观察和研究。高尔基说："大多数人思索和判断，不是为了研究生活现象，而是为了急于给自己的思想找个宁静的境界，确定各种'公认的真理'。这样匆匆忙忙制造公认的真理的倾向，是批判家所常有的，而且对小说家的工作发生了非常有害的影响。在文学家的责任重大的工作中，公式主义、教务主义，以及一般用'手工业方式'来制造公认的真理的倾向，必然会缩小、歪曲那瞬息万变的活生生的现实的意义。"① 这里所分析的唯心主义的思维习惯，如果和有意迎合某种具体的政治需要的那种急功近利、看风使舵的投机的创作态度扭结在一起，并受到行政力量的支持，那就会给文学创作造成灾难。"四人帮"搞的"主题先行"制造出来的大量文学赝品就是不远的殷鉴。必须指出，

---

① ［苏］高尔基：《论文学》，孟昌、曹葆华、戈宝权译，人民文学出版社1978年版，第330页。

公式化、概念化的创作方法，也能在文学作品中造成一种以假乱真的生活现象之间的联系，并由此生发出某种图解主题的层次和布局。特别是在有一定生活经验、观察到某些生活片段、并有写作经验和技巧的作家笔下，这种按"主题先行"编织起来的作品，也可能具有某些情节、细节上的实感性或生活气息，而使它在作品总体联系上理解主题的意图被掩盖起来。但是，这类作品由于与客观的生活真实缺乏内在的血缘关系，仍然无法挽救其总体上的苍白、僵化、平庸。卢卡契对此曾有深刻的分析，他说："如果作者把不是在别的地方而是在自己脑子里想起的一种体系推行到已经观察到的事实的世界中，他就可以使一团纷乱的状态获得一种秩序，然而这种秩序是由抽象的思考所决定的秩序，在它所安排的材料的外部的秩序，与现实生活无关的秩序，结果产生的文学作品不可避免是枯燥的手法在作品所描写的人类命运和支配人类命运的社会力量之间伪造一种神秘的联系，上面所说的情况就越明显。作者观察越是肤浅。指望用归纳法使这么一部作品有某种秩序和结构的那种联系，就一定是越抽象。"[1] 这里，问题的关键在于：是从观察客观存在的生活事实出发，揭示不以作者主观意志为转移的客观规律、客观本质、客观联系，并以这种规律、本质、联系作为艺术想象飞翔的航道，从而创造作品中有生命的艺术世界，还是从主观接受来或臆造出的概念体系出发，以主观任意性去侵吞客观规律性。这也就是坚持写真实、坚持创作的客观性，还是放弃写真实。否认创作的客观性的斗争。马克思主义美学的真实理论，是彻底地承认创作的客观性的理论。党性、倾向性、创作中作家的主观能动性，都应该凝结在对不以人的意志为转移的客观世界的如实叙写中。一切主观性应统一于客观性，归趋于客观性。正如冯雪峰断然指出的："党对文艺的要求不是一半客观，一半主观，而是全部客观的、真实的、科学的。党

---

[1] 卢卡契：《托尔斯泰和现实主义的发展（1936 年）》，载《卢卡契文学论文集》（二），中国社会科学出版社 1981 年版，第 334 页。

性是生活自然的流露，党性、政策离开了生活，是最严重的脱离实际，因而使得我们产生今天这种破产了的可怜的创作路线。"① 这是用最明确的语言、最不容置疑的语气肯定了真实性亦即客观性在文艺美学中的中心的、支配的地位，也是从认识论根源上，从文艺起源论上批判主观唯心主义创作路线，反对公式化、概念化的诛心之论。

认识创作的客观性的重要，还有助于在创作过程中自觉羁勒主观思想、感情、情绪对人物和事件的真实面貌的任意涂抹，在审美静观中精确地表现真实。赫尔岑说过："要使某一种往事经过沉淀变成明晰的思想……这需要花许多时间。倘使做不到这一点，纵然会有真诚，却不可能有真实！"（赫尔岑：《往事与随想》）这里讲的是写回忆录。为达到对往事的记叙的真实需要经过沉淀，让时间的流水尽量洗去往事上主观的色彩。创作文学作品也同此理。恩格斯曾经对明娜·考茨基说过：作家过分喜爱自己的主人公，那总是不好的，易犯使个性消融在抽象的原则之中的毛病。别林斯基在指出《当代英雄》中的主人公描写上的缺陷时说：毛病在于莱蒙托夫"所描写的性格和他如此接近，以致他无法和这性格分离开来，用客观的态度去描写他"②。他在谈到文艺描写丑恶的精神怪物时指出，要控制作家主观上的愤怒，"一边愤愤于心，一边从事创作，是不可能的；愤怒会腐蚀肝胆，毒杀喜悦，而创作的瞬间却是极度喜悦的瞬间"③。鲁迅也指出《二十年目睹之怪现状》一书"描写失之张皇，时或伤于溢恶，言违真实"（鲁迅：《清末之谴责小说》）。虽然鲁迅说过创作总根于爱，创作总需发热等话，但他却又说："我以为感情正烈的时候，不宜做诗，否则锋芒太露，能将'诗美'杀掉。"（鲁迅：《两地书三二》）以上种种说法，或反对偏爱，或反对溢恶，讲

---

① 冯雪峰：《冯雪峰论文集》下册，人民文学出版社 1981 年版，第 27 页。

② ［俄］别林斯基：《别林斯基选集》第 2 卷，上海译文出版社 1979 年版，第 363 页。

③ ［俄］别林斯基：《别林斯基选集》第 2 卷，上海译文出版社 1979 年版，第 110—111 页。

的都是创作过程中控制主观情绪的重要，认为这是达到艺术真实所必需的。我认为，这也是基于创作的客观性而来的艺术规律。如果说就连诗歌这种抒情性强烈的体裁都有一个防止过于强烈的感情损害'诗美'的问题，那么，叙事性的各种文学体裁就更应该注意这个问题了。席勒说得好："如果待表现的对象的特性由于艺术家的精神特征而遭受损失，我们就说，那种表现是矫揉造作的。"① 这种情况恰恰是漠视艺术的客观性的结果。

对创作的客观性的深刻认识和严格遵循，为文艺的客观性也即真实性而斗争，从根本上讲，也是思想理论战线上反对夸大主观作用的唯心主义的整个斗争的一部分。长期以来，在我们的现实生活中，政治上的"左"倾错误和思想上的唯心主义是形影相随的。对艺术客观规律的蔑视是与对整个现实的客观规律的蔑视相通的。我们讲文艺的真实性、客观性，就是讲尊重现实、尊重客观实际的彻底的唯物主义态度。列宁说，现实永远比最优秀的思想，甚至比最优秀的党的思想都要更机智。② 卢卡契非常欣赏列宁的这一思想，他说："现实的'狡猾性'，也就是存在的法则不仅自身比起即使是最好的思想所能够反映的还更为复杂，而且同时在生活中要走实现他们的如此错综复杂的道路，这些道路超出了任何一般预见的设想，并且正因此而扩充和丰富了我们的意识。那种对未受歪曲的纯粹现实的深刻尊重，就是以此为基础的。伟大的英才——不论是雷奥那多·达芬奇或者列宁、歌德还是托尔斯泰——都是习惯于从事研究这个现实的。"③ 当然，文艺家接近和研究现实的途径，比之思想家要更为错综复杂，更带各种主观色彩的表面现象。但是，对现实的客观性的尊重，则是他们的作品取得成功的最深的根源。不认识这

---

① 席勒：《论素朴的诗与感伤诗》，《古典文艺理论译丛》1961 年第 2 期。

② 卢卡契：《关于文学中的远景问题（1956 年）》，载《卢卡契文学论文集》（一），中国社会科学出版社 1980 年版，第 459 页。

③ 卢卡契：《社会主义社会中的批判现实主义（1958 年）》，载《卢卡契文学论文集》（二），中国社会科学出版社 1981 年版，第 145 页。

种艺术的客观性，虚假的作品就会繁滋茂长，而真正的社会主义文学的繁荣就不会出现。漠视经济规律会造成国民经济濒临崩溃，漠视艺术规律会导致文艺沙漠的出现。这一点已由"四人帮"的倒行逆施证实了。我们必须从哲学的世界观的高度来认识真实性或客观性的问题，造成尊重现实生活，尊重文艺作品中的客观社会内容，尊重文艺家客观地描写现实的创作态度的空气，绝不能重蹈因为强调文艺的政治思想作用而讳言写实、怀疑写真实，鼓励伪善伪美的作品，打击面向真实的力作的错误。

四

马克思主义美学强调文艺的客观性，是从文艺这种特殊的意识形态种类，从艺术认识和艺术表现的最深和最终的根源立论的。就文艺反映不以人的主观意志为转移的客观人类生活而言，文艺的客观性是绝对的。但是，这并不意味着可以无视从事创作的主体的能动作用。深入的考察将会表明：马克思主义美学的客观性和承认艺术中的主观因素的作用是并不矛盾的。问题是怎样理解这种主观因素。

有一些著名的现实主义作家在强调创作的客观性时，提出了这样一些观点：似乎文艺家对待他的表现对象可以和自然科学家一样，采取纯客观的、绝对客观的态度，要严防主观的渗入。例如，契诃夫说："文学家应该跟化学家一样的客观，他应当丢开日常生活中的主观态度，知道粪堆在风景里占着很可敬的地位，知道恶的感情如同善的感情一样也是生活里本来就有的。"[①] 福楼拜则说："艺术家不

---

① ［苏］契诃夫：《契诃夫论文学》，汝龙译，人民文学出版社 1958 年版，第36 页。

该在他的作品里面露面，就像上帝不该在自然里面露面一样。"① 他还说："对待人的态度应该像对待剑齿象或鳄鱼一样，难道可以因为前者的角和后者的骨而感到愤慨吗？把它们展示出来，拿它们制成一个标本，放在酒精瓶里。——这就是我们应该做的一切。但是不要对它们下什么道德上的判决；况且你们自己又是什么呢？你们这些小小的癞蛤蟆！"契诃夫和福楼拜对问题的提法虽然也包含了现实主义作家应尊重客观的严谨的态度这一正确方面，但却也包含着很大的偏颇。按他们的说法，似乎文艺创作无须作家主观的渗入就可以达到艺术真实，这当然是片面的。②

　　恩格斯非常精辟地指出："任何真实的描绘，同时也就是对'对象'的说明。"（《马克思恩格斯全集》第 18 卷）在艺术里，即使是最客观的、似乎是"天然无饰"的描绘，实际上也渗透着作家对生活的主观评价。艺术是对客观现实的加工，这就意味着，客观现实进入艺术，必然经过作家主观的抉择、损益。把现实视为神圣不可侵犯的纯粹客观主义的态度，是对创作的客观性的一种误解，实际上也是不存在的。鲁迅曾经指出，小资产阶级作家如果其实并非与无产阶级一气，则他们在描写下层人物时虽然也标榜客观，但这"所谓客观其实是楼上的冷眼"③。也就是说，他们的客观实质上也是他们对待下层的劳动人民的一种主观上的冷漠态度。卢卡契针对福楼拜片面强调客观的偏颇说，福楼拜"把他们的主观仅仅看作干预他们作品的客观性的一种扰乱因素。这种'严谨'当然不能阻止

　　① 乔治桑与弗洛贝尔的书信，载伍蠡甫等主编：《西方文论选》下卷，上海译文出版社 1979 年版，第 210 页。

　　② 其实，契诃夫也并不完全否定主观在创作的作用。例如，他就曾经说过："最优秀的作家是写真实的，按照生活的原来样子去描写生活，可是因为每一行像液汁一样渗透着对于目的的自觉，所以您，除了原来样子的生活之外，还可以感到应该是那样的生活。"（［苏］契诃夫：《契诃夫论文学》，人民文学出版社 1958 年版，第 76 页）

　　③ 鲁迅：《上海文艺界之一瞥》，载《二心集》，人民文学出版社 1980 年版，第 98 页。

'不正确的主观'因素闯入他们史诗般的创造"①。实际上，文艺创作是带有强烈的主观性的精神劳动，如果不能在客观性的基础上充分地估计、科学地解释创作过程中主观的作用，那也就不能科学地说明艺术的特殊的客观性，说明艺术的真实性。

任何真理都有一定的限度。我们讲文艺中的反映论、镜子说，讲创作的客观性，这只触及了真实或真实性问题最基本的一面。我们不能停留在大声疾呼地号召文学勇敢地面对真实、写真实上；如果那样，真实或真实性这个丰富而复杂的美学问题就显得太贫乏太简单了。不，我们必须进一步从创作的主观性的分析来看待真实或真实性问题，这样才能透视一系列与真实或真实性问题有关的复杂文艺现象的堂奥。就拿美学中的"镜子说"来讲吧，人毕竟不是冰冷的、平面的玻璃镜子，而是充满主观思想、感情、情绪的"三棱镜"或"魔镜"。卢那察尔斯基就说过："如果一个作家根据他的亲身观感来写作，那末，他本人便是使事实达到读者心中所必须经过的一个复杂的媒介物。"② 因此，他发出了似乎和"镜子说"相矛盾的见解，说："文学任何时候都不像镜子似的反映周围的现实，而总是现实的一项功能，也就是现实的一种贯穿着阶级倾向的表现。"③其实，卢那察尔斯基的说法补充了而不是推翻了著名的镜子说。就根本上说，他仍然牢牢站在美学反映论的立场上，坚持把文学看成现实的一种表现；但他充分估计了人对现实的认识、反映具有主观能动性，贯穿着人的阶级倾向。不分析文学反映中的主观性问题，什么样的反映才算真实也就无从判断。

几乎所有重视真实或真实性问题的作家和理论家，都同时又对创作的主观因素、主观性进行分析，这并不是没有缘故的。别林斯基说："如果一件艺术作品只是为描写生活而描写生活，没有任何植

---

① 卢卡契：《革命前俄国的人间喜剧（1936 年）》，载《卢卡契文学论文集》（二），中国社会科学出版社 1981 年版，第 283 页。

② ［苏］卢那察尔斯基：《论文学》，人民文学出版社 1978 年版，第 382 页。

③ ［苏］卢那察尔斯基：《论文学》，人民文学出版社 1978 年版，第 152 页。

根于占优势的时代精神中的强烈的主观动机,如果它不是痛苦的哀号或高度热情的颂赞,如果它不是问题或问题的答案,它对于我们时代就是死的。"① 高尔基也说:"艺术的本质是赞成或反对的斗争,漠不关心的艺术是没有而且不可能有的,他或是确定现实,或是改变现实,毁灭现实。"② 如果不是拘泥字句,孤立地看待这些论述的话,那么,这里阐述的,正是受现实制约、并对现实进行艺术加工的主观性,这种主观性绝不是可以任意揉捏现实的随意性。别林斯基在说明果戈理《死魂灵》里渗透着主观性时说:"我们所理解的主观性,不是由于有限性和片面性而对所写对象的客观现实性进行歪曲的那种主观性,而是一种深刻的渗透一切的人道主观性。这种主观性显示出艺术家是一个具有热烈心肠,同情心和精神性格的独特性的人——它不容许艺术家以冷漠无情的态度去对待他所描写的外在世界,逼使他把外在世界现象引导到他自己的活的心灵里走过,从而把这活的心灵灌注到那些现象里去。"③ 只有把这里所说的主观性现实性结合起来,把主观心灵界的作用和客观现实界的材料融合起来,才是创造艺术真实的广阔道路。

对创作活动中主观能动性的了解和认识,是和反对自然主义的倾向,正确理解艺术创造联系在一起的。自然主义崇拜生活中琐细的事实,主张要毫发勿遗地照抄生活,把本来具有真理性的创作的客观性推向极端,这就走到了取消艺术创造的荒谬地步。事实上,对现实的全盘摹仿、全部照抄在任何意义上都是不可能的。走上艺术真实的信息途径,不在于完全服从和随顺现实,而在于从现实出发展开艺术创造。自然主义者,其实是艺术创造事业中的思想懒汉。

---

① 转引自朱光潜:《西方美学史》下卷,人民文学出版社 1963 年版,第 535 页。

② [苏]高尔基:《文学论文选》,孟昌等译,人民文学出版社 1958 年版,第 414 页。

③ 转引自朱光潜:《西方美学史》下卷,人民文学出版社 1963 年版,第 535 页。

狄德罗质问得好："如果说生糙的自然和偶然的安排比艺术的造作更好，艺术处理就难免损害它，请问：人们所赞扬的艺术的魔力究竟何在呢？难道你不承认人可以美化自然吗？"① 我们在捍卫写真实的马克思主义文学主张的时候，也要反对对写真实作肤廓理解的自然主义倾向。从创作实践上看，这种错误倾向近年来有所抬头。有的同志以为这种倾向是提倡了写真实的结果，于是对写真实也怀疑起来。也许有人借口写真实为自己那些极为低劣庸俗的作品辩护，那并不是写真实这一正确主张的过错。我们不应该因此而害怕写真实，而是必须准确地、全面地来阐发写真实的理论，以褫夺搞自然主义的人们的护符。自然主义倾向似乎完全否定、抹杀主观性在艺术创造中的作用，其实它也是受一种对现实极为片面、零碎、表面的主观认识的支配的。

要之，为了对马克思主义美学中艺术真实这一范畴展开分析，我们对文艺创作中主客观因素的对立、统一必须先有一个明晰全面的认识。抹杀客观现实界的作用而夸大主观心灵界的作用，会产生种种机械唯物论的倾向。而对生活与艺术的机械的唯物论的看法，其最后归宿也是唯心主义；把概念、公式、体系视为神物的那种创作路线上的主观唯心主义倾向，也不能不带有机械论的性质。对于文艺创作中主客关系的状况，前人已有很多精到的观察与阐述，我们的任务是把这些阐述提高到辩证唯物主义认识论的高度，使之具备表述客观规律的严整的理论形态。在创作过程的对立统一中，潜伏着真正的艺术创造的契机。歌德把"艺术真实"看成"临摹者"和"幻想者"相结合而克服各自片面性的产物，他说："艺术家对于自然有着双重的关系：他既是自然的主宰，又是自然的奴隶。他是自然的奴隶，因为他必须用人世的材料来工作，才能使人理解；同时他又是自然的主宰，因为他使这种人世间的材料服从他的较高的

---

① 转引自朱光潜：《西方美学史》上卷，人民文学出版社 1963 年版，第282 页。

意旨，并且为这较高的意旨服务。"① 他还说，艺术家在创作中"既能洞察到事物的深处，又能洞察到自己心情的深处，因而在作品中能创造出不仅是轻易的、只产生肤浅效果的东西，而是能和自然竞赛，具有在精神上是完整有机体的东西，并且赋予他的艺术作品以一种内容和一种形式，使它显得既是自然，又是超自然的。"② 他叙述自己的创作体会说："我向现实猛进，又向梦境追寻。"③ 显然，处于歌德考虑创作问题时思索的中心的，就是艺术家主观与现实、自然的关系。一方面，艺术家必须做自然的奴隶，向现实猛进，洞察到事物的深处，撷取人世的材料，来构造他的艺术形象、艺术世界。他在摹写、表现现实时要尊重客观性，约束自己的主观性，不能随心所欲。另一方面，艺术家必须做自然的主宰，向梦境追寻，洞察自己心情的深处，提炼较高的意旨，去改造、征服作为客体的自然对象。我国古典文论家刘勰提出的"写气图貌，既随物以宛转；属采附声，亦与心而徘徊"，也是着眼于创作过程中的心物、主客体关系，与歌德语意略同。忽视了"随物以宛转"，仅仅以心为主，随心所欲地驾驭外物，"写气图貌"就会失真，流于虚妄；忽视了"与心而徘徊"，仅仅以物为主，亦步亦趋地奴从外物，"属采附声"就会胶滞，流于平庸。"既随物以宛转""亦与心而徘徊"，就是既讲创作的客观性，又讲创作的主观性，在心物、主客的对峙统一中开辟通往艺术真实的道路。别林斯基也精辟地提出了类似的见解。他认为，"很显然，艺术的有机的，生动的丰满，是在于调和两个极端——人工性和自然性。这两个极端中的每一个，就其本身说来，都是虚谎；可是，它们互相渗透，就构成了真理。作为片面性和极端来看的自然性，产生了僵死的伪古典主义；作为片面性和极端性来看的人工

---

① 转引自朱光潜：《西方美学史》下卷，人民文学出版社 1963 年版，第427—428 页。

② 转引自朱光潜：《西方美学史》下卷，人民文学出版社 1963 年版，第426 页。

③ 转引自蒋孔阳：《德国古典美学》，商务印书馆 1980 年版，第 165 页。

性，产生了广场的、下流酒馆的、监狱的、屠宰场的、卖淫窟的文学"。① 别林斯基从创作过程主客体关系的偏颇来考察公式主义与自然主义的源泉，从主客体的兼顾和谐来探寻成功的艺术有机体的生命奥秘，这是很有见地的。出于对艺术本质，对创作过程的透辟洞察，别林斯基提出："客观诗人与主观诗人的称号把同一创作活动割裂成为实际上并不存在的尖锐对立的两半截，这种做法应该从理论中清除出去。"② 王国维也不谋而合地提出了同样的看法。他说："有造境，有写景，此理想与写实二派之所由分。然二者颇难分别，因大诗人所造之境必合于自然，所写之境亦必邻于理想故也。"③ "自然中之物，互相关系，互相限制。然其之于文学及美术中也，必遗其关系限制之处。故虽写实家亦理想家也。又虽如何虚构之境，其材料必求之于自然，而其构造亦必从自然之法则。故虽理想家亦写实家也。"④ 别林斯基与王国维这一看法中，蕴含着艺术本质中最深刻的东西。他们并不是反对区别现实主义和浪漫主义两种不同的创作方法，而是意在揭示不同创作方法创作出来的艺术作品的共同本质。在他们看来，创作过程中主观与客观虽有所侧重，但不可偏废，是一个统一的完整过程，不能割裂为两截。创造"造境"的理想派或所谓主观诗人，并不能用主观，因为他的"造镜"，仍需取材于自然，并需合于自然的规律；同样，创造"写景"的写实派所谓客观诗人，也并不能纯用客观，因为他的"写景"，仍需对自然有所改造（即"遗其关系限制之处"），并需理想之光的照耀。成功的艺术作

---

① ［俄］别林斯基：《别林斯基选集》第 3 卷，上海译文出版社 1979 年版，第 180 页。

② 转引自朱光潜：《西方美学史》下卷，人民文学出版社 1963 年版，第 534 页。

③ 王国维：《人间词话》，载《王国维学术经典集》（上），江西人民出版社 1997 年版，第 324—325 页。

④ 王国维：《人间词话》，载《王国维学术经典集》（上），江西人民出版社 1997 年版，第 326 页。

品，无不是主观与客观的和谐融合的产物，都是源于现实又高于现实的东西。无论是现实主义作家抑或浪漫主义作家，他们的艺术创造活动，都必须以现实为立脚地，不是空中造楼阁；但又都必须对现实进行集中、概括，能动地反映现实，不是依样画葫芦。艺术素有"第二自然"之称，就是指这种既反映自然、反映现实又对自然和现实进行主观改造的本质特征。就艺术的这一本质观之，写实派和理想派，客观诗人和主观诗人就很难分别。

对审美主客观关系有了较深的理解，我们就可以进而论及作为艺术作品的特别品格的艺术真实了。

五

我们已经指出过，对真实的追求被一切真正伟大的艺术家视为创作的最高要求、最高职责，是艺术生命之所系；我们也已经指出过，这种对真实的苦苦追求，首先是指一种真诚地面向真实、忠实地反映现实的创作态度；我们还考察了创作过程中主客体关系的对峙、融合怎样影响到作家对现实的加工。现在我们必须进一步深入地来看看，作家怎样借助于主观因素和客观因素这一对翅膀，向创造高度真实的艺术形象、艺术世界的目标飞翔。忠实地反映现实，是马克思主义美学中的真实理论的基本要求，但这一要求的真实，非得经过艺术典型化的手段创造高度真实的艺术形象、艺术世界不可。对真实的追求，深入地完整地看，是对艺术真实的追求。而这也是对美的一种呕心沥血的追求。真实境界的到达，被作家视为创作的最高幸福、最大喜悦，都在于它是一种美的创造。因此我们要分析一下真实与美的关系。

人们往往把真实和美分开并举，把文艺作品给予人的真实感和美感分开并举，这在一定意义上说是对的：艺术美、美感这样的概念，其外延要比真实、真实感要宽广。造成艺术美、美感的因素，要比造成真实、真实感的因素多。但是，如果我们讲的真实是艺术作品那种概括了生活本质的使人信以为真的审美幻觉，是艺术范畴里的真，那么，这种真实本质上就是一种艺术的美，而且是艺术最主要的美。

把艺术真实看成一种美的创造性形态，这个思想在西方美学史上由来已久。在古希腊时代，"美"这个概念是和"真""善"相联系的。艺术的"美"，在希腊人看来，并不是"漂亮"意义上的美，而是必须传达出某种"真"，即它涉及的事物必须是真的。比如：《伊利亚特》这样的作品，它的艺术的美，在于它描写了充满血腥、反叛、残酷的战争的真实情况，在于它到达的艺术真实。[①] 亚里士多德说："人对于摹拟的作品也总是出于天性的感到愉快。经验证明了一点：事物本身尽管不顺眼，逼真的摹拟却引起我们的快感，例如最丑的东西和尸体的形象。这里面有个原因：求知不仅对于哲学家是最快乐的事，对一般人亦然，只是一般人感受快乐的能力比较薄弱罢了。"[②] 亚里士多德在这里实际上是把艺术造成的真实感当作一种美感（能引起审美愉快）来分析。他深刻的地方，在于他讲真实感是和求知联系起来的，虽然他还把真实直观地了解为外形上"逼真的摹拟"，但在他心目中，审美快感中是潜伏着较为严肃的"求知"（即认识外物）动机的。这是对美、对美感的较高的要求。把艺术的真实感看成美感之一种，这样一种思想确实是对美的一种较为严肃、较有哲学意味的要求。按照这种观点，真实感才是主要的美感，美感必须具备真的品格，必须向人们提供关于世界的知识。这样，它就不是飘忽的而是确实的，不是一般的漂亮悦目，而是寓味

---

① 参见朱狄：《历史作为一面镜子》，《文艺论丛》第 11 辑。

② 亚里士多德：《诗学》，载伍蠡甫等主编：《西方文论选》上卷，上海译文出版社 1979 年版，第 53 页。

深长的了。继亚里士多德之后，真实即美的命题不断提出。例如普罗提诺说："真实就是美，与真实对立的就是丑。"（普罗提诺：《论美》）他提出：精神事物为什么被人们称为美的东西呢？原因就在于它们真正存在着，"任何一个见到它们的人都不得不承认它们具有存在的真实性，难道真实的存在不是真正美的么？""存在之所以被人想望，就是因为它和美是同一的，而之所以被喜爱，就是因为它是存在。"（汝信、丕之：《西方美学史论丛》）普罗提诺是古罗马时期新柏拉图主义的创始人。他讲的"美"，主要是指"理念"的美。在他看来，只有"理念"才是真正存在的，也是真正美的。这当然是唯心主义。但是他把真和美视为同一东西，这一思想却是有积极意义的，丰富、提高了人们对美的认识。不过，他把真径直看成美，解决问题是比较简单的。黑格尔虽然也从美是理念出发，把美与真视为一体，但他对真如何成为美的问题作了阐发。他说："美就是理念，所以一方面，美与真是一回事。这就是说，美本身必须是真的。但是从另一方面看，说得更严格一点，真与美却是有分别的……真，就它是真来说，也存在着。当真在它的这种外在存在中是直接呈现于意识，而且它的概念是直接和它的外在现象处于统一体时，理念就不仅是真的，而且是美的了。美因此可以下这样的定义，美就是理念的感情显现。"① 如果把黑格尔的美的定义中的理念视为真，那么，黑格尔实际上是说，美是真的感性显现；反过来说，真，只有在它以感性形式显现时，才是美的。这样的真就不是单纯理念自身的真，而是外化为艺术的真，即艺术以形象显示的真，也就是我们常说的艺术真实了。所以黑格尔又说："就艺术美来说的理念，并不是专就理念本身来说的理念，即不是在哲学逻辑里，作为绝对来了解的那种理念，而是化为符合现实的具体形象，而且与现实结合成

---

① ［德］黑格尔：《美学》第 1 卷，朱光潜译，商务印书馆 1979 年版，第 130 页。

为直接的妥帖的统一体的那种理念。"① 在这里，黑格尔就深入到真与美同一具体条件，即真必须具有感性形式。这其实也是美的直观性问题。车尔尼雪夫斯基说："'美'是在个别的、活生生的事物，而不在抽象的思想。"（车尔尼雪夫斯基：《艺术与现实的审美关系》）鲁迅阐发普列汉诺夫的美学思想时说："美的享乐的特殊性，即在那直接性。"② 只有了解美的直观性，才能发现真与美同一的具体条件。狄德罗曾用一个非常生动的比喻说明了这种具体条件，他说："真善美是紧密结合在一起的。在真和善之上加上一种稀有的光辉灿烂的情境，真或善就变成了美了。如果在一张纸上画出的三个点只是代表关于三个物体运动问题的答案，那就没有什么，不过是一条纯然抽象性的真理。假如这三个物体之中，一个是在白天里给我们放出光辉的太阳，一个是在黑夜里给我们照明的那个月亮，而其余的一个则是我们住在上面的地球，这样一来，真理就立刻变成伟大了，美了。"③ 狄德罗把创造一个"稀有的光辉灿烂的情境"视为真变成美的条件，这和黑格尔是一致的。但是，他作为一个唯物主义者，却摒弃关于美即绝对理念的产物的唯心主义观点。他坚定地把艺术形象的美的来源归结为客观存在的外物，把艺术认识纳入一般认识论的轨道。他提出："艺术中的美和哲学中的真都根据同一个基础。真是什么？真就是我们的判断与事物的一致。摹仿性艺术的美是什么？这种美就是所描绘的形象与事物的一致。"④ 艺术美在于形象的真实性之中，形象的真实性即艺术的美的属性之一，这样一个思想得到了最明确的表述。可贵的是，狄德罗把艺术真实（也

---

① ［德］黑格尔：《美学》第1卷，朱光潜译，商务印书馆1979年版，第88页。

② 鲁迅：《〈艺术论〉译本序》，载《二心集》，人民文学出版社1980年版，第71页。

③ 狄德罗：《画论》第7章，转引自朱光潜：《西方美学史》上卷，人民文学出版社1963年版，第278页。

④ 狄德罗：《画论》第7章，转引自朱光潜：《西方美学史》上卷，人民文学出版社1963年版，第274页。

即艺术美）的判断依据归结到外界事物与形象的比较，这就开辟了
说明艺术真实的唯物主义道路。

把艺术真实看成一种美来追求，这一思想实际上指导着许多大
艺术家的创作，也指导着许多大理论家的艺术鉴赏。罗丹说，美就
是对真实的发现，"对于当得起艺术家这个称号的人，自然中的一切
都是美的——因为他的眼睛，大胆地接受一切外部的真实，而又毫
不困难地，像打开的书一样，懂得其中的内在的真实。……对于他，
一切都是美的——因为他不断地在内在的真实的光明中行走"①。安
格尔说："要把美隐藏在真实之中"②，"我首先热爱的是真实，我认
为美只存在于真实之中，荷马和拉斐尔创作的那种真实是美的"③。
这应该说是艺术家的甘苦之言。康德说："当自然看起来像艺术时，
是美的；而艺术，也只有当我们明知其是艺术但看起来却又像自然
时，才是美的。"（康德：《判断力批判》）别林斯基则说："在诗情
的描写中，不管怎样都是同样美丽的，因此也就是真实的，而在有
真实的地方，就有了诗。"④ 这应该说是理论家的真知灼见。我觉得，
把艺术的真看成一种美的思想，应该广泛地加以宣传。这对于深化
和拓广人们对艺术美的见解极有好处。第一，它可以使人们进一步
在真善美的关系中深刻认识真的中心地位和根基作用。吴组缃同志
最近说："我们当然要美要善。真不是唯一的，却是最基本的。它是
一切文艺生命之所系。离了真，美和善都无所附丽：不真的美、不
真的善能成个什么东西？"⑤ 这个话讲得非常警策。有一些害怕真的

---

　　① ［法］罗丹口述、葛塞尔记：《罗丹艺术论》，沈琪译，人民美术出版社
1978 年版，第 27 页。

　　② ［法］安格尔：《安格尔论艺术》，朱伯雄译，辽宁美术出版社 1980 年版，
第 25 页。

　　③ ［法］安格尔：《安格尔论艺术》，朱伯雄译，辽宁美术出版社 1980 年版，
第 5 页。

　　④ ［俄］别林斯基：《别林斯基选集》第 1 卷，上海译文出版社 1979 年版，
第 154 页。

　　⑤ 参见《文汇报》1982 年 6 月 8 日第 3 版。

同志，也在那里大讲艺术美。他们也许是好意，但是，离开了真，只能搞出伪美、伪善的东西。这是新中国成立以来的文学史的一个最为深刻的教训。真实，作为艺术作品最基本的特质来看，它不但是艺术中美与善附丽的基础，而且，它简直就是艺术美的基质，简直就是艺术美自身。如果不是这样来认识问题，我们就还没有参透艺术生命的秘密，也还没有登上艺术规律的堂奥。在制定文艺政策、阐发文艺理论、进行文艺批评时，就会有意无意地贬低或看轻写真实的文艺主张。第二，它可以改变人们在无情的艺术真实的美面前的胆怯和狭隘的看法。艺术要美，这样一个观点目前获得了非常广泛的传播。但什么样的艺术才算美的？有的同志以为只有表现生活中本来就美的事物的艺术才是美，一看到比较严峻地揭示生活中丑恶的事物、沉重的苦难的作品，就不分青红皂白地否认这里也有美，一味地向作家要求添上所谓美的形象、美的亮色等等。这种对艺术美的看法是片面的、皮相的。这是不承认生活中的丑，只要写得真实（提示了丑的本质及发展趋势的真实），就能上升为艺术美。罗丹说："平常的人总以为凡是在现实中认为丑的，就不是艺术的材料——他们想禁止我们表现自然中使他们感到不愉快的和触犯他们的东西。这是他们的大错误。在自然中一般人所谓'丑'，在艺术中能变成非常的美。"[1] 他认为："在艺术中，只是那些没有性格的，就是说毫不显示外部的和内在的真实的作品，才是丑的。在艺术中所谓丑的，就是那些虚假的、做作的东西，不重表现，但求浮华、纤柔的矫饰，无故的笑脸，装模作样，傲慢自负——一切没有灵魂、没有道理，只是为了炫耀的说谎的东西。"[2] 真实即美，虚假即丑，罗丹提示的这个真伪美丑对立的规律，可以说是文艺美学的法典，一切真正的艺术创造的指针。这当然也是指导文艺鉴赏和文艺批评

---

① ［法］罗丹口述、葛塞尔记：《罗丹艺术论》，沈琪译，人民美术出版社1978年版，第23页。

② ［法］罗丹口述、葛塞尔记：《罗丹艺术论》，沈琪译，人民美术出版社1978年版，第26页。

的指针。别林斯基就说过："作为一个人，我爱卡尔·摩尔，作为一个英雄，我崇拜波萨，作为一个残酷无人性的怪物，我憎恨汉·伊斯兰；可是，作为幻想的创造物，作为一般生活的个别现象，他们在我看来，是同样美丽的。"[①] 卢那察尔斯基在谈到契诃夫时，说他"热诚地写出社会的祸害，把它们描叙得非常美妙而真实，在这真实性中显出和谐与美"[②]。生活中丑的事物只要描写得真实，就能衍化为艺术美，而生活中美的事物描写得虚假，却能产生出艺术丑。这样一个道理，很多唯心主义的美学家也懂得。例如，鲍山葵说，在艺术中，"不可克服的丑，主要是在有意识致力于美的表现的范围内去找——一句话，在不忠实的矫操做作的艺术领域中去找"。（鲍山葵：《美学三讲》）吉尔伯特夫人也说："采用'丑'这个词现在已把它当作对于审美是无害的，无论是皱皮老妇的肖像，诗中不和谐的韵脚，音乐中的不谐和音，绘画中的棱角，或者剧本中的粗野台词都是这样，在这种复杂而不想讨好的描写面前畏缩不前，应归罪于观众的胆怯和智力的狭隘。"（吉尔伯特夫人：《近代美学研究》）这个美学领域里的问题，归根结底，是和人们对待现实的态度相联系的。敢于直面现实，就会有宏大的气魄、独具的眼力、宽阔的胸襟来看取、容受艺术真实的美——哪怕这艺术真实的美放射着冷峻的光芒。

六

现在我们来讲真实或真实性问题中最有意思的一个问题，即审

---

① ［俄］别林斯基：《别林斯基选集》第 1 卷，上海译文出版社 1979 年版，第 23 页。

② ［苏］卢那察尔斯基：《论文学》，人民文学出版社 1978 年版，第 244 页。

美幻觉的真实性问题。

列宁在转述费尔巴哈的话时说："艺术并不要求把它的作品当作现实。"[1] 这句话里包含着对艺术真实的幻设性的简要说明。如果我们不能科学地认识和说明艺术真实的幻设性，即说明审美幻觉的真实性，那么，我们关于真实或真实性问题的了解就不可能深入底蕴。通过创造艺术形象的逼真的审美幻觉，文艺创作中的主客观因素才交融汇合，孕育出艺术的生命。文艺的客观性与主观性也在逼真的审美幻觉中才表现出其与一般意识形态的客观性与主观性相异的特殊性。彻底地弄清这个问题，才能在真正的艺术创造和艺术批评中实现写真实、重真实的文学主张。

艺术的真实感，是通过艺术形象的审美幻觉传递给读者的。这一审美现象，正如我们在本文的第一节指出的，在古希腊人那里已经得到描述和研究了。柏拉图说："模仿是远离真实的，它之所以能描绘各种事物就因为它仅仅涉及事物的一个极小的部分，即它的外形。例如一个画家画了一个木匠（或船匠或其他手艺人），他自己却可以对这些技艺一无所知。假如他是个有本事的画家，他就可以使一个小孩或头脑简单的人误认为他所画的木匠是一个真正的木匠，只要他把这个假人放在一定的距离之外就行。"[2] 柏拉图用画家画木匠的比喻来说明艺术形象只是一个幻觉的真实。绘画作为一种视觉艺术，只对人的视觉保证了它的幻觉特征，并由这种幻觉特征造成了它的逼真性。当画家画木匠时，他仅仅涉及木匠可供视觉观照的特征，舍弃了作为审美客体的木匠的其他物质性，如可触摸、可交谈等特性。因此，画出来的木匠只诉诸人的视觉来保证它的逼真性（故需置于一定的距离之外以便观照），而不能通过人的其他感觉（如触觉、听觉）来加以核对。正因为画中的木匠超出了活的木匠的物质性，所以它仅仅是幻想，是假人。柏拉图因此断言模仿艺术是

① 《列宁全集》第38卷，人民出版社1959年版，第66页。

② 转引自《文艺论丛》第11辑，第2页。

"远离真实"的。他是借口艺术只能产生幻觉的真实来贬低艺术的。其实，柏拉图回避了这样一个事实：如果是一个高明的画家，他就不会停留在木匠的外形上，只求绘事的形似；他将能深入木匠的神情，抓住木匠的特征，使画中的木匠达到形神毕肖。这样，他画中的木匠虽然仍是幻想，是假人，但却能通过它引起的视觉的逼真性，引发观画者其他的感觉联想，从而把木匠原型的特征更鲜明更深刻地传递给观画者。艺术，虽然是幻觉，但却能高度地表现真实。柏拉图关于艺术的幻相"远离真实"的观点，受到了黑格尔的批评。黑格尔说："至于说到一般艺术的要素，即显现（外形）和幻相是无价值的，这种指责只是把显现看成无实在性时，才有些道理。但是显现本身是存在所必须的，如果真实性不显现于外形，让人见出，如果它不为任何人，不为它本身，尤其是不为心灵而存在，它就失其为真实了。"①（引者按：着重号为原文所有）黑格尔认为，一般我们把外在和内在的经验世界的事物叫真实，以为艺术造成的幻相没有真实。其实，日常的经验世界的事物不是真实。而是"比艺术还更名副其实地可以称为更空洞的显现和更虚假的幻相"（对于真正实在的绝对理念而言）。因此，"艺术的功用就在使现象的真实意蕴从这种虚幻世界（引者按：其实就是现象世界）的外形和幻相之中解脱出来，使现象具有更高的由心灵产生的实在。因此，艺术不仅不是空洞的显现（外形），而且比起日常现实世界反而是更高的实在，更真实的客观存在"②。黑格尔的见解是非常深刻的。他有力地阐发了艺术的幻觉可以达到高度真实的功能。

　　把艺术视为一种审美幻相，这一点对于认识艺术的特殊规律非常重要。它告诉我们，对待艺术必须有一个科学的态度，不能把艺术形象直接等同于现实事物，不能拿生活事实去衡量艺术真实。卢

---

①　［德］黑格尔：《美学》第 1 卷，朱光潜译，商务印书馆 1979 年版，第 11 页。

②　［德］黑格尔：《美学》第 1 卷，朱光潜译，商务印书馆 1979 年版，第 11—12 页。

卡契为此提出了艺术反映的生活与现实生活本身"不可比拟性"这个概念。也就是说，衡量艺术，不能用真人真事的标准来判断，也不能把它当成真人真事。艺术的真实是一种幻相的真。艺术作品，如鲁迅所说："大抵是作者借别人以叙自己，或以自己推测别人的东西"，"即使有时不合事实，然而还是真实"①。鲁迅还说："小说乃是写的人生，非真的人生。故看小说第一不应把自己跑入小说里面。……看小说犹之看铁槛中的狮虎，有槛才可以细细地看，由细看推知其在山中生活的情况。故文艺者，乃借小说——槛——以理会人生也。槛中狮虎，非其全部状貌，但乃狮虎状貌之一片段。小说中的人生，亦一片段，故看小说看人生都应站在槛外地位，切不可钻入，一钻入就要生病了"②。一般人鉴赏艺术时，时时意识到这是假的、虚构幻设的，但仍把全心浸沉在艺术世界中。只有忘记了艺术的幻设性或不懂艺术的人，才钻到作品中去硬充其中的角色，满心是利害的打算。鲁迅还批评了那种照录事实的创作方法："要使读者相信一切所写为事实。靠事实来取得真实性，所以一与事实相左，那真实性也就灭亡。"③ 事实上，艺术作品决不照抄事实而是有赖于想象与虚构的。作家发挥其臆想，幻设、虚拟出一个情景交融、理趣兼备、人物活动的画面，以显示生活的深层中的真实。正如卢卡契所说："任何伟大的艺术的目标，都要提供这样一幅现实的图像，在那里看不到现象与本质、个别与规律、直接性与概念等的对立，因为两者在艺术作品的直接印象中汇集成为自发的统一体，对接受者来说是一个不可分割的整体。"④ 而这样一个图像，就是具有逼真

---

① 鲁迅：《怎么写》，载《鲁迅论文学》，人民文学出版社 1959 年版，第 65 页。

② 转引自许广平：《鲁迅回忆录》，作家出版社 1961 年版，第 32 页。

③ 鲁迅：《怎么写》，载《鲁迅论文学》，人民文学出版社 1959 年版，第 57 页。

④ 转引自范大灿：《关于卢卡契文艺思想的几个问题》，《世界文学》1981 年第 3 期。

感的幻相。但这幻相是能概括、显示生活的意蕴的。如果认为文艺就是照抄事实，但全部照抄势必不能，损益增删，与事实相左是难免的，那就反而使无休止的事实显出假的东西。所以一般人对文艺产生幻灭的悲哀，"不在假，而在于以假为真"，即"不在假中见真，而在真中见假"①。只有深刻地认识艺术真实的这种幻设性，才能认识艺术家创造的任务，找到艺术真正的用武之地也才能认识艺术的特性，确立对艺术的科学的观照态度。不少著名理论家、作家为了警醒那种对艺术的执迷态度，使人们深刻意识到艺术的幻设性，往往讲出一些从字面上看似乎和要求文艺写真实的话极端相反的话，这是很耐人寻味的。例如，亚里士多德就说："主要的是荷马把说谎说得圆的艺术教给了其他诗人。秘诀在于一种似是而非的逻辑推理。"② 托尔斯泰也说"艺术是谎话，是欺骗，是专断"，艺术家"全是很厉害的发明家"③。王尔德说："'谎言'，即关于美而不真（引者按：其实就是真而不实之意）的事物的讲述，乃是艺术的本来的目的。"④ 卢那察尔斯基说："全部艺术就是一大'花招'；艺术并不是什么天然无饰的东西。所谓'天然无饰的'艺术可能只是技巧最圆熟的艺术。艺术家的职责根本不是照相，不是记录事实，而在于用想象和幻想的办法去创造事实，即虚构事实而又做得叫你感觉不到这是虚构，却说：这就是它，真实！"⑤ 这种种语异意同的说法，都揭示了这一真理："每一种艺术的最高任务即在于通过幻觉，产生一

---

① 鲁迅：《怎么写》，载《鲁迅论文学》，人民文学出版社 1959 年版，第 57 页。

② ［希腊］亚里士多德：《诗学》，载伍蠡甫等主编：《西方文论选》上卷，上海译文出版社 1979 年版，第 76 页。

③ 转引自［苏］高尔基著：《文学写照》，巴金译，人民文学出版社 1959 年版，第 68 页。

④ 王尔德：《谎言的衰朽》，载伍蠡甫等主编：《西方文论选》下卷，上海译文出版社 1979 年版，第 116—117 页。

⑤ ［苏］卢那察尔斯基：《论文学》，人民文学出版社 1978 年版，第 307 页。

个更高真实的假象。"①（歌德语）正是在实现这一最高任务的创造活动中，艺术的主观性得到最充分的表现，艺术家的主观因素得到自由驰骋的天地。

对于审美幻觉的真实性的认识，不能停留在见出幻觉上，还要深入一步，见出真实性的社会根源。人们接触文艺作品，总是要从其中所描绘的人物、场景去了解它反映的社会生活，总要作自己亲历或想见的社会实情去判断艺术幻觉的真实性的可靠程度，从这个意义上说，艺术反映的生活与现实生活本身又具有"可比拟性"。冯雪峰说："艺术形象的社会性（或者说，历史的具体性），是说明文艺真实性的最重要的东西。"② 艺术造成幻相，但用来造这幻相的，又是取之于社会的材料；如果是凭空捏造，也会造成幻相的幻灭，那是与照抄事实一样，殊途同归，造成毁灭艺术真实的两个极端。所以冯雪峰认为："艺术上的虚构，据我看来，只能限于故事的构造和人物的综合等等上面，人民的精神和品质是没有办法假造的，否则又怎么能够感动你呢？"③ 卢卡契也说，伟大的现实主义作家所创造的"真实性在于这事实：他们所描画的事物，以一种极其夸张的形式，在社会内容上大致是正确的"④。审美幻觉的真实性在于不限于外形的逼真感，即在于它依托于这大致正确的社会内容，依托于社会人的精神、品质、思想面貌的刻画。正是在这种对审美幻觉的真实性的社会根源的认识上，我们见出艺术幻相并不是主观任意的幻设，艺术想象也不是天马行空、漫无际涯的乱想，而是要受现实社会生活的制约。霍布斯说："我不同意那些认为诗的美就在于虚构离奇的人。因为正如真实对历史的自由是应有的约束，逼真（引

---

① ［德］歌德：《诗与真》，载伍蠡甫等主编：《西方文论选》上卷，上海译文出版社 1979 年版，第446 页。

② 冯雪峰：《冯雪峰论文集》下册，人民文学出版社 1981 年版，第 110 页。

③ 冯雪峰：《冯雪峰论文集》中册，人民文学出版社 1981 年版，第 323 页。

④ 卢卡契：《托尔斯泰和现实主义的发展（1936 年）》，载《卢卡契文学论文集》（二），中国社会科学出版社 1981 年版，第 343 页。

者按：即艺术真实）对诗的自由也是应有的约束。……一个诗人可以超越自然的实在的作品，但是决不可以超越自然的可思议的可能性。"[1] 歌德则说，在艺术里，"一切都要依靠把对象认识清楚，而且按照它的本质加以处理"。他认为古希腊的艺术杰作"是人按照真实的自然规律创造出来的最崇高的自然作品，一切随意任性的幻想的东西全抛开了，这就是必然，就是上帝"[2]。他们都见出了审美幻觉必须受约束于艺术真实性的要求，而艺术真实性的最深根源，即在自然、现实、社会的本质和必然性之中。这样，表面上带有强烈主观色彩的艺术的审美幻觉中，埋藏着不以人的主观意志为转移的客观社会内容。艺术的客观性，艺术家对客观社会材料的依赖性，也就在审美幻觉中表现出来。这一点，使审美幻觉获得了条理性、规律性，成为可以用类似自然科学的精确方法说明的东西。难以捉摸的艺术真实的准确界说，就在这里被找到了。鲁迅精确而又生动地表述了这一界说。他说："艺术的真实非即历史上的真实，我们是听到过的，因为后者须有其事，而创作可以缀合，抒写，只要逼真。不必实有其事也。然而他所据以缀合，抒写者，何一非社会上的存在，从这些目前的人的事，加以推断，使之发展下去，这便好像预言，因为后来此人，此事，确也正如所写。"（鲁迅 1933 年 12 月 20 日致徐懋庸信）

在鲁迅对艺术真实的界说里，有着深刻的艺术辩证法。艺术真实的幻设性与社会实在性，创作过程中的主观因素的强烈活动与客观因素的严峻的制约作用，艺术与现实生活的不可比拟性（艺术有别于生活，高于生活）与可比拟性（艺术有待于生活，源于生活），都辩证地统一在经由艺术典型化的手段创作出来的有概括力的逼真的审美幻觉中了。

―――――――――――

[1]　转引自朱光潜：《西方美学史》上卷，人民文学出版社 1963 年版，第 208 页。

[2]　转引自朱光潜：《西方美学史》下卷，人民文学出版社 1963 年版，第 422 页。

七

从对艺术的审美幻觉的真实性的分析中，我们已经知道，真实或真实性问题，绝不是一个单纯的艺术形象在外形上、在细节上的逼真感的问题，而是一个艺术形象能否概括现实的本质、事物的意蕴并通过直观的现象形态、感性形式的逼真予以传达的问题。艺术形象神似的真实。深入地看，应该是兼有形似与神似的真实。罗丹认为，"在艺术中，有'性格'的作品，才算是美的。所谓'性格'，就是，不管是美的或丑的，某种自然景象的高度事实，甚至也可以叫作'双重性的真实'；因为性格就是外部真实所表现的内在的真实，就是人的面目、姿势和动作，天空的色调和地平线，所表现的灵魂、感情和思想。""因为对伟大的艺术家来说，自然中的一切都具有性格——这是因为他的坚决而直率的观察，能看透事物所蕴藏的意义。"① 罗丹提出的"双重性的真实"——外部真实与内在真实的统一，是一个很有意思的思想，触及艺术真实问题的底蕴，值得认真的探讨。

如果我们承认艺术真实是艺术形象的生命标志的话，那么，对艺术真实的分析，就不能不深入到对艺术形象的有机构成的分析。歌德指出："遇到一件艺术作品，我们首先见到的是它直接呈现给我们的东西，然后再追究它的意蕴或内容。前一个因素——对于我们之所以有价值，并非由于它所直接呈现的：我们假定它里面还有一种内在的东西，——即一种意蕴，一种灌注生气于外在形状的意蕴。

---

① ［法］罗丹口述、葛赛尔记：《罗丹艺术论》，沈琪译，人民美术出版社1978年版，第26页。

那外在形状的用处就在指引到这意蕴。"① 艺术形象首先是具有感性形式的血肉丰盈的生活图画，这生活图画给予人的逼真感首先是外形的。但是，艺术形象提供的生活图画中，却又概括、揭示了一定的生活真理，一定的现实意义。正是这蕴含在具体的生活图画中的真理或意义使艺术形象给予人的外形上的逼真感深化了，升华了，成为可以凭借现实生活进行分析的意蕴丰饶的艺术真实。有生命的艺术形象是一个有机体，它有血肉——充满着活生生的生活形式和斗争形式的逼真描绘；它又有灵魂——蕴含着有关生活的本质、必须性等等的深刻意义。艺术的真实，正是这艺术形象的形和神这两个基本组成部分向接受者传递出来的真实感。这种真实的双重性，就是艺术形象内在的真理性与外形的逼真性的统一，就是艺术形象揭示现实的意义和模拟现实的表象的统一。艺术形象蕴含的现实意义必须通过现实表象的模拟显现出来，而现实表象的模拟又借着现实意义的照耀才获得超出外形逼真感之上的更高的真实的生命。艺术的真实就是在作家对现实的双重的加工——揭示现实的意义与模拟现实的表象——之中，在艺术形象的创造之中诞生的。

只停留在现实表象的模拟上，也许能获得某些生活细节、场景的逼真感，却不可能获得具有高度审美价值的艺术真实。伟大的作家，总是力图反映生活的本质，在自己创造的艺术形象中尽量吸摄现实的普遍意义。巴尔扎克说："作家只要严格摹写现实，虽然踏实的程度或高或低，所达到的成就不完全一样，总可以成为一个描绘人类典型的画家、私生活戏剧的讲述者、社会机构的考察者、职业名册的编纂者、善恶的登记员：可是，为了得到凡是艺术家都渴望以求的赞词，难道不应该进一步研究产生这些社会现象的各种原因，揭示出隐藏在各种人物、热情和事故深处的意义吗？"（巴尔扎克：《人间喜剧》前言）别林斯基也说，"艺术不是从现实摹写下来的事

---

① ［德］黑格尔：《美学》第 1 卷，朱光潜译，商务印书馆 1979 年版，第 22 页。

实，而是通过诗人的幻想而产生、被普遍的（不是例外的、局部的和偶然的）意义的光所照亮、提升为创作绝品的事实"①。追求艺术形象的尽可能深广的社会生活的意义，这对于达到高度的艺术真实是有决定意义的。作家如果只局限于模拟现实的表象，那么单凭感性知觉和一些艺术表现手段就够了。但是，如果他要通过现实表象的模拟去揭示现实的意义，那就必须具备通观生活全局、洞察现实本质的思想才能，必须具备先进的世界观。只有与强大的思想才能结合的艺术才能，才能创造形神毕肖的高度真实的艺术形象。

但是，艺术形象中的深邃的思想意义，并不是抽象的概念形态的东西。这种思想意义必须借助于生活的现象形态的逼真的描绘，呈现于接受者的感性观照。费尔巴哈说："旧的哲学将感觉排斥到现象的范围，有限的范围，相反地却将绝对的、神圣的东西规定为艺术的对象。但是艺术的对象乃是——在叙述艺术中间间接地是，在造型艺术中间则直接地是视觉、听觉、触觉的对象，真实的、神圣的实体也是感觉的对象。感觉乃是绝对的官能。'艺术在感性事物中表现真理'这句话正确地理解和表达出来，就是说：艺术表现感性事物的真理。"（费尔巴哈：《未来哲学原理》）费尔巴哈在这里实际上批判了黑格尔"美是理念在感性事物中的显现"这一唯心主义命题，指出这一命题的错误在于把脱离现实界的绝对理念看成艺术的对象，把艺术从抽象思辨的云端拉回具体感性现实的大地。黑格尔也讲艺术的感性形式，但他把这感性形式看成表现绝对理念的工具或标签。实际上，艺术的表现对象就是具体的感性事物。美在具体的个别的感性事物，意蕴也内含在感性事物之中。因此，艺术形象的感性外观的逼真，对于艺术真实的到达，绝不是可有可无的。当然，这种感性外观的逼真，并不是现实生活的实录，而是经过加工、

---

① ［俄］别林斯基：《别林斯基选集》第 3 卷，上海译文出版社 1979 年版，第 700 页。

缀合，具有内在联系的，显示典型特征的，独立完整的一幅生活的图画。

艺术形象的灵魂和血肉，意蕴和外观是有机地联系在一起的。艺术形象的内在的真实与外在的真实也是有机地联系在一起，构成具有高度审美意义的完整的艺术真实。对于艺术真实所附丽的艺术形象的内外两面，我国古典文论也有认识和表述。据王元化的考释，刘勰提出的"拟容取心"，就是讲的塑造艺术形象的途径。"容"与"心"都属于艺术形象的范畴，"容"即是指艺术形象所提供的现实的表象，"心"即是指艺术形象所提供的现实的意义。① 依我看，"拟容取心"，作为作家创造艺术形象时的双重劳动看，也可视为达到艺术真实的途径。限于古典文论术语的简约，这一途径的揭示还是不充分的。卢卡契则用现代的科学术语对这一途径作了比较精辟的阐发。他说："为了获得客观现实的规律性，为了获得深藏着的、隐蔽的、非直接的、直接感受不到的社会现实的联系，每个伟大的现实主义作家都得加工（包括使用抽象的手法）他的生活素材。因为这些规律并不是直接地浮在表面，因为这些联系是错综复杂地、不平衡地、仅仅是倾向性地表现出来的，这样对伟大的现实主义作家来说，就产生了惊人的双重劳动，即艺术的和世界观的劳动。就是说，第一，要从思想上揭示从艺术上刻画的这些联系；第二（与第一是不可分的），要以艺术描写覆盖抽象地研究出来的这些联系，即去掉抽象性。通过这双重的劳动，就产生了一种以形象为媒介的新的直观性，一种形象地描写出来的生活表面。这些直接的和表面的现象，虽然在每一点上都清楚地表现了本质（生活本身的直接性是不可能做到这一点的）；但它们又确实是以生活的直接性和表面性而出现的。……这就是本质和现象的艺术统一。"② 这种艺术家创造艺术真

---

① 王元化：《文心雕龙创作论》，上海古籍出版社 1979 年版，第 137 页。
② 转引自《世界文学》1981 年第 3 期。

实的双重劳动，即我们通常说的概括化与具象化统一的劳动，它要达到的是创造出来的艺术形象的内意与外相的统一，本质与现象的统一，神似与形似的统一，"容"与"心"的统一。

艺术形象的真实性不限于外形、细节的逼真，它还必须以艺术形象内在的意蕴的真理性为灵魂，这一点我们已经清楚了。但是，如果停止在这一点，艺术真实的全貌就还没有彻底披露出来。我们的审美经验告诉我们，艺术形象的真实不仅仅在于它以形似和神似的统一令人惊叹，而且在于它带有那样一种真挚强烈的感染力，能够震动接受者的心灵，激发他们的感情活动。歌德所说的艺术作品的内在意蕴把一种"生气"灌注于外在形状，我以为指的就是艺术形象由于感情的灌注浸润而获得生命的现象。在这个意义上，甚至可以说，艺术形象给予人的真实感，是饱蓄在艺术形象上的感情力量的外射。

然而，对于这种使艺术形象获得生气的感情，必须有科学的认识。这不是一般的感情，而是经过思想深化和提高了的感情。王元化认为可以惬恰地用刘勰说的"情志"一词来表示。[1] "情志"一词，的确较好地表述了艺术形象血脉中思想与感情水乳交融的结合。别林斯基说："在诗的作品中，思想是作品的激情。激情是什么？激情就是热烈地浸沉于、热衷于某种思想。"[2] 他还说："思想消灭在感情里，感情又消灭在思想里，从这相互的消灭就产生了高度的艺术性。"[3] 这话初看似乎有些玄虚，实际上它说的就是艺术作品中思想感情融会凝结的特殊形态。所谓"思想消灭在感情里"，就是说，它在艺术作品中不是孤立地存在的，而是结合着作家对描写对象的强

---

① 王元化：《文心雕龙创作论》，上海古籍出版社 1979 年版，第 174 页。

② 转引自［苏］赫拉普钦科：《作家的创作个性和文学的发展》，上海人民出版社 1977 年版，第 28 页。

③ ［俄］别林斯基：《别林斯基选集》第 1 卷，上海译文出版社 1979 年版，第 237 页。

烈的爱憎感情，被这种感情渗透着、支持着的。艺术形象中思想，甚至可以视为取得了自觉形态的感情。所谓"感情消灭在思想里"，就是说，它在艺术作品中不是浮泛地存在的，而是结合着作家对描写对象的深刻认识，被这种认识所提高、所深化的。感情思想，在艺术形象的创造过程中仿佛丧失了自己独立的性质和身份，互相贯通渗透，推动着作家去拥抱、去认识艺术表现的对象，不但把它们的形象形态逼真地摹写出来，而且把它们的现实意义发掘出来。显然思想感情（即"情志"）在创造艺术真实中起着动力和指针的作用。

八

　　作家思想感情的真诚、真挚，只是作家创造真实的艺术形象的主观条件；要完成艺术形象的创造，还需要客观条件的配合。卢卡契说得对："主观的诚实确乎是现实主义胜利的不可避免的先决条件，但是它只能求得胜利的抽象的可能性，还不能求得具体的可能性。"[1] 这里关键在于，作家以怎样的方式去改变现实提供的素材，他对生活的客观逻辑尊重到什么程度，他在艺术形象中怎样体现这种逻辑。这样，我们就接触到了一个古老而又新鲜的美学命题。这个命题是和真实或真实性问题相关的。

　　亚里士多德在《诗学》中提出："诗人的职责不在于描述已发生的事，而在于描述可能发生的事，即按照可然律或必然律可能发生的事。"他认为，历史家与诗人的差别在于"一叙述已发生的事，一描述可能发生的事。因此，写诗这种活动比写历史更富于哲学意味，

---

　　① 卢卡契：《马克思和意识形态的衰落问题（1938 年）》，载《卢卡契文学论文集》（一），中国社会科学出版社 1980 年版，第 223 页。

更受到严肃的对待；因为诗所描述的事带有普遍性，历史则叙述个别的事。"① 亚里士多德在这里提出的艺术按照可然律或必然律描述可能发生的事这一美学命题，提出了艺术家创造真实的艺术形象时对现实进行加工的方式和必要性以及艺术因此获得的普遍意义。由于这一命题的美学深度，它受到了很多大作家理论家的推崇和重视。车尔尼雪夫斯基就曾指出，亚里士多德这一观点，是"所有后来美学概念的基础"。他说："这种想法就是到今天为止还是我们关于诗人应该运用现实生活所提供给他的材料，他应当从这些材料中给自己的图画选取什么，又应当抛弃什么的那套见解的基础。"②

但是，对亚里士多德的这一美学命题，却可以有很多不同的解释。亚里士多德自己，也提出了一些表面上似乎自相矛盾的命题。

在《诗学》的另一个地方，他提出了诗可以写不可能之事的命题。他说："一般地说，写不可能的事须在诗的要求，或更好的原则，或群众信仰里找到理由来辩护。从诗的要求来看，一种合情合理的不可能总比不合情理的可能较好。如果说宙克什斯所画的人物是不可能的，我们就应该这样回答：'对，他们理应画得比实在更好，因为艺术家应该对原物范本有所改进。'"③ 维柯援引亚里士多德这一命题说："特宜于诗的材料是近情近理的（可信的）不可能。"④

在《诗学》的又一个地方，他提出了艺术摹仿现实的三种方式："像画家和其他形象创造者一样，诗人既然是一种去摹仿者，他就必然在三种方式中选择一种摹仿事物，照事物本来的样子去摹仿，照

---

① ［希腊］亚里士多德：《诗学》，载伍蠡甫等主编：《西方文论选》上卷，上海译文出版社 1979 年版，第 64—65 页。

② ［苏］车尔尼雪夫斯基：《车尔尼雪夫斯基论文学》中卷，辛未艾译，人民文学出版社上海分社 1965 年版，第 198 页。

③ ［希腊］亚里士多德：《诗学》，载伍蠡甫等主编：《西方文论选》上卷，上海译文出版社 1979 年版，第 83 页。此处改用朱光潜的译文。

④ 朱光潜：《西方美学史》上卷，人民文学出版社 1963 年版，第 335 页。

事物为人们所说所想的样子去摹仿，或是照事物的应当有的样子去摹仿。……如果以对事实不忠实为理由来批评诗人的描述，诗人就会这样回答：这是照事物应当有的样子描述的——正如索福克勒斯说他自己描绘人物是按照他们应该有的样子，而欧里庇得斯描写人物却按照他们的本来的样子。"①

看！单单亚里士多德一个人，就为我们提供了关于摹仿事物的五种样式，或者说，关于艺术真实的五种解说：

1. 艺术真实即按可然律或必然律描述的现实事物的可能性。

2. 艺术真实是近情近理的（可信的）不可能之事的描述。

3. 艺术真实是描述事物的本来样子。

4. 艺术真实是描述别人所说所想的事物的样子。

5. 艺术真实是描述自己心目中的事物应有的样子。

不只是亚里士多德，后代不少理论家、作家在谈到艺术创造的方式时，也有类似的"自相矛盾"。例如托尔斯泰，他既说过"艺术家之所以是艺术家，只是因为他不是照他们所希望看到的样子，而是照事物本来的样子来看事物"②，但也说过"人们并不是在描写真实的生活，并不照生活的本来面目描写，却是照他自己心目中的生活的面目来描写"③。这是为什么呢？我认为，这些字面上互相歧异的命题，其实是从不同侧面来谈同一个艺术创造问题，即艺术对现实的加工、再现问题。研究一下这些歧异的命题，将有助于我们更深刻地认识艺术真实问题，同时警惕某些包含片面的真理性的命题在进一步推论中被推向谬误的极端。

在亚里士多德的五个命题中，最基本、最正确的是第一命题：

---

① ［希腊］亚里士多德：《诗学》，载伍蠡甫等主编：《西方文论选》上卷，第80—82 页。

② 托尔斯泰：《莫泊桑文集·序言》，载《文学研究集刊》第 4 册，人民文学出版社 1956 年版，第 318 页。

③ ［苏］高尔基：《文学写照》，巴金译，人民文学出版 1959 年版，第 68 页。

艺术真实即按可然律或必然律描述的现实事物的可能性。这一命题指出了艺术描述的不是实际上发生的事（已然之事），而是描述预计可能发生之事（未然之事），这实际上就肯定了艺术的幻设性、虚拟性。同时，这一命题又指出，艺术描写的事物发展的可能性，不是艺术家主观随意性的产物，而是受现实事物客观存在的可然律或必然律的制约。这样，命题的内涵中既注意了艺术创造中的主观能动性（虚拟、幻设的功能），又注意了艺术创造中的客观制约性（可然律或必然律的规定作用），是比较丰富、全面，比较有哲学意味的。车尔尼雪夫斯基对这一命题的高度评价不是没有缘由的。事实上，从来研究《诗学》的人，最注意、最看重的也是这一命题，而且这一命题的基本思想后人发挥的也最多。在后人的发挥中，可以见出两种对立的趋向：一种是在讲艺术描述事物的可能性时，着重指出决定这种可能性的客观必然规律；另一种是只讲可能性的表现，回避或忽略现实必然性。前者如别林斯基，他指出："诗人的创造不是现实的摹写和抄袭，创作本身就是获得自己的实现、根据严格必然性的不变法则来获得实现的一种作为可能性而存在的现实。"① 他把可能性严格地限定在现实之中，说："诗是对可能的现实所作的一种创造性的再现。"② "艺术家最大的错误，是写在将来才有可能的长诗"③，这就防止了对可能性的脱离现实的主观臆造。他还说："我们艺术的任务，不是按照预定的目标在中篇小说、长篇小说或者戏剧中把事件表现出来，而是按照合理必然性的法则把事件加以发展。"④ 这就防止了在创作过程中把可能作为一种游离于事件（表现对象）

① ［俄］别林斯基：《别林斯基选集》第 2 卷，上海译文出版社 1979 年版，第 101 页。

② 朱光潜：《西方美学史》上卷，人民文学出版社 1963 年版，第 292 页。

③ ［俄］别林斯基：《别林斯基选集》第 3 卷，上海译文出版社 1980 年版，第 492 页。

④ ［俄］别林斯基：《别林斯基选集》第 2 卷，上海译文出版社 1979 年版，第 316 页。

之外的先行主题（预定目标）强加到事件上。别林斯基对艺术表现可能发生之事的阐发，应该说是准确而有新意，带着与伪浪漫主义斗争的战斗气息。与别林斯基异趣的如波特玛、布莱丁等，他们认为，"诗人所摹仿的是自然转化可能世界为现实世界的能力"，"诗的摹仿不是取材于现实世界而是取材于可能世界"。[1] 否定了艺术取材于现实世界，不讲自然的确定的必然性而讲自然的神秘能力，这样就把可能性的确定含义弄模糊了。又如鲍姆嘉通，他说："凡是我们在其中看不出什么虚伪性，但同时对它也没有确定把握的事物就是可然的，所以审美见到的真实应该称为可然性，它是这样一种程度的真实：一方面虽没有达到完全确定，另一方面也不含有显然的虚伪性。"[2] 鲍姆嘉通把表现可然性问题明确地与艺术真实问题联系起来，这是他的新见地。但是，他把可然性看成是对艺术形象具有虚构性（没有确定把握的事物）和可信性（在其中看不出什么虚伪）这样一种情况的表述，那就与亚里士多德相去甚远了。

　　对亚里士多德第一命题作了有见地的发挥的，还有不少。我们再举两个人：一个是鲁迅，他以特有的精练提出，艺术上的真实，"不必是曾有的实事，但必然是会有的实情"。寥寥十几个字，概括了亚里士多德第一命题中兼讲艺术的幻设性和社会制约性的两层精义。另一个是卢卡契，他说："在客观现实的再现上，艺术的真实是建立于如此的事实上的，即唯一写入再创造的现实中的东西，是作为一种可能性而存在于人物身上的。艺术创造的长处，就立于使这些蛰伏的可能性得到充分的发展。"[3] 这是对艺术真实的营造方式的一个具有严整的科学形态的阐发。

　　吃透了亚里士多德的第一命题，其他命题的歧异，也就迎刃而

---

① 朱光潜：《西方美学史》上卷，人民文学出版社 1963 年版，第 292 页。

② 朱光潜：《西方美学史》上卷，人民文学出版社 1963 年版，第 300 页。

③ 卢卡契：《论艺术形象的智慧风貌（1938 年）》，载《卢卡契文学论文集》（一），中国社会科学出版社 1980 年版，第 178 页。

解了。第二命题即艺术真实是近情近理的（可信的）不可能之事的描述，其实是突出了第一命题中含有的艺术的幻设性，强调艺术所写之事的非事实性（写不可能之事）。这一命题的涵义和亚里士多德说的艺术是"把谎话说得圆"差不多。它对我们认识艺术造成审美幻觉这一事实，是有积极意义的。但是，在讲到对这种幻设性（不可能之事）的限制时，主要从这种幻设性必然达到逼真的效果（"近情近理""可信"）上去立论，而没有从客观必然性这一客体本质的制约性上去立论。所以这第二个命题的美学深度，是无法与第一命题相比较的。它偏重于艺术创造中的主观因素的高扬（可以把"不可能之事"写得"近情近理""可信"），这似乎有些惊世骇俗，然而却也触及了"艺术家应该对原物范本有所改进"这一艺术创造的功能。

如果把第四命题（即艺术真实是描述别人所说所想的事物的样子）暂置勿论，那么，第三命题（即艺术真实是描述事物的本来样子）与第五个命题恰成一对语义相反的命题，这就是描写"本来样子"与写"应该有的样子"的对立。这一对立在美学史上经常以这种或那种形式表现出来，它蕴含着一些耐人寻味的东西。

艺术描写事物本来的样子，这一命题，如果作为艺术家强调他忠于现实的创造态度或采用的按迹循踪，如实叙写，使创作出来的艺术形象具有生活本身的自然性的现实主义创作方法的表述看，无疑含有一定的真理性。托尔斯泰、契诃夫在强调他们的现实主义立场时，都使用了这一命题；而且，托尔斯泰、别林斯基都在这一意义上把这一命题和描写"应该有的样子"对立起来。① 然而，这一命

---

① 契诃夫说过：现实主义作家应该"按生活的本来面目描写，它的任务是无条件的、直率的真实"。（［苏］契诃夫：《契诃夫论文学》，汝龙译，人民文学出版社1958年版，第35页）不过，他并没有把"按生活的本来面目写"和"按生活应有的样子写"对立起来。别林斯基由于他在当时文学斗争中需要，是用"按生活的本来面目写"这"自然派"（即现实主义）的要求去反对"按生活应有的样子写"的。他说："诗人并不美化现实，他写人物并不按照他们应该有的样子，而是按照他们实在有的样子。"（朱光潜：《西方美学史》下卷，人民文学出版社1963年版，第531页）

题也潜伏着向胶滞于现实事物的个体和表面、不去揭示事物的联系和本质的自然主义倾向发展的危险。因为，"彻底地"再现事物的本来样子，毫不渗入主观因素，事实上在艺术创造中是不可能的。所谓有"按迹循踪""纤毫毕现""天然无饰"，不过是对圆熟的文学描写造成的逼真感的赞语，实际上这种逼真感是经过艺术家主观改造、组织过的东西。只不过由于艺术作品中描写的事物严格贯彻了生活的逻辑并以生活的现象形态出现，才使人产生它是照事物本来的样子写的幻觉。

艺术描写事物应有的样子，这一命题，如果作为艺术家强调他的主观创造的作用以及他在创作时必须会有的艺术概括、集中的表述看，同样也含有一定的真理性。不过，这主观上以为应该有的样子，必须是按客观生活的必然逻辑应该有、可能有的样子，而非主观任意的悬揣、捏造。就这个意义上说，艺术描写事物应该有的样子这一命题，和亚里士多德的第一个命题即艺术真实即按可然律或必然律描述的现实事物的可能性实际上是同一个意思。所以主张艺术描写事物"本来的样子"，反对艺术描写事物"应有的样子"的托尔斯泰，当他想强调艺术家的创造作用时，就毫不迟疑地主张艺术描写事物"应有的样子"，而反对艺术描写事物"本来的样子"了。一切都以时间、地点、条件为转移，这个真理也完全适用于我们考察那些表面上极为歧异实际上并无矛盾的美学命题。但是，由于客观必然性所规定的那可能有的，在创作过程中是以艺术家主观上觉得应该有的形态出现，这一主观形式往往造成夸大艺术家主观因素的假象。而艺术描写事物"应该有的样子"这一命题，正是表达了这种假象。所以，如果无条件地把这一命题强调得过分，那就会滑向创作中的主观唯心主义路线，从而偏离了艺术真实。别林斯基反对 18 世纪俄国文学的伪浪漫主义，说"他们一点也不注意实有的东西，也不预感到它的必然性，他们所关心的，只是应该有什么和应该怎样做"①。这里反对艺术描写事物"应有的样子"这一命题，就是着眼于他在伪浪漫主义者手里被推到脱离现实的主观唯心主义方向上去的这种情况。

我们在这里辨析亚里士多德关于艺术反映现实、达到艺术真实的不同方式的美学命题，初看起来似乎有些纯学术的味道；其实，敏感的读者会察觉到，正是在这些命题的辨析中，我们在创作实践中应该怎样坚持现实主义原则、应该怎样去达到艺术真实，我们的文艺批评、文艺政策应该怎样支持现实主义原则，应该要求怎样的艺术真实等等具有直接实践意义的问题，都被提出来了。如果我们的作家向自己，或我们的批评家、文艺政策的制定者和执行者向作家提出"按生活的本来样子写"的要求的时候，充分理解这一要求的真理性和可能产生的片面性，想想"按应该的样子写"的命题以及它与"按客观必然性所规定的可能写"的基本命题的联系，那也许就可以和自然主义保持必要的距离吧。如果我们的作家向自己或我们的批评家、文艺政策的制定和执行者向作家提出"按生活应有

---

① ［俄］别林斯基：《别林斯基选集》第 2 卷，上海译文出版社 1979 年版，第 315 页。这里顺便说一下，我觉得高尔基对"按事物应该有的样子写"这一命题有些偏爱。有的时候，他把这一命题强调得有些过分了。例如，他说："艺术的主要使命正在于上升到高于现实的地方，……我们都关心对现有事物的描写的精确性，其精确程度只能以这样的标准作根据，就是：为了更深刻、更明确地理解我们应该消除和应该创造的一切事物，我们需要这种精确性到什么程度，就描写到什么程度，英雄的事业需要英雄的语言。"（［苏］高尔基：《文学论文选》，孟昌等译，人民文学出版社 1985 年版，第 245 页）这样说来，真实性的判断似乎只是由我们主观上觉得应该怎样真实来决定的了。这就为主观任意性留下了地盘。高尔基类似的话还很多，不过，高尔基是在新的社会主义现实生活刚创立不久的历史条件下说这些话的。他的目的是为促进年轻的苏联文学高扬自己的主观创造力和拥抱新的现实的热情，努力去反映和表现新的现实、新的人物。这也许是可以为他辩解的一个理由。但是我们今天在引用高尔基类似的意见时，就应该清楚地看到他发表这类意见的具体时间和场合，不要把它们都无条件地当作绝对的真理。遗憾的是，当人们觉得需要稍微压低一下写真实的重要性的时候，这些意见就常常被无条件地引用了。

的样子写"的要求的时候，也能够充分理解这一要求的真理性和可能产生的片面性，想一想"按本来的样子写"的命题以及它与"按客观必然性所规定的可能写"的基本命题的联系，那也许就可以和公式化、概念化、主题先行、人为拔高等唯心主义创作倾向保持必需的距离吧。在这里，对文艺基础理论理解的深度，是怎样制约着创作实践、文艺批评、文艺政策的水平，不是可以看得很清楚吗？

九

18世纪英国美学家理查德·侯德在评论亚里士多德说的索福克勒斯描绘人物是按照他们应该有的样子，而欧里庇得斯描写人物却按照他们的本来的样子一语时，作了这样的解释和发挥："……它的意思是：索福克勒斯，由于和人的交往更加广泛，把那种由于静观个别的人而产生的偏狭的想法加以扩大和伸展，变成对族类的全面考察。至于哲学家的欧里庇得斯，多半是和学院有关的。当他观察生活的时候，他的眼光过分注意到个别的、真正存在的人物，只见个人而不见族类，因此描绘他的人物时，只就眼前来说的确是自然而真实，不过有时候缺少那种概括的、普遍引人注意的逼真，而诗意的真实是要求充分显示这种逼真的。"[1] 卢卡契对他的解释非常欣赏，认为这一解释表明："一个作家必须过丰富的生活，才能够表现真正典型的东西。"[2] 这里，理查德·侯德对亚里士多德的理解是否正确，他对索福克勒斯与欧里庇得斯的创作情况的评述是否符合实

---

① 卢卡契：《革命前俄国的人间喜剧（1936年）》，载《卢卡契文学论文集》（二），中国社会科学出版社1981年版，第288页。

② 卢卡契：《革命前俄国的人间喜剧（1936年）》，载《卢卡契文学论文集》（二），中国社会科学出版社1981年版，第288页。

际，这些我们无须深究，有意思的是他在这里指出了典型化的方法创造出来的那种"概括的、普遍引人注意的逼真"与局限于眼前的个别人物而不见族类的真实的对立。这使我们想到，艺术真实也有不同的等级，有概括的，普遍引人注意的艺术典型的真实，也有比较低等的、缺乏艺术典型化的真实。论真实或真实性问题，不能不论及这一问题与典型问题的联系。事实上，本文前面各节中，已经或远或近地触及这一联系，现在就来集中地串论一下这种联系。

关于典型问题，这些年人们谈论得少了，很多谈真实性问题的文章也不怎么提及典型问题。甚至有的著名作家都认为：写出活的人物就行了，不必提典型了。也许这是十年动乱时期把典型问题谈糟了，使人们对它产生了一种憎嫌的心理；也许因为历来对典型问题求索过深，讼案成山，反而使人产生了把它简明化的要求，因而易于接受较为肤浅的看法。不能因噎废食，因为过去典型问题没有谈好就不再强调它；也不能急功近利，似乎这个问题对创作没有立竿见影的意义就冷落它。讲真实性是不能不讲典型问题的。典型本来就是艺术真实这个范畴中的一个特殊现象，而且是特别重要的现象。马克思主义美学的真实理论，本身就包括了典型问题；或者竟可以说，马克思主义美学的真实理论，就是以把典型创造提高到完全自觉和十分突出的中心地位为标志，而区别于以前的各种真实理论的。讲典型，这是真实或真实性这个问题的题中应有之义。讲不讲典型，这对于文艺创作实践似乎不会有显著立见的影响，但从长远看，从全局看，它的确关系到我们整个文学的真实性的水平，这是绝不可以忽视的。

在马克思主义美学之前，对典型问题作了较多阐发的是别林斯基。他认为："典型性是创作的基本法则之一，没有典型性，就没有创作。"[①] 在讲马克思主义美学的人们中，对典型问题阐发较为精详

---

① ［俄］别林斯基：《别林斯基选集》第 2 卷，上海译文出版社 1979 年版，第 25 页。

的是卢卡契。他认为，典型是"现实主义文学观的中心范畴和标准"①。为什么他们把典型问题提到这样高的地位呢？这是因为，典型问题是和真实地反映社会现实的问题，和创造高度真实的艺术形象的任务联系在一起的，也就是说，是和文艺的本质和最高使命、社会功能联系在一起的。不讲典型创造，就谈不上高度真实地反映生活。正如冯雪峰所说的："文学作品反映生活的真理，不能不从创造典型人物来反映。"②"我们要认识生活的真理，艺术不只是生活的真实，还要作家文学的创造，认识生活要通过典型形象这一套。没有这个就不叫艺术，艺术的麻烦和好处，也就在这里。"③ 他还说："真实是最重要的，这是文艺的基础。但只是从平面上表达出了真实，那真实就还不够是全部，不够是透入和深广；因此，这真实作为现实的真理就不能在艺术上达到一种动人的力量，去逼迫读者更深刻地承认和感受。为了真实，是不必拒绝典型化的方法的；倒是相反，应该欢迎和做到典型化。"④ 这些话讲得非常精彩，听起来好像是针对我们现在的情况说的。

那么，什么是典型？何以达到高度的艺术真实非走典型化的途径不可呢？

我们知道，关于典型的思想萌芽早在亚里士多德的《诗学》中就产生了。"写诗这种活动比写历史更富于哲学意味，更受到严肃的对待；因为诗所描述的事带有普遍性，历史则叙述个别的事。"这句话实际上已指出了文艺创造因其对现实进行概括（按可然律或必然律对现实的可能性进行深掘、推广、虚拟）而具有的普遍性，这也就是典型创造的意思。典型就是因艺术概括而来的普遍性。这一基本思想不断地为历来讲典型的人们所重复、发挥。别林斯基说："在

① 转引自《世界文学》1981年第3期。
② 冯雪峰：《冯雪峰论文集》下册，人民文学出版社1981年版，第313页。
③ 冯雪峰：《冯雪峰论文集》下册，人民文学出版社1981年版，第28—29页。
④ 冯雪峰：《冯雪峰论文集》中册，人民文学出版社1981年版，第217页。

典型中，包含着两个极端——普遍事物和特殊事物——的有机融合的胜利。典型人物是整个一类人物的代表，是用专有名词加以表达的事物所共有的普通名词。"① 鲁迅在讲到他的典型化方法时也说："我的方法是在使读者摸不着在写自己以外的谁，一下子就推诿掉，变成旁观者，而疑心到像是写自己，又像是写一切人，由此开出反省的道路。"② 所谓"著此一家，即骂尽诸色"（鲁迅：《明之人情小说（上）》），就是指这种典型化的方法。要之，这些关于典型的论述都指出了，文艺作品虽然只能发现某一片段的生活，某一个别的人物，但这一片段的生活是对生活整体的概括、综合，所以它具有典型的意义。它所创造的艺术形象的真实，不是与个别原型相似的真实，而是能借之洞见生活全体或洞见一群人的灵魂与面目的、具有普遍性的真实，这也就是本节开头所引的理查德·侯德所说的那种"概括的、普遍引人注意的逼真"。

建立在辩证唯物论和历史唯物论基础上的马克思主义美学，大大地扩展和加深了典型的理论：由于文学的存在和本质、产生和影响被纳入了自然、社会和人类思维发展的整个统一的历史过程之中，文艺学被纳入唯一存在的、统一的历史科学之中，那种认为文艺现象能够完全或者主要从它的内在关系来进行解释的狭隘观点，被远为宽广的从整个历史联系的发展来解释文艺现象的观点取代了。于是，"文学作品的美学本质和美学价值以及与之有关的它们的影响是那个普遍的和有连贯性的社会过程的一部分；人在这部分过程中通过他的意识来掌握世界"③，典型的本质和社会历史过程的广阔性、社会现实关系的深邃性发生了内在的联系；艺术典型的创造，成了

---

① ［俄］别林斯基：《别林斯基选集》第 3 卷，上海译文出版社 1980 年版，第 204 页。

② 鲁迅：《答〈戏〉周刊编者信》，载《鲁迅论文学》，人民文学出版社 1959 年版，第 180 页。

③ 卢卡契：《马克思、恩格斯美学论文集引言（1945 年）》，载《卢卡契文学论文集》（一），中国社会科学出版社 1980 年版，第 275 页。

人类认识社会历史过程的本质、认识人自身所处的现实关系的一种特殊方式。也就在这个基础上，早已为美学史的发展所意识到的艺术由于概括、综合而具有普遍性的这一典型的基本思想，才获得了全新的面貌。普遍性这一概念被注入了人类社会历史的广阔而深邃的内容。

关于这一点，卢卡契有很好的阐发。他说：典型人物之所以是典型人物，是"因为他们个性的最内在的本质是由那样的规定性所推动并限定其范围的，这些规定性客观上属于一种意义重大的社会发展倾向。只有当最普遍的社会客观性是从一个个人的最纯粹、最深刻的本质中产生出来的，一个真正的典型在文学上才会产生。这样的典型把一个真正历史倾向的各种规定性集中到他们的存在之中，但他们又绝不是这些规定性的体现和图解。由于我们感受到他们是真正的典型，因而我们同时感到个别（它具有一切个人的、偶然的特征）和典型的辩证法是直接地显现出来的"[①]。卢卡契对典型的这一阐发包含了三点精义：

第一，它指出了典型具有的普遍性是一种"最普遍的社会客观性"，概括了"意义重大的社会发展倾向"，这就指出了典型具有的那种概括的、普遍引人注意的真实性的社会客观内容。恩格斯正是在意识到巴尔扎克所创造的艺术典型概括的社会客观内容（法国资产阶级取代封建贵族获得统治地位的"意义重大的社会发展倾向"），才提出"真实地再现典型环境中的典型人物"这一著名的典型命题的；列宁正是在意识到托尔斯泰所创造的艺术典型所概括的社会客观内容（俄国资产阶级民族革命中宗法制农民抗议资本主义的情绪及其天真的幻想），才提出托尔斯泰"反映了革命的某些本质的方面"，是"俄国革命的一面镜子"这一著名论断的。达到典型的艺术真实之客观社会内容的提示，是研究典型的主要方法；而创造

---

① 转引自《世界文学》1981年第3期，第256页。

人物时那种巨大的社会历史感、那种对汇集在人物身上的现实关系的深刻理解，则是伟大作家创作的基本特征。例如，托尔斯泰就说过："我不仅有表现人物性格及其冲突的意图，我还力求表现历史。"（贝奇柯夫：《托尔斯泰评传》）鲁迅说他创造阿 Q，是想"写出一个现代的我们国人的灵魂来"[1]。这就是说，他写阿 Q，并不单单是为了揭发国民中"精神胜利法"这一"病态"或"劣根性"，而是进一步想为现代即旧民主主义时代中国社会中最引人注目的现象留影。

冯雪峰深邃地察觉到鲁迅在创造典型人物时的这种社会历史感。他说："在鲁迅，当他想以'国民性'的研究为主题而从事艺术造象的时候，他不但总是挖掘人物性格与挖掘社会并行，而且总是把'揭发社会的黑暗'或'弊病'放在揭发人民的'病态'或所谓'劣根性'之上的；这在鲁迅那里，一方面是他对于社会革命的工作，远远地超过了他的艺术造象的兴趣；另一方面他所造成的艺术典型却也因此达到了最高度的真实和不朽的地步，尤其他在人物性格的根源的探索上所显示出来的那社会关系的广阔和历史的，意识形态的根源的深远，也真是不多见的。"[2] 法捷耶夫也洞察到鲁迅的这一特征，他说："鲁迅是短篇小说的名手。他善于简短地，清楚地，在一些形象中表达一种思想，在一个插曲中表达一种巨大的事变，在某一个别人物中表达一个典型。"[3] 有没有这种对重大的社会历史倾向进行艺术概括的魄力，是自然主义与现实主义的重大区别之一。卢卡契曾以龚古尔兄弟和冈察洛夫的创作为例进行对比分析。他指出《奥勃洛摩夫》一书中，和龚古尔兄弟的小说一样，充满着日常生活的琐细描写，人物缺少有力的行动，故事缺少丰实的情节。但是，这一特点在龚古尔兄弟的创作中，成为平庸的象征，而在《奥

---

① 鲁迅：《俄文译本〈阿 Q 正传〉序》，载《鲁迅论文学》，人民文学出版社1959 年版，第 13 页。

② 冯雪峰：《冯雪峰论文集》中册，人民文学出版社 1981 年版，第 198 页。

③ 转引自《文艺报》第 1 卷第 3 期。

勃洛摩夫》中，却给人以不同的印象。"日常生活的审美的表现，在那里是拿来在宏大的结构中描画重要的人类典型的。……奥勃洛摩夫除了躺在床上之外，不做任何的事情，可是他的历史是深刻地富于戏剧意味的一段历史。他是一个社会的典型，并不是在肤浅的日常生活的平庸的意味上说，而只是在非常高度的社会的和美学的意味上说的。"①

第二，它指出了典型具有的普遍性是概括在"一个个人的最纯粹，最深刻的本质中"的。作为典型的个人具有体现社会本质的、一种被充分强调了的鲜明的特征。在日常生活中，人的社会本质是被许多芜杂的现象掩盖着的，时代的巨大问题、巨大矛盾是潜埋在许多没有联系的偶然时间之中的。它们从来不在其真正纯粹和发展了的形式中显露出来。艺术概括的作用，就是创造出这样的场景和人物，它们以一个被强化了的完整的形象世界，揭示出社会历史的重大问题。巴尔扎克借《幻灭》中一个人物的口说："艺术是什么？不过是集中起来的自然罢了。不过这种集中决不是形式上的；相反，它是内容的最大可能的强化，是一个场景的社会和人的本质。"（巴尔扎克：《幻灭》）这种人的社会本质通过最纯粹、最鲜明的特殊场景、特殊动作达到的"最大可能的强化"，是典型创造中作家的主观作用的生动表现。卢卡契说："使典型成为典型的并不是它的一般的性质，也不是它的纯粹个别的本性（无论想象得如何深刻）；使典型成为典型的乃是它身上一切人和社会所不可缺少的决定因素都是在它们最高的发展水平上，在它们潜在的可能性彻底的暴露中，在它们那些使人和时代的顶峰和界限具体化的极端的全面中表现出来。"②卢卡契这一说法，不禁使我们想起亚里士多德关于艺术描述按可然

---

① 卢卡契：《论艺术形象的智慧风貌（1938 年）》，载《卢卡契文学论文集》（一），中国社会科学出版社 1980 年版，第 189 页。

② 卢卡契：《〈欧洲现实主义研究〉英文版序（1948 年）》，载《卢卡契文学论文集》（二），中国社会科学出版社 1981 年版，第 48 页。

律可能发生的事的著名命题。典型就是以强化的形式使事物"潜在的可能性"彻底暴露出来，全面地伸展开来。作家的主观创造作用在这里拥有驰骋的广阔天地，当然这种艺术创造上的主观作用完全是为了概括、表现巨大的客观社会内容。这样创造出来的典型具有高度的艺术真实。它展现的场景和人物可以是迥异于日常生活的，"但却能够在矛盾的最高度最纯粹的相互作用的光亮照耀之下，显示出那些在日常生活当中让自身的影响给弄模糊的力量和倾向来"（《马克思恩格斯选集》第 4 卷）。卢卡契举堂吉诃德为例，说明这样一个骑士以及他与风车搏斗的场景，就是把事物的可能性充分强化了的结果。虽然这一场景并不具备日常生活的真实，然而却无疑是描写得最成功最真实的典型情境。在这里，典型的真实作为一种有概括力的、综合的审美幻觉的真实，得到了鲜明的表现。

第三，它指出了作为典型的个别人虽然以强化的、充分发展特征体现了客观的社会本质内容，但这单个人绝不是这种社会本质的种种规定性的图解，它扬弃了日常生活的杂乱的偶然性，但在它所处的艺术情景中仍然葆有"一切个人的、偶然的特征"。这也就是恩格斯所说的："每一个人都是典型，但同时又是一定的单个人，正如老黑格尔所说的，是一个'这个'，而且只能是这样。"[1] 典型的个别性，是典型创造中人物成败的关键。歌德说："艺术的真正生命正在于对个别特殊事物的掌握和描述。"[2] 缺乏普遍的社会本质，缺乏充分强化了的特殊性，固然不能成为高度的艺术典型，但却还不妨碍成为能活动、有生命的文学人物；但缺乏个别性，就会使人物抽象化而丧失其起码的生命活力。费尔巴哈在批评黑格尔提出的"概念完全贯注到符合它的实在里"这一命题时说："认为类在一个个体中

---

① 卢卡契：《论艺术形象的智慧风貌（1938 年）》，载《卢卡契文学论文集》（一），中国社会科学出版社 1980 年版，第 189 页。

② 《歌德谈话录（1823—1832 年）》，朱光潜译，人民文学出版社 1982 年版，第 10 页。

得到完满无遗的体现，乃是一件绝对的奇迹，乃是现实界一切规律和原则的勉强取消——实际上也就是世界的毁灭。"① 要让一般概念完全体现在个别事物中，这就是用一般概念吞并、毁灭、取消个别性，这也是典型创造的大忌。列宁说："任何一般都是个别的（一部分，或一方面，或本质）。任何一般只是大致地包括一切个别事物。任何个别都不能完全地列入一般之中等等。"（列宁：《谈谈辩证法问题》）任何个别的内涵都比一般丰富得多，特别是作为艺术典型的个别，它的生命，就在于它是含有全部丰富性和复杂性的一个完整体。它既含有作为反映社会本质的必要因素的典型细节，也含有与必然性没有直接联系的、保持现实生活复杂形态的偶然细节。它本身就是一个缩小的完整的世界。黑格尔说："世界与个体仿佛是两间内容重复的画廊，其中的一间是另外一间的映像；一间里陈设的纯粹是外在现实情况自身的规定性及其轮廓，另一间则是这同一些东西在有意识的个体里的翻译；前者是球面，后者是焦点，焦点自身映现着球面。"② 个体是缩小、集中了的世界，它拥有现实世界的一切内容。这一点，是有志于创造典型的作家不能忽略的。

以上卢卡契典型定义中的三点精义，当然是撮合了卢卡契以及别人的有关论述所做的发挥。这三点精义，并不是卢卡契的创造，而是屡见于马克思主义美学的文献之中的。卢卡契不过是把它们讲得比较集中罢了。我觉得，这三点精义，恰合黑格尔所提出而为革命导师所注意和运用的普遍性、特殊性、个别性三范畴。典型实际上是普遍性和特殊性的统一，但典型又是一定的单个人。在典型中，普遍性统摄着特殊的个体，而个体又蕴含着普遍性与特殊性于自身之中。③ 历来讲典型，只运用一般与个别两个范畴，这是有点把典型

---

① 王元化：《文心雕龙创作论》，上海古籍出版社 1979 年版，第 90 页。

② ［德］黑格尔：《精神现象学》上卷，商务印书馆 1979 年版，第 203 页。

③ 参见王元化：《文心雕龙创作论》，上海古籍出版社 1979 年版，第 56—57、200—202 页。

问题的复杂面貌简单化了的。任何一部稍为可读的小说中的人物，都可以用一般与个别的综合来解释，但只有堂吉诃德、浮士德、贾宝玉、王熙凤、阿Q这样带有强化了的特殊性的人物，才称得上是典型，这个中消息，是不难寻味的。

现在，我们可以让本文关于真实或真实性问题的讨论，在典型问题上暂告一个段落了。真实性的充分的、高度的发展，就是典型性。或者毋宁说，典型性就是高度的真实性，创造典型就是写真实的文学主张的最终目的。在典型问题中，真实或真实性问题的一切侧面——本文前面论述过的一切问题：高度真实地、毫无讳饰地反映现实的问题：艺术形象内容的客观性以及创作过程中主体的能动性问题；艺术真实与美的创造的关系问题；审美幻觉的真实性或艺术真实的幻设性问题；艺术真实即描述客观必然性所规定的事物的可能性问题等——都得到了更鲜明的映照。也只有认识典型的创造即最高真实的创造，我们才能回过头来充分认识本文第一节引述的艺术大师们对真实或真实性的重要性的强调是不无原因的。他们也许未必像我们的论述这样鲜明地从理论上意识到真实问题与典型问题的联系，但无疑，这种联系是存在于他们的创作实践之中的；而且，这种联系的理论概括，早已存在于人人熟知的马克思主义美学的创始人的文献之中了。本文论述的终点所提出的把真实问题归结到典型问题这样一个思想，早已是马克思主义美学的常识了。但不幸的是，有时候常识经常落入被遗忘的命运。因此，本文试图把达到这一常识的理论行程稍为展示一下，使人们认识到这一看来似乎简单的马克思主义美学常识中，包含着多么丰富的内容，就不是没有意义的了。

斯大林说："写真实！让作家在生活中学习吧！如果他能以高度艺术形式反映生活真实，他就一定会达到马克思主义。"[1] 这里说的

---

[1] 冯雪峰：《冯雪峰论文集》下册，人民文学出版社1981年版，第312页。

"高度艺术形式"就是典型。斯大林的这句话完全是真理。写真实，在最高的意义上说，就是创造典型。我愿意向一切拥护写真实的、有志于为社会主义文学的繁荣建立殊勋的作家同志们进一言：创造典型吧！时代在向您呼吁！

1982 年 6 月 10—19 日

王国维美学思想述评

王国维是近代美学史上一个很有独创力的美学家，也是中国美学史上第一个对美学这门独立的学科具有自觉意识和深入研究的美学家。他的美学思想，包含着复杂的矛盾。这些复杂的矛盾，往往透露出他深刻的美学见解，能够触发人们对美学的一些根本问题的思索。本文试图对这些矛盾作一点粗略的观察和分析。

一

王国维的美学思想，是隶属于他的哲学思想的。因此，要对王国维的美学思想的内在矛盾有真切的了解，不可不考察他的美学思想所渊源的哲学思想。在这个问题上，学术界一般认为，王国维是叔本华主观意志哲学的信徒。我觉得，这个说法，反映了王国维哲学思想中一个突出的方面，但没有看到王国维哲学思想的全部复杂的矛盾，多少是有些简单化的。

王国维在政治上是封建遗老，但在学术研究方面，却是一个"很有科学头脑的人"，"受了相当严格的科学训练"①。郭沫若对王国维的这个观察是很有见地的，可惜他对王国维的"科学头脑"的具体内涵语焉不详。而如果我们细读王国维早年写的发表在《教育世界》而后编为《静庵文集》正续编的那些哲学、美学、教育学论文，就会看到：王国维的科学头脑，正是在他广泛涉猎西方资产阶级启蒙时期的哲学、自然科学、文艺的过程中形成的。这些论文中出现的王国维的形象，是一个眼光宏大，头脑清晰、充满信心、锐意进取的启蒙思想家的形象。这个启蒙思想家在政治上采取了一种独特的立场，他既不与康有为、梁启超同伍，又蔑视孙中山、陈天华，远离政治斗争漩涡之外，孜孜不倦于哲学、美学等民主派和改良派都无暇顾及的专门学术领域。就在这个特殊的学术领域里，他叛离了几千年来封建主义的哲学和文学传统，大胆地汲取和引进西方资产阶级的哲学和文学思潮，第一个采用了一系列新鲜的（不免也是驳杂的）价值观念和学理概念，以特殊的形式，执行着他主观上有意疏远的反对的垂死的封建主义文化的时代任务。

王国维并不是超时空的学术天才，他也是时代的产儿。他自己说："甲午之役，始知世尚有所谓新学者。"②正是在封建制度的崩溃声中，在维新派影响下，他才"有志于新学"的。但王国维从事新学，并不很注意西方资产阶级的政治学说、社会学说，而是专力于西方资产阶级的哲学、美学。在政治上，他充满庸人气息；但在哲学、美学上，他却颇有战士气概。他说："今则大学分科不列哲学，士夫谈论动诋异端。国家以政治上之骚动而疑西洋之思想皆酿乱之麹蘖，小民以宗教上之嫌忌而视欧美之学术皆两约之悬谈。且非常之说，黎民之所惧；难知之道，下士之所笑，此苏格拉底之所以仰

---

①　郭沫若：《鲁迅与王国维》，载《沫若文集》第 12 卷，人民文学出版社 1957 年版，第 531—544 页。

②　王国维：《静庵文集续编自序》，载《海宁王静安先生遗书》第 15 册，商务印书馆 1940 年版。

药，婆鲁诺之所以焚身，斯披诺若之所以破门，汗德之所以解职也。其在本国且如此，况乎在风俗文物殊异之国哉！则西洋之思想之不能骤输入我中国，亦自然之势也。"① 虽然他深知在封建古国传播西方资产阶级的学术思想之难，但他仍以一个启蒙思想家的果决口吻宣布："今日之最亟在援引世界进步之学问。"② 他说："欲完全知此土之哲学，势不可不研究彼土之哲学，异日发明光大我国之学术者，必在兼通世界学术之人，而不在一孔之陋儒，固可决也。"③ 在这里，他的论战锋芒，是对准那些把西洋思想视为酿乱之阶，固于儒学的一孔之见的封建顽固派的。

西洋思想是形形色色的。王国维看重哪些呢？首先，王国维是鄙视西方的宗教神学而看重具有确实性，足以供研究问题，认识真理之用的科学知识的。他指出："西洋大学之神学科为识者所诟病，久矣。何则？宗教者，信仰之事而非研究之事也。研究宗教，是失宗教之信仰也；若为信仰之故而研究，则又失研究之本义。"④ 康德"限定知识的领域，以便给信仰留地盘"（康德：《纯粹理性批判》），表现了他对信仰主义的让步；但王国维把宗教放逐出研究对象之外，却是为了推重科学研究求真的本义。他指出欧洲中世纪哲学"以辩护宗教为务"，"所以蒙极大之污辱"⑤。同时认为"数学及物理学"

---

① 王国维：《论近年之学术界》，载《海宁王静安先生遗书》第 14 册，商务印书馆 1940 年版。（引者按：引文中之"婆鲁诺"，今通用译名即"布鲁诺"；"斯披诺若"即"斯宾诺莎"；"汗德"即"康德"）

② 王国维：《奏定经学科大学文学科大学章程书后》，载《海宁王静安先生遗书》第 15 册，商务印书馆 1940 年版。

③ 王国维：《奏定经学科大学文学科大学章程书后》，载《海宁王静安先生遗书》第 15 册，商务印书馆 1940 年版。

④ 王国维：《奏定经学科大学文学科大学章程书后》，载《海宁王静安先生遗书》第 15 册，商务印书馆 1940 年版。

⑤ 王国维：《文学小言》，载《海宁王静安先生遗书》第 15 册，商务印书馆 1940 年版。

是"最确实之知识"①，而且一度有志于数学及物理学的研究。西方十七八世纪自然科学着重经验事实的分门别类的整理、研究的方法，使王国维一生在学术研究上受惠无穷。他养成了科学的实事求是的精神，"丝毫不为成见所囿，并且异常胆大，能发前人所未发，言腐儒所不敢言"②。他说："事物必尽其真，而道理必求其是，凡吾智之所不能通，而吾心之所不能安者，虽圣贤言之有所不信焉，虽圣贤行之有所不慊焉。何则？圣贤所以别真伪也，真伪非由圣贤出也；所以明是非也，是非非由圣贤立也。"③ 这种"尽真求是"的治学态度，应该说是王国维哲学思想中唯物主义倾向和辩证法因素的反映。这种科学态度不但使他在美学和具体的文学艺术部门（小说、诗词、戏曲）的研究中创获迭见，而且引导他在古史研究中取得了使郭沫若誉之为"新史学的开山"的成就。他对自己的史学研究方法曾有这样的说明："欲求知识之真与道理之是者，不可不知事物道理之所以存在之由与其变迁之故。……自史学上观之，则不独事理之真与是者足资研究而已，即今日所视为不真之学说，不是之制度风俗，必有所以成立之由，与其所以适于一时之故。其因存于邃古，而其果及于方来，故材料之足参考者，虽至纤悉不敢弃焉。"④ 从确凿的历史材料中推寻历史现象的远因和后果，这一方法的提出，说明王国维已经具有把历史看成一个发展过程的辩证思想。王国维还说："夫天下之事物，非由全不足以知曲，非致曲不足以知全，虽一物之

---

① 王国维：《论性》，载《海宁王静安先生遗书》第 14 册，商务印书馆 1940 年版。

② 郭沫若：《鲁迅与王国维》，载《沫若文集》第 12 卷，人民文学出版社 1957 年版，第 531—544 页。

③ 王国维：《〈国学丛刊〉序》，载《海宁王静安先生遗书》第 12 册，商务印书馆 1940 年版。

④ 王国维：《〈国学丛刊〉序》，载《海宁王静安先生遗书》第 12 册，商务印书馆 1940 年版。

解释，一事之决断，非深知宇宙人生之真理者不能为也；而欲知宇宙人生者，虽宇宙中之一现象，历史上之一事实，亦未始无所贡献。"[1] 这里已经隐含了对人类认识的两个过程的互相联结——由特殊到一般，又由一般到特殊——的猜测。上述王国维科学的思想方法，在他的文学研究著作中也得到了体现。《人间词话》中的文学发展的历史观点，《宋元戏曲史》中对元曲这一文学体裁的来龙去脉的精密翔实的稽考，都是辉煌的例证。

其次，王国维在学习西洋思想时，特别注重对西方哲学史的学习。在这方面，他的涉猎之广，是令人惊讶的。他的早期哲学、美学著作中反映出，他对于苏格拉底、柏拉图、赫拉克利特（额拉吉来图）、亚里士多德（雅里大德勒）、西塞罗（基开禄）、维吉尔（哀伽尔）、卢梭、洛克、斯宾诺莎（斯皮诺若）、休谟（休蒙）、莎士比亚（狭斯丕尔）、康德（汗德）、歌德（格代）、席勒（希尔列尔）、谢林（希哀林）、黑格尔（海额尔）、培根（柏庚）、费尔巴哈（海尔巴德）、叔本华、尼采都有或多或少、或深或浅的接触。在西方哲学、文学思想东渐之初，王国维的西方哲学史的知识，是居于他那个时代的巅峰的。他有博雅的旧学根底，又通西文，以青年时代的精力，恣游于西方哲学的大海，这对他的抽象思维能力是极好的锻炼。恩格斯认为，人的理论思维能力"必须加以发展和锻炼，而为了进行这种锻炼，除了学习以往的哲学，直到现在还没有别的手段"。（恩格斯：《自然辩证法》）王国维在学习西方哲学史的过程中，是有意识地培养、锻炼自己的理论思维的。他认识到，在自然科学、工业生产发达的西方，人们"长于抽象而精于分类"[2]，而这正是当时的中国学人所短的。他沉潜于西方哲学，正是为了发展自己对日日萦绕于脑际的人生宇宙的根本问题的思索能力——"人生

---

① 王国维：《〈国学丛刊〉序》，载《海宁王静安先生遗书》第 12 册，商务印书馆 1940 年版。

② 王国维：《论新学语之输入》，载《海宁王静安先生遗书》第 14 册，商务印书馆 1940 年版。

之问题，日往复于吾前，自是始决从事于哲学。"①

王国维对西方哲学涉猎虽广，但并不是没有重点的。我认为，从表面上看，他的重点是汲取叔本华的意志哲学；但从实质上看，他真正服膺并贯彻到美学研究中去的，是经过叔本华改造的康德哲学中的经验论倾向。对于这个问题，需要作一番辨析。

王国维对于西方哲学，曾提出一个"可爱者不可信，可信者不可爱"的著名论点。对于这个论点，不少研究文章的解释是带有较大的任意性的。有的文章认为，"可爱而不可信"，是指他对叔本华哲学的感情向往和理智推拒的矛盾的态度，但对"可信者不可爱"则不予坐实。也有的文章认为，王国维认为可信者就是历史科学。②我觉得，对于这个问题，还是尊重王国维自己的解释为好。王国维说："哲学上之说，大都可爱者不可信，可信者不可爱。余知真理，而余又爱其谬误。伟大之形而上学，高严之伦理学，与纯粹之美学，此吾人所酷嗜也。然求其可信者，则宁在知识上之实证论，伦理学上之快乐论，与美学上之经验论。知其可信而不能爱，觉其可爱而不能信。此近二三年中最大之烦闷。"③ 我以为，王国维这段话，对把握他总的哲学倾向，至关重要。王国维所"酷嗜"的"伟大之形而上学"，系指脱离物质世界的理性、精神本体的研究；"高严之伦理学"，系指严肃论之伦理学，也就是康德所谓由道德律令制约的善的研究；"纯粹之美学"，系指理性主义美学，也就是康德从"无目的的目的性"出发进行的一整套美的分析。这三者，显然都带有唯理论的色彩，虽被王国维所爱好但并不被他目为全部可信（也不是全部不信）。而王国维宣称他认为可信的，倒是"知识上

---

① 王国维：《静庵文集续编自序》，载《海宁王静安先生遗书》第 15 册，商务印书馆 1940 年版。

② 李泽厚：《梁启超王国维简论》，载李泽厚：《中国近代思想史论》，人民出版社 1979 年版，第 437 页。

③ 王国维：《静庵文集续编自序二》，载《海宁王静安先生遗书》第 15 册，商务印书馆 1940 年版。

之实证论，伦理学上之快乐论，与美学上之经验论"。所谓"知识
上之实证论"，实际上也就是认识论上的素朴实在论（王国维看中
的只是实在论与实证论中确信感觉、经验的一点，他未必细察实
在论与实证论的区别）；所谓"伦理学上之快乐论"，系指哲学史
上承认"人的本性趋向快乐"，并以承认"趋乐避苦"为善的伦理
观点；"美学上之经验论"，系指 18 世纪英国美学家柏克等人的经
验主义和感觉主义美学，这种美学部分地被康德吸取，却被叔本
华作了彻底的唯心主义改造。以上王国维认为可信的三种哲学观
点，都带有经验论的倾向，恰与王国维所"酷嗜"的三者都带唯
理论的倾向形成对比。在这里，最耐人寻味的是王国维对自己的
美学倾向的认同：虽酷嗜"纯粹之美学"，却宁信"美学上之经验
论"。这一认同为我们提供了一把打开王国维美学思想秘库的钥
匙，是应该给予充分重视的。

我们不可能全面讨论王国维的哲学思想（这是一个被中国哲学
史工作者忽略但却非常有意思的论题①），但是，大致地分析一下王
国维的哲学倾向，却是必要的。在我看来，《释理》一文是说明王国
维哲学倾向的代表作。这篇哲学论文，不像《叔本华之哲学及教育
学说》《叔本华与尼采》等哲学史论文那样，侧重于评述别人的思
想，而是通过对"理"这一概念的语源、语义发展的分析，对哲学
史上的客观唯心主义进行批判，直率地阐明自己倾向经验论的哲学
观点。《释理》一文，其主旨是辨明"理"的"性质之为主观的而非
客观的"②，理是在感觉、经验等等人的主观因素基础上形成的概念
或推理能力，而不是客观之物，并不"离开人之知力而独立而有绝
对的实在性"③，也不是"超感觉之能力"。它的批判锋芒，是对着

---

① 目前几部流行的《中国哲学史》，其中包括任继愈主编的四卷本《中国哲
学史》，均不论及王国维。

② 王国维：《释理》，载《海宁王静安先生遗书》第 14 册，商务印书馆 1940 年版。

③ 王国维：《释理》，载《海宁王静安先生遗书》第 14 册，商务印书馆 1940 年版。

"希哀林、海额尔（即谢林、黑格尔）之徒乘云驭风而组织理性之系统"① 的，也是对着朱熹的"太极说"的。这是一个主观唯心主义的经验论者对客观唯心主义的唯理论者的批判。但是，这种批判，却流露了王国维哲学思想中的唯物论和辩证法的因素。列宁曾经指出："当一个唯心主义者批判另一个唯心主义者的唯心主义基础时，常常是有利于唯物主义的。见亚里士多德对柏拉图的批判。"（列宁：《黑格尔"哲学史讲义"一书摘要》）王国维在《释理》一文中对客观唯心主义的批判，也是有利于唯物主义的。有趣的是，他的批判，和列宁称许的亚里士多德对柏拉图的批判非常相似。亚里士多德在批判柏拉图的"理念说"时，是从一般和个别的关系入手的，他指出："同单一并列和离开单一的普遍是不存在的"，因为"普遍的东西本身不是以单一实体的形式存在着，而只是作为一定概念和一定物质所构成的整体存在着"。② 他举例说："因为当然不能设想：在个别的房屋之外还存在着一般的房屋。"③ 这样，他就一举中的地摧毁了作为离开个别而单独存在的实体的柏拉图的"理念"。王国维在批判客观唯心主义者关于"理"的客观性的假定时，也从一般和个别的关系入手。他说："所谓理者，不过理性、理由二义，而二者皆主观上之物也。然则古今东西之言理者，何以附以客观的意义乎？曰：此亦有所自。盖人类以有概念之知识，故有动物所不能者之利益，而亦陷于动物不能陷之误谬。……人则有概念，故从此犬彼马之个物之观念中，抽象之而得'犬'与'马'之观念；更从犬马牛羊及一切跂行喙息之观念中抽象之而得'动物'之观念，更合之植物矿物而得'物'之观念。……离动植矿物以外，非别有所谓'物'也；离犬马牛羊及一切跂行喙息之属外，非别有所谓'动物'也；离此犬彼马之外，非别有所谓'犬'与'马'也。所谓马者，非此

---

① 王国维：《释理》，载《海宁王静安先生遗书》第 14 册，商务印书馆 1940 年版。

② ［古希腊］亚里士多德：《形而上学》，商务印书馆 1960 年版，第 157、144 页。

③ ［古希腊］亚里士多德：《形而上学》，商务印书馆 1960 年版，第 47 页。

马即彼马，非白马即黄马骊马，如谓个物之外，别有所谓马者，非此非彼非黄非骊非他色而但有马之公共之性质，此亦三尺童子之所不能信也。故所谓'马'者，非实物也，概念而已矣。"① 在这里，王国维从列宁所说的"最简单、最普通、最常见"② 的命题入手，揭露了唯心主义的认识论根源在于夸大了一般与个别的对立，把一般概念"片面地、夸大地发展（膨胀，扩大）为脱离了物质、脱离了自然的、神化了的绝对"③。王国维的这一批判是散发着唯物主义的战斗气息的、有声有色的，这才是他自许的"见识文采亦诚有过人者"④ 之处。而王国维哲学思想的这一精彩之处，又是和他在研究自然科学的过程中所获得的自发的唯物论倾向相通的。所谓王国维的"科学头脑"，应是指他哲学思想的这一唯物主义的侧面而言。

可惜的是，王国维哲学思想中的这一唯物主义倾向，并没有成为主要方面。他反对了客观唯心主义的唯理论，却从经验论滑向了主观唯心主义，滑向了叔本华的意志哲学。王国维是把叔本华哲学当作读通康德哲学的向导的，他曾对康德的《纯粹理性批判》一书先后进行了四次研读思索。第一次读不懂，辍而不读，转读叔本华之《意志及表象之世界》，大为赞赏，一年之内读了两遍，并认为书中"汗德哲学之批评"一章"为通汗德哲学之关键"。再回过头来读康德之书，"则非复前日之窒碍矣"。而且后几次读康德，一次比一次"窒碍更少"，并且，"觉其窒碍之处，大抵其说之不可持也"⑤。看来，他是完全接受了叔本华从右的方面对康德哲学的批判的。他

① 王国维：《释理》，载《海宁王静安先生遗书》第14册，商务印书馆1940年版。

② 列宁：《谈谈辩证法问题》，载《列宁选集》第二卷，人民出版社1972年版，第713页。

③ 列宁：《谈谈辩证法问题》，载《列宁选集》第二卷，人民出版社1972年版，第715页。

④ 王国维：《静庵文集续编自序》，载《海宁王静安先生遗书》第15册，商务印书馆1940年版。

⑤ 王国维：《静庵文集续编自序》，载《海宁王静安先生遗书》第15册，商务印书馆1940年版。

在哲学上的失足点，就在于他赞同了叔本华对康德哲学中有唯物论倾向的感觉论的唯心主义批判。

列宁指出："康德哲学的基本特征是调和唯物主义和唯心主义，使二者妥协，使各种相互对立的哲学派别结合在一个体系中。当康德承认在我们之外有某种东西、某种自在之物同我们表象相符合的时候，他是唯物主义者；当康德宣称这个自在之物是不可认识的、超验的、彼岸的时候，他是唯心主义者。在康德承认经验、感觉是我们知识的唯一泉源时，他是在把自己的哲学引向感觉论，并且在一定的条件下通过感觉论而引向唯物主义。在康德承认空间、时间、因果性等等的先验性时，他就把自己的哲学引向唯心主义。"① 彻底的唯心主义者反对康德哲学的不彻底性，他们"要求不仅从纯粹思想中彻底地引出先验的直观形式，而且彻底地引出整个世界（把人的思维扩张为抽象的自我或'绝对观念'、普遍意志等等）"②。叔本华正是从彻底的唯心主义立场出发来批判康德的。他说，"康德的第一个错误就在于忽略了"贝克莱第一个断然宣布出来的真理——"世界乃是表象。"③ 他认为，康德的"主要贡献，也是一项非常伟大的发现"，就是发现了时间、空间和因果性等普遍形式"先天地存在于我们的意识之中"④。他要求进一步发挥康德哲学中这个唯心主义因素，从人的意识、感觉、直观中引出整个世界，达到世界只是"直观者的直观，一句话，只是表象而已"⑤ 的唯我论的结论。本来，

---

① 列宁：《唯物主义和经验批判主义》，载《列宁选集》第二卷，人民出版社1972年版，第200页。

② 列宁：《唯物主义和经验批判主义》，载《列宁选集》第二卷，人民出版社1972年版，第200页。

③ 叔本华：《世界之为意志与表象》，载洪谦主编：《西方现代资产阶级哲学论著选辑》，商务印书馆1964年版，第6页。

④ 叔本华：《世界之为意志与表象》，载洪谦主编：《西方现代资产阶级哲学论著选辑》，商务印书馆1964年版，第6页。

⑤ 叔本华：《世界之为意志与表象》，载洪谦主编：《西方现代资产阶级哲学论著选辑》，商务印书馆1964年版，第7页。

康德承认经验、感觉的实在性，是"通过感觉论而引向唯物主义"。正如他自己说的："我们限定理性，是为了让理性不失去经验条件，不陷入超验的泥坑。"（康德：《纯粹理性批判》）但是，"在'经验'这个字眼下，无疑地可以隐藏哲学上的唯物主义路线和唯心主义路线"。"从感觉出发，可以遵循着主观主义的路线走向唯我论（物体是感觉的复合或组合），也可以遵循着客观主义的路线走向唯物主义（感觉是物体、外部世界的映象）"①。叔本华正是利用"经验""感觉""直观"等字眼作掩护，把康德哲学中有唯物主义倾向的经验论改造成主观唯心主义的意志论。王国维在批判客观唯心主义的唯理论时，赞赏康德肯定经验的实在性而"限定理性"的唯物论倾向，但不满于他对理性、概念的肯定和对经验的限制，由这种不满而片面夸大经验的作用，把经验、直观看成绝对存在物，这样就掉入了叔本华极端唯心主义的经验论、直观论的泥坑。他说："至叔氏哲学全体之特质，亦有可言者。其最重要者，叔氏之出发点在直观（即知觉）而不在概念是也。……吾人欲深知一概念，必实现之于直观而以直观代表之而后可。若直观之知识，乃最确实之知识，而概念者仅为知识之记忆传达之用，不能由此而得新知识。真正之新知识，必不可不由直观之知识，即经验之知识中得之。然古今之哲学家，往往由概念立论，汗德且不免此，况他人乎？……叔氏之哲学则不然，其形而上学之系统，实本于一生之直观所得者。……叔氏之哲学，所以凌轹古今者，其渊源实存于此。"② 在这里，王国维由批判客观唯心主义的唯理论而持的唯物立场，经由夸大经验、直观这一认识论的侧面，终于跌入主观唯心论的经验论，这样一条哲学思想发展的路径，是呈现得非常清楚的。弄清楚王国维哲学思想中的这种复杂的矛盾形态，对于深入了解王国维美学思想的内在矛盾，是

---

① 列宁：《唯物主义与经验批判主义》，载《列宁选集》，人民出版社1972年版，第125页。

② 王国维：《叔本华之哲学及教育学说》，载《海宁王静安先生遗书》第14册，商务印书馆1940年版。

很重要的。我认为，王国维在哲学上最终表现为叔本华的意志哲学的信徒，但他是经由夸大经验和直观的复杂途径走向唯我论的。由于他服膺经验论，所以在对抗客观唯心主义的唯理论时，能产生唯物论倾向和辩证法因素。这一点体现在他的美学思想中，就表现为他能够比较深入地掌握康德美学中对审美心理的经验事实的辩证分析，也能够比较深地研究文学艺术的具体现象，从而取得了闪耀着辩证法光辉的美学成果。

二

陈元晖同志在《王国维的美学思想》一文中认为，王国维的美学著作，"处处都流露出他对叔本华美学理论的倦倦之情"，只有"境界说"，"是他的叔本华美学思想沙漠中的一块绿洲"。① 他用极暗淡的笔调，通过对"古雅说""游戏说""天才说""境界说"的述评，描绘了王国维美学思想的一片沙漠，以此证明"叔本华哲学思想对他影响之深"。读了此文，我深深地为王国维感到不平，因此想探究一个王国维的美学思想和叔本华美学思想的真实关系。

就先从王国维最为世人诟病的早期美学著作《〈红楼梦〉评论》说起吧。学术界一般认为，王国维这一著作，完全套用叔本华的美学理论，歪曲了《红楼梦》的伟大的现实主义内容，其中浸淫着的唯意志论和悲观主义，充满着地主资产阶级的没落情绪，是应该予以批判的②。我在细读了这一著作后的感觉却相反。我认为，如果坚持历史唯物主义的态度，进行全面的而不是片面的观察，这部著作

----

① 参见《哲学研究》1980 年第 5—6 期。
② 例如敏泽的《中国文学理论批评史》就基本上持这种观点。

应该说是王国维美学著作中最有朝气、最有进步意义的一部。其中自然也有糟粕，有曲说，但也有对《红楼梦》的思想价值和艺术价值极有见地的分析。我这样说，绝不是故作惊人之语，而是有事实根据的。

诚然，《〈红楼梦〉评论》一文，以相当多的篇幅，介绍了叔本华的人生观和艺术观，并以之为立脚点来评论《红楼梦》。它的主要论旨，从表面上看，确乎是在宣扬叔本华的意志哲学和悲观主义。例如，文章中有一段带有总结性的话说："宇宙一生活之欲而已。而此生活之欲之罪过，即以生活之苦痛罚之：此即宇宙之永远的正义也。自犯罪，自加罚，自忏悔，自解脱。美术之务，在描写人生之苦痛与其解脱之道，而使吾侪冯生之徒，于是桎梏之世界中，离此生活之欲之争斗，而得其暂时之平和，此一切美术之目的也。"① 在王国维看来，《浮士德》也好，《红楼梦》也好，都是为了这个目的。这种说法，当然是有失偏颇的。然而，从《〈红楼梦〉评论》一文的具体内容来看，作者虽然想把他对《红楼梦》的具体分析，纳入上述叔本华人生观与艺术观的框架中，但是，他的具体分析却溢出了这个抽象的哲学和美学框架，蕴含了极为丰富的新鲜内容。具体论证的结果走到了王国维主观确定的论旨的反面。造成这种奇特现象的原因，我想，大概是因为对叔本华人生观和艺术观的介绍，毕竟是抽象的，而王国维对《红楼梦》的评论，则包含了具体的、深切的、敏锐的艺术感受之故吧。王国维对《红楼梦》的评论，其精彩之处，我以为表现在下述三个方面：

第一，王国维突破了封建主义的传统文学见解，抨击了封建文人对《红楼梦》的种种歪曲，开辟了早期红学的新方向——把《红楼梦》和社会人生的根本问题联系起来进行观察的新方向。在王国维评论《红楼梦》的时候，小说是受人轻视的，而《红楼梦》遭到

---

① 王国维：《〈红楼梦〉评论》，载《海宁王静安先生遗书》第 14 册，商务印书馆 1940 年版。

的贬斥和曲解更多，正如鲁迅所说的："单是命意，就因读者的眼光而有种种：经学家看见《易》，道学家看见淫，才子看见缠绵，革命家看见排满，流言家看见宫闱秘事……"① 在这种氛围中，人们突然听到了王国维盛赞《红楼梦》为"我国美术上之唯一大著述"，"宇宙之大著述"② 的声音，是会觉得振聋发聩、耳目一新的。王国维论《红楼梦》，表面上是以叔本华美学为立脚地，大讲从人生中获得解脱之道，实际上是以现实人生为立脚地，从具体的艺术感受出发，说明《红楼梦》"大有造于人生"之处以及"救济"人生，"洗涤"精神，"感发人之情绪而高上之"的艺术效果。③ 王国维开宗明义第一章，即是"人生及美术之概观"。这个概观，虽然包含了把人生视为"生活之欲"的发现，认为"欲与生活与苦痛，三者一而已矣"④ 等错误见解，然而却也包含着对艺术的审美特征的某些正确观察。王国维说："有兹一物焉，使吾人超然于利害之外，而忘物与我之关系。……然物之能使吾人超然于利害之外者，必其物之于吾人，无利害之关系而后可；易言以明之，必其物非实物而后可。然则，非美术何足以当之乎？"⑤ 把艺术看成能导引人完全超然于社会功利之外的东西，这是错误的。但王国维的本意，倒是以为艺术"大有造于人生"的。如果我们深入而不是皮相地看待王国维的观点，则他所谓艺术要与人"无利害之关系"的意见，无非是说艺术是一种虚构，"其物非实物"，人们对艺术的这一特征有了认识，才能对艺术

---

① 鲁迅：《〈绛洞花主〉小引》，载《鲁迅全集》第 7 卷，人民文学出版社 1958 年版，第 419 页。

② 王国维：《〈红楼梦〉评论》，载《海宁王静安先生遗书》第 14 册，商务印书馆 1940 年版。

③ 王国维：《〈红楼梦〉评论》，载《海宁王静安先生遗书》第 14 册，商务印书馆 1940 年版。

④ 王国维：《〈红楼梦〉评论》，载《海宁王静安先生遗书》第 14 册，商务印书馆 1940 年版。

⑤ 王国维：《〈红楼梦〉评论》，载《海宁王静安先生遗书》第 14 册，商务印书馆 1940 年版。

持有一种正确的鉴赏的态度。所以王国维引歌德之诗说："凡人生中足以使人悲者，于美术中则吾人乐而观之。"在人生实际中，谁也不会把悲剧性事件当作艺术来"乐而观之"，只有在艺术虚构中，生活中的悲剧性事件才升华为使人"乐而观之"的艺术美。王国维认为，"人类之言语动作，悲欢啼笑"，是"与吾人有利害之关系"的，但艺术家"以其所观于自然人生中者复现之于美术中"，这样就使一般人能忘记种种利害之关系而把它视为"美之对象"，从中得到感兴愉悦。① 这种对艺术的看法，不能说没有合理的因素。鲁迅曾批评中国人对艺术不能持正确的鉴赏态度，"满心是利害的打算"，硬要钻到小说中去充当其中的一个角色。② 我以为这和王国维的看法是有些相通的。从这种艺术能将人生"复现"，创造"美之对象"的观点出发，王国维得出结论说："吾人且持此标准，以观我国之美术；而美术中以诗歌戏曲小说为其顶点，以其目的在描写人生故吾人于是得一绝大著作曰《红楼梦》。"③ 把《红楼梦》视为"复现"人生之书，这应该说是一个非常卓特的见解，也是王国维评论《红楼梦》的真正立脚地。从这个立脚地出发，王国维有力地驳斥了对艺术的审美特征毫无认识的索隐派，指出："自我朝考证之学盛行，而读小说者，亦以考证之眼读之。于是评《红楼梦》者，纷然索此书中之主人公之为谁，此又甚不可解也。夫美术之所写者，非个人之性质，而人类全体之性质也。惟美术之特质，贵具体而不贵抽象。于是举人类全体之性质，置诸个人之名字之下。……善于观物者，能就个人之事实，而发见人类全体之性质；今对人类之全体，而必规规焉

① 王国维：《〈红楼梦〉评论》，载《海宁王静安先生遗书》第 14 册，商务印书馆 1940 年版。

② 鲁迅：《中国小说的历史的变迁》，载《鲁迅全集》第 8 卷，人民文学出版社 1958 年版，第 350 页。

③ 王国维：《〈红楼梦〉评论》，载《海宁王静安先生遗书》第 14 册，商务印书馆 1940 年版。

求个人以实之，人之知力相越，岂不远哉!"① 由于对艺术的审美特征的认识，王国维实际上已经模糊地猜测到《红楼梦》的主人公们的典型意义。他把《红楼梦》和歌德的《浮士德》相提并论，表现出一个启蒙思想家的见识与勇气，这是对自《红楼梦》问世以来对此书"冷淡遇之"的封建主义的传统文学观念的大胆反叛。

当然，王国维对《红楼梦》的价值的看法，是充满复杂的矛盾的。他一方面赞同叔本华否定人生的"解脱说"，另一方面又肯定《红楼梦》"复现"人生引入兴味的真价值，这岂不是自相矛盾？王国维自己也意识到这种矛盾，他自己设问说："人苟无生，则宇宙间最可宝贵之美术，不亦废欤？"② 但他的回答却是非常机智的，他说："美术之价值，对现在之世界人生而起者，非有绝对的价值也。其材料取诸人生，其理想亦视人生之缺陷逼仄，而趋于其反对之方面。如此之美术，唯于如此之世界、如此之人生中，始有价值耳。……然则超今日之世界人生以外者，于美术之存亡，固自可不必问也。"③ 看来，他在理论上虽然也似乎相信世界之人类终有"尽入于解脱之域"的一天，但在感情上却是执着于"现在之世界人生"的，所以他要那样热烈地为《红楼梦》这部取材于人生的大著述的价值辩护。矛盾是以肯定现实人生和艺术的价值来解决的。别看《〈红楼梦〉评论》一文多出世之语，其实倒是充满入世之情的一篇大议论。

第二，王国维从《红楼梦》是写人生之书这个立脚地出发，进一步论证了《红楼梦》描写人生痛苦的悲剧性质，引导读者敢于直面这部巨著中展示的人生深处的痛苦，客观上有力地鞭挞了封建文学中瞒和骗的团圆主义。王国维认为，《红楼梦》一书的精神，"大

---

① 王国维：《〈红楼梦〉评论》，载《海宁王静安先生遗书》第14册，商务印书馆1940年版。

② 王国维：《〈红楼梦〉评论》，载《海宁王静安先生遗书》第14册，商务印书馆1940年版。

③ 王国维：《〈红楼梦〉评论》，载《海宁王静安先生遗书》第14册，商务印书馆1940年版。

背于吾国人之性质"①。他说："吾国人之精神，世间的也，乐天的也，故代表其精神之戏曲小说，无往而不著此乐天之色彩：始于悲者终于欢，始于离者终于合，始于困者终于亨；非是而欲餍阅者之心，难矣。"② 但是，"红楼一书，与一切喜剧相反，彻头彻尾之悲剧也"③。王国维对中国封建文学中廉价的团圆主义虽然没有达到鲁迅那样直斥为瞒和骗的认识高度，但他对这种团圆主义的鄙薄却是明显的，而且从艺术直觉中体味到《红楼梦》在总的艺术氛围上的沉重的悲剧气息，指出了它和团圆主义的根本对立。在分析《红楼梦》的悲剧性质时，王国维虽然惑于《红楼梦》中某些佛家思想的表现（这无疑是曹雪芹世界观中很浓厚的一个阴影，但绝不是《红楼梦》一书的主要方面），把《红楼梦》一书说成是显示人生痛苦及其解脱之道的书，并引叔本华的人生观为佐证，作了一些荒唐的分析（如"所谓玉者，不过生活之欲之代表而已"④ 等等）；但是，他注意到《红楼梦》一书中着力写的乃是比"饮食之欲"更强烈的"男女之欲"造成的痛苦，并集中考察了主人公贾宝玉在"男女之欲"中"缠陷最深"所切身觉得的痛苦，这却是很有见地的。王国维分析说："法斯德（引者按：浮士德）之苦痛，天才之苦痛；宝玉之苦痛，人人所有之苦痛也。其存于人之根柢者为独深，而其希救济也为尤切。作者一一掇拾而发挥之。我辈之读此书者，宜如何表满足感谢之意哉！"⑤ 在这里，王国维实际上指出了贾宝玉苦痛的社会普

---

① 王国维：《〈红楼梦〉评论》，载《海宁王静安先生遗书》第 14 册，商务印书馆 1940 年版。

② 王国维：《〈红楼梦〉评论》，载《海宁王静安先生遗书》第 14 册，商务印书馆 1940 年版。

③ 王国维：《〈红楼梦〉评论》，载《海宁王静安先生遗书》第 14 册，商务印书馆 1940 年版。

④ 王国维：《〈红楼梦〉评论》，载《海宁王静安先生遗书》第 14 册，商务印书馆 1940 年版。

⑤ 王国维：《〈红楼梦〉评论》，载《海宁王静安先生遗书》第 14 册，商务印书馆 1940 年版。

遍意义。尤其值得注意的是，前面大量使用的"解脱"一语，这里用"救济"一语代之。我认为，"救济"一语的主要含义，是指读者在欣赏《红楼梦》悲剧时所得到的情感上的疗慰、升华。王国维曾引《红楼梦》第九十六回中描写宝玉与黛玉最后之相见的一段文字，然后说："如此之文，此书中随处有之，其动吾人之感情何如！凡稍有审美的嗜好者，无人不经验之也。"① 从这一引文及评语里，我们似可窥见，《红楼梦》一书，最能打动王国维感情的，并不是描写宝玉出家解脱的那些情节，而是极写宝黛爱情悲剧之惨酷的情节。而且，在王国维看来，造成这种"天下之至惨"的，并不是个别的恶人或盲目的命运，却"不过通常之道德，通常之人情，通常之境遇为之而已"②。他实际上已经在宝黛爱情悲剧上看出了这一悲剧在显示封建社会"通常"的道德、人情、人生境遇上的作用，只不过由于他政治思想上的软弱，只能埋起被宝黛悲剧触动的悲愤之火，而以希求"救济"一语，曲折地表达了早期觉醒者在封建桎梏下无爱的悲哀而渴慕幸福的希冀。王国维在总结他对《红楼梦》悲剧性质的分析时，不但只字不提解脱，而且引亚里士多德的悲剧"净化说"，以说明《红楼梦》给予读者精神上的洗涤作用。他说："《红楼梦》之为悲剧也如此。昔雅里大德勒（亚里士多德）于诗论中，谓悲剧者，所以感发人之情绪而高上之，殊如恐惧与悲悯之二者，为悲剧中固有之物，由此感发，而人之精神于焉洗涤。故其目的，伦理学上之目的也。……由是，《红楼梦》之美学上之价值，亦与其伦理学上之价值相联络也。"③ 这就可见"救济"一语与精神上获得"洗涤"、"净化"是相通的。我觉得，王国维对《红楼梦》这一"彻

---

① 王国维：《〈红楼梦〉评论》，载《海宁王静安先生遗书》第 14 册，商务印书馆 1940 年版。

② 王国维：《〈红楼梦〉评论》，载《海宁王静安先生遗书》第 14 册，商务印书馆 1940 年版。

③ 王国维：《〈红楼梦〉评论》，载《海宁王静安先生遗书》第 14 册，商务印书馆 1940 年版。

头彻尾之悲剧"的分析，与其说主要是引导读者由读《红楼梦》而大悟解脱之道，毋宁说主要是引导读者的感情在欣赏《红楼梦》的过程中获得洗涤、高扬。

非常发人深思的是，王国维对《红楼梦》全书悲剧氛围的感受，和鲁迅对《红楼梦》的艺术感受，有某种相通之处。鲁迅在概括《红楼梦》一书的悲剧氛围时说："……颓运方至，变故渐多；宝玉在繁华丰厚中，且亦屡与'无常觌面'……悲凉之雾，遍被华林；然呼吸而领会之者，独宝玉而已。"① 对于贾宝玉的苦痛，鲁迅说，他是"爱博而心劳，而忧患亦日甚多"②。和对《红楼梦》的种种曲解相反，鲁迅说："在我的眼下的宝玉，却看见他看见许多死亡；证成多所爱者，当大苦恼，因为世上，不幸人多。"③ 对于弥漫在《红楼梦》中的"悲凉之雾"，对于宝玉"多所爱"而尝味的苦恼，鲁迅与王国维有相同的感受。这是能够真诚而不伪饰地看取人生和艺术的人所必然共有的感受。但鲁迅看出贾宝玉不仅缠陷于男女之爱中，而且所爱者多，所忧者深，并且批判地指出宝玉的出家，与憎人者是"同一小器"，④ 这就不是王国维所能企及的了。

第三，王国维以他那敏锐的审美判断力，准确地阐明了《红楼梦》主要的艺术价值，达到了早期红学在对《红楼梦》进行艺术分析方面的最高峰。王国维在分析《红楼梦》艺术成就的突出之处时，与琐屑玩味于细枝末节的识小见浅者不同，能够从总体上体味曹雪芹的创作意图看出曹雪芹打破传统的思想和写法的新鲜之处。他的

---

① 鲁迅：《中国小说史略》，载《鲁迅全集》第 8 卷，人民文学出版社 1958 年版。

② 鲁迅：《中国小说史略》，载《鲁迅全集》第 8 卷，人民文学出版社 1958 年版。

③ 鲁迅：《〈绛洞花主〉小引》，载《鲁迅全集》第 7 卷，人民文学出版社 1958 年版，第 419 页。

④ 鲁迅：《〈绛洞花主〉小引》，载《鲁迅全集》第 7 卷，人民文学出版社 1958 年版，第 419 页。

分析集中在两点：一是指出《红楼梦》一书在审美格调上的高洁。他说："此书中壮美之部分，较多于优美之部分，而眩惑之原质殆绝焉。"① 王国维所说的壮美和优美，取之于康德美学中关于崇高与美的分类，但他是根据自己的理解，用自己的语言来阐述的。在他看来，"普通之美"，欣赏者在观赏时，心情处于"宁静之状态"，这属于"优美"；"若此物大不利于吾人，而吾人生活之意志为之破裂，因之意志遁去，而知力得独立之作用，以深观其物，吾人谓此物曰壮美，而谓其感情曰壮美之情"②。他举例说："……地狱变相之图，决斗垂死之像，庐江小吏之诗，雁门尚书之曲，其人固氓庶之所共怜，其遇虽戾夫为之流涕，讵有子颓乐祸之心，宁无尼父反袂之戚，而吾人观之，不厌千复。"③ 康德讲崇高，着重讲大自然的狰狞恶险；而王国维讲壮美，着重讲艺术中的唤起人怜悯、流涕的悲剧，如《孔雀东南飞》描写的爱情悲剧，虽缠绵悱恻，也列入能唤起壮美之情的艺术作品中。但王国维吸取了康德关于崇高能把我们的精神力量提高到超出平常的尺度，"使我们在内心里发现另一种抵抗力，使我们有勇气去和自然的这种表面的万能威力进行较量"，崇高"包含在我们的心里"④ 等看法，稍作变形，指出壮美虽能破裂人的生活意志，却能使人的知力"得独立之作用，以深观其物"，这就肯定了艺术中摧人肺肝的悲剧具有唤起人对生活的深一层观察思索的作用，也就是洗涤精神，"感发人之情绪而高上之"的作用。所以，王国维认为《红楼梦》全书的格调是壮美的，并把描写宝黛最后之相见那

① 王国维：《〈红楼梦〉评论》，载《海宁王静安先生遗书》第 14 册，商务印书馆 1940 年版。

② 王国维：《〈红楼梦〉评论》，载《海宁王静安先生遗书》第 14 册，商务印书馆 1940 年版。

③ 王国维：《〈红楼梦〉评论》，载《海宁王静安先生遗书》第 14 册，商务印书馆 1940 年版。

④ 康德：《判断力批判》，转引自汝信、杨宇：《西方美学史论丛》，上海人民出版社 1963 年版，第 152—153 页。

一段浸透血泪的文字称为全书"最壮美者之一例"。为了加深读者对"壮美""优美"的认识，王国维标举"眩惑"与之对立。他说："若美术中而有眩惑之原质乎，则又使吾人自纯粹知识出，而复归于生活之欲。如粗粺蜜饵，《招魂》、《七发》之所陈；玉体横陈，周昉、仇英之所绘；《西厢记》之'酬柬'，《牡丹亭》之'惊梦'；伶元之传飞燕，杨慎之赝《秘辛》：徒讽一而劝百，欲止沸而益薪。所以子云有'靡靡'之诮，法秀有'绮语'之诃。虽则梦幻泡影，可作如是观，而拔舌地狱，专为斯人设矣。故眩惑之于美，如甘之于辛，火之于水，不相并立者也。吾人欲以眩惑之快乐，医人世之苦痛，是犹欲航断港而至海，入幽谷而求明，岂徒无益，而又增之。则岂不以其不能使人忘生活之欲，及此欲与物之关系，而反鼓舞之也哉！"① 从王国维对眩惑的界说看来，眩惑是一种在艺术中罗列物欲色欲以煽动读者的"靡靡"之音，也就是曹雪芹批判的那种"淫秽污臭，最易坏人子弟"的"风月笔墨"。在王国维看来，眩惑是一种艺术丑。他以"眩惑之原质殆绝焉"嘉许《红楼梦》，并引用曹雪芹批判才子佳人书的创作宣言予以肯定，这就在一片诬蔑《红楼梦》"诲淫"的骂声中，别具只眼地指出了《红楼梦》高洁的审美格调。

王国维对《红楼梦》艺术性的分析，更精彩的还在于他对这一悲剧整体的分析。在做这一分析时，王国维引用了叔本华的悲剧理论，这一点常为论者所诟病。其实，如果不因人废言的话，叔本华对悲剧的看法，是有可取之处的。叔本华认为悲剧的处理方式有三种，一种是由特别邪恶的人物引起的，一种是由于盲目的命运引起的，第三种是"由于剧中人物彼此间所处的相互对立的地位，通过他们的关系而造成"。② "只是一些具有普通品德的人物，在普通的环

---

① 王国维：《〈红楼梦〉评论》，载《海宁王静安先生遗书》第 14 册，商务印书馆 1940 年版。

② 叔本华：《作为意志和表象的世界》，转引自伍蠡甫等主编：《西方文论选》下卷，上海译文出版社 1979 年版，第 333—335 页。

境中，彼此处于对立地位，他们的地位逼使他们明知故犯地、睁着眼睛地相互造成了极大的灾难。而他们当中，没有一方是完全错误的"①。这类悲剧的不幸，"是由于人们的行为和各种性格，很容易而又很自然地产生出来的东西。它几乎可以说是由于人的本性所产生出来的东西，因此，这种巨大的不幸就非常接近我们的身边了"②。在这种悲剧中，"我们看到那些摧毁幸福和生命的力量，是那样一些力量，它们随时随刻都可以降临到我们头上；我们看到巨大的灾难是由于那些我们自己的命运也可能卷进去的纠葛、我们自己也可能做出的行为所造成的，因而没有什么不平可以抱怨。这样一来，我们战栗着，感到我们自己已经置身在地狱之中了"③。叔本华这一见解，是从他所谓悲剧揭示的是"生存本身的罪过"出发的，因而强调欣赏者"自己也可能做出"造成悲剧的行为，强调"没有什么不平可以抱怨"，从而否定在悲剧中寻找"诗的正义"。就这一点而言，叔本华的悲剧观是错误的。但是，就叔本华关于悲剧的描写方法的意见而言，显然有一些合理的艺术见解。这主要是他主张在悲剧矛盾的设置上，不要借助于特别邪恶者或命运，而要从日常生活中普通人的行为和性格，去表现他们的相互关系怎样导致悲剧。这样的悲剧，其真实性是更高的，因而也更难创作。王国维在《〈红楼梦〉评论》中，虽然也袭用了叔本华关于悲剧中没有"诗歌的正义"的说法，但他作了完全不同的解释。叔本华所谓诗中无正义说，是泯灭是非，归结为原罪；而王国维则把"诗歌的正义"，解释为团圆主

---

① 叔本华：《作为意志和表象的世界》，转引自伍蠡甫等主编：《西方文论选》下卷，上海译文出版社 1979 年版，第 333—335 页。

② 叔本华：《作为意志和表象的世界》，转引自伍蠡甫等主编：《西方文论选》下卷，上海译文出版社 1979 年版，第 333—335 页。

③ 叔本华：《作为意志和表象的世界》，转引自伍蠡甫等主编：《西方文论选》下卷，上海译文出版社 1979 年版，第 333—335 页。

义文学中"善人必令其终，而恶人必罹其罚"① 的劝善惩恶的套子。所以他虽然也说《红楼梦》中没有"诗歌的正义"，但并不泯灭悲剧中的是非；所以他在复述叔本华关于悲剧第三种处理方式的看法时，就略去"原罪说"以及"自己也可能做出"不幸之事而无可抱怨的意思，只取其关于悲剧矛盾设置的合理因素。王国维说："但在第三种，则见此非常之势力，足以破坏人生之福祉者，无时不可坠于吾前；且此等惨酷之行，不但时时可受诸己，而或可以加诸人；躬丁其酷，而无不平之可鸣：此可谓天下之至惨也。"② 这里，"无不平之可鸣"，已不是叔本华本义中的无是非、正义可言的意思，而是指在极度惨酷的遭遇中出离愤怒的一种心境。王国维接着分析宝黛悲剧之成因以印证自己的看法："兹就宝玉、黛玉之事言之：贾母爱宝钗之婉嫕，而惩黛玉之孤僻，又信金玉之邪说，而思厌宝玉之病；王夫人固亲于薛氏；凤姐以持家之故，忌黛玉之才而虞其不便于己也；袭人惩尤二姐、香菱之事，闻黛玉'不是东风压倒西风，就是西风压倒东风'之语，惧祸之及，而自同于凤姐，亦自然之势也。宝玉之于黛玉，信誓旦旦，而不能言之于最爱之之祖母，则普通之道德使然；况黛玉一女子哉！由此种种原因，而金玉以之合，木石以之离，又岂有蛇蝎之人物，非常之变故，行于其间哉？不过通常之道德，通常之人情，通常之境遇为之而已。由是观之，《红楼梦》者，可谓悲剧中之悲剧也。"③

王国维虽然因为思想的局限，未能鲜明地揭示宝黛悲剧中所蕴含的批判封建制度的意义，但是，他是把握住了这部文学巨著在展开矛盾、设置人物方面现实主义成就的。《红楼梦》的根本的艺术价

---

① 王国维：《〈红楼梦〉评论》，载《海宁王静安先生遗书》第 14 册，商务印书馆 1940 年版。

② 王国维：《〈红楼梦〉评论》，载《海宁王静安先生遗书》第 14 册，商务印书馆 1940 年版。

③ 王国维：《〈红楼梦〉评论》，载《海宁王静安先生遗书》第 14 册，商务印书馆 1940 年版。

值，在于它的严谨的现实主义写法。鲁迅指出："《红楼梦》中的小悲剧，是社会上常有的事，作者又是比较的敢于写实的，那结果也并不坏。"① 又说："至于说到《红楼梦》的价值，可是在中国底小说中实在是不可多得的。其要点在敢于如实描写，并无讳饰，和从前的小说叙好人完全是好，坏人完全是坏的，大不相同，所以其中所叙的人物，都是真的人物。总之自有《红楼梦》出来以后，传统的思想和写法都打破了。"② 我们如果仔细玩味王国维和鲁迅对《红楼梦》艺术价值的看法，就会发现显然有相通之处。他们都对《红楼梦》"正因写实，转成新鲜"这一根本艺术特点有着准确的把握。王国维赞赏曹雪芹不凭借"蛇蝎之人物，非常之变故"而写出"通常"之道德、人情、境遇，鲁迅则盛赞曹雪芹敢于如实叙写"社会上常有的事"，破了"好人完全是好，坏人完全是坏"的传统写法，创造了"真的人物"。两个艺术大师的美学感受如此一致，这并不是偶然的。这里的根本原因，在于他们都站在现实人生的立脚地上，比较地敢于放出眼光，看取《红楼梦》中对人生悲剧的如实叙写。当然，王国维持论，较为平和含蓄；而鲁迅的立论，则峻切鲜明，这是由两人政治思想的差异决定的。

上述《〈红楼梦〉评论》一文中三个方面的积极内容，都是发前人所未发，且具有批判封建主义传统文学观的战斗作用，构成了这一美学论著的主要内容。那么，对于王国维津津乐道的"解脱说"，又应如何解释呢？在《〈红楼梦〉评论》中，"解脱说"的介绍和发挥，毕竟是一个极为触目的，不容回避的内容呀！

按照叔本华的说法，人生就是痛苦。要解除痛苦，就必须否定生活意志，完全抑制自己的欲望。对个人来说，就是要达到佛教所说的涅槃；面对整个人类来说，则要杜绝生命之源，毁灭生殖意义，

---

① 鲁迅：《坟·论睁了眼看》，载《鲁迅全集》第 1 卷，人民文学出版社 1958 年版，第 220 页。

② 鲁迅：《中国小说的历史的变迁》，载《鲁迅全集》第 8 卷，人民文学出版社 1958 年版，第 350 页。

最后达到人类的寂灭。所以，叔本华的《世界是意志和表象》的结束语是："我们倒是自由地承认，在完全扬弃了意志以后，对于那一切还充满着意志的东西，剩下的只不过是空无。但反过来说，意志所转化和否定的东西，我们这个如此真实的世界及其一切太阳和银河，——也都是空无。"[①] 对于这一套极端荒谬的理论，王国维持什么态度呢？他真的像有的研究者所认为的那样，完全拥护这种彻底的"解脱"吗？我认为，事情并不这样简单。王国维对叔本华的"解脱说"，态度是矛盾的。在感情上，他对此说有若干共鸣之处；但在理智上，则是怀有深刻的怀疑的。

王国维生当封建末世，受西方资产阶级启蒙思想影响，而较早觉悟到封建传统文化之不足持，学术思想持一种激进的援引西方哲学以抨击封建古国固有陈说的立场；但他在政治思想上相当落后，看不到社会发展的前途，也没有与封建制度及其文化、道德决裂的勇气（例如，在《〈红楼梦〉评论》一文中，他承认作为人类之法则的普通道德之价值，说"顺之者安，逆之者危，顺之者存，逆之者亡"[②]），目睹社会黑暗，心中颇贮苦闷。兼之他又是一个诗人气质的哲学家，哲学家气质的诗人，"体素羸弱，性复忧郁"[③]，因此在接触到叔本华的哲学时，对于其中宣泄人类痛苦的文字，便起着一种共鸣。这一点，有的研究者是看到了的。缪钺说："王静安对于西洋哲学并无深刻而有系统之研究（引者按：这一点不确），其喜叔本华之说而受其影响，乃自然之巧合。申言之，王静安之才性与叔本华盖多相近之点，在未读叔本华书之前，其所思所感或已有冥符者，

---

① 转引自汝信、杨宇：《西方美学史论丛》，上海人民出版社 1963 年版，第208 页。

② 王国维：《〈红楼梦〉评论》，载《海宁王静安先生遗书》第 14 册，商务印书馆 1940 年版。

③ 王国维：《静庵文集续编自序》，载《海宁王静安先生遗书》第 15 册，商务印书馆 1940 年版。

……及读叔氏书必喜其先获我心。"① 但是，王国维引叔氏说以论世衡文，并无多少厌世气息，倒是充满人世热情的。叶嘉莹以为："叔本华之哲学著作，只是以哲人之冷眼，指出人世间凡夫俗子的愚昧，其口吻乃是冷漠的，有时还带一点讥讽的意味。而他自己则是狂傲的，自命不凡的，对于人世是无所爱，也无所关心的。而静安先生则不然。静安先生的口吻乃是感情的，悲天悯人的，哀人而且自哀的，对人世是有所爱也有所关心的。"② 这个看法是颇有见地的。王国维的苦闷，是有时代内容的。他是个"老实人"，以真情真相示人，所以多悲苦之音。凡是敏感的先觉者，大抵都有这种深沉的苦闷。鲁迅自己就曾说："多伤感情调，乃知识分子之常，我亦大有此病，或此生终不能改。"（鲁迅致曹聚仁，1934 年 4 月 30 日）但王国维"受着重重束缚不能自拔，最后只好以死来解决自己的苦闷，事实上是成了苦闷的俘虏"③，而鲁迅则是"洞见一切已改和现有的废墟和荒坟，记得一切深广和久远的苦痛，正视一切重叠淤积的凝血，深知一切已死，方生和未生"（鲁迅：《为了忘却的纪念》）的"叛逆的猛士"，他"解脱了一切旧时代的桎梏，而认定了为人民大众服务的神圣任务。他扫荡了敌人，也扫荡了苦闷"④。这是两位大师的根本不同之处。

王国维虽然浸淫于叔本华的学说，借叔氏之酒杯，浇自己之块垒，但他还是能对叔本华的学说提出深刻的怀疑。在《〈红楼梦〉评论》第四章中，他对叔本华的"解脱说"提出质疑。他说："夫由叔氏之哲学说，则一切人类乃万物之根本，一也。故充叔氏拒绝意志

---

① 缪钺：《王静安与王国维》，转引自叶嘉莹：《王国维及其文学批评》，香港中华书局 1980 年版，第 12 页。

② 叶嘉莹：《王国维及其文学批评》，香港中华书局 1980 年版，第 22、241 页。

③ 郭沫若：《鲁迅与王国维》，载《沫若文集》第 12 卷，人民文学出版社 1957 年版，第 531—544 页。

④ 郭沫若：《鲁迅与王国维》，载《沫若文集》第 12 卷，人民文学出版社 1957 年版，第 531—544 页。

之说，非一切人类乃万物，各拒绝其生活之意志，则一人之意志，亦不得而拒绝。……故如叔本华之言一人之解脱，而未言世界之解脱，实与其意志同一之说，不能两立者也。"① 叔本华虽想弥合这个矛盾，引佛教及基督教中释迦、基督持现世之物同归彼岸、上帝之说，作为实现世界解脱的根据。但王国维驳斥说："然叔氏之说，徒引据经典，非有理论的根据也。试问释迦示寂以后，基督尸十字架以来，人类及万物之欲生奚若？其痛苦又奚若？吾知其不异于昔也。然则所谓持万物而归之上帝者，其尚有所待欤？抑徒沾沾自喜之说，而不能见诸实者欤？果如后说，则释迦、基督自身之解脱与否，亦尚在不可知之数也。"② 在这里，王国维根据人类社会的现实，对叔本华的意志寂灭以求解脱之说，乃至佛教、基督教的传说，都提出了怀疑。王国维自己很重视《〈红楼梦〉评论》第四章中提出的这一怀疑，曾于别处再三强调申说之。在《论性》一文中，他指出叔本华自相矛盾："叔本华曰吾人之根本，生活之欲也。然所谓拒绝生活之欲者，又何自来欤？"在《叔本华与尼采》一文中，他说："叔本华由锐利之直观与深邃之研究而证吾人之本质为意志，而其伦理学上之理想在意志之寂灭，然意志之寂灭之可能与否一可解之疑问也（其批评见红楼梦评论第四章）"③。由于对意志之寂灭之可能与否产生了根本的怀疑，所以王国维对叔本华的寂灭解脱论持一种非常独特的看法。他认为，叔本华"以有今日之世界为不足，更进而求最完全之世界。故其说虽以灭绝意志为归，而于其大著第四篇之末，仍反复灭不终灭，寂不终寂之说。彼之说博爱也，非爱世界也，爱其自己之世界而已。其说灭绝也，非真欲灭绝也，不满足于今日之

---

① 王国维：《〈红楼梦〉评论》，载《海宁王静安先生遗书》第14册，商务印书馆1940年版。

② 王国维：《〈红楼梦〉评论》，载《海宁王静安先生遗书》第14册，商务印书馆1940年版。

③ 王国维：《叔本华与尼采》，载《海宁王静安先生遗书》第14册，商务印书馆1940年版。

世界而已"①。因此他把叔本华比作《列子》中提到的那个"昼则呻吟而即事",夜则"梦为国君"的老役夫,说:"叔氏之天才之苦痛,其役夫之昼也;美学上之贵族主义与形而上学之意志同一论,其国君之夜也。"② 也就是说,在王国维看来,叔本华诉说的人间苦痛,是现实的;而叔本华憧憬的寂灭解脱,则是梦幻的,不可信的。所以王国维在《静庵文集自序》中总结自己对叔本华哲学的看法,说他开始十分佩服叔本华,"后渐觉其有矛盾之处,去夏所作《红楼梦》评论,其立论虽全在叔氏之立脚地,然于第四章内已提出绝大之疑问。旋悟叔氏之说半出于其主观的气质而无关于客观的知识"③,于是回头重读康德之书。王国维的这一总结是重要的,也是真实的。他从感情上与叔本华发生共鸣始,而以理智上觉出叔本华之虚妄终。这是他哲学思想中唯物主义因素、相信"客观的知识"的确实性而怀疑主观臆测的实事求是的科学态度的胜利。

为了更清楚地认识《〈红楼梦〉评论》一文所具有的进步意义,这里还想对王国维思想的发展道路说几句话。我认为,王国维的思想发展,总的来说,是由一个受新学影响颇有锐气的启蒙思想家逐渐变为封建遗老的过程。虽然他的学术成就与时俱进(这与他始终保有科学态度,保有早年研习西方哲学所养成的唯物论倾向有关);但他在政治上却与时俱退。他早年写的哲学和美学论文,虽浸染叔本华、尼采学说的色彩,但虎虎有生气,对封建儒学是极大的冲击。徐中舒认为,王国维"年壮气盛,少所许与;顾独好叔本华,尝借其言以抨击儒家之学,为论至精悍"④。这是别具只眼的正确观察。

---

① 王国维:《叔本华与尼采》,载《海宁王静安先生遗书》第 14 册,商务印书馆 1940 年版。

② 王国维:《叔本华与尼采》,载《海宁王静安先生遗书》第 14 册,商务印书馆 1940 年版。

③ 王国维:《静庵文集自序》,载《海宁王静安先生遗书》第 12 册,商务印书馆 1940 年版。

④ 徐中舒:《王静安先生传》,《东方杂志》卷 24 第 13 期,1927 年 7 月。

拉着王国维倒退的罗振玉，是感觉到《静庵文集》正续编中的哲学、美学文章的批判锋芒的。他极力劝王国维"专研国学"，并对王国维说："若尼采诸家学说，贱仁义，薄谦逊，非节制，欲创新文化以代旧文化，则流弊滋多。方今世论益歧，三千年之教泽不绝如线，非矫枉不能反经。士生今日，万事无可为，欲拯此横流，舍反经信古莫由也。"① 据他说，王国维"闻而憬然自怼以前所学未醇。取行箧《静庵文集》百余册，悉摧烧之"②。罗振玉所说王国维焚其少作之事，未必可信，但罗振玉憎其少作之锋芒，以为离经叛道，不焚之不足称其意，这却是确凿的。在辛亥革命之后，王国维完全告别了哲学、美学、文学的研究，转而从事古史考证，并获得了伟大的成功。他的古史考证，就其方法而言，是科学的，所获得的具体结论，往往使同时代的大师们为之惊叹。但是，他在古史考证中寄托的政治理想，却是落后的。例如，他的《殷周制度考》被誉为"近世经史二学第一篇大文"③。但这篇充满理性的冷静缜密的考证文字中，却回荡着一种思古恋旧的情绪。他称赞殷周间制度的大变革，"乃出于万世治安之大计"，"如是则知所以驱草窃奸宄相为敌仇之民，而跻之仁寿之域者，其经纶固大有在。欲知周公之圣与周之所以王，必于是乎观之矣"（王国维：《殷周制度考》）。王国维治史的科学方法和他的落后的政治思想及唯心史观的矛盾，使他的史学成就只是一个伟大的未完成品。

从王国维一生思想发展的道路看，他的美学思想，是他跟随新学潮流的进步时期的产物。其中，以《〈静庵文集〉正续编》（写于1902—1908年）中的美学论文（其中包括《〈红楼梦〉评论》）最有光彩。而以《人间词话》（刊于1908—1909年）最为成熟。写于稍

---

① 罗振玉：《海宁王忠悫公传》，转引自叶嘉莹：《王国维及其文学批评》，香港中华书局1980年版，第38页。

② 罗振玉：《海宁王忠悫公传》，转引自叶嘉莹：《王国维及其文学批评》，香港中华书局1980年版，第38页。

③ 赵万里：《王静安先生年谱》，《国学论丛》第一卷第三号，1928年。

后的《宋元戏曲史》，虽包含一些美学见解，但并不是美学著作，而
是属于文学史的考证研究之作。① 而自辛亥革命后，作为美学家的王
国维就不复存在了。因此，他政治上的遗老立场，对于他的美学思
想的影响是不大的。我们对于他的美学思想的进步性，应该予以更
充分的估计。他的美学思想，绝不是什么照搬叔本华美学的一片荒
漠，而是一座尚待进一步开掘的富矿。

三

　　王国维的美学思想，涉及的方面很广。属于祖述西方美学的，
有"美与利害无关说""天才说""游戏说"等等，属于他自己的创
造的，有"古雅说""境界说"等等。而且，他在祖述西方美学时，
是经过自己的消化，融入自己的见解，并以自己的语言出之，并非
生吞活剥。他在创立新说的时候，也是有所师承和借鉴，带有西方
美学的痕迹和中国古典美学的熏染。这样，就使王国维的美学思想，
呈现一种复杂的风貌。

　　但是，王国维的美学思想，还是有一个中心的。有的文章认为，
这个中心就是"境界说"②。我认为，"境界说"虽然是王国维美学思
想中非常重要的内容，是王国维对艺术的根本见解的一种升华，触
及艺术形象、艺术典型的创造问题，但它还概括不了王国维美学思
想的中心内容，也还不能完全反映王国维美学思想所达到的深度。

----

　　① 参见滕咸惠：《试论王国维的美学思想》，载《古代文学理论研究》第 2
辑，上海古籍出版社 1988 年版。文中认为《宋元戏曲史》是王国维美学思想发展
道路上最后一个里程碑，此论不确。

　　② 参见王振铎：《论王国维的"境界说"》，载《文艺论丛》第 13 辑，上海
文艺出版社 1981 年版。

王国维作为我国近代第一个引进"美学"这一概念并对探讨美的本质、美的规律有着自觉意识的美学家，他的美学思想的中心，在于他对艺术的本质和审美特征的论述。"境界说"只是这些论述中的一部分。只有抓住艺术的本质和审美特征这个美学的根本课题，才能看到王国维美学思想达到的理论深度。

王国维的美学观点，有一个鲜明特点，那就是它不是纯粹抽象的思辨，而是含有他自己对艺术的丰富的审美经验。他很少讨论自然美，而是集中讨论艺术美。他的美学，实质上是一种文艺美学，以讨论艺术的本质、审美特征、艺术创造的规律为职志。这是研究王国维美学思想时应该注意的特点。抓住了这个特点，就不会过高地估计叔本华美学的玄秘思辨对王国维的影响。

王国维对艺术的本质和审美特征的看法，经历了一个发展变化的过程。在早期，他受康德、叔本华美学的影响较深，虽然他能注意到康德关于美的分析中某些反映了艺术的审美特征的合理因素，但在表述时摆脱不了叔本华美学幽灵的缠扰；到他写作《人间词话》《宋元戏曲史》时，他就能用自己的语言，结合具体的文艺作品，对艺术的本质和审美特征做出描述，而绝少使用叔本华的语言了。虽然后期他的美学论著如《人间词话》，在对封建主义的传统文学观念进行挑战方面，锋芒不如《〈红楼梦〉评论》等早期作品，但在对艺术的本质及审美特征的认识上，《人间词话》比之《〈红楼梦〉评论》却大为成熟了。

早期，王国维对艺术的本质的看法，是紧紧地联系于他从康德美学中汲取来的"美与利害无关说"的。他说："美之性质，一言以蔽之曰：可爱玩而不可利用者是已。虽物之美者，有时亦足供吾人之利用。但人之视为美时，决不计及其可利用之点。"① 这一看法，显然是袭取康德美学的。康德说："审美趣味是一种不凭任何利害计

---

① 王国维：《古雅之在美学上之位置》，载《海宁王静安先生遗书》第 15 册，商务印书馆 1940 年版。

较而单凭快感或不快感来对一个对象或一种形象显现的方式进行判断的能力。这样一种快感的对象就是美的。"（康德：《判断力批判》）康德的这一观点，把审美快感和生理快感、道德快感作了区别，确是抓住了审美意识的心理特征的。王国维依据康德对美的这一分析，掺和了叔本华美学，进而分析艺术。他说："吾人之知识与实践之二方面，无往而不与生活之欲相关系，即与苦痛相关系。有兹一物焉，使吾人超然于利害之外，而忘物与我之关系，此时也，吾人之心无希望，无恐怖，非复欲之我，而但知之我也。……然物之能使吾人超然于利害之外者，必其物之于吾人，无利害之关系而后可；易言以明之，必其物非实物而后可。然则，非美术足以当之乎？"①"故美术之为物，欲者不观，观者不欲；而艺术之美所以优于自然之美者，全存于使人易忘物我之关系也。"②

王国维这里所说的"欲者不观，观者不欲"，是指审美主体对外物"强离其关系而观之"的审美静观。这种审美静观也是来源于康德美学的。康德说："一个审美判断，只要是掺杂了丝毫的利害计较，就会是很偏私的，而不是单纯的审美判断。人们必须对于对象的存在持冷淡的态度，才能在审美趣味中做裁判人。"（康德：《判断力批判》）康德对审美静观的解释，是他的美与利害计较无关说的直接引申，并无神秘的成分。在康德看来，要对一物进行审美，就必须对此物的"存在"持冷淡的态度，因为物的实际存在是必然引起利害计较的。只有"不凭任何利害计较"而观之，也就是忽略物之作为实物的存在，才能把它作为审美对象。王国维正是根据对康德的审美静观说的理解，才把审美活动中物与主体"无利害关系"这一层意思径直理解为：作为审美对象的物，"必其物非实物而后可"。这样，王国维实际上就触及艺术并非实物，而是虚构物，艺术

---

① 王国维：《〈红楼梦〉评论》，载《海宁王静安先生遗书》第 14 册，商务印书馆 1940 年版。

② 王国维：《〈红楼梦〉评论》，载《海宁王静安先生遗书》第 14 册，商务印书馆 1940 年版。

美并非自然美，而是美的创造性的表现形态这样一个艺术的本质问题了。

正是基于对艺术的本质的这一理解，王国维汲取了康德、席勒的"艺术即游戏说"。王国维说："若夫最高尚之嗜好，如文学美术，亦不外势力之欲之发表。希尔列尔（席勒）既谓儿童之游戏存于用剩余之势力矣。文学、美术亦不过成人之精神的游戏，故其渊源之存于剩余之势力，无可疑也。且吾人内界之思想感情，平时不能语诸人，或不能以庄语表之者，于文学中以无人与我一定之关系故，故得倾倒而出之。易言以明之，吾人之势力所不能于实际表出者，得以游戏表出之，是也。"① 把文艺的"渊源"说成是人的剩余精力发表为精神游戏，这当然是唯心主义的说法。但席勒的游戏说也有一些合理因素，席勒说："在令人恐惧的力量的王国与神圣的法律的王国之间，审美的创造形象的冲动不知不觉地建立起一个第三种王国，即欢乐的游戏和形象显现的王国，在这个王国里它使人类摆脱关系网的一切束缚，把人从一切物质的和精神的压力中解放出来。"② 席勒在这里拿现实事物的王国和艺术创造的形象显现的王国相对立，认为人只有在艺术形象的创造和观照中才能获得摆脱现实压力的自由而进入欢乐的游戏，这虽反映了他企图通过美走向自由，摆脱现实的污泥，"到康德的理想里去逃避鄙陋"（恩格斯：《诗歌和散文中的德国社会主义》）的软弱性，但也触及了艺术形象因其虚构性而来的自由创造精神和为思想感情的驰骋提供广阔天地的可能性。王国维正是取了"游戏说"的这一合理因素，提出了文学中可以倾泻现实生活中人们迫于各种关系的压力而不敢吐露的"内界之思想感情"。为什么文学有此功能呢？因为文学是虚构之物，文学中的人物形象与现实的人并没有利害关系，所以，在现实中"不能以庄语表

---

① 王国维：《人间嗜好之研究》，载《海宁王静安先生遗书》第 15 册，商务印书馆 1940 年版。

② 席勒：《审美教育书简》第 27 信，转引自朱光潜：《西方美学史》下册，人民文学出版社 1963 年版，第 455 页。

之者"，在文学形象中，尽可"以游戏表出之"。这一见解，当然是和前述王国维认为艺术之为物"必其物非实物而后可"的看法直接联系的。王国维的这一见解，在他谈到具体的艺术种类如戏剧时，有着更为有趣的发挥。他说："常人对戏剧之嗜好，亦由势力之欲出。先从喜剧（即滑稽剧）言之，夫能笑人者必其势力强于被笑者也。故笑者实吾人一种势力之发表。然人于实际生活中，虽遇可笑之事，然非其人为我所素狎者，或其位置远在吾人之下者，则不敢笑，独于滑稽剧中以其非事实故，不独使人能笑，而且使人敢笑，此即对喜剧之快乐之所存也。悲剧亦然。……自吾人思之，则人生之运命，固无以异于悲剧，然人当演此悲剧时，亦俯首杜口，或故示整暇，汶汶而过耳，欲如悲剧中之主人公，且演且歌，以诉其胸中之苦痛者，又谁听之，而谁怜之乎？夫悲剧中之人物之无势力之可言，固不待论。然敢鸣其苦痛者，与不敢鸣其苦痛者之间，其势力之大小，必有辨矣。夫人生中固无独语之事，而戏曲则以许独语故，故人生中久压抑之势力，独于其中筐倾而篋倒之，故虽不解美术上之趣味者，亦于此中得一种势力之快乐。普通之人之对戏曲之嗜好，亦非此不足以解释之矣。"[①] 由于王国维对戏曲的精湛研究，这一段对戏曲观众的欣赏心理经验的说明，显得非常细腻生动。在喜剧中，人们能笑而且敢笑在实际生活中迫于压力和利害关系而不敢笑的人和事；在悲剧中，人们能鸣而且敢鸣在实际生活中迫于压力和利害关系而不敢鸣的痛苦，这都是因为戏曲是一种虚构的创造物（"以其非事实故"）。这种虚构的艺术形象因其非实物而可以自由发挥，不受现实利害关系的制约。王国维在《宋元戏曲史》中，就举了很多倡优伶人以滑稽戏嘲讽主人或时事而不受处罚的例子。这就是王国维所谓"唯美之为物不与吾人之利害相关系，而吾人观

---

① 王国维：《人间嗜好之研究》，载《海宁王静安先生遗书》第15册，商务印书馆1940年版。

美时亦不知有一己之利害"① 的具体说明。王国维的这种观点，反映
了他在现实的压力面前的软弱性，他把艺术作为抒发在现实中受压
抑的喜怒哀乐的自由王国，这实际上和席勒一样："归根到底不过是
用夸张的鄙陋来代替平凡的鄙陋"（恩格斯：《诗歌和散文中的德国
社会主义》）。而且他以为艺术形象因其虚构性就可以完全摆脱利害
关系，也是一种过于天真的想法。文艺史上因触犯了阶级的私利而
遭到迫害的艺术作品其实是很多的。但是他在追求这一自由王国的
独立价值时，却也对艺术的本质和审美特征作了一些正确的观察。
他强调艺术之为物，"非事实"、"非实物"，实际上说出了艺术形象
是一种观念形态，是作家艺术虚构的产物。这对于破除中国封建社
会几千年来对虚构的文学过于胶滞、满心利害打算的成见，是有进
步意义的。

　　既然艺术是一虚构之物，那么，它是从何而来的呢？它有什么
审美特征呢？在对这个问题的论述中，王国维也是充满矛盾的。一
方面，他搬用叔本华的艺术来源于先天的唯心主义说法；另一方面，
他从自己对艺术研究和观察的经验事实出发，又倾向于艺术来源于
经验，来源于自然和人生的说法。他说："夫美术之源，出于先天；
抑由于经验，此西洋美学上至大之问题也。叔本华之论此问题也，
最为透辟。"② 接着，他引证了叔本华一段关于艺术来源于艺术家对
美的先天的预见，美就是"意志于最高级之完全之客观化"的论述。
叔本华在这段论述中，竭力反对通过摹仿自然来创造美的主张。他
提出了这样的责难：假如艺术家不是在经验之先预见到美的话，他
怎能识别值得摹仿的东西？他说，艺术家"把自然界试过一千次都
没有成功地产生出来的形式的美，在坚硬的大理石上表现出来了，

　　① 　王国维：《叔本华之哲学及其教育学说》，载《海宁王静安先生遗书》第 14
册，商务印书馆 1940 年版。
　　② 　王国维：《〈红楼梦〉评论》，载《海宁王静安先生遗书》第 14 册，商务印
书馆 1940 年版。

他把它放在自然界的面前，仿佛向着自然界说：'这就是你想要说的话！'"① 叔本华因此作出结论说："美的知识决不可能是后天的和来自单纯的经验；它永远是、至少部分地是先天的。"② 叔本华的这种把美的来源完全归结为先天的结论，是荒谬的。它是康德的先验理性形式、先天的共同美感等唯心主义观点的恶性发展。然而，我们也不能否认，叔本华在把"摹仿说"斥为"荒谬而愚蠢的意见"时，却也歪打正着地看到了艺术作为艺术家的创造物高于自然的品格，看到了艺术家的能动作用。正因为这样，王国维才引用叔本华的这一观点，来驳斥那种认为《红楼梦》的创作完全出于作家个人的经验，是作者的自传的褊狭的看法。

在解释艺术的来源和审美特征时，叔本华还袭用了柏拉图的理念说，以之来弥缝自己主观唯心主义的美学体系。这一点，也被王国维搬过来了。叔本华把艺术解释为"关于理念的知识"。他写道："哪一种知识是关于……理念的呢？……我们回答说：艺术、天才的作品。它再现通过纯粹的静观而把握的永恒理念，再现世界的一切现象中的本质的、永久的东西，按它在再现时所用的材料，而分为造型艺术、诗或音乐。它的唯一来源是关于理念的知识；它的唯一目的是传达这种知识。"③ 这一段话被王国维几乎原封不动地搬过来了④。叔本华把理念和概念严格区分开，他说：概念在生活中很有用，在科学中很必要，但对艺术却"永远是毫无裨益的"。"艺术的对象……是柏拉图意义下的理念，而绝非其他东西：既非个别事物、

---

① 转引自汝信、杨宇：《叔本华美学思想简论》，载《西方美学史论丛》，上海人民出版社 1963 年版，第 217 页。

② 转引自汝信、杨宇：《叔本华美学思想简论》，载《西方美学史论丛》，上海人民出版社 1963 年版，第 216 页。

③ 转引自汝信、杨宇：《叔本华美学思想简论》，载《西方美学史论丛》，上海人民出版社 1963 年版，第 215—216 页。

④ 王国维：《叔本华与尼采》，载《海宁王静安先生遗书》第 14 册，商务印书馆 1940 年版。

通常所理解的对象，亦非概念，理性思维和科学的对象。""真正的，不朽的艺术只产生于直接的感受。正因为理念是而且始终是直觉的对象，因此艺术家并不抽象地意识到他的作品的意图和目的；在他面前飘浮的不是一个概念，而是一个理念；因此他不能说明他做工作的理由；正如人们所说，他做工作是出于单纯的感觉，是无意识的，简直是出于本能的。"① 叔本华关于理念的描述，带有浓厚的神秘主义色彩。但是很明显，理念是直觉的对象但不同于个别事物（具有普遍性），它反映现象的本质又不同于概念（具有直观性），这样一种对理念的描述，反映了叔本华对艺术（他认为艺术是"关于理念的知识"）的审美特征的一种模糊的把握。王国维在祖述叔本华这一套关于艺术的见解时，显然是注意到"理念"的这种特点的。他虽然也复述叔本华美术乃"实念之知识"的观点，但更强调"实念"的直观性和概括性。他说："美术之知识全为直观之知识。……美术上之所表现者非概念又非个象，而以个象代表其物之一种之全体，即上所谓实念者是也。故在得直观之，如建筑、雕刻、图画、音乐等皆呈于吾人之耳目者。唯诗歌（并戏剧小说言）一道，虽藉概念之助以唤起吾人之直观，然其价值全存于其能直观与否，诗之所以多用比兴者，其源全由于此也。"② 这一段话，是王国维对叔本华的"理念"说（即"实念"）的发挥。这一发挥，消除了"理念"的神秘主义色彩，突出了艺术的直观性和概括性。值得注意的是，王国维在这里承认了艺术唤起直观需要"借概念之助"，这和叔本华完全排斥概念的反理性主义是不同的。

在并非介绍叔本华哲学的文章里，王国维就撇开了"实念"这个概念，而以"真理"代之。他说："夫哲学与美术之所志者，真理也。真理者，天下万世之真理，而非一时之真理也。其有发明此真

---

① 转引自汝信、杨宇：《叔本华美学思想简论》，载《西方美学史论丛》，上海人民出版社 1963 年版，第 218 页。

② 王国维：《叔本华之哲学及其教育学说》，载《海宁王静安先生遗书》第 14 册，商务印书馆 1940 年版。

理（哲学家）或以记号表之（美术）者，天下万世之功绩，而非一时之功绩也。"① 这里，把艺术的功能视为以记号表发真理，这是很有意思的。但"记号"是什么呢？王国维在另一篇文章中才把这个问题讲显豁了。他说："特如文学中之诗歌一门，尤与哲学有同一之性质。其所欲解释者皆宇宙人生上根本之问题。不过其解释之方法，一直观的，一思考的；一顿悟的，一合理的耳。读者观格代（即歌德）、希尔列尔（即席勒）之戏曲，所负于斯披诺若（即斯宾诺莎）、汗德（即康德）者如何，则思过半矣。"② 王国维在这里所表述的对艺术的审美特征的认识，已经很近似俄国的别林斯基了。别林斯基在早期说过："诗是真理取了观照的形式；诗作品体现着理念，体现着可以眼见到的观照到的理念。因此，诗也是哲学，也是思维，因为它也以绝对真理为内容；不过诗不是取理念按辩证方式由它自身发展出来的形式，而是取理念直接显现于形象的形式。"③ 别林斯基的这些带有黑格尔气味的语言引起了研究艺术思维的人们的极大兴趣，一再得到援引，而王国维表述得更简洁、带有中国气派的同样意思的话，却无人问津。这大概是因为人们似乎觉得王国维身上背着一个可憎的叔本华的鬼魂，望而却步吧。其实，只要不苛求前人，用历史唯物主义的观点去科学地衡定前人在当时的历史条件下提供了哪些新东西，而不是只看前人比我们现在落后了多少，那么，应该承认，王国维上述对艺术的本质及审美特征的见解，在当时还是很新鲜的，在现在也是有启发的。

　　在对艺术的本源的看法上，王国维虽然接受了叔本华的美起源于先天预见说，但并没有贯彻到底。他在讲美的对象时，与其说他

---

　　① 王国维：《论哲学家与美术家之天职》，载《海宁王静安先生遗书》第 15 册，商务印书馆 1940 年版。

　　② 王国维：《奏定经学科大学文学科大学章程书后》，载《海宁王静安先生遗书》第 15 册，商务印书馆 1940 年版。

　　③ 别林斯基评《智慧的痛苦》，转引自朱光潜：《西方美学史》下册，人民文学出版社 1963 年版，第 525—526 页。

强调抽象干枯的"理念",不如说他着眼于气象万千的大自然和复杂丰富的人生。他说:"苟吾人而能忘物与我之关系而观物,则夫自然界之山明水媚,鸟飞花落,固无往而非华胥之国,极乐之土也。岂独自然界而已,人类之言语动作,悲欢啼笑,孰非美之对象乎!"①他认为天才艺术家的本领也仅在于"以其所观于自然人生中者复现之于美术中"②。耐人寻味的是,他在介绍叔本华哲学的文章中说:"诗歌所写者,人生之实念,故吾人于诗歌中可得人生完全之知识。"③但在稍后写的论述中国文学的文章中,却只字不提"实念",径直说:"诗之为道,既以描写人生为业。而人生者,非孤立之生活,而在家族、国家及社会中之生活也。"④他还直接提出了自己的诗歌定义,说:"诗歌者,描写人生者也。(用德国大诗人希尔列尔之定义)此定义未免太狭,今更广之曰:描写自然及人生可乎。然人类之兴味,实先人生而后自然。"⑤从这里,大约可以窥见王国维美学思想中来自叔本华的影响与从他自己丰富的审美经验中产生的现实主义倾向是彼消此长的。

抓住了王国维对艺术本质和审美特征的基本观点,也才能抓住王国维后期较成熟的美学著作《人间词话》的中心。我认为,《人间词话》中最鲜明地把艺术创作中的具体问题提高到美学理论的高度来解决的一段话是:"有造境,有写境,此理想与写实二派之所由分。然二者颇难分别,因大诗人所造之境必合于自然,所写之境亦

---

① 王国维:《〈红楼梦〉评论》,载《海宁王静安先生遗书》第 14 册,商务印书馆 1940 年版。

② 王国维:《〈红楼梦〉评论》,载《海宁王静安先生遗书》第 14 册,商务印书馆 1940 年版。

③ 王国维:《叔本华之哲学及其教育学说》,载《海宁王静安先生遗书》第 14 册,商务印书馆 1940 年版。

④ 王国维:《屈子文学之精神》,载《海宁王静安先生遗书》第 15 册,商务印书馆 1940 年版。

⑤ 王国维:《屈子文学之精神》,载《海宁王静安先生遗书》第 15 册,商务印书馆 1940 年版。

必邻于理想故也。"（王国维：《人间词话》）"自然中之物，互相关系，互相限制。然其写之于文学及美术中也，必遗其关系限制之处。故虽写实家亦理想家也。又虽如何虚构之境，其材料必求之于自然，而其构造亦必从自然之法则。故虽理想家亦写实家也。"（王国维：《人间词话》）

这一段话，反映了王国维对艺术的本质的认识，已经达到一个新的高度。艺术在本质上是一种创造，是来自于客观的材料与来自于主观的思想、激情的统一。它是高于现实的"虚构之境"，但这一"虚构之境"却又必须遵循现实生活的法则、逻辑。创造艺术的活动是一种自觉的、有目的的活动，它贯穿着作家的审美理想。这种创造活动必须以现实为立脚地，不是空中造楼阁；但又必须对现实进行集中、概括，能动地反映现实，不是依样画葫芦。艺术素有"第二自然"之称，就是说它的这种既反映客观现实又表现主观理想的本质特征。就艺术的这一本质观之，写实派（现实主义）和理想派（浪漫主义）的共同创作规律，都是创造出假中见真、虚中见实的艺术形象或艺术境界，它们都需要有现实基础，都需要有想象升华，故两派从艺术的本质观之，就很难分别。王国维所说的"大诗人所造之境必合乎自然，所写之境必邻于理想"一语，实在是一语道破了艺术源于现实又高于现实的品格。

在这段论述中，"自然中之物，互相关系、互相限制。然其写之于文学及美术中也，必遗其关系限制之处。故虽写实家亦理想家也"一语，曾引起了一些争论。一种意见认为，"必遗其关系限制之处"的说法有很大的片面性。所谓"关系限制之处"，就是现实的各种关系的集结点。"文艺创作要描写好这一个关系点，并不等于完全遗其关系。"王国维由于受西方唯美主义文艺思想影响较深，总想走出一条摆脱政治及社会限制的纯文学之路，因而便陷入这种极其肤浅、极其庸俗的概念之中。"① 第二种意见认为，"王国维与康德一样，认为现实生活中是受因果律支配的，而在艺术领域里，就摆脱了一切自然及社会的规律。……所谓'遗其关系'，不仅指物与物的关系，更重要的是指物与我（人）的关系"②。与这种意见类似的看法是：所谓"遗其关系限制"一语，"指的是叔本华美学中'强离其关系而观之'的一种直观感受的表现"③。第三种意见认为，这句话的意思是："写实派在反映现实时，必然不是全面地、无选择地照搬生活，他总要舍弃那些客观事物中互相限制、互相关系的、不必要的材料。"④ 我认为，第一种意见对王国维"必遗其关系限制之处"一语求之过深，因而也就责之太苛。王国维在《人间词话》中，讨论的是词的境界的创造问题，不能要求他具有文学应该描写现实的复杂关系的观点，那是对叙事体文学的要求。第二种意见看到了王国维这句话与他早期接受的康德、叔本华美学观点的联系，但没有看到王国维对康德、叔本华美学观点的理解中的合理因素，也就不能准确把捉王国维这句话写在《人间词话》里时的具体意思。第三种意见在总体上是抓住了王国维的本意的，但在具体解释上有以己意度之之嫌。现在试来谈谈我的看法。

自然之物写入艺术，"必遗其关系限制之处"。这种说法是王国维早期美学论文中使用的叔本华语言的遗留，这一点必须肯定。在介绍叔本华美学思想时，王国维曾说过：现实世界是由充足理由律支配的"混混长流"。艺术"由理由结论之长流中，拾其静观之对象，而使之孤立于吾前。而此特别之对象，其在科学中也，则藐然

---

① 王振铎：《论王国维的境界说》，载《文艺论丛》第 13 辑，上海文艺出版社 1981 年版。

② 叶秀山：《王国维美学思想简评》，载《文学遗产》增刊第 8 辑，中华书局 1961 年版。

③ 叶嘉莹：《王国维及其文学批评》，香港中华书局 1980 年版，第 22、241 页。

④ 滕咸惠：《试论王国维的美学思想》，载《古代文学理论研究》第 2 辑，上海古籍出版社 1988 年版。

全体之一部分耳；而在美术中则遽而代表其物之种族之全体。空间时间之形式对此而失其效，关系之法则至此而穷于用。故此时之对象，非个物而但其实念也。吾人于是得下美术之定义曰：美术者，离充足理由之原则而观物之道也"①。王国维还说："物之现于空间者皆并立，现于时间者皆相续，故现于空间、时间者，皆特别之物也。既视为特别之物矣，则此物与我利害之关系，欲其不生于心，不可得也。若不视此物为与我有利害之关系，而但观其物，则此物已非特别之物，而代表其物之全种，叔氏谓之曰实念。故美之知识，'实念'之知识也。"② 这两段话，其实就是艺术反映自然之物"必遗其关系限制之处"一语之所本。抛开王国维对叔本华的"实念"的迷恋不谈，我认为这两段话中的合理成分就是指出了艺术中的'物'，并不是自然物全体中之一部分的"特别之物"，并不是在时间中相继空间中并立的实物，而是非实物，虚构之物。所以它"离充足理由之原则"，摆脱时空限制及种种现实关系。"空间时间之形式对此而失其效，关系之法则至此而穷其用。"这也就是自然之物进入艺术则"遗其关系限制之处"的意思。但艺术虽非实物，却有"代表其物之种族之全体"的概括性，因此也就有创造者对美的主观理想渗入其中。王国维正是根据这样的理解，才把自然之物进入艺术"必遗其关系限制之处"作为"虽写实家亦理想家也"的论据提出的。在王国维看来，艺术表现自然之物"必遗其关系限制之处"，就是艺术是虚构的产品的意思。而这一虚构之物又必须高于现实中的人物，必须有概括性，必须反映真理，必须有理想。写实家写境，也是写这种虽虚构但有概括性之境，当然也就蕴含理想，或者说"邻于理想"了，写实家在这个意义上也就是理想家了。这里，正确理解的关键，我以为仍在准确抓住王国维对艺术的本质的见解。

----

①　王国维：《叔本华与尼采》，载《海宁王静安先生遗书》第 14 册，商务印书馆 1940 年版。

②　王国维：《叔本华之哲学及其教育学说》，载《海宁王静安先生遗书》第 14 册，商务印书馆 1940 年版。

王国维对艺术的本质及审美特征的认识达到的深度，不仅表现在他在把艺术和自然之物的比照中见出艺术的虚拟性和概括性，也不仅表现在他在把艺术和哲学的比照中见出艺术的直观性、具象性，而且还表现在他对具体的艺术作品的构成因素的细致分析。这些细致分析，在《人间词话》及其他文章中以"境界说"展开。

关于"境界说"，人们已经作了很多研究。在对"境界"的解释方面，我觉得叶秀山讲得比较准确，他说："王国维的'境界'的实质是什么呢？他所谓'境界'，就是指艺术形象，是指经过艺术家的形象思维的创造而产生的艺术形象。我国古代文艺理论家，也经常企图寻找一个表现艺术特质的概念，因而有主张艺术重'气'的，有言'神'的，有言'韵'的，有言'格调'的等等，而王国维认为，'言气质，言神韵，不如言境界。有境界，本也；气质，神韵，末也。有境界而二者随之矣。'所以王国维说：'词以境界为最上，有境界则自成高格，自有名句'。"①"境界"一语的标出，确实反映了王国维对艺术的本质及审美特征的认识深化了、具体化了，由泛论一般艺术的特质进到探索艺术作品内部的构成，进到观察艺术形象这个艺术作品之"本"，研究它的内涵和创造规律。在这个意义上，可以说，"境界"说使王国维关于艺术的本质及审美特征的见解升华了、凝聚了。

在"境界说"中，最精彩的是王国维对构成"境界"的"情"与"景"两种因素的细致分析。早在写《文学小言》时，王国维就提出了"文学二原质说"。他说："文学中有二元质焉：曰景，曰情。前者以描写自然及人生之事实为主；后者则吾人对此种事实之精神态度也。故前者客观的，后者主观的也。前者知识的，后者感情的也。……文学者，不外知识与感情交代之结果而已。苟无锐敏之知

---

① 叶秀山：《王国维美学思想简评》，载《文学遗产》增刊第 8 辑，中华书局 1961 年版。

识与深邃之感情者，不足与于文学之事。"① 这个"二原质说"已绝少叔本华气息，而是王国维自己对文学的精到观察了。但是，二原质是怎样凝结在文学作品中呢？这个问题那时还没有提出。待到王国维对词这种文学体裁进行了深入研究，并有了自己的创作经验之后，他才进一步把二原质放到"境界"中来观察。他说："文学之事，其内足以摅己，而外足以感人者，意与境二者而已。上焉者，意与境浑。其次，或以境胜，或以意胜。苟缺一不足以言文学。……故二者常互相错综，能有所偏重，而不能有所偏废也。文学之工不工，亦视其意境之有无，与其深浅而已。"② 在王国维看来，情（意）与境二原质在文学作品中构成境界（意境），也就是他心目中的艺术形象。一切境界即艺术形象都是情境交融、物我统一的，但在构成艺术形象的二原质中，王国维是特别强调情的，他说："诗歌者，感情的产物也。虽其中之想象的原质（即智力的原质），亦须有肫挚之感情为之素地，而后此原质乃显。"③ 他还说："感情真者，其观物亦真。"④ 甚至他还极而言之，以情化境，说："境非独景物也。喜怒哀乐，亦人心中之一境界。故能写真景物、真感情者，谓之有境界，否则谓之无境界。……一切景语皆情语也。"（王国维：《人间词话》）王国维这样强调真情在构成境界即艺术形象中的地位，大概有两个原因：一是中国诗词的抒情传统对他的熏染；二是他的研究对象"词"这种体裁是特别适合于抒情的。由于王国维对于真情的强调，就引起了一些误解。有的同志说，王国维"境界说"中的

---

① 王国维：《文学小言》，载《海宁王静安先生遗书》第 15 册，商务印书馆 1940 年版。

② 王国维：《人间词甲乙稿序》，转引自（清）况周颐、王国维著：《蕙风词话·人间词话》，人民文学出版社 1960 年版，第 256 页。

③ 王国维：《屈子文学之精神》，载《海宁王静安先生遗书》第 15 册，商务印书馆 1940 年版。

④ 王国维：《文学小言》，载《海宁王静安先生遗书》第 15 册，商务印书馆 1940 年版。

主客观统一，"是统一于主观，统一于感情，统一于理想的"①。因之对王国维主张"真"、主张"自然"的观点持否定态度，认为他讲的"真"只是一种"赤子之心"，即一种"无所谓的态度"；他讲的"自然"，乃是一种"心灵的原始状态"②。还有的同志则说，王国维所讲的艺术境界，并不是"客观物境与主观意境的合成品"。"它完全是'人心中'的，即人的审美意识中的境界。"③ 其实，王国维虽然强调真情，甚至说过"主观之诗人，不必多阅世。阅世愈浅，则性情愈真"（王国维：《人间词话》），"客观的知识，实与主观的情感为反比例"④ 等含有较大片面性的话，但是，所有这些对情的强调，并没有从根本上动摇他的情境二原质构成境界说。王国维说得很清楚："原夫文学之所以有意境者，以其能观也。出于观我者，意余于境。而出于观物者，境多于意。然非物无以见我，而观我（引者按："我"字似应作"物"字）之时，又自有我在。故二者常互相错综，能有所偏重，而不能有所偏废也。"⑤ 如果"情"完全吞并了"境"，"我"完全吞并了"物"，那么是不能构成境界的。所以王国维在侧重讲真情的同时，也很注意观物深、体物切的重要性，说："词人之忠实，不独对人事宜然。即对一草一木，亦须有忠实之意，否则所谓游词也。"（王国维：《人间词话》）言情体物，在王国维心目中固有所侧重，但却不是偏废的。言情之真，是达到体物之切的一个重要条件，所以他说："大家之作，其言情也必沁人心脾，其写景也必

---

① 叶秀山：《王国维美学思想简评》，载《文学遗产》增刊第8辑，中华书局1961年版。

② 叶秀山：《王国维美学思想简评》，载《文学遗产》增刊第8辑，中华书局1961年版。

③ 王振铎：《论王国维的境界说》，载《文艺论丛》第13辑，上海文艺出版社1981年版。

④ 王国维：《文学小言》，载《海宁王静安先生遗书》第15册，商务印书馆1940年版。

⑤ 王国维：《人间词甲乙稿序》，转引自（清）况周颐、王国维著：《蕙风词话·人间词话》，人民文学出版社1960年版，第256页。

豁人耳目。其辞脱口而出,无矫揉妆束之态。以其所见者真,所知者深也。"(王国维:《人间词话》)

这里还有一个意境的创造问题。王国维说,意境的产生,是"观"的结果("原乎文学之所以有意境者,以其能观也"①)。有的文章认为,这种"观",是叔本华说的审美静观。② 我认为,这是过高地估计了叔本华的美学在《人间词话》及王国维后期美学论文中的影响,对"观"这一术语索解过深了。其实,王国维对"观"这一术语,是有明确的界说的,他说:"诗歌之题目,皆以描写自己之感情为主。其写景物也,亦必以自己深邃之感情为之素地,而始得于特别之境遇中,用特别之眼观之。"③ 这就是说,"观"的先决条件是作者感情的激发。那么,什么是"特别之眼"呢?王国维说:"政治家之眼,域于一人一事。诗人之眼,则通古今而观之。词人观物,须用诗人之眼,不可用政治家之眼。"(王国维:《人间词话》)这里,贬斥政治家是片面的,但王国维主张诗人之眼不能域于一人一事而要"通古今而观之",也就是要"积年月之研究而一旦豁然悟于宇宙人生之真理"④,却是正确的。所谓"特别之眼",也就是"通古今而观之"之眼。所以王国维由此说出一段深得艺术形象创造之真髓的话来:"诗人对宇宙人生,须入乎其内,又须出乎其外。入乎其内,故能写之;出乎其外,故能观之。入乎其内,故有生气;出乎其外,故有高致。"(王国维:《人间词话》)这里所说的对宇宙人生能"出乎其外"才能"观之",也就是说要站在宇宙人生之上,通览

---

① 王国维:《人间词甲乙稿序》,转引自(清)况周颐、王国维著:《蕙风词话·人间词话》,人民文学出版社 1960 年版,第 256 页。

② 王振铎:《论王国维的境界说》,载《文艺论丛》第 13 辑,上海文艺出版社 1981 年版。

③ 王国维:《屈子文学之精神》,载《海宁王静安先生遗书》第 15 册,商务印书馆 1940 年版。

④ 王国维:《论哲学家与美术家之天职》,载《海宁王静安先生遗书》第 15 册,商务印书馆 1940 年版。

古今而观之的意思。综合王国维上述说明，我认为，"观"的含义，就是诗人在感情推动激发下，对于他所深入的人生，能站在一定的高度，不囿于一时一事，作全局的把握。这种把握，往往是如同电光石火，稍纵即逝的。境界即艺术形象的创造，就是这种豁然贯通的对外物的观照或把握的结果，所以这个"观"的能力，实际上就是艺术家捕捉境界即艺术形象的能力。王国维说："世无诗人，即无此种境界。夫境界之呈于吾心而见于外物，皆须臾之物。惟诗人能以此须臾之物，镌诸不朽之文字，使读者自得之。"（王国维：《人间词话》）这就是诗人由观物而造境界的过程。

综上所述，王国维的"境界说"把艺术作品中主观与客观、情与境二原质集中到艺术形象上进行分析，这就把王国维对艺术本质及审美特征的认识和艺术形象的构成与创造规律结合起来。"境界"即艺术形象的标出，使我们对艺术的虚拟性和概括性、直观性和具象性，有了更具体的认识。但是，"境界说"的弱点也是明显的。它毕竟只在诗词这样一个比较狭小的艺术体裁中转圈子，而诗词所能创造的艺术形象，又是偏于抒情的。至于叙事体文学作品中复杂的艺术形象的创造规律，"境界说"是无法穷尽的。王国维自己似乎也觉察到这一点，他后期的美学思想中，便增添了对叙事体文学作品的重视和议论，并力图把"境界说"引入叙事体文学作品中。

早在写作《静庵文集》正续编时，王国维就对发展我国叙事体文学寄以热烈的希望。他从中西文学的比较中，看出我国古典文学的主潮是抒情性的诗文，叙事文学比较落后，也受轻视。他说："至叙事的文学，则我国尚在幼稚之时代。元人杂剧，辞则美矣，然不知描写人格为何事。……以东方古文学之国而最高之文学无一足以与西欧匹者，此则后此文学家之责矣。"① 由于他看到"吾中国文学之最不振者莫戏曲"，认为中国戏曲，除《窦娥冤》等少数悲剧"列

---

① 王国维：《文学小言》，载《海宁王静安先生遗书》第 15 册，商务印书馆 1940 年版。

之于世界大悲剧中亦无愧色"（王国维：《宋元戏曲史》）外，总的说"比诸西洋之名剧，相去尚不能以道里计"[①]，因此一度有志于戏曲创作。但是，对艺术敏于感受的王国维深知，"词之于戏曲，一抒情一叙事，其性质既异，其难易又殊"[②]，所以终于没有动手。然而，我们却可以看到他通过对中国古典小说和元曲的研究而吐露出的一些关于叙事体文学创作规律和审美特征的卓见。比如，他说："客观之诗人，不可不多阅世。阅世愈深，则材料愈丰富，愈变化。《水浒传》、《红楼梦》之作者是也。"（王国维：《人间词话》）这一看法，比之他早期在《〈红楼梦〉评论》中相信先天的审美预见，认为《红楼梦》一书与作者的个人经验无关的看法来，就正确得多了。在《宋元戏曲史》中，他称赞元剧"优足以当一代之文学，又以其自然故，故能写当时政治及社会之情状，足以供史家论世之资者不少"（王国维：《宋元戏曲史》）。说元剧作者"彼但摹写其胸中之感想与时代之情状，而真挚之理与秀杰之气，时流露于其间"（王国维：《宋元戏曲史》）。可见他注意到叙事体文学中复杂的艺术形象具有的较高的审美价值和认识价值。王国维也试图用"境界说"来说明元曲的某些特点。比如，他说："元剧最佳之处，不在其思想、结构，而在其文章。其文章之妙，亦一言以蔽之曰：有意境而已矣。何以谓之有意境？曰：写情则沁人心脾，写景则在人耳目，述事则如其口出是也。古诗词之佳者，无不如此，元曲亦然。明以后其思想结构，尽有胜于前人者，唯意境则为元人所独擅。"（王国维：《宋元戏曲史》）这里对意境即艺术形象的真实性和鲜明性，发挥了很好的见解。可惜他所说的意境，终不出元剧的"文章"即曲文的范围。所以意境说也就未能因突入叙事体文学而开拓其堂庑，终给人格局嫌小的感觉。一定时代的艺术创作状况，决定着一定时代的艺

[①] 王国维：《静庵文集续编自序二》，载《海宁王静安先生遗书》第 15 册，商务印书馆 1940 年版。

[②] 王国维：《静庵文集续编自序二》，载《海宁王静安先生遗书》第 15 册，商务印书馆 1940 年版。

术理论的面貌。在那个封建社会的文学已走近历史终点而新时代的文学尚未出现的时代，王国维的美学理论，其中也包括境界说，已经尽了它的历史使命，我们不能对它过于苛求。

(1981 年 10 月 25 日—11 月 5 日)

注：本文部分内容浓缩为《评王国维的〈红楼梦评论〉》，发表于《福建论坛》（文史哲版）1984 年第 4 期。

读厨川白村《苦闷的象征》

日本文艺理论家厨川白村的《苦闷的象征》，是我爱读的书之一。鲁迅和丰子恺先生当年都曾热心地把它译介给国内读书界。对于这本书，鲁迅有一个精当的评价，他说，此书的立论，"既异于科学家似的专断和哲学家似的玄虚，而且也并无一般文学论者的繁碎。作者自己就很有独创力的，于是此书也就成为一种创作，而对于文艺，即多有独到的见地和深切的会心"。所以，鲁迅自谦地劝告读者说："这译文虽然拙涩，幸而实质本好，倘读者能够坚忍地反复过两三回，当可以看见许多很有意义的处所罢"。①

在"坚忍地反复过两三回"之后，我感到这本似乎艰涩的理论书确实具有一种魅力。厨川白村在文学论上的独创力且不论，即以鲁迅的译文来说，也称得上是一种再创作：行文凝重而饱蓄力量，但又不失飞动之势；造语奇峭而富于涵纳，且能屡见优美之致。而一种强烈的、灼热的诗的情绪，则流贯于全篇之中。虽是译文，其中却可以明显地感触到鲁迅自己感情的灌注。"拙涩"是有一点，但

---

① 鲁迅：《〈苦闷的象征〉引言》，载《鲁迅译文集》第三卷，人民文学出版社 1958 年版，第 4 页。

读来却能使人如面对刀法刚健的木刻或线条瘦硬的铁画一般，精神为之一振。

厨川白村是怎样一个人呢？他生于 1880 年，1923 年 9 月 1 日于镰仓死于关东大地震引起的海啸中。他原名辰夫，又号血城、泊村，父亲是当时日本帝都府官员，受过西方文化教育。他从小就浸淫于欧美文学。最初喜欢英国浪漫主义文学，兼及日本"明星派"浪漫主义诗歌。对美国爱伦·坡、英国的"《黄书》派"等现代派作家也很推崇。在日本，他是最早译介西方现代派文学理论的人。现代派重主观世界的自我发掘的文艺思想对他有深刻影响，这一点也反映在《苦闷的象征》一书中。

厨川就学于东京帝国大学英文科，跟随小泉八云、夏目漱石、上田敏等著名作家学习。大学毕业后进研究院，从事"诗文中表现的恋爱观"这一专题研究。1907 年任三高教授，1913 年任京都帝国大学讲师，讲授 19 世纪以来的英国文学。次年赴美国留学，获文学博士学位，归国后成为帝大副教授。从此后，更广泛地介绍欧美文学，研究美学理论，并在文学评论中作社会批评，产生了广泛的影响，拥有很大的读者群。

厨川白村从事文学活动主要在大正时期。出现于大正中期的日本"白桦派"，对厨川白村的美学思想深有影响。"白桦派"反对自然主义那种抛弃理想的纯客观主义描写，主张肯定人生和自我发展，具有比较鲜明的人道主义和理想主义倾向。厨川白村的美学著作，反映了"白桦派"的这种进步倾向，但又比"白桦派"更富于批判现实的战斗精神。他以文学评论作社会批评和文化批评的武器，特别注重对日本落后的"国民性"的批判。鲁迅曾赞许他在《出了象牙之塔》《走向十字街头》等书中"于本国的微温，中道，妥协，虚假，小气，自大，保守等世态，一一加以辛辣的攻击和无所假借的批评"[①] 的战斗精神，说他在这些批评文字中"确已现了战士身"。

---

① 鲁迅：《译文序跋集》，人民文学出版社 2006 年版，第 106 页。

正是这种面对现实的直率态度，使他在当时盛行的唯美主义、形式主义的文学风气中，坚持了现实主义的立场。他的这种现实主义立场，常常是深埋在他从西方唯心主义美学理论中汲取来的思想材料之中，需要仔细辨析才能准确地把握。这种情况，当然也表现在《苦闷的象征》一书中。

二

鲁迅指出，这本书的"主旨"是："生命力受压抑而生的苦闷懊恼乃是文艺的根柢，而其表现法乃是广义的象征主义。"①

把文艺解释为"苦闷的象征"这样一个主旨，对于已经从科学的艺术论得到文艺是社会生活的反映这一认识的读者来说开始怕会觉得骇异吧！这不是唯心主义的谬说么？是的，厨川白村的文学论的体系，从根本上说，是一种建立在唯心主义哲学基础上的文学理论。而且，从他认为 20 世纪初思想界的大势一是"着重于永是求自由解放而不息的生命力，个性表现的欲望，人类的创造性"等等，并认定这大势是"对于前世纪以来的唯物观决定论的反动"而加以褒扬来看，他对于马克思恩格斯创立于 19 世纪中期的辩证唯物主义和历史唯物主义是根本不了解的，所以就把科学的唯物论和形而上学的唯物论"一勺烩"，并统统投以轻蔑的一瞥。以此看来，厨川白村的文学论过去往往被视为 20 世纪初泛滥的形形色色资产阶级文艺理论学说之一种，是柏格森、弗洛伊德之流亚，也是事出有因的。

但是，简单地把厨川白村归入资产阶级文艺理论流派之中，不

---

①　鲁迅：《译〈苦闷的象征〉后三日序》，载《鲁迅译文集》第三卷，人民文学出版社 1958 年版，第 497 页。

作深一层的观察分析，显然是片面的。我以为，在评介厨川白村的文学论时，有两个问题必须明确：

一、厨川白村和一切唯心主义的文艺理论家一样，不能理解"社会生活在本质上是实践的，凡是把理论引向神秘主义的神秘东西，都能在人的实践中以及对这个实践的理解中得到合理的解决"（马克思：《关于费尔巴哈的提纲》），因而服膺柏格森的哲学，以进行不息的生命力为人类生活的根本，又从弗洛伊德的心理学，寻出生命力的根柢来，用以解释文艺，这是颇带神秘主义气息的。但是，正如马克思所指出，"唯心主义却发展了能动的方面，但只是抽象地发展了"（马克思：《关于费尔巴哈的提纲》）。厨川白村和很多有思想、有独创力的唯心主义文艺理论家一样，他们在解释文艺这一社会现象时，鉴于左拉自然主义文艺论只从"客体的或者直观的形式"去理解文艺的缺点，努力从主观方面去理解，因而发展了能动的方面，对创作和鉴赏的主观心理活动作了精细的发掘。虽然他们最终不能把文艺放在人类的社会实践的基础上给予科学的解释，但他们在阐发创作和鉴赏过程的主观的、能动的方面时，应该说是发现了大量的艺术规律，对创作和鉴赏过程中各种主观心理要素作了详尽研讨，有很多"独到的见地和深切的会心"。我认为，这是我们对一切有独创力的唯心主义文艺理论家、美学家应有的一个马克思主义的总的估价。只有在这样一个估价的基础上，才能对《苦闷的象征》有一个科学的分析的态度。

二、作为一个有建树的文艺理论家，厨川白村的文学论还有其独特的个性。他对柏格森和弗洛伊德的学说是有所扬弃的。鲁迅指出，"伯格森以未来为不可测，作者则以诗人为先知，弗罗特（弗洛伊德）归生命力的根柢于性欲，作者则云即其力的突进和跳跃"[1]。而且据我看来，整部《苦闷的象征》，其大要与其说是对文艺的本质

---

[1]　厨川白村：《苦闷的象征》，载《鲁迅译文集》第三卷，人民文学出版社1958年版，第20页。

作抽象的神秘的哲学沉思，毋宁说是对创作和鉴赏心理过程作具体的切近的艺术分析。作者被鲁迅称为"在日本那时是还要算急进的"社会政治观点和他那"极热烈的"性情，使全书充满了浓郁的人生意味和战斗色彩，甚少20世纪初一般西方唯心主义文艺理论家的颓废气息。作者对于刚从封建罗网中蜕变出来的日本文坛的缺失，"特多痛切的攻难"，很多锋利的意见，对于我们至今仍有振聋发聩的作用。

有了这两点认识，始可以进而论厨川白村的文学论。

三

要了解文艺是"苦闷的象征"这一主旨的底蕴，就必须对"苦闷"和"象征"这两个概念有所了解。

何谓"苦闷"呢？

厨川白村说："生命力受了压抑而生的苦闷懊恼乃是文艺的根柢。"倘从字面上看，这里既使用了柏格森的"生命力"的抽象概念，又把文艺的根柢放在"苦闷懊恼"这样一种人的主观情绪上，似乎是一种玄虚的消极的主观唯心主义文艺观。其实，如果细细寻绎厨川白村对"苦闷"这一概念的发挥，就会发现这一概念的内涵，倒是充满了社会生活内容和昂扬向上的精神的。这是怎样说呢？

依厨川白村说，人类"创造生活的欲求"和从社会机体来的"强制压抑之力"相冲突，即产生"苦闷懊恼"；但从这"苦闷懊恼"中却能产生"人生的深的兴趣"。而这种"人生的深的兴趣"的心境，是那些"服从于权威，束缚于因袭，羊一样听话的醉生梦死之徒，以及忙杀在利害的打算上，专受物欲的指使，而忘却了自己之为人全底存在的那些庸流所不会觉得，不会尝到的"①。

为什么从"苦闷懊恼"反而会生出"人生的深的兴趣"呢？厨川白村说，这是因为："除了不耐这苦闷，或者绝望之极，否定了人生，至于自杀的之外，人们总无不想些什么法，脱离这苦境，通过这障碍而突进的。于是我们的生命力，便宛如给磐石挡着的奔流一般，不得不成渊，成溪，取一种迂回曲折的行路。或则不能不尝那立马阵头，一面杀退几百几千的敌手，一面勇往猛进的战士一样的酸辛。在这里，即有着要活的努力，而一起也就生出人生的兴味来。要创造较好，较高，较自由的生活的人，是继续着不断的努力的。"②

我们看到，厨川白村标举"苦闷懊恼"为文艺的根柢，并非认为文艺仅仅是消极的宣泄苦闷之谓，他明白地反对否定人生的绝望态度，热烈地主张以"苦闷懊恼"为刺激力，"生出人生的兴味来"，为创造"较好，较高，较自由的生活"而不断努力。正是这种积极的人生态度，使他借用的柏格森的"生命力"的冲动，失去抽象的神秘的意味，变成人类为改造社会、改造人生而战斗的主观热忱了。所以，厨川白村接着就说："于是就成了这样的事，即倘不是恭喜之至的人们，或脉搏减少了的老人，我们就不得不朝朝暮暮，经验这由两种力的冲突而生的苦闷和懊恼。换句话说，即无非说是'活着'这事，就是反复着这战斗的苦恼。我们的生活愈不肤浅，愈深，便比照着这深，生命力愈盛，便比照着这盛，这苦恼也不得不愈加其烈。在伏在心的深处的内底生活，即无意识心理的底里，是蓄积着极痛烈而且深刻的许多伤害的。一面经验着这样的苦闷，一面参与着悲惨的战斗，向人生的道路进行的时候，我们就或呻，或叫，或怨嗟，或号泣，而同时也常有自己陶醉在奏凯的欢乐和赞美里的事。这发出来的声音，就是文艺。对于人生，有着极强的爱慕

---

① 厨川白村：《苦闷的象征》，载《鲁迅译文集》第三卷，人民文学出版社1958年版，第6页。

② 厨川白村：《苦闷的象征》，载《鲁迅译文集》第三卷，人民文学出版社1958年版，第13—14页。

和执著，至于虽然负了重伤，流着血，苦闷着，悲哀着，然而放不下，忘不掉的时候，在这时候，人类所发出来的诅咒、愤激、赞叹、企慕、欢呼的声音，不就是文艺么？在这样的意义上，文艺就是朝着真善美的理想，追赶向上的一路的生命的进行曲，也是进军的喇叭。响亮的阔远的那声音，有着贯天地动百世的伟力的所以就在此。"[①]

这样的文学论，不是玄虚枯索的冥想，而是对人生的火辣辣的拥抱，对文学灌注了战斗激情的厚望。应该说，比之西方资产阶级颓废的文艺理论家的一片狂乱绝望之声，这是发自东方的洪钟巨响。这种积极的、深透的人生观和文艺观，使厨川白村文学论体系的唯心主义哲学基石成了一种比较次要的东西，而社会生活的基石却起了主要的、实际的支撑作用了。于是，时代的、社会的内容注入了"生命力"的抽象概念之中："在大艺术家的背后，也不能否认其有'时代'，有'社会'，有'思潮'。既然文艺是尽量地个性的表现，而其个性的别的半面，又有带着普遍性的普遍的生命，这生命即遍在于同时代或同社会或同民族的一切的人们，则诗人自己来作为先驱者而表现出来的东西，可以见一代民心的归趣，暗示时代精神的所在，也正是当然的结果。"[②]

这种对文学的积极的健康的认识，使厨川白村对诗人作为社会改革的预言者的神圣职责有了清楚的认识。于是，在对雪莱的《西风颂》的赞美中，发出了《苦闷的象征》一书的最强音："在自从革命诗人雪莱叫着《向不醒的世界去作预言的喇叭罢》的这歌出来之后，经了约一百余年的今日，波尔雪维主义已使世界战栗，叫改造求自由的声音，连地球的两隅也遍及了。是世界的最大的抒情诗人

---

① 厨川白村：《苦闷的象征》，载《鲁迅译文集》第三卷，人民文学出版社1958年版，第23—24页。

② 厨川白村：《苦闷的象征》，载《鲁迅译文集》第三卷，人民文学出版社1958年版，第65页。

的他，同时也是大的预言者的一个。"①

从把文学解释为"苦闷的象征"的唯心主义文艺理论家的笔端，却流泻出在 20 世纪初叶极为难得的对布尔什维克主义的赞颂和对世界前途的乐观的预言，这难道不足以使我们深长思之么！

四

下一个问题是：何谓"象征"呢？

要理解厨川白村所说的"象征"，就必须弄清弗洛伊德关于梦的解释。据弗洛伊德说，人在做梦的时候，躲在无意识的底里的欲望，便将就近的顺便的人物事件用作改装的家伙，经过一番打扮而表现出来了。这改装便是梦的显在内容，而潜伏着的无意识心理的那欲望，则是梦的潜在内容，也即是梦的思想。改装就是象征化。厨川白村借用了这说法，认为："在梦里，也有和戏曲小说一样的表现的技巧。事件展开，人物的性格显现。或写境地，或描动作。"② 这种梦的思想表现为梦的外形的方法，也就是一般文艺的表现法，也就是他所讲的象征主义。对此，厨川白村有非常明白的阐发。他说："或一抽象底的思想和观念，决不成为艺术。艺术的最大要件，是在具象性。即或一思想内容，经了具象底的人物、事件、风景之类的活的东西而被表现的时候；换了话说，就是和梦的潜在内容改装打扮了而出现时，走着同一的径路的东西，才是艺术。而赋予这具象性者，就称为象征（symbol）。所谓象征主义者，决非单是前世纪末

---

① 厨川白村：《苦闷的象征》，载《鲁迅译文集》第三卷，人民文学出版社 1958 年版，第 70 页。

② 厨川白村：《苦闷的象征》，载《鲁迅译文集》第三卷，人民文学出版社 1958 年版，第 28 页。

法兰西诗坛的一派所曾标榜的主义，凡有一切文艺，古往今来，是无不在这样的意义上，用着象征主义的表现法的。”①

这样说来，所谓“象征”，也就是或一思想内容的具象化，和我们惯常说的“形象化的表现”约略相等。那么，这里的新意何在呢？

我以为，新意就在于伏藏在“象征”后面的“表现”二字。在厨川白村看来，文艺的创作活动乃是一种强烈的、不得不喷发的表现活动。他说：“使从生命的根柢里发动出来的个性的力，能如间歇泉（geyser）的喷出一般地发挥者，在人生惟有艺术活动而已。正如新春一到，草木萌动似的，禽鸟嘤鸣似的，被不可抑止的内底生命（inner life）的力所逼迫，作自由的自己表现者，是艺术家的创作。”②“苦闷的象征”，也就是“苦闷的表现”。这种观点，采自意大利美学家克罗齐的“表现乃是艺术的一切”的说法：“要之就在以文艺作品为不仅是从外界受来的印象的再现，乃是将蓄在作家的内心的东西，向外面表现出去。”③ 于是，厨川白村得出了这样看来很极端的结论：“艺术到底是表现，是创造，不是自然的再现，也不是摹写。”④

也许有人会说，这不是拾克罗齐主观唯心主义美学的牙慧，向马克思主义美学的反映论进攻么？有什么“新意”？这其实是对厨川白村的误解。

厨川白村吸取了克罗齐的“艺术即表现”说，细考其本意，是为了说明文艺的创作过程中主观心理活动的特征；他对于文艺归根结底的起源这一个唯心主义美学和唯物主义美学的界碑，却是避而

---

① 厨川白村：《苦闷的象征》，载《鲁迅译文集》第三卷，人民文学出版社1958年版，第29页。

② 厨川白村：《苦闷的象征》，载《鲁迅译文集》第三卷，人民文学出版社1958年版，第33页。

③ 厨川白村：《苦闷的象征》，载《鲁迅译文集》第三卷，人民文学出版社1958年版，第32页。

④ 厨川白村：《苦闷的象征》，载《鲁迅译文集》第三卷，人民文学出版社1958年版，第32页。

不论的。这从他并不提及克罗齐的"直觉即表现"以及把直觉完全归结为主观心灵活动的那一整套观点可以见出。而且，在对文艺创作的进一步解释中，在对"象征"也即"具象"的特点及来源的考察中，他倒是不排斥反映论的。他说："作家的生育的苦痛，就是为了怎样将存在自己胸里的东西，炼成自然人生的感觉底事象，而放射到外界去；或者怎样造成理趣情景兼备的一个新的完全的统一的小天地，人物事象，而表现出去的苦痛。这又如母亲们所做的一样，是作家分给自己的血，割了灵和肉，作为一个新的创造物而产生。"①"凡文艺的创作，在那根本上，是和上文说过那样的'梦'同一的东西，但那或一种，却不可不有比梦更多的现实性和合理性，不像梦一般支离灭裂而散漫，而是俨然统一了的事象，也是现实的再现。"②"惟其创作家有了竭力忠实地将客观的事象照样地再现出来的态度，这才从作家的无意识心理的底里，毫不勉强地，浑然地，不失本来地表现出他那自我和个性来。"③

　　这些精彩的见解，和他把认为文艺作品"不过是外底事象的忠实的描写和再现"的看法斥为"谬误的皮相之谈"，就字面上看来，似乎是互相抵牾的。但是，往深里一想，我觉得是统一的。在厨川白村看来，整个文艺创作的心理过程是充满激情的、不能自已的表现而非对客观现实的再现，这和承认作家在采用"象征"即"具象化"的表现手法时，在"炼成自然人生的感觉底事象"时，在"造成理趣情景兼备的一个新的完全的统一的小天地"时，在构成"有极强的确凿的实在性的梦"时，在追求自己创造的形象的"实感

---

　　①　厨川白村：《苦闷的象征》，载《鲁迅译文集》第三卷，人民文学出版社1958年版，第37页。

　　②　厨川白村：《苦闷的象征》，载《鲁迅译文集》第三卷，人民文学出版社1958年版，第39页。

　　③　厨川白村：《苦闷的象征》，载《鲁迅译文集》第三卷，人民文学出版社1958年版，第33页。

味",给予自己的描写以"可惊的现实性,巧妙地将读者引进幻觉的境地,暗示出那刹那生命现象之'真'"时必须忠实地再现客观事象并不矛盾。就整个创作过程的主观心理活动而观之,间歇泉的喷发一般的表现是其特征;就作家在熔铸艺术形象也即运用广义的象征手法(具象化)时应有的态度而言,忠实的再现是其准则。不是不能自已的表现,艺术即无生命;不是忠实的再现,象征即无实感。我认为,这样深一层的看法,是对艺术悬了更高的要求,是真懂艺术的严肃的学者的"独到的见地和深切的会心",不能简单地目为反动的唯心论的。

当然,厨川白村的根本弱点,仍在于他不能理解马克思主义美学的反映论的能动的、辩证的性质,把对"左拉那样主张极端的唯物主义的描写论的人"的批评变成了对整个唯物论的反映论的蔑视,最终不能把对艺术现象的解释,置于对整个社会生活的科学的解释之中,但这是不能苛求于前人的。不过,因为厨川白村对创作和鉴赏的心理过程的精细把握,他对于艺术活动的主观方面的能动发展,就使他在对左拉的批评中,迸发出很多精辟的见地。

五

厨川白村在批评左拉时说:"倘不是将伏藏在潜在意识的海的底里的苦闷即精神底伤害,象征化了的东西,即非大艺术。浅薄的浮面的描写,纵使巧妙的伎俩怎样秀出,也不能如真的生命的艺术似的动人。所谓深入的描写者,并非将败坏风俗的事象之类,详细地,单是外面底地细细写出之谓;乃是作家将自己的心底的深处,深深地而且更深深地穿掘下去,到了自己的内容的底的底里,从那里生出艺术来的意思。探检自己愈深，便比照着这深，那作品也愈高，愈大，愈强。人觉得深入了所描写的客观底事象的底里者，岂知这其实是作家就将这自己的心底极深地抉剔着，探检着呢。"①

他又进一步说，作家"所描写的客观的事象这东西中，就包藏着作家的真生命。到这里，客观主义的极致，即与主观主义一致，理想主义的极致，也与现实主义合一，而真的生命的表现的创作于是成功"。②

因此，他认为："在文艺上设立起什么乐观、厌生观，或什么现实主义、理想主义等类的分别者，要之就是还没有触到生命的艺术的根柢的，表面底皮相底的议论。"③

这些看法，有的地方或显朦胧，有的地方或见偏激，但我以为是富有启示的。向来文艺作品中的主观和客观的关系，是一个夹缠不清的问题。带有机械唯物论倾向的左拉一类人，强调客观而排斥主观；而趋向主观唯心论的伯格森、克罗齐一类人，则强调主观而排斥客观。厨川白村是受主观学派影响的，他也看重作家主观个性在文艺作品中的灌注，强调作家在创作活动中主观情感的燃烧，内心体验的发掘，思力和感受力的锐利化和深刻化等等，这就触及了使艺术作品赋有真生命的奥秘，从而向作家提出了甚高的要求。在厨川白村看来，所谓深入客观现实的底里，实际上也就是作家在创作活动中，深深地穿掘自己灵魂最深处的东西，使其蕴蓄着的对现实的理解、体验、思考、激情喷涌出来。鲁迅所说的创作时"开掘要深"，实际上也是指作家的依托于对题材的分析的主观思想深化和

————————

① 厨川白村：《苦闷的象征》，载《鲁迅译文集》第三卷，人民文学出版社1958 年版，第 32 页。

② 厨川白村：《苦闷的象征》，载《鲁迅译文集》第三卷，人民文学出版社1958 年版，第 33 页。

③ 厨川白村：《苦闷的象征》，载《鲁迅译文集》第三卷，人民文学出版社1958 年版，第 33 页。

主观感情强化而言。就这一点来看，厨川白村的确发挥了他所师承的主观学派，能动地发展了文艺创作主观方面的长处，当然也带着他的老师们的抽象和神秘的短处。

但是，厨川白村优于伯格森、克罗齐等人之处，在于他力避哲学家的玄虚，而使文艺和社会、时代联系起来。当他说艺术是作家的个性、自我的表现时，他就提醒读者（也是预先驳斥曲解者）："不要误解。所谓显现于作品上的个性者，决不是作家的小我，也不是小主观。也不得是执笔之初，意识地想要表现的观念或概念。倘是这样做成的东西，那作品便成了浅薄的做作物，里面就有牵强，有不自然，因此即不带着真的生命力的普遍性，于是也就欠缺足以打动读者的生命的伟力。"① 所以他终于得出这样的结论："文艺只要能够对于那时代那社会尽量地极深地穿掘进去，描写出来，连潜伏在时代意识社会意识的底里的无意识心理都把握住，则这里自然会暗示着对于未来的要求和欲望。离了现在，未来是不存在的。如果能够描写现在，深深的彻到核仁，达了常人凡俗的目所不及的深处，这同时也就是对于未来的大的启示的预言。"② 因此他说："我想，倘说单写现实，然而不尽他对于未来的预言底使命的作品，毕竟是证明这作为作品是并不伟大的，也未必是过分的话。"③

这些意见，今天读起来，不是还是新鲜、犀利、有力的么？要之，《苦闷的象征》一书，其中固然杂糅着许多错误的见解，如认"为艺术而艺术"为正当，指文艺与美丑利害无关等等。但其大旨，却是"竭力地排斥"，"说什么文艺上只有美呀，有趣呀之类的快乐

---

① 厨川白村：《苦闷的象征》，载《鲁迅译文集》第三卷，人民文学出版社1958年版，第32—33页。

② 厨川白村：《苦闷的象征》，载《鲁迅译文集》第三卷，人民文学出版社1958年版，第70—71页。

③ 厨川白村：《苦闷的象征》，载《鲁迅译文集》第三卷，人民文学出版社1958年版，第71页。

主义底艺术观"的。作者认为："情话式的游荡记录，不良少年的胡闹日记，文士生活的票友化，如果全是那样的东西在我们文坛上横行，那毫不容疑，是我们文化生活的灾祸。因为文艺决不是俗众的玩弄物，乃是该严肃而且沉痛的人间苦的象征。"① 这种见地，就是对于我们今日文坛的或一角，也不能说没有针砭药石的意义的。

---

① 厨川白村：《苦闷的象征》，载《鲁迅译文集》第三卷，人民文学出版社 1958 年版，第 25 页。

也谈创作方法多样化问题

　　陈骏涛同志《关于创作方法多样化问题的思考》① 一文，提出了一些有益的意见。例如，他认为，"除了革命现实主义之外，我们还应该允许，而且倡导其他不同创作方法和创作流派的发展"。这用意，无疑是很好的。但是，仔细思索一下他和他推荐的邹平同志《现实主义精神和多样的创作方法》② 一文，对这个问题的论证，却使我觉得还有不少疑窦。如果就他们的论证彻底地引申下去，那结果，恐怕就不是他们所希望实现的"创作方法的多样化"了，而是创作方法的某种旧的偏执和新的混乱了。这也许有点危言耸听；但是，理论本身要求严密和彻底，它的固有逻辑，有时会使结论与论者的善意的初衷恰恰相反，这样的事情，在人类的思辨发展史上，是屡见不鲜的。因此，我愿就陈文和邹文对创作方法多样化问题的论证，直率地提出一些意见，希望得到指正。

----

　　①　载《福建文学》1983 年第 1 期。
　　②　载《文学评论》1982 年第 5 期。

一

　　邹文提出的一个基本论点是，社会主义文学应该是"以多样的创作方法统一于现实主义精神的崭新体系"。他对现实主义精神这一概念作了新的界说，认为它是"比创作方法更广泛的概念"，是"更高层次的概念"。看得出来，他是想凭借这个"现实主义精神"的新概念，来论证创作方法多样化的合理性，来改变他所说的近年来文艺理论界"试图确定一种创作方法作为文艺创作的基本准则"的状况。陈文对邹文的这一基本论点虽然表示了某种保留，但基本上是赞同的，而且作了一些发挥。因此，我们的讨论，就从他们对"现实主义精神"这一概念的新诠释入手。

　　任何概念、范畴，都不是制定它们的人的主观随意性的产物，而是一定的客观事物，一定的客观联系的反映和揭示。马克思主义文艺理论的概念、范畴也是这样，它们都有着确定的客观内容。现实主义精神这个概念，依照我们通常的理解和用法，是指采用现实主义的创作方法的作家在创作中表现出来的一种处理题材、人物，接近和反映生活，造成作品风貌的特色的做法。它是被现实主义的创作方法规定的，依附于现实主义的创作方法这一概念的。只有采用现实主义的创作方法的作家和作品，我们才说他和它们具有现实主义精神。人们经常说杜甫和他描写社会动乱、民生疾苦的诗，曹雪芹和他的《红楼梦》具有强烈的现实主义精神，而说屈原、李白的诗充满了积极浪漫主义的精神，这是很自然的，这是因为上述作品分别采用了现实主义的创作方法和浪漫主义的创作方法，因而形成了上述作品不同的现实主义的特色和浪漫主义的特色。何其芳曾指出：现实主义和浪漫主义的作品，由于它们"创作方法不同，因而他们的作品的精神和色彩也显著地不同"①。这里很清楚地说明，文学作品的精神、色彩等等，并不是"比创作方法更高层次的概念"，而恰恰相反，倒是从属于创作方法的概念。而且，如果说现实主义的创作方法是马克思主义文艺理论中一个严密的、有确定内涵的概念的话，那么，从属于这一概念的"现实主义精神"，却是不那么严密，不那么具有确定内涵的习惯性的提法。有时，它甚至可以用来作为现实主义的创作方法的根本内容的同义语，例如，陈涌同志就这样使用过。他说："'敢于如实描写，并无违饰'，这实际上就是现实主义的根本精神，一切伟大的现实主义文学的根本的共同标志。"② 这里，现实主义的根本精神，就是现实主义的创作方法的根本内容的意思。但有时，现实主义精神这一提法又仅仅用来指出采用现实主义创作方法的作家在处理人物、情节方面的特色。例如，陈涌同志在分析《毁灭》中的美谛克这个人物时说，"他也和其他人物一样，也是用现实主义的精神去处理的。他也有他自己多样的内在的特点，这些特点也同样被作者现实主义地加以反映"③。这就可见，现实主义精神这个概念，是比较活泛的，在不同的场合，可以有不同的用法。这里举陈涌同志的文章为例，并不是说只有这样使用这个概念才是范例。这不过是随手拈来的两个例子罢了，别的文艺理论家还可能会有别的用法。我的目的不过是说明现实主义精神这一概念或提法的活泛性而已，但不管有多少种用法，多么活泛，这一概念和提法都是从属于现实主义的创作方法这个有确定内涵的科学概念的。我以为这是文艺理论中的常识。

但是，现在我们却看到，在邹平同志和陈骏涛同志笔下，现实主义精神这个概念被提升到"更高层次"，高到似乎君临着采用各种各样创作方法的一切作品的位置上了。似乎采用各种各样创作方法

---

① 何其芳：《试看天地翻覆》，载《何其芳选集》第 2 卷，四川人民出版社 1979 年版，第 509 页。

② 陈涌：《鲁迅与五四文学运动的现实主义问题》，《文学评论》1979 年第 3 期。

③ 陈涌：《鲁迅与无产阶级文学问题》，《文学评论》1981 年第 2 期。

的一切作品，只有当它们被解释成具有现实主义精神，或者说，取得了现实主义精神这张合格证时，才有了生存的合理权利。这样对现实主义精神这一概念进行提升，是否有事实根据呢？会造成什么样的理论结果呢？这是值得深思的。

首先，这样对现实主义精神这一概念进行提升和扩充，是没有事实根据的。就拿邹平同志对现实主义精神这一概念的内涵的具体说明来看吧，他所谓现实主义精神的内容包括社会性、真实性、向上性之说，是经不起仔细推敲的。按照邹平同志的具体说明，"社会性"是指要求"用文学来干预社会"，"表现在作家身上就是强烈的社会责任感，表现在作品中就是具有明确的社会历史内容和它的认识、审美、教育作用"。这些对作家和文学的要求完全可以用文学的党性、人民性等科学概念来表述，为什么要使用"社会性"这样一个含混的概念并把它塞进"现实主义精神"，这个所谓"更广泛""更高层次"的概念里去呢？邹文讲的"真实性"，是指"文学反映生活的本质真实，即文学表现时代精神和历史趋势的真实"。这当然是文学作品的一个带有根本意义的属性。按照马克思主义的文艺理论，真实性是一个揭示文学作品与现实生活的关系的概念。文学作品是以现实生活为基础，忠实地反映现实生活呢，还是脱离这个基础，歪曲、粉饰它的真实面貌？文学的真实性这个概念，揭示的就是这个关系到文学作品的艺术生命的根本问题。真实地反映现实生活，就不能停留在现实生活的表面形态，而要深刻地揭示它的内在意蕴，即反映生活的本质，文学的典型性的要求也即由此产生。马克思主义文艺理论要求的文学的真实性，是通过对现实生活的典型概括达到的高度的真实性，实际上也就是典型性。这应该说是有关文学艺术的性质的种种概念和范畴中"最高层次"的概念和范畴了。怎么能把这一真实性即典型性的概念塞到"现实主义精神"的概念中呢？既然邹平同志认为他所说的真实性"并不一定就是现实主义创作方法的真实"，也包括浪漫主义的真实性，可见真实性的概念不能和现实主义等同起来，它本身包含着现实主义的真实性和浪漫主义的真实性，它不一定仅仅从属和联系于现实主义的创作方法，怎么能被仅仅从属和联系于现实主义的创作方法的"现实主义精神"概念所囊括呢？也许，邹平同志和陈骏涛同志可以宣称他们使用的"现实主义精神"的概念是与众不同的，并不仅仅从属和联系于现实主义的创作方法，而是试图从根本上揭示文学和现实的关系的"最高层次"的概念，那么，如前所述，他们所讲的"现实主义精神"的概念，其内涵就与文学的真实性相同。那我们何必摒弃已有的真实性概念，另外创造一个"现实主义精神"的新概念呢？最后，邹文说的"向上性"，是指社会主义文学"包含着促使人用积极的态度去改造世界和推动社会发展的崇高精神力量"。这一对文学的要求，完全可以用文学的社会主义倾向性的概念来表述，为什么要新创一个含糊的"向上性"概念并把它塞进"现实主义精神"这个所谓"更广泛""更高层次"的概念里去呢？综上所论，邹平同志对他独特的"现实主义精神"概念的具体说明，其根本毛病不在于陈骏涛同志所说的"使人感到烦琐而不得要领"，而在于充满了混乱，恰恰说明了他对"现实主义精神"这一概念的新诠释是不能成立的。如果"现实主义精神"这一概念可以如邹平同志主张的那样，是什么"文学的社会性、真实性和向上性的有机统一"，根据邹文对这"三性"的具体内容的说明，那实际上就是把文学的党性、人民性、真实性、倾向性等等具有确定的含义的科学概念全部填塞到"现实主义精神"这一总概念中去了。由于这一总概念的囊括一切的特性，它不可能有确定的内涵和外延，因而也就反而失去了自己的具体特性，构不成一个科学的概念。主观随意地扩充、提升"现实主义精神"这一概念的结果，是这一概念本身的破灭。而如果邹平同志所讲的现实主义精神概念是在揭示文学与现实、与人民生活这一根本关系的意义上说的，那么这一概念和文学的真实性的概念就叠合了，它本身并没有独立存在的根据，这也导致这一概念的破灭。看来，两者必居其一，无论是按照哪一种理论逻辑来推论，邹平同志新创的"现实主义精神"的概念都不可能有更好的命运。

　　陈骏涛同志是同意邹平同志关于现实主义精神是"比创作方法更高层次的概念"的说法的，然而，他对现实主义精神这一概念却有更简明的诠释。他先引高尔基对现实主义的一个说明："对于人和人的生活环境作真实的、不加粉饰的描写的，谓之现实主义。"① 然后申论说："如果这样的理解是不错的话，那么现实主义精神的真髓恐怕就是真实性了"。看来，陈骏涛同志在这里，恰恰是依照文艺理论中的常识，从现实主义的创作方法（须知，高尔基的话，讲的正是现实主义的创作方法呵！）引申出现实主义精神这一概念的。这恰恰与陈骏涛同志所赞同的将现实主义精神理解为"比创作方法更高层次的概念"相抵牾。而且，既然陈骏涛同志认为"现实主义精神的真髓恐怕就是真实性"（这句话也有毛病，详见下文分析），那么，为什么要舍弃已有的真实性概念而赞赏新创的"现实主义精神"的概念呢？恐怕陈骏涛同志多少还有点被他自己所指摘的"视现实主义为正统的眼光"所囿，因而觉得真实性的概念不够保险，没有足够的力量来保护他所希望的创作方法的多样化，还是"现实主义精神"这样的字样比较地叫人放心，比较地能为创作方法的多样化争得合理性吧？至于郭风同志在"坚持（不管自觉地、或不自觉地）生活是文学创作的第一性，坚持文学作品中表达人民的愿望、理想、幻想（在抒情诗中，往往通过抒发诗人自己的情感）"② 这个意义上使用现实主义精神的提法，那实际上就是在揭示文学与它的现实生活基础的关系的意义上使用这一提法。如果我们不太拘泥于字眼的话，据我理解，郭风同志谓之为"现实主义精神"的东西，实际上就是文学的真实性。他的意思不过是强调地指出，浪漫主义的作品也有现实生活基础，也能达到真实地反映现实生活的目的。他虽然在表述中使用了"现实主义精神"的概念，但这是诗人激于浪漫主

---

　　① 高尔基：《谈谈我怎样学习写作》，载［苏］高尔基：《论文学》，孟昌、曹葆华、戈宝权译，人民文学出版社 1978 年版，第 163 页。

　　② 郭风：《关于现实主义精神的一点想法》，《福建文学》1983 年第 4 期。

义创作方法近年来被搁置、被冷淡，似乎失去合理地位而发的感触，是不能过于认真地当作严密的理论论证看待的。这从他致陈骏涛同志的信中对自己的认识过程的解释中可以看得很清楚。

把现实主义精神的概念提升到"比创作方法更高层次"的位置上去，会导致什么样的理论结果呢？我认为，只能回到陈骏涛同志所反对的"一部文学史就是现实主义与反现实主义斗争的历史"这一旧的创作方法的偏执上去。这是怎么说呢？按照邹平同志的意见，多样的创作方法都必须"统一于现实主义精神的崭新体系"；按照陈骏涛同志的看法，一个作家"不管他运用什么样的创作方法……他的作品都应当具有现实主义精神；反之，不具有现实主义精神的作品，是无论如何也经不起时间的检验的"。这实际上等于说，采用各种各样的创作方法的一切文学作品，只有冠之以"现实主义精神"这一好名目，才能取得生存的资格。现实主义精神仍被视为君临一切文学作品，裁判一切文学作品的标尺，这岂不是等于说"一部文学史就是具有现实主义精神的作品与反现实主义精神的作品对峙的历史"吗？这和那个"一部文学史就是现实主义与反现实主义斗争的历史"的老公式有什么原则区别呢？在采用浪漫主义的创作方法的作品中硬找现实主义精神，只能引向否定浪漫主义创作方法的独立性，使复杂、丰富的文学艺术现象变得单一化。要之，用引进所谓现实主义精神这一概念的途径来论证创作方法的多样化的合理性，只能是南辕北辙。这，恐怕是邹平同志和陈骏涛同志始料不及的吧？

二

讨论创作方法的多样化问题，当然不能停止在概念上，而要从文学艺术发展的历史经验和现实情况出发，找出适合我们社会主义文学发展需要而又符合文学艺术发展的客观规律的正确的主张。法捷耶夫说过："每一个明理的人都懂得，艺术方法（引者按：即我们所说的创作方法）这个概念正是从探索这样一些道路中产生的，这些道路会帮助语言艺术成为最令人信服的、最聪明的、最真实的语言。"① 这就是说，创作方法的探究，实际上是达到艺术真实的道路的探究，对于发展文学创作，具有最直接的实践意义。

那么，根据我们文学发展的历史经验和现实状况，我们应该倡导什么样的创作方法，才符合社会主义文学发展的客观规律，才能促进社会主义文学的繁荣呢？在这个问题上，我觉得陈骏涛同志的主张也是值得商榷的。

陈骏涛同志反对创作方法的单一化而主张创作方法的多样化，这个意思笼统地看，当然是好的。应该承认，他是看到了我们在创作方法问题上存在着偏执、单一的毛病的，他是想为敢于追求新的独特的艺术手法的有独创性的作家的艺术实践寻找理论依据的。但是，他对创作方法多样化的具体主张，却存在着引向创作方法问题上的新的混乱的危险，因而我是不敢苟同的。陈骏涛同志在具体地阐述他的创作方法的多样化的主张时，虽然也讲了几句"从当前的创作实践来看……仍然必须依靠革命现实主义的发展和深化"之类的话，但实际上，他是把"现实主义，浪漫主义，自然主义，象征主义，以至现代主义中的种种：超现实主义、意识流、荒诞派、黑色幽默……"都当作多样的创作方法并列起来，等量齐观。他说："革命现实主义既然是开放的、大容量的，那么就不应该是排他的。换一句话说，不管是浪漫主义、自然主义、象征主义、现代主义等等，都可以搞。只要坚持二为（为人民服务，为社会主义服务）的方向，坚持真实地反映现实的原则，任何创作方法和创作流派，都有权利存在。"在他的这个主张中，有合理的成分，例如以能否"真

---

① 法捷耶夫：《论社会主义现实主义》（1932 年），载《苏联作家论社会主义现实主义》，人民文学出版社 1960 年版，第 82 页。

实地反映现实"为标准来衡量一切创作方法和创作流派的好坏，这是对的，比他在同一篇文章中主张的以是否有"现实主义精神"为标准来衡量一切创作方法和创作流派的好坏来，显得准确得多也开阔得多了。陈涌同志说过："我们衡量这种和那种艺术手法的好坏，最终的标准都应该是看它们是否有助于真实地反映现实生活。这是一个最根本的标准。我们不应该否定一个作家有权利对于艺术方法、风格等等进行探求，这种探求只要没有离开真实地反映现实生活这个根本目标，我们就只能说这是完全可以丰富和扩展我们艺术上的表现方法的。"① 我认为这个意见应该成为我们探究创作方法的多样化问题的一个根本的出发点。陈骏涛同志想必也是会同意这样一个根本的出发点的。

但是，如果坚持这样一个根本的出发点的话，那么，我们就会发现陈骏涛同志关于创作方法的多样化的具体主张存在着不少毛病。我想在分析这些毛病的同时，也顺便正面地阐述我对创作方法多样化问题的看法。这些看法主要有下列几点：

一、不能把现实主义和浪漫主义这两大主要的创作方法和"自然主义，象征主义，以至现代主义中的种种，超现实主义、意识流、荒诞派、黑色幽默……"并列起来，而应该鲜明地、有重点地肯定现实主义和浪漫主义是我们社会主义文学最主要的两种创作方法。而"自然主义、象征主义，以至现代主义中的种种"，归根到底，并不具有独立的创作方法的意义，将它们和现实主义、浪漫主义这两大创作方法并列，是缺乏科学性的。没有重点就没有政策这一句话，对于创作方法问题的研究来说，也是适用的。我们所主张的创作方法的多样化，应该是有重点的多样化。重点就是现实主义和浪漫主义这两大基本的创作方法。

说现实主义和浪漫主义是应该为我们采用的两大基本的创作方法，这并不是人们凭主观意愿随便规定的，而是根据文学艺术的特

---

① 陈涌：《鲁迅与五四文学运动的现实主义问题》，《文学评论》1979 年第 3 期。

性、根据文学艺术的历史经验提出的。何其芳对这一问题有过精彩的论述。他说："文学艺术的产生总是由于人对生活有所感受，由于人企图用一些媒介物把生活及其感受再现出来。因此，最早的文学艺术就自然地有这样两种倾向，这样两种创作方法：按照生活的实际存在的样子去反映生活、描写生活；或者是虽然也以一定的现实生活为基础，却按照人的幻想和愿望把它作了较大或很大的改变。……这就是说，现实主义和浪漫主义的倾向是随着文学艺术的产生而产生的。"①文学艺术的特性和人类漫长的文学艺术史的大量事实说明：现实主义和浪漫主义，是人类根据现实生活创造文学艺术作品时必然采用的两种方法，是艺术思维所能选择的两条最基本的达到艺术真实的必由之路。作为人类在创作过程中必然采取的两种不同的接近和反映现实生活的基本方式，现实主义和浪漫主义都是生长在现实生活的土壤上，以现实生活为共同的基础。它们之间并没有绝对对立的界限。它们都把真实地反映现实生活作为自己的根本要求。事实上，它们所达到的现实主义的真实性和浪漫主义的真实性，虽然形态殊异，但都能满足文学艺术要真实地反映现实生活这个根本的要求。

说现实主义和浪漫主义是两种基本的接近和反映现实生活的方式，还因为，形形色色的其他的创作方法、艺术手法，假如它们当中含有有助于真实地反映现实生活的因素，那么，细加辨析，就会发现它们不是可以归入现实主义创作方法的范畴中，就是可以归入浪漫主义的创作方法的范畴中。例如，自然主义重视细节的逼真描写这一合理成分，是可以归入现实主义范畴内的。由于它反对典型化，反对深入社会生活的本质，因而它的细节描写也就变成庸俗琐碎的东西。在这个意义上，可以说自然主义是现实主义的庸俗化，是现实主义的一个变种。又如象征主义中那种着眼于现实生活的全体（不斤斤于真实具体地描写生活的一隅），以具有高度概括性的意

---

① 何其芳：《文学史讨论中的几个问题》，载何其芳：《文学艺术的春天》，作家出版社1964年版，第132页。

象抓住生活的本质真实加以反映的象征手法，则可以归入浪漫主义的范围，等等。总之，只有确认现实主义和浪漫主义是达到艺术真实的两大基本途径，我们才能有一个取舍的尺度，从形形色色的其他的创作方法、手法、技巧中择取真正有利于真实地反映生活的合理因素。

　　二、当前，从文艺创作的现状来看，我们要着重强调现实主义和浪漫主义共有的典型化方法，以反对公式主义和自然主义这两种庸俗的创作倾向。一定要在理论上和创作实践上把典型化问题鲜明地、突出地提出来，才能从根本上改变我们某些文艺批评软弱无力和某些文艺创作贫乏平庸的状况。从这几年创作发展的实际出发，我觉得那种以政治概念、原则去任意剪裁生活、歪曲生活的公式主义倾向仍然要反对。这种脱离现实生活的，凌虚蹈空、胡乱编造的主观主义的创作倾向，过去曾经长期地影响、甚至一度支配着我们的文学创作，它的流毒是不容低估的。但是，在反对公式主义的同时，我们还必须注意反对近年来有所滋长的自然主义倾向。提倡创作方法的多样化，并不意味着可以抹杀真实反映生活的现实主义和浪漫主义与歪曲生活的形形色色创作流派的斗争。实际上，文艺界的思想斗争，是渗透到具体的创作过程和批评过程中的，当然不能不涉及创作方法问题。像陈骏涛同志那样笼统地主张革命现实主义"应能兼容并包"，"不应该是排他的"，我认为是片面的。在吸取一切有利于真实地反映现实生活的手法、技巧方面，讲兼容并包，讲不排他，是可以的，但在整个创作方法的意义上讲兼容并包，讲不排他，则有取消创作方法问题上的思想斗争的危险。实际上，要坚持革命现实主义和革命浪漫主义，不排除歪曲生活真实面貌的公式主义、自然主义以及其他西方现代主义诸流派中的糟粕是不行的。

　　我想在这里着重地讲一讲反对自然主义的问题是适时的。这个问题是和鲜明地提出典型化原则的问题相联系的，又是今天亟待解决的问题，因此，我们必须慎重对待。

　　我们知道，自然主义的一个最重要的特点，就是用生物主义的观点来看社会和人。自然主义作家反对艺术去描写生活中崇高的优美的事物，他们摒弃艺术概括和典型化，而热衷于对藐小、庸俗的东西的烦琐描绘。周扬同志在 50 年代曾对自然主义作具体的分析，他特别指出："自然主义在表面上似乎是'忠实'于现实的，但它仅仅限于反映生活的外表不能深入到生活现象的本质中去，它自以为现实主义，而实际是现实主义的庸俗化。我们有些急于想摆脱公式主义的作家，由于缺乏辨别的能力，就往往走上了自然主义的错误道路。"①

周扬同志这些看法，完全适合我们创作中近年来滋长起来的自然主义倾向的情况。读着他这些对自然主义倾向的恰中肯綮的剖析，我不禁想起近年来引起很大争议的某些作品，例如李陀同志的《自由落体》《余光》《七奶奶》等。我不是说这些作品整个都是自然主义的作品，但是，在这些作品中，是存在着自然主义的倾向的。《自由落体》中对那位登高作业工人恐高症的不厌其烦的细致描写，《七奶奶》中对七奶奶害怕煤气罐爆炸的变态心理的刻画，《余光》中对那位跟踪女儿的老工人的乖张行径的琐碎叙述以及对他潜在的性意识的表现，都是把人的生物的、病理的特征孤立起来加以渲染，从而在不同程度上歪曲了社会生活。这些作品，证实了高尔基所说的："自然主义的描写现实的手法，即使是最出色的……也只能把事物和景色描绘得准确而且细致，但对活人的描写却异常无力和'没有生气'"②。与李陀同志的早期作品的积极倾向相反，在这几篇作品中，没有激情，没有诗意，没有任何崇高优美的东西，没有任何与沸腾的现实生活相联系的有普遍意义的东西，有的只是灰暗的生活场面和卑琐变态的心理描写。我认为这是李陀同志在理论上贬斥现实主义的典型化原则必然导致的结果。讥笑巴尔扎克、托尔斯泰陈旧了，

---

① 周扬：《建设社会主义文学的任务》，《文艺报》1956 年第 5、6 期。

② 高尔基：《给初学写作者的信》（1930 年），载［苏］高尔基：《论文学》，孟昌、曹葆华、戈宝权译，人民文学出版社 1978 年版，第 243 页。

这固然不失为一种"勇敢";但在创作实践上却不自觉地向左拉靠拢，则这"勇敢"，实在是一种倒退，并不可取。

要有力地反对自然主义，就必须有力地把典型化的原则标举出来。现实主义与自然主义的根本界限，在于要不要典型化。像陈骏涛同志那样一般地讲"现实主义精神的真髓恐怕就是真实性了"是不科学的。不仅现实主义的作品需要真实性，而且浪漫主义也需要真实性。这种真实性的最高形态就是反映、概括生活的本质真实的典型性。因此，我们常常讲现实主义创作方法的中心问题或精髓，是典型性。对于小说、戏剧等叙事体文学来说，就是典型环境中的典型性格的创造。而对这个问题，批评界和创作界中的某些同志是存在着忽略和轻视的倾向的。我们必须记住，"我们所说的现实主义、浪漫主义和自然主义，都是一种马克思主义的文艺理论的概括，都是用来概括古今中外一些共同的文学艺术方法，和过去欧洲的某些文学史家用这些名称的概念并不完全相当"①。因此，我们讲现实主义，一定要讲它和自然主义的分野，讲典型性。这样，才能有力地推动文学创作去概括、反映我们伟大的时代，创造出具有高度典型意义的杰作来。

三、必须从理论上明确浪漫主义是不依附于现实主义的、与现实主义"双峰并峙，两水分流"的独立的创作方法。对于这个问题，陈骏涛同志和郭风同志都很正确地表示了他们对陈涌同志《鲁迅与现实主义和浪漫主义问题》一文的推重，我完全赞同他们的意见。并且我还觉得，我们的批评界和创作界对这篇论文提出的浪漫主义创作方法的独立性问题，还没有给予足够的重视。陈涌同志的论文，雄辩有力地论证了浪漫主义也和现实主义一样，能够独立地达到对生活的真实反映。这是近年来罕见的呼唤浪漫主义的强音。

从理论上明确浪漫主义创作方法的独立性，最重要的，是必须

---

① 何其芳：《文学史讨论中的几个问题》，载何其芳：《文学艺术的春天》，作家出版社 1964 年版，第 136 页。

纠正下述两个流行很广的，似是而非的观点：

　　第一，把现实主义和浪漫主义的区别，不是看成主要是接近和反映现实生活的方法和途径的区别，而是看成世界观、认识论优劣的区别。这种观点认为只有现实主义创作方法的哲学基础才是唯物主义的反映论，因而它是真实地反映现实生活的唯一的方法，而浪漫主义的创作方法似乎是背离唯物主义的反映论的，因而在真实地反映现实生活方面就不那么可靠。过去有的革命的文艺理论家曾经主张"现实主义创作方法的核心就是在现实世界是可以认识的信念上，根据反映论来从事艺术创作的。这是自古以来各个阶段的现实主义的共同点"。这就把用唯物主义的反映论指导创作当作现实主义专擅的优势了。而其实，浪漫主义的创作方法难道就不是"在现实世界是可以认识的信念上，根据反映论来从事艺术创作的"吗？事实上，世界观、认识论与创作方法的关系是异常复杂的，这里需要结合不同作家的具体情况进行具体分析；但是，起码有一点是可以肯定的，就是不能从创作方法直接逆推出一个作家世界观、认识论的性质，不能以现实主义独擅唯物论的反映论的说法来贬低浪漫主义。陈涌同志提出："世界观不等于创作方法，同样性质的世界观的作家，可以采取不同的创作方法，正如采取同样的创作方法的作家，可以有不同的甚至截然相反的世界观一样。我们看到，十九世纪俄国批判现实主义作家的世界观远不是一致的。这里包括从代表被压迫农民的革命民主主义作家，到自由资产阶级作家，同样的，浪漫主义也有先进的革命的和保守的反动的区别。因此，我们一方面不能从创作方法来直接得出世界观的性质的结论，不能认为例如只有现实主义的创作方法才是符合先进的世界观的，另一方面，对于同样的创作方法的作家，我们也还需要进行具体的思想分析。"① 这个意见是完全中肯的。但是，我们看到有不少论述、捍卫现实主义原则的文章，为了加强现实主义的权威性，仍然把现实主义直接联系

---

　　① 　陈涌：《鲁迅与现实主义和浪漫主义问题》，《人民文学》1981 年第 10 期。

于先进的世界观和认识论，从而有意无意地贬低浪漫主义，这是应该纠正的。

第二，把现实主义和浪漫主义的区别不是看成主要是接近和反映现实生活的方法和途径的区别，而是看成真实地反映生活的效能大小的区别。这种观点往往把真实性的概念和现实主义的概念等同起来，只承认现实主义的真实性，看轻或者不承认浪漫主义可以有它独特的真实性。所谓浪漫主义必须以现实主义为基础的观点，就是否定浪漫主义有独立地达到艺术真实的可能。陈涌同志通过对屈原、李白、鲁迅诗歌的具体分析，有力地指出，在这些浪漫主义的作品中，"虽然生活由于经过作家的想象而往往失去了生活本来的外貌，但它并没有失去生活的真实，它使我们相信，这里有生活，它和如实地反映生活不同的只是，生活在这里是曲折地反映出来，因此，它同样给我们真实的感觉。这种感觉，甚至比对生活如实的反映，给我们更强烈的印象"。[①] 陈涌同志还曾经以象征的方法为例，来说明这一点。他认为，可以归入浪漫主义范围的"象征的方法，不可能像现实主义的方法一样真实具体地描写生活，但却有可能从精神上抓住生活的根蒂。因为象征的方法，往往不是表现生活的一隅，而是着眼于生活的全体，问题是作者是否有力量抓住这个全体。在这个意义上，它有可能在艺术上比现实主义方法达到更深刻的真实"[②]。可见，浪漫主义作为一种独立的创作方法，在按照它自己独特的接近和反映生活的途径上，可以达到自己那种独特形态的艺术真实。在真实地反映生活的效能上，它绝不弱于现实主义。

只有从理论上明确浪漫主义作为独立的创作方法具有的真实反映生活的能力，把它放在和现实主义并重的地位，才会有真正的创作方法的多样化。陈涌同志说："我们过去对浪漫主义的意义往往估计不足，我们往往不承认浪漫主义是一种有独立特色的创作方法，

---

① 陈涌：《鲁迅与现实主义和浪漫主义问题》，《人民文学》1981 年第 10 期。

② 陈涌：《鲁迅与五四文学运动的现实主义问题》，《文学评论》1979 年第 3 期。

我们往往把浪漫主义看作只是现实主义的一个因素，一个组成部分，认为浪漫主义应该以现实主义为基础，便反映这种观点，这结果，浪漫主义实际上往往被'吞掉'，得不到应有的发展。艺术真实被限制在现实主义的范围内，甚至被限制在所谓大量存在的现象的范围内，限制在个人经验的范围内。艺术创造，特别是浪漫主义的理想、想象和激情在我们的一些创作里变得逐渐稀少，以至消失。"① 这段话是击中了我们理论批评和文学创作的时弊的。我们在这里看到，标举浪漫主义的独立旗帜，不但有扩大我们的艺术表现方法，促进艺术风格、流派多样化的作用，而且有反对自然主义倾向的作用。革命浪漫主义的典型化方法，对苍白的自然主义不能不是强有力的针砭。

认识浪漫主义创作方法的独立性和特长，对于我们当代文学的评论和研究也有重要的指导意义。诚如郭风同志指出的，提高对浪漫主义创作方法的认识，有助于我们理解特定的文学体裁和样式，例如散文诗这样主观色彩和浪漫主义气氛较浓的文体的艺术特点，使我们的文学研究更加精细化。不仅如此，就是对小说、戏剧这一类叙事体文学，认识其中的浪漫主义的特征也是非常重要的。例如王蒙一系列带有强烈主观色彩，吸取某些意识流技巧，主要地表现了人物的内心体验的真实，为我们提供了充满理想、想象和激情，充满了诗意的心灵的图画的小说，如《春之声》《海的梦》《风筝飘带》《杂色》等，也是可以从浪漫主义的创作方法得到解释的。这些作品之所以激动了广大的读者群，特别是青年读者群的心，在很大程度上可以认为是作家为我们提供了强烈的浪漫主义的真实的缘故。在王蒙身上，是同时具备着现实主义和浪漫主义这两方面的特点的，而且都能各极其长。这是一种非常难得的艺术素质。这种素质刚刚开始显露，也许作家本人还不自觉，我们的理论研究，应该帮助作家发展这种素质。高尔基认为："在伟大的艺术家们身上，现实主义

---

① 陈涌：《鲁迅与现实主义和浪漫主义问题》，《人民文学》1981 年第 10 期。

和浪漫主义好像永远是结合在一起的。"① 这一事实在古今中外文学史上是不胜枚举的。然而这样一个重要的文学现象在理论上的意义，近年来却很少得到阐发和强调，这和我们相当地忽视了对浪漫主义的提倡和研究是有关的。这种状况是到了改变的时候了。

四、最后，除了现实主义和浪漫主义之外，对西方现代主义的种种流派和手法，我们怎么办？对于这个和创作方法的多样化这一论题有关的问题，需要作专门的研究和阐述，不是本文所能充分展开的。但是，基本的原则和态度应该说是有的，那就是陈涌同志说的："现在西方标榜的方法多得很，这些问题还很少研究，的确需要用马克思主义的观点去认真研究。但至少这点似乎是可以肯定的：不管什么方法，都要看它到底是不是能够真实地反映生活，来决定它存在的价值。不管你什么方法，你只要能够真实地反映生活，不是歪曲生活。我们就加以肯定。你反映的更好些，我们肯定得更多些。你有些部分能够反映生活，但有些部分你又歪曲生活，那我们又肯定，又指出你的缺陷。我想，我们的态度应该这样。这样来看，不管有多少种方法。只要是应该肯定的部分或因素，不是比较接近现实主义的，便是比较接近浪漫主义的，我看不外是这两种情况。只要好的，就应该实行鲁迅的'拿来主义'，把它纳入我们革命文艺的轨道上来，丰富我们的革命现实主义和革命浪漫主义的创作方法，这样我们的路越走越宽。"②

这一段论述可以说是深得我心的，因此抄录如上，以飨读者。

（原载《福建文学》1983 年第 12 期）

---

① 高尔基：《谈谈我怎样学习写作》，载［苏］高尔基：《论文学》，孟昌、曹葆华、戈宝权译，人民文学出版社 1978 年版，第 163 页。
② 陈涌：《文艺与生活》，《文艺研究》1982 年第 3 期。

第二辑

关于现实主义的学习、思考和论辩

《北京文学》编辑部的同志们提出了一个重要而有趣的问题：现实主义在新时期有什么发展？这是一个重大的理论问题，也是紧密联系创作实践的问题。它关系到对新时期文学思潮和创作风貌的描述和总结，也关系到对当前奔涌不已的文学新潮和艺术创新的描述和评价。当然，对具体作家作品的分析和评价，不一定非得有一个理论概念上的尺度不可。例如，对莫言的小说，你可以用最时髦的"意象现实主义"去归纳它，别人也可以用最传统的现实主义或者浪漫主义、象征主义这些概念综合地去分析它，甚至也可以来个"多谈点问题，少谈点主义"，不急于套概念、挂招牌，而径直分析它内在的社会生活内容和艺术表现手法上的特征，我看这也未尝行不通。但是，对于描述和归纳某一群作家共同的对现实的认识和对创作方法的追求来说，对于描述和归纳某一历史时期文学思潮的盛衰起伏来说，类似现实主义、浪漫主义、现代主义这样一些文艺美学概念就不可缺少了。所以，讨论一下现实主义问题，还是有必要的。

现在有不少主张对现实主义的概念进行"突破"、"松动"或者"合理重建"的议论。这些议论反映了这些同志面对种种新的文学现象急欲寻找新的理论尺度的焦灼感，这是可以理解的。但是在种种议论中，有一种意在求胜，故作惊听回视之谈的倾向，我觉得是不严肃的。例如，有一篇文章说，我们实际使用着的现实主义概念，现在被发现不过是"一个政治的计量单位"，"有着近乎宗教教义般的神圣性"；"它作为艺术理论概念的职能，始终就没有被人们完整地把握过"①。这种异常肯定和自信的判断，我以为是不符合事实的。远的且不说，即以1956年以来中国文艺理论思潮史上的事实而论，现实主义以及与它伴随的写真实的文学主张，长期处于受贬斥、受压抑、受批判的很不"神圣"的地位。一些比较正确地把握这一文艺美学概念的正直的文艺理论家，例如主张"向着真实"的王元化，主张"写真实"的陈涌，主张"现实主义——广阔的道路"的秦兆阳，主张"现实主义深化"的邵荃麟，都因为坚持现实主义而遭到极左路线的迫害，这些都是记忆犹新的事实。当然，也出现过独尊现实主义，把几千年文学史纳入现实主义与反现实主义斗争的公式的意见（例如茅盾《夜读偶记》中的观点），但这种意见的出现，也自有其历史原因，而且当时就引起了相当有深度的讨论，并没有长久地为学术界所接受。其实，即使是对茅盾的观点，也是需要作具体细致的分析的。他那篇丰赡飞扬、吐纳百川的《夜读偶记》，在偏颇的理论框架下，还包容着很多新鲜、锐利、透彻的理论内容，至今仍保有引人入胜的魅力，远非轻易嗤点前贤的后来者可比。至于新时期在恢复了现实主义的传统之后，有的理论工作者把现实主义作为标签在具体批评中滥用，这种简单化的情况也是有的。但细究起来，其为害之烈，似乎还不如现在另一些理论工作者把现实主义当作靶子在具体批评中乱打造成的混乱为甚。

那么，现实主义"作为艺术理论概念的职能"，是不是"始终就没有被人们完整地把握过"呢？

当然也不是。从人类文艺理论发展史上的事实来看，现实主义概念经过漫长的历史过程和世代相承的理论加工，它的内涵和外延，

---

① 《现实主义概念》，《文学自由谈》1986年第3期。

大体上是已经被界定了的，即使从受到极左思潮深重祸害的我国当代文艺理论思潮史的事实来看，现实主义概念的理解和把握，也不能说完全处于无知和混乱状态。

这里需要一句成语："温故而知新"。在进行新的理论开拓时，适当的"温故"是必要的。你不是要突破前人、创造新鲜吗？那你起码得弄清前人都说过些什么，然后再决定弃取。刘勰说："有同乎旧谈者，非雷同也，势自不可异也。有异乎前论者，非苟异也，理自不可同也。"（《文心雕龙·序志》）这才是做学问的正确态度。一味地趋新骛奇，一味地轻薄前人，似乎在自己出现之前一片空白，俨然独得"新思维方法"之秘，那是很难令人信服的。

关于现实主义这一概念在历史上的产生和内涵的变化，很多治西方文论的老先生们已经作出了精审的考辨。我们今天讨论问题，未必需要在这里重新翻读朱光潜的《西方美学史》和伍蠡甫的《欧洲文论简史》中的有关材料（顺便说一下，这是两本断制精严、考辨翔实、嘉惠后学的著作。有的人动辄大谈什么现实主义概念的发生学，却装作不知道这两部书似的，而他们所援引的材料又很片面，说老实话，连炒前人的冷饭也炒煳了）。我们只需知道，现实主义的概念最初出现时并无确定的界说，有的人讲的现实主义实际上是指古典主义（如席勒），有的人讲的现实主义实际上是指戏剧中与古典主义对立的接近现实生活的新浪漫主义流派（如司汤达与莱辛）。一直到 19 世纪中叶，在小说中的现实主义流派（就其实质而言而非就其名称而言）已经存在很久并出现了高潮之后，现实主义的概念才获得了我们现在通常理解的这种含义，也就是高尔基说的："对于人和人的生活环境作真实的、不加粉饰的描写的，谓之现实主义。"[①]按照这种含义去理解的现实主义概念，既用于描述一种文学流派，又用于概括一种创作方法。其实，这两种用法是一致的。一群作家

[①]　高尔基：《谈谈我怎样学习写作》，载［苏］高尔基：《论文学》，孟昌、曹葆华、戈宝权译，人民文学出版社 1978 年版，第 162—163 页。

使用相同或相近的现实主义创作方法，也就形成了文学上的现实主义流派。

高尔基对现实主义含义的上述界说，当然不是他的发明，而是提取了西方文论和俄国革命民主主义美学中流行的对现实主义的一般看法所作的极为朴素的、直观的说明。但就是这个不完备的说明中，也已经包含了现实主义这个定义最重要的两层含义：一是对客观性的要求，即把客观存在的社会的人，置于一定的客观社会环境中来加以观察和刻画；二是对真实性的要求，排斥一切粉饰现实，掩盖生活的内在意义的倾向，要求对现实作高度真实的，也就是典型的艺术概括。

如果在这个简约的定义里这两层含义还看不太清楚的话，那么，下面高尔基的另一个定义也许就把这两层含义展开了：

> 现实主义到底是什么呢？简略地说，是客观地描写现实，这种描写从纷乱的生活事件、人们的相互关系和性格中，攫取那些最具有一般意义、最常复演的东西，组织那些在事件和性格中最常遇到的特点和事实，并且以之创造成生活画景和人物典型。[1]

为了对这两层含义有更深更细的把握，让我们再来重温一些前人的阐发。

第一，关于现实主义创作方法所严格要求的客观性。

福楼拜是最早被派作现实主义的大师的作家（请注意，他自己并不承认自己是现实主义者，相反，还表示过："我憎恨众口一致叫做现实主义的东西，虽说人家把我派作它的大祭司之一……"[2] 但这并不妨碍人们按照他的创作的本来面貌把他称为现实主义者。我们

---

① 高尔基：《俄国文学史（1908—1909）》，新文艺出版社 1986 年版，第 201 页。

② 福楼拜：《致乔治·桑》（1876 年 2 月 16 日），载《文艺理论译丛》1958 年第 3 期，第 188—189 页。

现在不少谈现实主义的新进作家，大概也免不了这种命运。说真的，这并不是不值得羡慕的命运）。关于他，有一段创作轶事流传得很广。据说他曾对同乡的作家包士盖女士再三说："包法利夫人，就是我！——照我写的！"（代沙尔莫：《1857 年前的福楼拜》第 5 章）但是，他在给读者尚比特女士的信中却又说："《包法利夫人》没有一点是真的。这完全是一个虚构的故事，这里没有一点关于我的感情的东西，也没有一点关于我的生活的东西。正相反，虚象（假如有的话）来自作品的客观性。这是我的一个原则，不应当写自己。艺术家在他的作品中，应当像上帝在造物中一样，销声匿迹，而又万能；到处感觉得到，就是看不见他。"① 这真是把我们搞糊涂了，到底哪种说法是真的呢？我认为，这两种说法都是真的，虽然两种说法都带着作家在谈创作时常有的将一点感受发挥到极端的特点。第一种说法显然是作家对自己在创作中深入角色代位感受，"迁想妙得"、虚拟如真的创作心理状况的夸张描述，而第二种说法却是对自己深入客观描摹物象，"按迹循踪"，不敢穿凿的创作方法和作品的客观风貌的夸张描述。在这里，虚象（即虚构的艺术形象），来自作品的客观性一语，是理解现实主义创作方法的关键。普列汉诺夫就曾经非常敏感地指出："客观性是福楼拜的创作方法的最有力的一面。"（普列汉诺夫：《艺术与社会生活》）我认为，完全可以引申开来说，客观性，也就是在创作时对客观生活内容、客观历史内容的"按迹循踪"式的尊重，这是现实主义的创作方法最有力的一面，是它和别的主观性较强的创作方法，如浪漫主义、象征主义、现代主义等创作方法最根本的区别之所在。这种现在被我们的创作界和理论批评界普遍忽略和看轻了的客观性，用更严格更具体的科学语言来表述，那就是恩格斯的现实主义定义的第一层含义：对环绕着人物并促使他们行动的环境——这个环境在艺术中是具体的特定社会历史环境、时代环境与具体的虚拟的情节、场面、细节连缀成的规

---

① 福楼拜：《给尚比特女士》（1857 年 3 月 18 日），《译文》1957 年第 4 期。

定情境的浑和统一———的极端尊重和重视。恩格斯的现实主义定义指出："现实主义的意思是，除细节的真实外，还要真实地再现典型环境中的典型人物。"（恩格斯：《致玛·哈克奈斯》）这个定义的精髓，我认为在于完全排斥了把人物当作孤立自在的空中悬浮物或把人物自身当作自身的最终存在原因的主观主义的创作态度，而是把人物看成客观的、具体的社会环境的产物的一部分，看成一切社会关系的总和。这就要求作家不拘囿于自己的主观世界，不把自己的主观感觉、心理、情绪视为某种与客观物质世界无关的类似生理上的内分泌的东西，而看成主客体交感产生的精神涟漪。在这种现实主义的客观性的理论基础上，也就产生了要求作家以一个客观现实的研究者、参与者出现的问题，产生了深入客观社会生活、深入客观存在的人的心灵世界等等问题，也产生了现实主义的创作特有的诗史的意义，即凝结在艺术形象中的社会历史的认识价值，等等。

对于现实主义创作方法的客观性，有一种朴素而易招误解的说法，那就是按照生活的本来面目去描写生活。这个说法的本义，其实是说，现实主义的创作方法，在反映生活时，要尊重生活客观存在的真实面目，不添加任何主观臆造、粉饰的成分；并且，按这种方法创造出来的现实主义的作品，其生活画面和人物形象，具有现实的日常生活形态的一切逼真性。但是，这个说法往往被误解为要求作家照相式地、丝毫不差地复制生活。现在不少人嘲笑现实主义，就是按照这种有意或无意的误解，把现实主义降低为自然主义、照相主义，然后对它鄙夷地耸耸肩，就奏凯回朝了。这种论战方法，我觉得是不大光明磊落的。我们的前人，似乎早就防备这种曲解似的，在他们关于现实主义创作方法的论述中，已经预为之计，提出了关于真实性的高度的、不妥协的要求，这其实也就是关于典型性的要求。

第二，关于现实主义创作方法所严格要求的真实性或典型性。

卢那察尔斯基说得很精辟："……从艺术中的现实主义的基本定义出发，因为现实主义艺术一方面认为它的描写对象是本来面目的生活本身，另一方面认为现实主义艺术家并不是一个奴隶似的摄影师和'自然主义者'，他可说是用删除、抹掉一系列不需要的细节的方法，突出现实中的典型特征，对这个现实进行加工。"① 请看，这里讲的现实主义的"基本定义"包含的固有的两个方面，是多么清楚啊！这是不容任何曲解的！

我们中国的何其芳就这个问题也讲得很不错，他说："现实主义是按照生活的实际存在的样子反映生活，这样一个解释好像许多人都不否认。生活的实际存在的样子，并不只是生活的外貌，同时还包含有它的内在意义（引者按：当然是完全浑融在艺术形象中的"意义"）。这样，现实主义就不仅要求细节的真实而且要求本质的真实（引者按：这里的"本质"是指抓住了具体事物的根本特征和它们与更广大的社会事物的内在关联，而非囊括万有之抽象本质也）。文学艺术的典型性就是从后一要求来的。"② 我认为这个解释，是对恩格斯定义中的典型环境和典型人物即作品的典型性的含义的正确理解。典型性，说到底，就是毫不妥协、毫不隐讳的最高的真实性。所谓严谨的或严峻的现实主义，就是指作家在剖析客观生活的真实，提取社会典型性时的那种高度的、严格的、严肃的要求。这种要求往往是在文学需要冲破瞒和骗的团圆主义、甜蜜蜜的粉饰风气、廉价释放式的伪浪漫主义时被提出、被强调的。对现实主义的典型理论有杰出贡献的别林斯基，就曾经指出，现实主义所要求的高度真实，就是"把生活复制、再现，像凸出的镜子一样，在一种观点之下把生活的复杂多彩的现象反映出来，从这些现象里面汲取那构成丰满的、生气勃勃的、统一的图画时所必需的种种东西"③。

---

① 卢那察尔斯基：《论社会主义现实主义》（1933 年），载《苏联作家论社会主义现实主义》，人民文学出版社 1960 年版，第 53 页。

② 何其芳：《文学史讨论中的几个问题》（1959 年），载何其芳：《文学艺术的春天》，作家出版社 1964 年版，第 131 页。

③ ［俄］别林斯基：《论俄国中篇小说和果戈理君的中篇小说》，载《别林斯基选集》第 1 卷，人民文学出版社 1958 年版，第 149—150 页。

所以，典型理论，就其未被歪曲的本来面目而言，恰恰是对文学作品的真实性的强化的要求，与那种捏造一个通体光明的红彤彤的世界和捏造一群通体光明的假、大、空英雄的伪浪漫主义毫无共通之处。

好了，旁征博引下去是没有穷尽的。我的"温故"就先温到这里。借着前人的论述，我把我从学生时代就学到而在这些年来的文学发展中益觉其可信无虞的关于现实主义的理解表述出来了。在这个基础上，就可以大略地来一番"知新"了。也就是说，对于现实主义在新时期的发展，也就不妨略谈一二了。

对现实主义在新时期的发展，我认为首先要历史地观察。离开历史的沿革，谈发展是谈不清的。

在新时期之前，是现实主义完全被窒息的十年浩劫。要是只和这个时期相比，那么新时期的文学现实主义就不是一个有什么新发展的问题，而是一个重生的问题，像凤凰从灰烬中重生一样。这样去比，不容易看到新时期现实主义的一些由社会生活的新变化所带来的新质，所以，还是要和"文化大革命"前十七年现实主义的情况比。

不过，这种比也不能简单化。现在有一种非常绝对化的看法，认为十七年中现实主义在一切领域里都退化了、不行了，这种退化，这种不行追溯上去，似乎是从解放区的革命文艺运动开始的。这种看法，从肯定新时期的现实主义出发，却走到"四人帮"的"空白论"，我以为是不足为训的，是经不起历史事实验证的。公正一点地看，解放区革命文艺运动中产生的以丁玲、赵树理、周立波、孙犁等的小说，李季等的诗歌为代表的新现实主义或革命现实主义，尽管在艺术上还不完善、不成熟，但毕竟是以鲁迅为代表的左翼文学运动的现实主义在新的历史条件下的发展。这种发展持续到新中国成立后，经过将近十年的沉淀、酝酿，在反映革命历史斗争的领域里，出现了一批有现实主义深度的优秀作品。其中，像《红旗谱》《风云初记》这样的长篇，在艺术上也是比较精致的。在这个领域里，新时期的现实主义，在总体上，就很难说已经超过了十七年。最近出现了莫言的《红高粱》系列小说，邓友梅的《据点》等，为这个领域的现实主义创作，添加了新的东西（请别轻言突破），但恐怕也不能简单地用贬低过去十七年中革命历史题材创作成就的方法，来抬高这些作品。例如孙犁描写抗日战争的小说，如《风云初记》《白洋淀纪事》中的短篇，在美与和谐的程度上，就一定比莫言的《红高粱》系列低一个层次吗？恐怕结论还是不宜下得太早。所以，我说即使拿新时期和十七年比，也要讲究一点辩证方法，客观一点，不要重复好就是绝对的好，差就是绝对的差那种非此即彼的形而上学方法。这种方法由于"文化大革命"的播扬，在我们有些同志的脑子中真是太根深蒂固了。

话说回来，从总的面貌来看，从总的成就来估计，十七年中现实主义的成就可以说是不高的。现实主义处于一种地盘越来越小，禁忌越来越多的萎缩的可悲状况。这原因我想不用多说了。还是对这种可悲状况本身作一点具体的分析吧。在这种分析中，连带着也就可以看出新时期现实主义的发展了。我想是不是可以从四个主要方面来看：

第一，十七年中现实主义深入的生活领域是狭小的，而新时期中现实主义深入的生活领域大大拓展了。现实主义成了名副其实的面对和涵盖当前现实生活的浩浩荡荡的文学主潮。如前所述，十七年中文学现实主义最辉煌的成就是在革命历史题材领域中取得的。但是在反映社会主义社会的现实生活方面，现实主义的锋芒和锐气被消磨了。在这个最广大的生活领域里，现实主义没有取得多少实质性的进展，没有产生什么深刻的、经得起岁月检验的作品。像《创业史》第一部那样的长篇力作，像《铁木前传》《在和平的日子里》那样精致又意蕴深厚的中篇，毕竟是凤毛麟角。从这种令人沮丧的状况来说，如果把十七年的文学现实主义说成是过去时式的现实主义，只能安全地凝视已有定论、经过一番沉淀的历史生活，而不敢冒着风险大胆看取错综复杂、急遽变化的当代生活现实，那大概也没有太大的差池吧？和这种状况相比，新时期的文学现实主义的当代性可是大大增强了。现实主义令人神往地向当代社会生活的一切领域进军，当代现实生活的一切侧面、一切矛盾和一切变动，或多或少、或深或浅都在现实主义领域里留下了投影和回声。文学和现实生活的联系大大增强，这就为现实主义的广阔发展开辟了通路，掘出了活泉。

第二，十七年中现实主义的客观性受到了极左思潮的遮蔽，它所理解和描写的"典型环境"，在内含客观现实的社会矛盾、时代风云的复杂性方面，是很稀薄的，是经过主观观念遮蔽和净化了的。作家在这样一种虚假的"典型环境"中塑造出来的人物，自然也带着虚假性。当作家想直面现实时，对"典型环境"的那种主观主义想当然的定见，就或自发或外加地，横在作家眼前，成为掩盖生活的客观真相的一只无形的巨掌。这样，作家谈不上坚持对生活作"按迹循踪"式的深刻的客观的反映，只好削足适履、穿凿附会、主观逞臆、小心翼翼地躲闪着所谓"违反典型环境"的棍子。和这种现实主义创作的客观性不足的状态相比，新时期文学的现实主义的客观性大大增强了。现实主义创作方法中典型环境的要求，解除了各种来自极左思潮的主观定见的束缚，真正成为对文学作品所概括的社会生活的客观整体性的要求。社会主义时期社会生活的各种矛盾、冲突、发展的一切曲折和断裂、震荡和骚乱，全部以本来的真实面目，斑驳而又雄恣地拥进作家的视野。典型环境获得了客观真实性，真正成为人物成长的土壤和环境、促进人物行动的客观因素。人物被置于真实的、千勾万连、千姿百态的社会关系中，不再被人为地提高或丑化了。人物性格的客观生活发展逻辑受到了尊重。人物不再成为作家手中的提线木偶，而成为独立于作家主观意志之外的有自己活泼泼生命的灵物了。

第三，十七年中现实主义的真实性或者说典型性受到了极左思潮思想的反复摧残，凝结着真实性的典型的质量处于比较低的层次。

作家那种直面生活的真实、毫无讳饰、毫不退让的现实主义的战斗热忱和风格一再受到打击，在歌颂与暴露、光明与黑暗、喜剧与悲剧、倾向性与真实性等等问题上的苛刻而窒息创作生机的种种清规戒律，使作家们闻真实而股战。而离开生活真实基础的所谓典型性的强调，变成了净化生活的海水去提取文学的蒸馏水的同义语。特别是在揭示我们现实中、党和政府机构中的阴暗面方面，现实主义在经历了 1956—1957 年的勇敢尝试后被套上了长达二十余年的罪枷，只好在重重禁区面前痛苦地却步了。与这种令人痛心的情况相比，新时期现实主义的真实性的率直品格在一连串震撼人心的文学战斗中大放异彩。它首先冲破重重阻力，掀开"文化大革命"这个人肉酱缸上的黄金盖，把十年动乱留下的伤痕和血泪指给痛定思痛或者痛未定即忘痛的人们看；接着，它乘思想解放运动的长风，高翔于新中国成立以来坎坷不平的历史曲径上，以锐目掠过历次极左的政治运动的铁幕，为那些呻吟着或已忘却了呻吟的冤魂和"罪人"发声。它痛切的反思咀嚼遍了现实和历史、政治和文化的各种真实，有力地促进了民族的民主意识、自由意识、科学精神的觉醒。特别是对执政党自身的极左错误所造成的灾难性的社会后果和几千年封建思想的余孽的艺术的批判，引起了中国乃至世界的震动。这在社会主义国家的现实主义文学发展史上，是独放异彩的。总之，借用一下别林斯基在为俄国现实主义流派辩护时所说的话，那就是："新作品的显著特色在于毫无假借的直率，生活表现得赤裸裸到令人害羞的程度，把全部可怕的丑恶和全部庄严的美一起揭发出来，好像用解剖刀切开一样。"① 新时期现实主义这种对现实的肿毒引刀一割的痛快，是过去十七年很难想象的。试比较一下张洁的《沉重的翅膀》与 50 年代刘宾雁的报告文学、王蒙的小说的不同命运，问题就

---

① ［俄］别林斯基：《论俄国中篇小说和果戈理君的中篇小说》，《别林斯基选集》第 1 卷，人民文学出版社 1958 年版，第 150 页。

非常清楚了。

第四，十七年中现实主义的艺术表现手法、艺术风格比较单调贫弱，而新时期现实主义在艺术表现手法、艺术风格方面则变得丰富和多样了。艺术手法、艺术风格的发展，取决于两个条件，一个是作家所反映的现实生活的丰富和多样，生活内容的丰赡和繁复必然刺激艺术表现手法、艺术风格的变化和发展。内容在一定条件下长于形式，成为推动形式变革的革命因素，这是艺术发展的规律。另一个是作家在吸取中外文学遗产和文学思潮中的营养时那种阔大不羁的精神状态，固有的良规与异域的新法，中土文化的菁华和西方文化的翘楚，在海禁大开、思想活跃的时代空气中，尽陈作家眼底。不管还有多少无视传统的鼓噪和盲目排外的封条，有独立见解和才能的作家，一旦真正进入艺术创造过程，就不能不受艺术规律支配，对无论中外的遗产和新潮，进行一番去芜存菁、去伪存真的消化、吸收工作。上述两个条件，新时期的作家恰恰兼备，于是就出现了流派、风格、手法的多样化，出现了现实主义与浪漫主义、象征主义、现代主义互相开放、互相吐纳、互相竞赛、互相丰富的活跃的过程。这种情况在十七年那种封闭性（对外）和断裂性（对古）的文学氛围中，是根本不可能出现的。

现实主义在新时期有什么发展？这是一个大题目，可以做很多文章。上面拉杂谈来，只是几条提纲挈领式的看法，举一漏万，是很难避免的。

弄清了现实主义的两层含义及它在新时期的发展，对于当前创作中某些倾向的欠缺也就不难看出了。总的来说，我觉得如果说我们的创作还有未能尽如人意的地方的话，那主要也是表现在现实主义的薄弱方面，表现在现实主义的客观性和真实性、典型性没有得到更有力的强调和实践上。在理论上坚持着现实主义的人们中，存在着叶公好龙的情况。如冯雪峰早在 30 年代就指出的："我们原来处在这种奇怪的状势下：一方面有人喊着'典型的贫乏'，'思想力的灰白'，一方面更多人又在惧怕着不'贫乏'的典型，不'灰白'的思想力的产生，非伸手去扪作者的嘴，夺他的笔不可了。"① 而在急于突破所谓现实主义的"束缚"的人们中，也有意地以一种清高的姿态和微温的甜水，冲淡作家对现实应有的战斗的热忱，助长着华丽好看、晦涩空疏的形式主义风气。这也是应该注意的。不过这应该是另一篇文章的论旨了。就此打住罢！

（原载《北京文学》1986 年第 10 期）

---

① 冯雪峰：《论典型的创造》，载《冯雪峰论文集》上卷，人民文学出版社 1981 年版，第 178 页。

关于文学作品的生活性的思考

在回顾 1985 年的文学创作的状况，考虑怎样推进现在文学创作和文艺批评的发展时，我常常想到一个人们已经不大提起的问题，即文学作品的生活性的丰盛或薄弱的问题。

一谈起创作，时兴的话题很多。例如小说观念（或曰文学观念）的变化，文学主体性的强化（或曰文学主体意识的加强）；寻根（或曰深入民族文化的深层），寻找现代意识（或曰寻找当代性），写改革（或曰与时代同步），走向世界文学（或曰实现文学的人类性与永恒价值），纪实体的实验及其依据（或曰非虚构文学的兴起）；写感觉，写孤独，写间离；追求空灵、淡化、超越；……只要你闭上眼睛那么一想，这些话题就乱哄哄地搅成一团，既触发你的思绪，又似乎切割着你的神经；既激动你的谈兴，又好像提醒你连谈谈文学常识都不配，既迫使你屏声静气聆听艺术之宫里飞出的博雅精妙的仙乐，又引逗你有点不恭地想起有点像狗扯羊肠子绕不清。像我这样缺乏理论根底的人，对其中任何一个话题，都是不敢轻易问津的。时代和文学变化都这么大，谁敢抱元守一，以不变应万变呢？弄得不好，是要"露怯"的。

所以，在一般情况下，我只是读读遇到的作品，想想作品中写的生活，再想想社会上的情形，两相映发，觉得有点意思可说了，就写一点叫作文学评论的文字。有时是一篇作品的印象，有时是一批作品的观感。有时堂皇一点，就来一篇作家论，大抵也是仔细读读所搜罗到的这位作家的全部或大部分作品，寻出一点意思来谈谈。至于升华到理论的高度云云，虽然心向往之，却总不能至，自己也很以为病。有一回，一位编辑退给我一篇评论作品的文章，说："写得太贴近作品了。"我只好苦笑。回来后筹思有所变计，想使自己的文章壮大、雄放起来，更像理论的样子，但一时好像也没有收效。至于专谈创作中的理论问题的文章，这些年来就很少写。

这一次硬着头皮，想出了这么一个似乎有点被冷落的题目来做文章，当然也多少有点改变积习、振起疲弱的自强意识在。黏滞在泥涂中的沾水小蜂，有时也经不住高天远云的诱惑，想奋飞它一下的。

但我得老老实实告诉读者，就连这个好不容易找到的题目，也不是我自己探索所得，创新所获，而是偶翻老作家孙犁的旧文，才忽有所悟，觉得生活性这个概念，是很可以借用来生发一番的。

孙犁在《关于文艺作品的"生活"问题》一文中说："文学是反映现实生活并且推动现实生活前进的，作者如果没有生活，自然就谈不到创作了。这样明显的问题，也有时确为作者读者所忽略，舍本逐末而求之。因为有时我们常常抽象地谈艺术的政治性，或是文学的艺术性，反倒把生活性忘记了。……今天的问题，是要求我们把作品里的生活丰富起来。"[1]

他还写有《作品的生活性和真实性》一文，结合具体作品分析了怎样丰富作品的生活性。[2]

现在创作的问题，千头万绪，变幻无穷。但不管怎么说，冷静下来想一想，在今天的中国文坛，孙犁的话，还是有些真实的。

---

[1] 孙犁：《孙犁文集》第 4 卷，百花文艺出版社 1982 年版，第 244—245 页。
[2] 孙犁：《孙犁文集》第 4 卷，百花文艺出版社 1982 年版，第 343 页。

生活性这个概念，初看起来，似乎不像文学作品的思想性、艺术性、真实性、倾向性、典型性、形象性等等文艺理论概念那样具有确定的内涵和外延（这里先不去理会那种宣布这些概念都已过时，并对至今仍使用这些概念的人表示"可怜"的高超的意见），使用的人也少。但我觉得，这个概念的好处正在于它不完全是对文学作品的基本特征的理性揭示，而近似于对文学作品的质朴本色的感性把握。有经验的人看到一篇好作品，往往本能地、不假思索地说："嗯，不错，有生活。"这普通的话，其实是对这篇作品的生命力——这种生命力必然外烁为作品对读者的魅惑力——的最简洁也最难得的肯定，这其实也就肯定了这个作品有生活性。中医看病讲究望气号脉。这是一种由经验升华出来的对病情的感性把握。判断文学作品的生活性之强弱有无，与中医的这种感性把握的诊断很相近。我们接触一篇作品，犹如中医接触一个人，一眼望去，气色不错，再一号脉，得其脉息，然后才顾得上他的其他特征——眼耳鼻舌身如何如何。生活性，就是作品的气色和脉息。这当然不是一个纯理论的概念，而是对作品活生生的生命的一种感性直观印象。以此为准绳，调动自己丰富的审美经验去判别作品的优劣，几乎是无不证验的。

但恰恰是这个不怎么带理论色彩的质朴概念，包含着文学创作的最基本的理论问题，即文学与生活的关系问题，文学作品的生活基础的厚实与单薄的问题，作为作家最基本的素质的生活经验、生活阅历的丰富与贫乏的问题等等。当然这些问题古往今来已经谈论得够多的了，现在再谈难免惹人烦腻。但是，但凡在历史上不断被谈到的问题，往往倒是人类因其浅显反易忽略的。所以我觉得，这些问题有其古老的一面，也有其新鲜的一面，就看人们怎么谈了。

现在各家刊物都面临一个怎样吸引读者的问题。文学作品无法使用任何外在的强制手段让读者喜欢自己，捆绑不成夫妻嘛，它只能靠自己内在的魅惑力来征服读者。这种艺术的永恒魅力，如果不去把它说得那么复杂玄妙，其实主要的，就是文学作品内含的生活

的永恒的魅力。文学作品中的新鲜的、有意思的生活，以其全部丰
富多彩的感性形式向读者微笑、招手，使读者观赏之余，欣悦流连，
移步相就，甚至废寝忘食。这是文艺赏鉴活动中常见的现象。王蒙
说："我喜欢小说中反映的那种活泼泼的、鲜亮而又流动的生活，我
喜欢小说反映生活的时候像是用手捧出了一掬海水，水还从指缝里
往外滴滴哒哒呢。"① 我想他的这种喜欢，是一切较有文艺修养的人
共同的。这实际上说的也是文学作品的生活性问题。文学作品是以
其丰盈饱满、气韵生动、葳蕤蓬茸的生活来吸引人的。生活性的丰
饶，是它与其他一切人类的精神产品相比最大的优势。这是从读者
赏鉴的角度来看生活性的重要。

从作家创作的角度来看，越是大作家就越看重文学作品的生活
性，就越是把追求文学作品的丰盛的生活性，当作自己创作落脚的
实地。而且越是大作家，在这个问题上，对自己要求就越严格，有
时到了我们旁观者觉得有些近乎苛求的地步。鲁迅一再表示过他因
为"自己不在旋涡的中心"（鲁迅：《致姚克》，1933 年 1 月 5 日），
所以就不能创作出反映人民斗争生活的作品，"假使以意为之，那就
决不能真切，深刻，也就不成为艺术"（鲁迅：《致李桦》，1935 年 2
月 4 日夜）。这是大家熟知的。其实，且不论表现人民的革命斗争，
就是表现一般的人民的生活形态，不曾身处其中，也是容易捉襟见
肘的。老舍说过他自己的体验："我生在北京，那里的人、事、风
景、味道，和卖酸梅汤、杏儿茶的吆喝的声音，我全熟悉。一闭眼
我的北平就完整的，像一张彩色鲜明的图画浮立在我的心中。我敢
放胆地描画它。它是条清溪，我每一探手就摸上条活泼泼的鱼儿来。
济南和青岛也都与我有三四年的友谊，可是我始终不敢替它们说话，
因为怕对不起它们……我以为写小说最保险的方法是知道了全海，
再写一岛。……哪一部像样的作品不是期待多时呢，积了十几年对

---

① 王蒙：《倾听着生活的声息》，载王蒙：《漫话小说创作》，上海文艺出版社
1983 年版，第 14 页。

洋车夫的生活的观察，我才写出《骆驼祥子》啊——而且是那么简陋寒酸哪！"①

这是创作上的斫轮老手的甘苦之论，可以说无一字虚诳的。

按理说，像鲁迅、老舍这样的大作家，他们创作上的"主体意识"不可谓不强，写作手段不可谓不高（茅盾不是盛誉过鲁迅是创造中国短篇小说形式的大师，几乎每一篇小说都创造出一种形式吗？），但他们在面对文学作品的生活性、面对创作的生活基础时都那样怵惕自抑，知所不能。这是他们太谦虚吗？是他们小说观念太陈旧、思想不解放吗？不是的，这是他们尊重文学创作的客观规律，尊重文学作品的生活性要求的表现。鲁迅不敢"以意为之"，老舍不敢描绘济南青岛，他们都很清楚自己的主观能力的限度。王夫之说过："身之所历，目之所见，是铁门限。"② 逾越这个"铁门限"去变幻主体意识，用这位古人的话说，就是像齐、梁、晚唐、宋初文人一样，"欺心以炫巧"。

我们现在的创作界，是不是有一点无视这个"铁门限"的存在呢？我觉得应该好好想一想。当前影响我们整个文学创作的水平提高的根本症结在哪里？在这个问题上，看来是有不同的判断的。

近一两年来，文学界特别流行这样的观点：由于过去极左的机械论的长期统治，文学创作中的主体方面没有得到充分的重视。发扬作家的主体意识，实现文学观念、小说观念的变化才能把我们的创作和理论批评，提高到一个新的水平。这也就是说，问题的症结在于作家的主观能动性在创作中投入得不够，在于文学作品的主观因素不足。

这当然是一个不很精确的理论转述，但我想，对这种观点的大体的理论意向，我的转述还是把握得不差的。那么，这种观点符合

① 老舍：《三年写作自述》（1941 年），载胡青编：《老舍论创作》，上海文艺出版社 1980 年版，第 109—110 页。

② 王夫之：《夕堂永日绪论·内编》，载郭绍虞主编：《〈四溟诗话〉〈姜斋诗话〉》，人民文学出版社 1961 年版，第 147—148 页。

不符合我们文学创作和理论批评的历史情况和现实情况呢？这要从两个方面来看：

第一，这种观点反映了一部分创作与批评的真实的历史情况，在纠正它所看到的那些确实存在于创作与批评中的历史积弊方面，做了大量有益的工作，也触及创作和批评的某些现实的弊病。

在极左思潮影响下，机械唯物论确实成了我们文学界的多年沉疴，常常起着扼杀创作生机的坏作用。在这种机械论统治下，马克思所指出的唯物主义只注重了实践的方面，"唯心主义却发展了能动的方面，但只是抽象地发展了"（马克思：《关于费尔巴哈的提纲》）的情况，在文艺问题上表现尤其严重。针对这种情况，新时期文学创作和理论批评产生了一种不让唯心主义独擅对认识主体的能动的方面的阐发的普遍心理，加强了对文学创作的主体性的研究，这也是很自然的。很多文艺理论家、批评家鉴于机械论只从客体的或者直观的形式去理解文艺的偏失，努力从主观方面去理解文艺，发展了能动的方面，对创作过程中的主观心理机制作了大量研究，对创作和鉴赏、批评过程中的各种主观心理要素；对这些主观心理要素的种种生动的物化形态——文学作品中的种种"有意味的形式"作了大量的研讨、描述。这也反映并支持着主观能动性空前活跃的作家们的各种大胆的艺术探索、试验。

不看到这方面取得的成绩，在估量文艺形势时，就容易陷入片面性。

第二，这种观点没有全部反映创作与批评的真实的历史情况，回避了我们的创作和理论批评的积弊的另外一面，因而也就忽略了创作和批评现状中某些更根本的危险。

问题在于，机械唯物论并不能概括极左的文艺思想的根本问题。像"三突出""高大全""主题先行"之类的东西，连机械唯物论都谈不上，只能说是极端的主观唯心主义加机械论。无视文艺的现实生活基础，在创作中煽扬主观随意性，这也是我们的创作和批评的积弊的另一面，甚至是比机械论危害更严重的一面。就这个方面观之，不也可以说我们并不太缺少文学的主体性或主观性吗？

这种不尊重文艺的现实生活基础，文学作品严重缺乏生活性的状况，曾经把我们的文学弄到奄奄一息、面目可憎的地步。新时期开始以来，在恢复、发展现实主义的呼声中，作家们以自己直面生活真实、跳动着生活的血脉的大量创作，从根本上改变了这种状况。他们长期的生活积蓄，在思想解放的闪电照射下，全部苏醒过来，燃烧起来了。我们的创作和批评，都进入了新中国成立以来最好的状况。这是有目共睹、不证自明的铁铸般的事实！

但是，也应该看到，随着生活的飞驰前进，由于种种复杂的原因，创作中脱离生活的唯心主义倾向滋长了，文学作品的生活性薄弱的现象发展了，切实而根本地研究我们的当代生活的努力削弱了。

只要经常浏览当代文学新作的人，就会发现，依靠对自己早先的生活经历，依靠过去积累起来的生活感觉、印象进行写作，这是绝大多数作家的相当普遍的情况，依靠对生活的有意识的新的观察、体验去写作的（比如像《钟鼓楼》《新星》这样的作品的产生过程所显示的）反倒成为少数了。

当然，一个作家，特别是经历丰富、命运坎坷的作家，他用生命的全部或一部分换来的早先的生活经历，是非常宝贵的。充分发掘这些经历，是可以写出很多生活性丰饶的文学作品的。但是，如果要摄住那正在飞驰过去的当代生活现象，把握它的全部完整性与新鲜性，把我们这个改革的、动荡的伟大时代的生活反映出来，那单靠早年的经历就不够了。

契诃夫劝告他的朋友说："不能光是挖掘您早先经历过的事——那本来是任什么样的神经都受不了的！作家务必要把自己锻炼成一个目光锐敏，永不罢休的观察家！"[①]

高尔基则是这样说的："……必须更接近生活，直接利用生活的

---

① 伊·列·谢格夫：《回忆安东·契诃夫》，载［苏］契诃夫：《契诃夫论文学》，汝龙译，人民文学出版社 1958 年版，第 416 页。

提示、形象、画面，利用生活的颤动，它的血和肉。不要把自己集中在自己身上，而要把全世界集中在自己身上。"①

他还指出："大多数的现代诗人恰恰生活在荒岛上，生活在生活之外，生活在生活混乱情况之外。这当然比生活在现实的混乱中更容易、更舒适，但是这意味着：劫夺自己。不必作鲁滨逊，不必如此！必要的是——生活，喊叫，喜笑，怒骂，热爱！"②

文学大师们的这些话，好像是今天刚刚写下的，让人觉得那样新鲜，那样切中我们文学界的时弊。一切不满足于现有成绩，而想同生活一道前进，想继续创作出一些对于我们的时代来说更具有重要意义也更具有生活性的作品的作家，我想都会很仔细地聆听这些声音的。

可惜的是，现在这样的声音在一些作家听来，似乎已经陈旧得不能再陈旧了。

以我有限的浏览所及，我觉得，当前影响我们整个文学创作的水平提高的根本症结，并不在于文学创作中作家的主观性投入得不够（比如说作家主观上民族文化意识不强，当代意识不强，感觉能力不强，创新自觉不强，文学观念或小说观念陈旧，等等），文学作品不能更强烈更鲜明地反映出作家主体意识的变化，而在于作家创作的客观生活基础不牢，文学作品的生活性不足。生活贫血症，这似乎才是我们更应该着重诊治的。

有一些主观上想与时代同步的作家，想反映社会改革的作家，他们的作品之所以不同程度地存在着理念大于形象、生活不能包融理念的概念化倾向，其原因，深究下去，就会发现，是因为作家没有处在漩涡中心，往往对反映改革采取"以意为之"的主观主义态度。这类主观上想贴近现实生活但客观艺术效果较差的作品，其病

---

① 高尔基：《给基·谢·阿胡米英》（1916 年 10 月 25 日），载［苏］高尔基：《高尔基文学书简》上，曹葆华等译，人民文学出版社 1962 年版，第 497 页。

② 高尔基：《给基·谢·阿胡米英》（1916 年 10 月 25 日），载［苏］高尔基：《高尔基文学书简》上，曹葆华等译，人民文学出版社 1962 年版，第 498 页。

症，不就是作品中的生活性不足吗？他们反映现实生活的热情是不应该受到嘲笑的。但他们缺乏生活实感"以意为之"的非艺术的主观的创作态度却应该纠正。

还有一些所谓观念、手法陈旧，被读者称为爬不过"五老峰"（意指老题材、老主题、老观念、老手法、老调子等等）的作家，他们的某些作品的陈旧感，也并不是因为他们墨守传统的现实主义不知变计造成的，而是他们由于种种原因脱离了当前飞驰前进的现实生活，不能接受、容纳生活的急剧变化，不能感知生活的脉搏，丧失了追踪新生活的热情。他们作品的陈旧感，其实也是生活性不足的一种表现形态——新鲜的、刚刚发生的生活现象、刚刚传出的生活声息在作品中几乎淡到没有踪影。

有一些主观上想锐意革新，注意吸收外国文学新潮中的新观念、新手法的作家，他们的某些作品的玄虚感，也不是因为他们"探索得太厉害了"，"过于求新了"（常常听到有人这样惋惜着），而是由于他们的作品，生活内容的充实没有与技巧的上达并进，生活的真材实料不足以供创作主体的挥洒。比如使许多读者摇头的作品情节的稀薄，就显然是生活不足引起的取巧作风的产物。这种作品的玄虚感，同样是作品生活性不足的另一种表现形态——艺术形式上的炫奇无异掩盖、挤开了生活的实在内容而成为作品中最触目的存在。

以上所述的三种生活性不足的作家作品，当然是只就我们文学创作的消极面而作的分析。至于作家们创作的积极成果，这里就不去胪列了。我们现在讨论的，不正是怎样在加强文学作品的生活性的努力中，把我们整个创作的水平在已有成绩的基础上再提高一步吗？

影响我们整个文学水平提高的，还有另一个大问题，那就是对创造在文学史、文化史上具有重要价值的艺术典型重视不够，追求得不执着也不强烈。这个问题需要另文阐发，但这里我想指出一点：高度的典型性，是在丰厚的生活性的基础上，才能产生的。典型不是什么过时的概念，或是什么聚讼不决、没有定谳的纷争，也不是什么神秘的玄妙的东西，它首先是活生生的，有普遍的重要意义的生活现象，是存在于生活中的东西（用高尔基的话说，典型是一种时代现象）。这种有普遍意义的生活现象掇入作家笔端，或凝为典型人物，或炼为典型意境，都强化了其中内含的生活的普遍意义，故能引起读者普遍的共鸣。这样看来，典型乃是使文学作品中丰厚的生活性获得吸引广大人群的魔力的决定性的东西，是使文学作品中的生活和读者的生活燃烧在一起的东西，是高扬文学作品的生活性使之充满浓厚的时代性的东西。追求高度的艺术典型性，应该从充实作品的生活性起步，这难道还有疑问吗？

（原载《天津文学》1986 年第 5 期）

了解他，学习他

——读《林默涵劫后文集》漫记 *

参加林默涵同志文学活动 60 周年研讨会，我感到高兴和荣幸。我是晚辈，和默涵同志没有什么接触和交往，对他的为人处事没有多少了解，不敢谬托知己；但是，我是他的一个认真的读者，也可以说是一个思想上、文学上的受惠者。我对他的认识和了解，主要是靠读他的文章。特别是近些年，他的文章，解除了我不少困惑，给了我很多帮助。我从内心深处，是佩服他、感激他的，觉得自己终究是能够和他相通的。所以今天我才有一些话要说。

一

记得还是在我读高中的时候，语文课本上选了毛泽东《在延安

---

* 文中有关林默涵的文艺思想的引文，均见《林默涵劫后文集》，文化艺术出版社 1987 年版。

文艺座谈会上的讲话》（以下简称《讲话》）的一部分，同时选了默涵同志阐发《讲话》基本思想的一篇文章《更高地举起毛泽东文艺思想的旗帜》。这篇文章对毛泽东文艺思想的准确、深刻的概括给我留下了很难忘的印象。作者那种明快显豁、严整有序的行文也令我心折。虽然这篇文章也带有它写作的那个历史年代的留痕，因而也有某种局限性，但我至今还是认为，这是一篇帮助读者领会、学习《讲话》的好文章。它和何其芳的《毛泽东文艺思想是中国革命文艺运动的指南》《战斗的胜利的二十年》两文一样，都是研究《讲话》有独到的会心的力作。这些文章在《讲话》研究的学术史上的地位，是尔后很多同类型的文章难以替代的。

　　后来我学习中国现代文学史，读了王瑶先生的《中国新文学史稿》，才知道默涵同志在 40 年代是一位有自己风格的杂文家。我是很喜欢读杂文的，便特地到图书馆的旧书库借了一本默涵同志的《狮和龙》来读。默涵同志的杂文承继了鲁迅杂文的对黑暗势力绝不妥协的战斗精神，是光明的新中国与黑暗的旧中国进行最后决战的大时代掀起的一束浪花。但默涵同志在写法上的确有他自己的风格，那就是王瑶先生所说的"显豁有力"。我感到，他的文章得力于对生活中晦暗的事物和夹缠不清的问题的显豁的分析。他的笔尖似乎凝着一束光，所触之处，为友为仇，了了分明，是非善恶，犁然若剖。如《奴才哲学》《人头蜘蛛》《狮和龙》《没有"笔"的悲哀》等篇，鞭挞腐恶，礼赞新生，从信手拈来的日常生活现象的传神的描绘中，明白地显示了历史的归趋，给人豁然一亮的感觉；读者循其文思而行，就像从黑暗的地道摸索到出口，一眼看到天光，何等兴奋！这些文章很小，但内聚的力量很大，有一种沉雄恢宏的气势。这种气势，是人民力量正在壮大，正在走向胜利的大时代的反映。

　　就这样，默涵同志以他的笔——文艺理论家和杂文家的笔，吸引了我。他始终是我尊敬和佩服的前辈作家。即使是在我不太了解他、对他的文艺观点有些误解的时候，早年阅读他的文章所留下的很好的印象，也使我对他有好感。我想，不管人们怎样说，默涵同志独特的持论，想必是有他的原因的。他的笔是有斤两的。不认真地研究一下他的文章，便人云亦云地去臧否他，是轻率的，也是浅薄的。

90 年代初，是我的文艺思想和社会观点由于一次巨大的历史震荡而发生很大的变迁的时候。我从 80 年代初开始自己的文学批评生涯以来形成和沿袭的某些思路受到了很大的冲击，我处在一种困惑之中。这时，我感到需要认真阅读一点过去被我认为是偏于"守旧"的一方的文章，看看他们说的是否有道理。在文艺思潮的争鸣交锋呈现极其复杂的状况时，"偏听则暗，兼听则明"，我需要对不同的意见有第一手的了解。即便是为了论争，人们也有义务了解对手的观点。就是在这种情况下，我买了一本《林默涵劫后文集》（以下简称《劫后文集》），认真地，从头到尾读了一遍。我本来是带着弄清这十几年来文艺思潮变化消长的脉络的目的去读的，而且多少带着一点挑剔的眼光；但慢慢地，我被默涵同志的雄辩——基于事实的雄辩——感染、说服了。当然，不是说在全部问题上他的论析都能让我服膺；但我的确时时感到一种解惑的愉快。我很感慨：人们对默涵同志了解得太少了。

二

不知是从什么时候起、怎样形成的成见，在我脑子里，总觉得默涵同志比较"左"，他是只反右不反"左"的。看了《劫后文集》，我才知道，这实在是误解。在"文化大革命"结束后，默涵同志是比较早就投入摧毁"四人帮"极左的文艺路线的斗争的。1978 年 12 月，在广东省文学创作座谈会上，他做了题为《总结经验，奋勇前进》的讲话。就在这次讲话里，他明白地批评了"左"比右好，宁

"左"勿右的论调，指出了长期以来，只批右，不批"左"的偏差。
但也正是在这次讲话里，他还明确地指出："文化大革命"前十七
年，"尽管我们犯过右的、'左'的错误，但不能说已经形成了一条
右的或'左'的修正主义文艺路线"。这个实事求是的判断，既批驳
了打着反右旗号全盘否定十七年党的文艺路线的"文艺黑线专政
论"，也富有预见地指出了借口反极左而全盘否定十七年文艺工作的
危险。怎样评价新中国成立十七年中党的文艺路线和文艺工作，这
是一个重大的原则问题，它关系到我们在拨乱反正，总结历史经验
时能不能充分肯定党的文艺路线和文艺工作中必须肯定的基本正确
的方面，即体现毛泽东文艺思想和社会主义文学方向的方面。在这
个问题上，有一种意见认为，十七年已经形成了一条"左"倾文艺
路线，"四人帮"的极左的文艺路线，就是从十七年的"左"倾路线
发展起来的，是十七年"左"倾路线之"集大成"。这种意见看起来
是最坚决地反"左"的，但里头埋伏着右的潜台词，即把十七年文
艺工作中体现毛泽东文艺路线的理论和实践的基本部分也当作极左
加以否定。默涵同志早在 1978 年 12 月就看到了这种危险，所以才
明确地做出否认十七年已经形成了一条右的或"左"的修正主义文
艺路线的判断。这是多么重要，多么有胆识的判断！1980 年 3 月，
在《关于文艺工作的过去和现在》一文中，默涵同志更加清楚、确
定地指出："十七年的文艺路线基本上是正确的，但是工作中有许多
错误，既有右的错误也有'左'的错误，'左'的错误更为严重。十
七年中，也进行过一些克服'左'的错误的斗争，但是都被反右的
潮流冲掉了，因此造成了严重的损失，但并没有形成一条'左'的
文艺路线。"我觉得，这个实事求是的判断，对于了解默涵同志在新
时期文艺思潮的论争中所取的立场和态度，是异常重要的。默涵同
志对"四人帮"极左的文艺路线是深恶痛绝的，但他把"四人帮"
极左路线，看成是对毛泽东文艺路线的歪曲和破坏；反"左"，目的
是为了恢复毛泽东文艺路线的本来面目，发扬我们党的文艺工作的
优良传统，开创社会主义文学的新局面。所以他主张的反"左"，是

实事求是、有分析、有分寸的，和那种不分青红皂白，把十七年文艺路线和文艺工作一概说成极左的意见是不同的。

1979 年 3 月，邓小平同志重申了党历来坚持的四项基本原则，指出在反"左"的同时，也要注意右的思潮。1981 年 4 月，默涵同志写了《我对所谓"三、四、'左'、右"问题的看法》一文，指出："关于'左'右的问题，我的意见是不要一刀切，因为事物是复杂的，什么时候都要看到两方面，进行两条战线的斗争。……我的意见是应当实事求是，有什么不好的倾向就反对什么倾向，有'左'纠'左'，有'右'纠'右'，'左'比'右'好不对，'右'比'左'好也不对。过去就是一反右就看不到'左'，现在不要反过来，一反'左'又看不到右，这种形而上学的片面性的看法和做法，是使我们吃了大亏的，我们不应该重犯这个毛病。"默涵同志这个思想，是从文艺思潮、社会思潮发展的实际情况出发提出的，无疑是他在 1978 年 12 月广东文艺创作座谈会上发表的批评"左"比右好的倾向的意见的一个补充和发展。这个思想，应该说是更富于辩证法的、更全面的，也是更科学的。

在这篇文章中，默涵同志还提出了一个重要的看法，就是某些"左"的东西，也会导致右。他说："在当前，经济上的主要危险是'左'的倾向，但并不是说就没有右的东西。……经济上'左'，思想上右，有没有可能呢？我看是可能的，这是因为经济上过'左'造成的严重后果，例如比例失调、通货膨胀、物价上涨等等，会加深一些人对社会主义的怀疑，对中央的路线和党的领导的怀疑，因而产生消极失望的右的思想情绪。"也就是说，经济上的"左"导致的经济停滞、混乱乃至崩溃，可能导致葬送社会主义的右的结果。应该说，这个观察是深刻的，是对极左的危害有充分认识的痛切之言。

默涵同志对极左的思想、作风乃至文风的种种变幻的形态，有着比较敏锐的警觉。在 1980 年写的《愚者之虑》里，他指出："现在有一种倾向，就是互相指责别人打棍子。其实，指责别人打棍子的，往往自己也在打棍子，而且是重得可怕的棍子，比如动辄说别人反对三中全会精神，这是一顶多么吓人的政治帽子啊！我以为，批评家的文章不妨尖锐辛辣，只要言之成理，甚至带些嬉笑怒骂，也无不可，但随便给人扣政治帽子的恶习，却千万不能重复了。这种习气不除，双百方针只能是一句空话。这是过去的经验所证明了的。"这里所指出的有些以反极左为标榜的人，他们的做派、文风却表现出浓厚的极左遗习。这个观察之深刻和长远，从它不断在现实生活中得到的验证即可明了。

从上面所引的默涵同志的言论中，我们可以看到，默涵同志从自己受极左迫害的亲身经历中，从自己也受过"左"的影响给党的文艺事业造成某些损失的历史教训中，真切、深透地看到了极左的危害，并与之进行了不懈的斗争，说他不反"左"是不符合事实的。他对极左的危害的范围、程度和形态，都有独到的观察和剖析。他不同意那种极端片面的、偏激的，把新中国成立以来党的文艺路线一概说成极左的意见，也不同意只讲反"左"，不讲反右，完全否定右的、资产阶级自由化思想存在的意见，这大概就是他被视为"左"的原因吧。不是像人们替他归纳的那样简单。

三

《劫后文集》中有一篇题为《关于文艺工作的过去和现在》的文章，是1980年默涵同志在全国文化局长会议上的发言。在这篇文章中，默涵同志非常坦率、诚恳、实事求是地胪列了文化界"在哪些问题上有不同看法"，其中也谈到他对粉碎"四人帮"三年来文艺创作的看法。他指出："三年多的时间不长，但生活的发展很快，人们的注意力和兴趣在迅速变化，反映在文艺创作上，题材内容也在不断更新。总的说，三个阶段的作品，都是反映了客观的真实，大多数作品是好的。"这个总的评价，是比较平实冷静的，但并没有否定这一时期的文学创作迅速发展的事实。对人们习惯以"伤痕文学"阶段来概括，而默涵同志称为"第二阶段"的创作内容，默涵同志是这样概述的："第二阶段，比较深入地揭露'四人帮'的破坏和流毒，特别是对青少年的毒害和思想上造成的创伤；控诉'四人帮'的压迫摧残给人们带来的悲惨命运和痛苦生活。"他的评价是："第二阶段的作品，大多数是好的，如《班主任》、《醒来吧，弟弟》、《神圣的使命》、《于无声处》等，进一步揭露了'四人帮'对人们精神肉体的摧残和心灵毒害。但也有一些作品，片面追求曲折的情节和悲惨场面，或多或少给人一种消极、悲观甚至绝望的情绪。"在这里，默涵同志以回避的方式含蓄地表达了他对"伤痕文学"这个概念的保留意见，但他并没有全盘否定被笼罩在这个概念下的所有作品，而是肯定了他所能接受的作品，对其他一些他看来带有某些消极倾向的作品，表示了某种保留意见。我觉得，这和默涵同志一向坚持的要求文学作品要给人以希望，给人以信心，给人以积极向上的鼓舞力量的看法是一致的，不能简单地说他反对"伤痕文学"。

至于"两结合"的创作方法，默涵同志认为这种创作方法"是最能深刻地反映我们的时代和生活的"，但他也表示，"从来不认为每个作家都必须采用这个方法"。他对"两结合"的创作方法，有自己简明扼要的解释，他说："我以为，不要把它看得很神秘，似乎难以捉摸。如果作简单的解释，就是文学艺术必须从现实生活出发，必须按照现实生活的本来面目来写作，同时又必须表现出现实的发展前途，因而能鼓舞人的斗志，能够把人的精神提升到一个更高的境界。"看了默涵同志这个解释，我想，如果"两结合"的创作方法的真义就是这样，那么，我对它也是可以完全接受的。当然，对"两结合"的创作方法，也还曾经有别样的解释，比如"四人帮"炮制的大量总结样板戏的文章，就有他们独特的解释，现实主义其实是被他们从"两结合"的创作方法中完全抽出了。那样的"两结合"，人们自然是深恶痛绝的。我个人在创作方法上的意见是，按照恩格斯理解和阐释的那种现实主义的创作方法来提倡就行了。现实主义就是现实主义，它是文学创作的基础，前面加上各种各样的附加语，作为一定时代的特征的反映而言，也许自有其理由；但作为文艺理论本身的逻辑要求，这些附加语是无谓的，不加也不会削弱现实主义的实质内容，加上有时反而会徒滋混淆，虽然我对创作方法问题至今仍有自己这样一种看法，不太同意重提"两结合"，但我还是认为，默涵同志所解释的这种"两结合"，是我所能接受的，也是符合恩格斯提倡的现实主义原则的。难道现实主义原则不正是主张"必须按照现实生活的本来面目来写作"，又"必须表现出现实的发展前途"的吗？这个问题，完全是一个可以各抒己见的学术问题，默涵同志的意见，作为一家之言，也是应该得到了解、尊重的。道路传言如何如何，是不足为凭的，应该以默涵同志自己是怎么说的为准。

像这样的例子，实在是多不胜举。无怪乎默涵同志一再要求有不同意见的同志要遵守论争的起码道德，他说："对别人的意见要实事求是，不要加以歪曲。人家怎么说的就是怎么说的，如果你认为有错误，可以批评，但不要把别人的意见歪曲，然后当作靶子来攻击。这是起码的道德。"在悼念华岗的文章里，他还非常感慨地说："大概一个人只要敢说不同的意见，甚至敢于有自己的意见而不肯投合世情，随声附和，就往往会被目为'骄傲'而遭到嫉恨。'今天天气哈哈哈……'还是一种便当的处世法。直言招憎，积毁销骨，华岗也难逃这种际遇。"这当然是痛乎言之，默涵同志并不因为别人的误解、歪曲而一改直道而行、直言求真的初衷。他认为："人的价值，在于他本身所起的作用，而不在于别人对他的毁誉如何。"他在《劫后文集》的"题记"中坦然地说："对这些问题的看法，显然存在着分歧。我的意见不过是其中之一种，错误是肯定会有的，然而平心而言，不遵矩矱，怎么想就怎么说，决无看风向、赶浪头之意。所以，即使错了，也错得明明白白，决不含糊其辞，让人摸不着头脑，也使反对我的意见的人容易抓到毛病，便于进行批评，只要批评得对的，我都接受。"这种诚恳坦率的态度，是完全可以在《劫后文集》的文章中得到印证的。我认为，他的这本书，为我们了解他的文艺观点和社会文化观点提供了可信的第一手资料。倘若要对默涵同志有所批评，是应该直接征引这些文章的。但遗憾的是，我很少看到这样公开争鸣或批评的文章，倒是听到不少明明暗暗、闪烁其词的攻讦甚至詈骂，这是我为默涵同志感到不平的。

四

认真阅读《劫后文集》，不仅使我对默涵同志在新时期的文艺思想有了比较真确的了解，而且使我自己受到了深刻的教育，在一定程度上，也可以说这本书纠正了我原来的许多混乱的，甚至是错误的想法。我是在 80 年代一开始的时候，带着批判"四人帮"极左路线的战斗激情和思想获得解放的兴奋，走入文艺批评界，开始自己文艺批评生涯的。但是，"文革"结束后社会上和学术界普遍存在的厌倦政治、厌倦思想斗争的情绪，对我也有某种程度的影响。我有点想避开文艺界有关文艺思潮的各种时起时伏的论争，埋头于创作实践的研究，专心写作家作品评论，做一个比较"纯粹"的文艺批评家。1982 年，为了探讨文艺批评在读者和社会中发生影响和作用的具体途径，纠正某些作家对文艺批评过高的期望和过苛的责难，提高文艺界对文艺批评的承受力，我曾写了《为文艺批评一辩》。这篇文章现在看来确有脱离文艺界现实的思想斗争、客观上削弱了文艺批评的战斗作用的缺点，受到了文艺界某些领导同志的批评。对这一批评，有很长一段时间我是不服气、不理解的，并因此产生了一些消极的想法，再也不愿在文艺思潮的论争中过多地发表自己的意见了，也不想过多地与闻这些论争了。特别是党中央提出的反对精神污染、反对资产阶级自由化的斗争，在政治上我是能够保持一致的，但在文艺上，我总觉得情况没有那么严重吧，是不是有些风声鹤唳、草木皆兵呢？因此，对有关这方面的争论，我基本上采取不介入的态度。1985年我协助起草中国作协第四次全国代表大会报告初稿、二稿乃至送审稿，我们还是写上了一段在文艺界反对资产阶级自由化的话语，但送审时当时党的主要负责同志对这个提法表示了可写可不写的模棱两可的态度，于是大家几乎是欢天喜地地、如获解放一样地把这个提法从报告中去掉了。从那以后，我就更加不关心文艺思潮方面的问题了，更加心无旁骛地进行作家作品研究。我当时认为这才是有利于社会主义文学的繁荣的。

但是，在从事文艺批评的实践中，我也感到，有很多文艺观念、创作倾向上的问题，单靠就事论事、就作品论作品，是解决不了的。我是在五六十年代社会主义文学的一系列优秀作品（从《风云初记》、《红旗谱》、《青春之歌》到《创业史》；从《向困难进军》到《雷锋之歌》……）的感染、教育和熏陶下培养起热爱文学、从事文学事业的志趣的。"五四"以降的中国现代文学，特别是鲁迅、郭沫若、茅盾这些伟大作家的作品，加深、提高了我这种少年志趣。进入青年时代后，我的文艺思想，是在认真学习马克思主义文艺理论，学习毛泽东的《讲话》，研读鲁迅、高尔基、卢那察尔斯基、普列汉诺夫等人的文艺论著中形成的。在大学本科和研究生这两个学习阶段之间，我在长辛店铁路工厂劳动、工作、生活了八年，对中国工人阶级和社会实际获得了一些感性的了解，自己的思想感情也发生了一些变化。这些因素，使得我在文艺批评实践中，很自然地服膺马克思主义的唯物史观和美学、文学思想。我在作家、作品评论中，是努力学习马克思主义的方法，以唯物史观为从事文艺批评的立脚地，以为人民服务、为社会主义服务为自己文学活动的最高宗旨，并注意保持自己与日新月异的现实生活的紧密联系。但主观上有这种愿望是一回事，实践上要贯彻始终却非易事。我虽然写了大量的作家作品评论，似乎在文艺界和别的批评家朋友一样，也有了一点虚名，但这种局限于作品分析的文章，力量和影响都很有限。如果是发表赞扬性的意见，那还比较好办；但要是想有所批评，那就不能不斟酌再三了。我感到，在那些我不太佩服但又人多势众、风靡一时的文艺思潮和创作倾向面前，我的略持异议的声音是很苍白、微弱的。这样，在事实的教训下，我认识到在文艺思潮的论争中，过于退缩或中立，是只能助长那些伪科学的气焰而使真理受损的。于是我从 1986 年开始，试着对自己遭遇到的若干文艺理论问题，发表了一点独立的意见。如现实主义问题、文艺的上层建筑问题、新时期文学"向内转"问题等等，我都写了一些学术争鸣文章。但这些毕竟是具体的、局部的学术问题，对于文艺思潮的一些全局性的问题，我还是处于懵懵懂懂、若明若暗的状况。

近几年，由于研究中国当代小说史的需要，我重新研读了大量解放区和新中国成立后十七年出现的优秀小说，受到了很大的教育。这些小说使我重温了中国革命的历史，形象地看到了人民革命之所以取得最终胜利的现实生活依据；这些小说也使我了解了中国人民在一个大时代的心灵的历程，情绪的历史。我感到，从解放区到建国十七年，出现了这么多优秀的、以马克思主义的宇宙观作为观察生活和艺术地掌握世界的指导思想的作家；出现了这么多富有现实根基和生活气息、富有历史内容和思想深度、富有时代色彩和艺术神采的好作品；并在中国几千年文学发展的历史上开创、形成了一种人民文学的崭新的艺术氛围、艺术气派和艺术作风；在中外读者中产生了那么深远的影响——像这样一个伟大而绚丽的文学史时代（尽管这个文学史时代也有它的阴影甚至血泪），如果说它完全受制于一条极左的文艺路线，如果说它表现了文艺失去自身价值的悲剧，这实在是令人难以置信的。大量阅读那个时代的作品和原始材料的结果，使我产生了对种种贬损十七年文艺成就的议论的怀疑，也使我在读到默涵同志关于不能说十七年已形成一条右的或"左"的文艺路线的意见时产生了深切的共鸣。

五

除了研究中国当代小说史获得的思想收获之外，对孙犁在新时期十几年来大量新著的研读，也极大地帮助我走出了文艺思想上的困惑和迷惘。孙犁虽然没有置身文艺界思想斗争的漩涡中心，而且行踪远离文坛，但他却始终未能忘情于文坛、超然于文坛风云之上。如果仔细研读孙犁的作品，人们就会发现，对文艺界十几年来发生的思想斗争和各种艺术的、学术的争论，孙犁都以或隐或显、或大声疾呼或旁敲侧击的方式发出了自己的声音。这是一个已经进入炉火纯青的化境的马克思主义文艺论者的声音；这是一个有着丰富的创作实践经验、深谙艺术法则、艺术规律的现实主义者的声音。十几年来，他在文艺阵地的侧翼或边缘，荷戟战斗，虽不无寂寞之感，但他的声音正在从四面八方得到回响。他以辉煌的、纯熟的艺术形式，熔铸了真正的党性内容，在祖国大地上矗起一座社会主义文学的新的丰碑。他的文艺论著，帮助我认清了中国文学的历史，认清了周围文艺界的现实，看到了革命文学、社会主义文学的未来。我正是在研读孙犁的新著并颇有会心之后，才读到默涵同志的《劫后文集》的。尽管两者的形态、风格、语言不同，但我感到它们有一个共同的精魂，那就是，都跳动着一颗关心祖国的命运，关心人民的福祉，关心社会主义文学的健康发展的革命作家的拳拳之心。

六

《劫后文集》中最重要的几篇论文，如《关于文艺工作的过去和现在》《文艺与党的关系及其他》《学习中央精神，加强文艺评论》《坚持真理，修正错误》《关于文艺战线反对精神污染问题》，真是高屋建瓴、金声玉振之作。《劫后文集》中最有神采的几篇短论，如《文学仅仅是一面镜子吗?》《愚者之虑》《战士与苍蝇》，真是寸铁刮骨、银针剔毒之文。读着这些文章，我确有茅塞顿开、豁然开朗的快感。当然，这一方面是由于这些文章抓住了事物的根本，有很强的理论说服力；另一方面也由于现实生活对我的推动和教育，由于自己从事文艺工作正反的经验教训，才使我对默涵同志的文章不再感到逆耳、感到敬而远之，而是心悦诚服地接受了他对问题的分析，并以之匡正自己的偏见。

默涵同志的文章，储蓄着深厚的马克思主义的理论修养，丰富的历史经验、生活经验和艺术经验，因而闪耀着唯物辩证法的光芒。至于思路的显豁清晰，逻辑的谨严有力，行文的要言不烦，文采的卓然挺秀，还有那种鲁迅风格的犀利和辛辣，更是自不待言的了。我真诚地觉得，无论是在为人还是为文上，自己应该虚心地向这位前辈作家学习。

当然，在读完《劫后文集》后，我也感到，也许因为行政工作太忙，也许因为年岁渐高精力限制，也许还有别的原因，默涵同志对新时期以来各种各样的文学作品，读得比较少，引证取例，总是局限于那几篇作品，这就显得和创作的实际有些隔膜了。所以，新时期文学创作取得的巨大的成绩，这个风貌和新中国成立十七年有很大不同的、既斑斓又驳杂的文学时代，在默涵同志的文章中反映得比较少，分析得也不够具体。对文艺创作中的一些复杂的现象、复杂的情况，也同样缺乏更具体更丰赡的评析。这大概也是一些年轻人觉得默涵同志峻切有余、亲切稍欠的原因吧。像对莫伸同志的《窗口》这样的热情又富有思想深度的评论，在默涵同志的笔下，出现得太少了。如果能更多地联系优秀的中青年作家们的作品做细致的艺术分析，那么即使是批评性的意见，读者也不难感到它的善意而乐于接受的吧。

不过，也应该看到，默涵同志作为一个文艺理论家，向来也不是以作家作品的研究和评论见长，而是以文艺理论上的建树和对各种各样的文艺问题的言论见长的。他是一个视野广阔、不局限在文艺问题上的社会思想家。这是我们分析他的弱点时应该注意到的，不能脱离具体条件过于苛求的。

在读默涵同志的文章时，我感到默涵同志的笔锋，是饱含着感情的，这是一个热爱祖国、珍爱党的事业的共产主义战士的感情。他关心祖国的命运，关心人类的前途，永远为人民、为社会主义而思考，而写作。我注意到，默涵同志谈到他早期在文学上受到的影响时，提到了郁达夫。他说："我是从读郁达夫的作品开始接触新文学的，它们打开了我的眼界，启迪了我的心灵，可以说，郁达夫先生是引导我思考社会问题和人生意义的启蒙老师。他一下子把我从蒙昧混沌中叫醒了。我永远也不能忘记这位热爱祖国并为她而失去生命的先行者。"鲁迅、邹韬奋、郁达夫，是三个影响默涵同志一生的先行者。他们都是伟大的爱国主义者，都能追随时代的前进而前进。正因为关心祖国的前途，所以他们关心各种各样的社会问题，随时随地发表自己的见解，以影响社会、影响青年。默涵同志也是这样。他是一个文艺理论家，但他首先是一个关心祖国的前途，为祖国的解放和富强而奋斗的共产党员。他的心血和感情，他的活动和文字，都是献给曾经多灾多难而现在正在曲折地走向现代化的伟大的社会主义祖国的。随着时间的推移，我相信他会得到越来越多的青年的了解和尊敬，会有越来越多的文学后辈感到需要了解他，学习他。这是一定的。

注：本文以《了解林老　学习林老》为题，原载艾克恩主编：《大江搏浪一飞舟——林默涵60年文艺生涯纪念集》，重庆出版社1994年版

现实主义作家修养二题

一、文学创作的目标感

　　当前我们的文学创作不能说没有成绩，但也确实较严重地存在着平弱、猥琐甚至某种腐败的现象。社会生活、社会意识形态乃至一般人的精神追求和心理趋向，不能不反映到作家的精神状态和创作的面貌上来。只要不是闭眼不看现实或对生活已经完全冷漠、麻木，谁都能够感觉到，周围的一切似乎都处于分途而趋、对峙而立的状态：一面是严肃的工作，一面是荒淫和无耻。这是爱伦堡在《巴黎的陷落》里写的名言，曾经在抗战时期的国统区里引起过很多进步人士的共鸣。不久前，我听到一个老同志说，他看到现实的某些现象，不禁又想起爱伦堡的这句名言来了。对此，我实在深有同感，并由此想到了文学创作的目标感。

　　我们面对的现实是：一方面，党领导着全国人民进行着严肃的工作：实行改革开放的方针，致力于建立社会主义市场经济体系，为建设有中国特色的社会主义而艰苦地探索、奋斗；另一方面，是因种种原因而滋生、弥漫起来的腐败现象——拜金主义、极端个人主义思潮的泛滥，崇洋媚外和复古倒退的种种言论和行为的"争奇斗异"，等等。这是一些败坏社会风气，并有可能从根本上蛀蚀社会主义制度的危险的因素。而我们的文学创作，就在这样复杂的现实中，在这样清浊混杂的时代空气中存在着、发展着、呼吸着。社会存在决定社会意识，要它保持革命精神高扬的时代（如五四时代、抗日战争时代、新中国成立之初的五六十年代某些时期）的那种单纯状态，不发生某种变化、分化，是不可能的。

在这种情况下，坚持社会主义理想的革命的、进步的作家，激于现实存在着的某种蜕变的危险，便分外地珍重文学创作崇高的目标感，反对一切玩弄文学、借文学以逞私欲的倾向，这也是很自然的。

文学创作的目标感，这并不是什么新鲜的命题，而是浸透在古往今来一切多少带着些进步和民主的倾向的文学作品中的；当然，在具有革命的世界观和人生观的社会主义文学中，文学创作的目标感带有更加自觉和鲜明的特点。文学创作的目标感，这并不是一个纯粹的艺术性的问题，而是对作家的为人和为文、思想和艺术的整体的较高的要求，因而也就关乎文学创作的命脉和价值。只要你真正想在文学上有所成就，就一点也不能轻忽它。

俄国现实主义的伟大作家契诃夫曾经这样谈起过文学的目标感，他说："请您回想一下，凡是使我们陶醉的、被我们叫作永久不朽的、或者简单的称为优秀的作家，有一个非常重要的共同标志：他们在往一个甚么地方走去，而且召唤您也往那边走；您呢，不是凭头脑，而是凭整个身心，感觉到他们都有一个甚么目标，就像哈姆雷特的父亲的阴魂也自有他的目标，不是无故光临，来惊扰人的想象力一样。……其中最优秀的作家都是现实主义的，按照生活的本来面目描写生活，不过由于每一行都像浸透汁水似的浸透了目标感，您除了看见目前生活的本来面目以外，还感觉到生活应当是甚么样子，这一点就迷住您了。"①

很清楚，契诃夫所说的文学的目标感，来自于作家在社会生活中的目标感，来自于作家在先进的世界观烛照下对生活的发展方向的洞察，并与决定这一发展方向的社会力量同呼吸、共命运，成为它的一分子。在契诃夫看来，活跃在 19 世纪 40—60 年代的那些伟大和进步的俄国作家如普希金、果戈理、列夫·托尔斯泰、别林斯基等，都是在社会的改革和发展进程中看到了生活的目标，并以之统驭自己的全部文学活动的。而在契诃夫开始自己的文学创作的 80—90 年代，俄国处于农奴制专制最反动的时期，知识分子中弥漫着悲观失望、畏缩动摇的情绪。一种看不到目标的空茫无依感和灰暗的色调也渗入到当时的文学创作中。契诃夫在表达了自己对创作具有目标感的伟大的、优秀的作家的向往之情后，接着就自责地说："至于我们呢？唉，我们！我们写的是现有的生活，可是再进一步呢？——无论怎么逼，就是用鞭子抽我们也不行……我们既没有近的目的，也没有远的目的，我们的灵魂里空空洞洞，什么也没有……"他还说："没有明确的世界观而想过自觉的生活，那简直不是生活，而是负担，是可怕的事情。"就在这个时期，契诃夫开始了思想上紧张的探索。尽管因为与人民的革命力量缺乏接触和联系，契诃夫的探索没有能够进展到科学社会主义世界观的高度，但他作为一个伟大的民主主义者，还是紧紧地把握着自己创作活动的目标的。他的那些最优秀的作品，每一行都浸透着鞭挞专制、庸俗、虚伪、腐败的不妥协的战斗情绪，每一行都闪耀着他的祖国和人民所追求的改革和进步的理想的光辉。正如孙犁所指出的："契诃夫的作品曾经坚定了他同时代人民的善良的信心，并热烈地鼓励了他

---

① ［苏］契诃夫：《契诃夫论文学》，汝龙译，人民文学出版社 1958 年版，第 5 页。

们。……他的作品会永久有助和有益于人类向上的灵魂。"①

不仅严肃的作家重视文学创作的目标感，而且，在文学界之外的一些有远见卓识的政治家和社会人士，在谈到文学创作时，也同样强调目标的重要。我看到过这样一个材料：新南非的"国父"纳尔逊·曼德拉的次女津姬·曼德拉是一位杰出的诗人，她著有《黝黑似我》《黑色与十四》等诗集，为反对种族歧视，建立自由、平等、民主的新南非而讴歌。她的创作，得到英雄父亲的关注和鼓励。曼德拉在狱中曾寄语女儿："写作是项崇高的工作，它使人成为世界的核心。要保持巅峰状态，就要不断开拓新的主题，并通俗易懂地表达思想与使用准确的语言。"在谈到文学创作的旨趣时，他还说："你所写的作品，需要服务于一个广泛的目标，其目的不是为了达到商业上的成功或仅只为了个人的满足感而已。"津姬·曼德拉是按照她的父亲所说的去做的。她的诗作，都是为了建立一个没有种族歧视的新南非这样一个崇高的目标而写的，严肃的、鲜明的目标感，使她的诗格诗境大大提高了。

这个异域的材料使我感动并给我留下了深刻的印象。即使从文学见解中，我也感到了曼德拉这个 20 世纪的世界伟人那种特有的宏大的气魄和高出于流俗的识见。我以为这是世界文坛上真正代表着进步的声音之一。我们不是有种种和世界文学思潮"接轨"的议论吗？这不也是当代世界文学思潮之一种吗？看来，当代世界文坛也是分途而趋、对峙而立的。要"接轨"，也得有所鉴别，有所选择。

切近一点，再举个我们中国当代作家的例子吧。我想到了孙犁。孙犁在回顾自己的创作历程和生活理想形成过程时，曾经充满感情地写着："抗日战争时期，我在晋察冀边区工作，唱过从西北战地服务团学来的一首歌，其中有一句：'为了建立人民共和国'，这一句的曲调，委婉而昂扬，我们唱时都用颤音，非常激动。"他指出：

---

① 孙犁：《契诃夫》，载孙犁著：《澹定集》，百花文艺出版社 1981 年版，第95 页。

"那时候，引导作家们写作的，就是这些鲜明而有号召力的政治目标，经过无数人的流血牺牲，我们终于建立了中华人民共和国。这是我们这一代作家青壮年时期的历程总结。"①

孙犁那一代革命作家的创作，在"为了建立人民共和国"这一崇高的目标感的牵引下所达到的高度，所产生的影响，已经耸峙在文学的史册上，这是那些"轻薄为文哂未休"的人们所不能抹杀的。

到了晚年，孙犁更奋余热，笔耕不已，华章屡现，战绩赫然而陈。他冒着误解、中伤，热烈而深沉地是其所是，非其所非。他的晚年写作，也是浸透着目标感的。不久前，他谈到他关注文坛的原因，异常恳切地说："当然有时也关心文艺的前途。因为文艺和国家民族的前途，息息相关。革命一生，不希望共和国有什么不幸。因为我青年时，曾为它做过一些牺牲和奉献。"② 我想，只有从这样一个崇高的目标，从比较长远的历史角度去估量，才能理解和认识孙犁晚年大量散文、杂文写作的价值和意义。

二、珍惜和发展创作的才能

如果只从作家的人数、文艺刊物的名目和各种作品的数量来看，我们的文学创作是不能说不繁荣的。但是，一年又一年过去了，无论读者还是批评家，都有一个遗憾的共感：我们的文学创作，在整体水平上，近年来一直处于徘徊不前的状态，有些文学门类的创作水平还有下降的趋势。除了少数的例外，没有持续地以新的力作给

---

① 孙犁：《谈文学与理想》，载孙犁著：《老荒集》，上海文艺出版社 1986 年版，第 39 页。

② 孙犁：《文场亲历记摘抄》，载孙犁著：《曲终集》，百花文艺出版社 1995 年版，第 115—116 页。

人深刻印象的作家，没有标示思想和艺术水平的明显进步的给人深刻印象的作品。

这是为什么呢？

原因当然不是三言两语就能说清的。但从作家的主观方面看，缺乏对文学创作的严肃态度和严格要求，不善于珍惜和发展自己的创作才能，恐怕是一个很重要的原因。

我们并不缺少有某种才能的作家。在步入文坛时便闪现了某种才能的光芒的作家和作者，在我们新时期文坛上，真是太多太多了。在开始创作后便保持着良好的竞技状态，一直高产的作家，也不少。但是，在创作上有严格的自律意识和清醒的自审精神的作家和作者，却很罕见。特别是近几年来，文坛上流行着一种以反虚伪为托词的调侃人生和文学的思潮，影响所及，似乎一切关于文学创作的严肃性的思考和要求，都成了假模假式的装正经。很多人以谈文学的崇高目标、作家的崇高社会职责为耻，写作作风流于浮滑媚俗，粗率成章、敷衍成篇却以创作丰富自得自娱。那结果，现在已经可以看出端倪来了——是才能的自我贬损和自行虚掷。

在这样的情况下，我觉得，稍微回顾一下中外文学史上那些真正称得上伟大和杰出的作家珍惜和发展自己的才能的经验，也许不无必要吧？

列夫·托尔斯泰一走上文坛便光芒四射。他的《童年》《青年》《一个地主的早晨》《塞瓦斯托波尔故事集》等作品得到了涅克拉索夫的高度评价，引起了文坛的瞩目。这时，包括《现代人》杂志在内的各种文学杂志纷纷向托尔斯泰约稿、催稿。托尔斯泰的创作才能如春树临风，枝舒叶展，显示了远大的前途。

但是，处于初展才华阶段的托尔斯泰却不满足于自己最初的成功。他写信给一再向他约稿的涅克拉索夫说："请不要太指望我，我厌烦再写强挤的东西了，更不用说强挤的糟糕东西了。"他在给赫尔岑的信中说："您对我过于赞扬了，对此我不表谢意。因为这是有害的。"这当然不仅仅是出于谦虚，而是出于对自己的创作前途的严肃计虑，出于对怎样使用和发展自己的创作才能的认真思考。在致德鲁日宁的信中，托尔斯泰非常郑重地宣布他已经不写作了。他诚恳地解释说："为什么这样？说来话长，也难以讲清。主要是生命短促，偌大年纪再将生命浪费在我所写的那种小说上，觉得惭愧。可以，应该，而且愿意干点实事。如果有那种折磨你、逼迫你一吐方休、赋予你勇气、自豪与魄力的内容，那倒另当别论。而在三十一岁上还写那种招人喜欢、读来可心的小说，说实在的，难以提笔。我只要一想，怎么样，要不要编一篇小说，就觉得可笑。"

托尔斯泰这种严肃的创作态度，这种严格自律的精神，使他谢绝了没完没了的大量约稿，而潜心于对俄国现实生活的更深的观察和体验，致力于在生活中寻找和获取那种能使自己的才能燃烧起来的更为重要的内容。托尔斯泰善于与时代一起前进，珍惜、守护并发展自己的创作才能。他在 31 岁时的这一番反思，成了他的创作向更高更广的阶段发展的嚆矢。倘若没有这一番反思，也许就不会有尔后的《战争与和平》《安娜·卡列尼娜》《复活》等伟大的创作，也就不会有使人类的艺术史迈进了一大步的伟大作家托尔斯泰。

另外一位伟大的俄国作家契诃夫也有类似的经历。不过，他对自己最初的创作的反思和自省，是由于一位年高德劭的老作家的提醒和推动。

事情是这样的：契诃夫为了帮助自己的家庭摆脱贫困的生活，很早就开始写作。在他文学活动的初期，他用各种笔名发表了大约一千来篇短篇小说，这其中包括《变色龙》《普里希别叶夫中士》《万卡》《苦恼》等名篇。无疑，年轻的契诃夫在最初的创作中，就显示了自己杰出的文学才能。这引起了著名的老作家季·瓦·格利戈罗维奇（中篇小说《乡村》、《苦命人安东》和《马来树胶的男孩子》的作者）的注意。1886 年，老作家给契诃夫写了一封恳切而严肃的信。信中叙述了他偶然读到契诃夫的小说后感到的吃惊和赞赏，然后说："我确信，您的天职就是写出几篇优秀的、真正的艺术作品。如果您不能实现这个期望，那么您就要犯很大的道德上的错误。

为了这个目的，就应该看重这种少见的天才。请您抛弃那种赶任务的写作方式。我不了解您的经济情况；如果您的情况很不好，那么您最好像我们当年那样挨挨饿，请珍惜您的灵感，以便深思熟虑地和精雕细刻地去写作，作品不要一口气潦草写成，而是要在内心最幸福的时刻写成。"

这位在文坛已享盛名的 65 岁的老作家的信，像闪电一样震动了 26 岁的青年作家。契诃夫在回信中写道："如果我有值得尊重的才能，那么我要在您纯洁的心灵面前起誓：我一直没有尊重过它。……凡是跟我接近的人素来都用鄙夷的态度对待我的写作事业，不断地好心好意劝我不要用这种乱涂乱抹的行当来代替正经的工作。……我对自己的文学工作一直极其轻浮，漫不经心，马马虎虎。我想不起我有哪一篇小说是用一天以上的功夫写成的，您喜欢的那篇《猎人》我是在浴棚里写成的！我写小说好比新闻记者写火灾消息：随随便便写下去，心不在焉，一点也没有顾到读者，也没有顾到自己。"这样诚恳地反省后，契诃夫又激动地写道："可是现在，出其不意，您的信突然在我面前出现了。请您原谅我做一个比喻，它对我所起的影响不下于总督下了一道命令：'限二十四小时内离开这座城'，也就是说，我忽然感到迫切的需要，想加紧努力，赶快从原来困守着的地方跳出来。"①

这一次对创作的严肃性——包括它的使命、价值和意义——的思考和对自己过于草率的写作态度的检讨，对于契诃夫文学才能的发展是有决定意义的。从此以后，契诃夫开始珍惜、护卫并节省地使用自己的才能，在更广阔的俄国生活幅员里去发展它，在更严格、更艰苦的创作劳动中去锤炼它。在 19 世纪 90 年代，契诃夫的每一篇新小说都是许多天紧张工作的成果，有时候甚至是好几个月的工作成果。契诃夫在准备出版自己的作品集时，用非常严格的态度选

---

① ［苏］契诃夫：《写给德·瓦·格利果罗维奇》，载《契诃夫论文学》，汝龙译，人民文学出版社 1958 年版，第 21—23 页。

出最好的作品，把它们统统重新校阅过，抄写过，修改过。这样，一个拥有《草原》《没意思的故事》《套中人》《醋栗》《在峡谷里》等等更加成熟的杰作的真正伟大的作家契诃夫留在了世界文学史上。

上述的托尔斯泰和契诃夫在成长过程中的故事，昭示了我们一个关于作家的前途和命运的大道理，那就是：创作，需要才能，更需要对才能的珍惜、护卫和发展，需要严肃地认识自己才能的发展途径和方向。鲁迅在给当年的青年作家沙汀和艾芜的信中，告诫他们："两位是可以各就自己现在能写的题材，动手来写的。不过选材要严，开掘要深，不可将一点琐屑的没有意思的故事，便填成一篇，以创作丰富自乐。"[1] 这里谈的，实际上也是青年作家如何珍惜、护卫和发展自己的才能的问题，与托尔斯泰的自律、格利戈罗维奇对契诃夫的提醒，其精神是完全一致的。

我想，取法乎上，仅得其中。向托尔斯泰、契诃夫、鲁迅学习，想一想自己的创作态度，想一想怎样珍惜和发展自己的创作才能，想一想自己的创作怎样对时代有所助力和贡献，这对于我们文坛上所有活跃的作家，都会是有益的吧？

---

[1]　鲁迅：《关于小说题材的通信》，载《鲁迅谈创作》，中国青年出版社 1955 年版，第 79 页。

把握中国近现代史的灵魂

——作家历史修养谈片

　　作家是时代的肖子，文学作品归根结底是时代的产物。对于这一点，有的作家是自觉地意识到并引以为荣的，而有的作家却是不自觉、不承认甚至讳莫如深的。但不管作家的主观态度怎样，一个作家创作的成就，他的重要性或伟大程度，终究是由他与时代的关联的深浅、广狭来决定的。

　　说到时代这个概念，人们对它的认识和理解也是很歧异的。有的把时代仅仅理解为一种时髦的、风行的社会生活现象，似乎思潮、世风、人情的新变是横空而降，无根无由，也不知所终的。人们只是感觉到它沛然临身、莫之能御，只要顺流而趋，拾掇其炫目的音形色态，以装点自己的作品，取悦熙来攘往的大众，就算是尽了时代的使命了。但是，现实主义的作家对时代的认识却不能这样浮光掠影、随波逐流。在他们看来，时代是一个历史的范畴，是有其深刻的历史内容和必然的发展方向的。任何时代都是综合并沟通了历史和未来这两个因素而充分表露着现实生活的来龙去脉的。现实主义的作家要深刻而正确地反映时代，就必须具备对历史的丰富的知识和精深的了解。因此，作家的历史修养，就成了作家素质的一个重要的、不可或缺的方面。正如大家所熟知的，恩格斯把"较大的思想深度和意识到的历史内容"与"情节的生动性和丰富性"两者的"完美的融合"视为伟大的文学作品必臻的高妙境界；同时又把"美学的观点"和"历史的观点"的统一视为文艺批评的最高的要求。这恰恰反映了马克思主义经典作家对作家的历史修养的极端的重视和极高的要求。

　　从我们文学创作的实际情况看，作家的历史修养，尤其是对中国自鸦片战争以降近现代史的了解和把握，在很大程度上决定着作家对时代的概括的广度和深度，决定着他们创造的分量和价值。一些优秀的、坚实的文学作品，比如说路遥的《平凡的世界》，它随着时间的推移愈来愈显出的价值和光彩，是与它对历史进程的准确、深邃的艺术把握分不开的。《平凡的世界》所写的是我国西北农村和城乡结合地带在 1975 年至 1985 年间所发生的深刻的社会变动和在这一变动背景中挣扎、奋进、歌吟、憧憬着的农村青年的典型性格和历史命运。但是，它的历史视野却比小说中所展开的具体时空条件要深广得多。作家对我国农村发生的社会主义的改革进程的把握，是和他对整个中国近现代史的主线和灵魂的把握分不开的。照耀着小说现实主义的宏伟画卷的高尚、温暖的理想之光，也是从我国近现代史的深处开掘出来、升华出来的。因此，路遥的这一传世之作的时代感和典型性是伴随着巨大的历史感而存在的。再比如说周梅森的使人耳目一新、感动兴发的力作《人间正道》，取材的现实性和时代感更强，描写的是刚刚发生不久的一个内陆城市在改革开放中的巨变；但它的巨大的现实冲击力，却也是与作家深沉地感受并把握着的历史的强劲脉搏共生的。以吴明雄为代表的新一代中国共产党人"舍出身家性命"为之拼搏的改革事业，是近现代史上前几代共产党人所从事的创立和建设新中国的伟大事业的继续和发展。吴明雄这样的时代中坚和改革巨子，也是从历史的深处走出来的。在他个人的命运史中，就交织着中国共产党人在探索建设社会主义的道路的历史进程中一切成功和挫折的历史光影和印痕。吴明雄的成熟的政治智慧、领导艺术和他带有悲剧性的性格美，都是属于历史的。这个最具有现实敏感的人物，也是最具有历史沧桑感的人物。而平川市的改革，则在最准确的意义上揭示了历史运行的规律："人间正道是沧桑。"

像《平凡的世界》《人间正道》这样描写现实改革题材的作品，尚且需要作家以"意识到的历史内容"来作为支撑作品现实生活血肉的骨骼；至于像王火的《战争与人》那样以描写抗日战争的全程为小说人物的活动背景的革命历史题材作品，就更需要作家把握中国近现代史的灵魂的器识和腕力了。这部小说的别开生面之处，就在于它以一个国民党的高级官僚家庭在抗日战争中的动荡、分化、新生为故事主线，深刻地、令人信服地揭示了抗日战争的历史路径和规律。战争唤醒了人，试炼了人，淘汰了人，也催促一代新人的成长。这里的人，是有着历史的具体性和艺术的典型性的人。他们的呼吸，与抗日战争的时代风云相通；他们的心魄，照映着中国近现代史的灵魂。中国共产党及其领导的抗日力量虽然没有得到充分的笔墨来正面展开描写，但它的声音、形影和辐射出来的光与热却无处不在，而且成了决定人物命运的最重要的因素。我们从小说中可以清晰地看到，童氏父子在抗日战争的长旅中所发生的命运的、性格的、思想感情和心理情绪的每一个幽隐的或显著的变化，他们行动的动机，都不是从琐屑的个人欲望中获取的，而是从抗日战争的浩荡的历史潮流中汲取的。在这里，作家对抗日战争乃至整个近现代史了解的深入和认识的深刻，成了决定他的生活故事的历史价值和思想艺术价值的潜在的、具有决定意义的因素。上面说的是因为作家的历史观正确、历史修养深厚而使作品获益的成功经验。但毋庸讳言，在我们的创作中，更大量和更常见的是作家历史修养不足给作品带来缺陷的触目的教训。

在 20 世纪行将结束的时候，不少作家都在努力创作以整个 20 世纪的百年沧桑为时代背景的小说，试图对 20 世纪中国所走过的历史道路、中国人的命运隆替、心路变迁进行艺术的综合与概括。这种艺术抱负是令人敬佩的。但是，如果对近百年来中国社会的性质、中国历史的主潮、推动中国社会生活变革、前进的社会力量、阶级、政党等等缺乏明确而稳定的历史见解、生动而丰富的历史知识，那么，要对 20 世纪中国百年史和沉浮于这一历史潮流中的各种各样的中国人形象作出具有高度典型性的艺术反映与概括，那是不可能的。

　　近年来，中国近现代史（特别是思想史）领域产生了各种试图重新认定历史价值、评述历史事件、臧否历史人物的尝试。这是改革开放的时代条件下历史科学的发展和前进所面临的新的问题和挑战。在这种种探索、创新的尝试中，有些是有积极意义的。例如，从我国改革开放的社会实践出发，对过去被忽视或没有十分重视的某些历史事件或某些历史事件的某些侧面（如洋务运动的积极的方面、晚清新政的影响和历史作用等）着重地提出来放在重要的地位上进行重新研究。又如，修正在过去的研究中的某些错误的结论（如对甲午海战中刘步蟾壮烈殉国的认定，洗刷他惧敌怯战、贪生怕死的恶名）。但是，也有不少新论却是以探索、创新为名，实则试图推翻整个新民主主义的革命理论和实践的错误观点，其中最具代表性的即是所谓清算激进主义、否定革命、告别革命的思潮。我国近现代史研究和社会发展学说领域里的这股思潮，对文艺界（创作界、现当代文学史研究、文艺理论与批评等），产生了很大的影响。不少作品在反映我国近百年史时所表露的任意裁剪历史、丑诋革命的历史唯心主义的倾向，严重地损害了这些作品的思想性和艺术性，极大地妨碍着作家对历史、时代、社会的真实的、典型的艺术概括，这是稍稍熟悉当前创作状况的观察者和研究者都有目共睹的。重新严肃认真地、虚心扎实地学习中国近现代史，提高自己的历史修养，丰富自己的历史知识，已成为作家们提高自己的思想文化素质、充实自己的创作准备的重要一环。实践证明，谁忽视了这个环节，谁就会在创作实践和理论工作中尝到失败和缺憾的苦果。

　　提高作家的历史修养，树立对我国近现代史的科学认识，最主要的，是在下面几个问题上分清是非界限、辨明历史真伪：

　　1. 分清唯物主义历史观与在社会主义革命基本胜利以后、特别是"文化大革命"中出现的"以阶级斗争为纲"的错误理论的界限。

马克思创立的唯物主义历史观是人类近现代科学思想中的最大成果。它指出了把历史当作一个十分复杂并充满矛盾但毕竟有规律可循的统一的客观过程来研究的可靠途径。这一科学成果的取得，是人类认识史上最伟大的飞跃之一。人们过去对于历史、政治和意识形态所持的极其混乱和武断的种种芜杂的见解，从此为一种极其完整严密的科学理论所代替。这种科学的历史理论说明，由于生产力的发展，从一种社会生活结构中会发展出另一种更高级的结构，由于唯物主义历史观第一次使人们能以自然史的精确性去考察客观社会形态发展的自然历史过程，因此列宁说："唯物主义历史观始终是社会科学的别名"，"是唯一的科学历史观"。

唯物主义历史观认为一切有文字记载的历史都是阶级斗争史，在充满着矛盾的迷离混沌的阶级社会中，只有以阶级斗争学说为指导线索，才能发现历史前进的规律性。但这与在"文化大革命"中发展到荒谬程度并成为"文化大革命"错误实践的理论依据的所谓"以阶级斗争为纲"的阶级斗争扩大化、绝对化的理论完全是两回事。

毋宁说，准确的、原创意义上的唯物主义历史观，正是与这种主观武断、脱离历史实际和社会实际的"以阶级斗争为纲"的错误理论正相反对、水火不相容的。摒弃"以阶级斗争为纲"的理论和实践，正是为了恢复唯物主义历史观的科学的本来面貌。

现在存在的问题是，在一些理论主张和创作实践中，对"文化大革命"中"以阶级斗争为纲"的批判，已经扩大到对整个中国近现代史中阶级斗争的主要线索的否定，扩大到对中国人民所进行的革命斗争的否定。在一些作者看来，唯物主义历史观也早已成了陈旧的僵化的东西，而各种主观主义的历史观念，如"历史可以任意书写"，"一切历史都是当代史"等等，则被奉为圭臬。对中国近现代史乃至中国现代文学史的一些重要结论的改写，正是从历史观这个认识论的最深处发生、推衍出来的。因此，对文艺工作者提出重新认真地、虚心地学习唯物主义历史观的任务，就是非常之必要了。

2. 认识、坚持并发展关于中国近现代社会性质和历史任务的科学结论，与形形色色的"告别革命"的谰言划清界限。

自鸦片战争至 1949 年，整个中国近现代社会的性质，是半殖民地半封建社会；这一历史阶段中国人民的历史任务，是进行反帝反封建的民主革命。这是中国共产党和接受马克思主义的思想家、史学家运用唯物史观长期研究中国历史实际和社会实际得出的科学结论，这个结论经过中国人民的革命实践已证明是正确的。这个结论不是轻易取得的，而是几代人付出了流血的代价才取得的。对于前一代人，认同这个结论，是自然而然，从感性到理性都是契合无碍的；但对于在新的历史条件下生活的新一代人和将来的世世代代人，认同这个结论便不是那么容易了。这里便有一个重新阐释和证明、重新学习和领悟的任务。有些作家，特别是新的青年作者，他们对近百年中国史的主线了解得不那么清楚，处于若明若暗的状态，易受各种貌似"新锐"实则陈腐的奇谈怪论蛊惑，这也是不难理解的。但是，这不能成为降低对他们的历史修养的要求的借口。对他们的创作中存在着的对中国近现代史的不正确的议论和描写，以及由此造成的人物形象塑造方面的重大缺陷，要用正常的文艺批评的方式，展开与人为善的、充分说理的分析与讨论。正如大家看到的，一些老的革命作家、理论家对某些广有影响的作品所进行的既有原则性又有具体细致的艺术分析的批评，就正是这样做的。

3. 认识并坚持新民主主义革命的理论的指导意义、中国共产党的成立和领导作用、中华人民共和国的成立在中国近现代史上的伟大意义，并与一切贬低中国共产党的领导地位、贬低中国革命的胜利的意义的谬论划清界限。

中国近现代史领域里的"告别革命"论，不仅仅是一种错误的唯心主义的历史观点，而且也是一种企图从根本上动摇我国社会主义制度的具有极大的现实危害性的政治观点。不能过轻地估量这种观点在文学创作、文学评论中的影响。在一些晦涩的文学形象和画面里，在一些玄奥暧昧的学术语言中，常常不难感觉到那种认为中国革命的胜利是"历史误会"，中国共产党的领导地位是"封建专制的继续"，新中国的成立并没有打破历史的恶性循环，中国社会生活并没有什么根本变化，一切都是换汤不换药等等强烈的政治偏见和政治情绪。这当然是一些经过深度包装的噪音，在广大人民群众中并没有多少影响，但它对新一代青年学生、青年学者的影响却是非常明显的。这应该引起我们的注意。

加深作家的历史修养，当然也就包含着要求我们的作家与这种种错误的观念划清界限的内容。清人龚自珍在《古史钩沉论》中曾指出："史存而国存，史亡而国亡。""灭人之国，必先去其史；隳人之枋（按：即焚棺戮尸），败人之纲纪，必先去其史；绝人之材，湮灭人之教，必先去其史；夷人之祖先，必先去其史。"这并不是有意做惊听回视之论，而是龚氏历览历代兴亡而观察到的确凿无疑的现象。如果按之苏联解体、东欧丕变的不远的"殷鉴"，那么，龚氏的这一段话读来简直是触目惊心的。看来，文学创作、文学评论在一定条件下也关乎国家治乱、历史兴亡。作家的历史修养，岂可轻忽哉？！

（原载《文艺报》1997 年第 19 期）

伟大也要有人懂

——兼论茅盾在现实主义文学中的地位

1994 年，王一川等先生编了一套《20 世纪中国文学大师文库》，给一些小说家"重排座次"，选了 9 位作家为大师，依次为鲁迅、沈从文、巴金、金庸、老舍、郁达夫、王蒙、张爱玲、贾平凹。[①] 这件事引起了广泛而热烈的讨论。

对此，我也愿略陈管见，以就正于时贤。

一

首先有一个问题，即作家可不可以进行比较？作家在文学史上的成就、地位的高低、影响的大小能不能有等差的论定？

我的回答是肯定的。

---

① 王一川：《我选二十世纪中国小说大师》，《文学自由谈》1994 年第 9 期。

有的作家认为，"作家是无法比较的"①。也有的作家表示："我反对这种提法。这种排名本身就存在偏颇。作家的作品各有风格，不能用一种标准去强求。"②持这种看法的作家也许是出于对批评界、研究界的浮浅轻佻的不满，觉得比较高低、排名先后，徒滋纷扰，无助于创作；也有人在私下议论说，王一川等此举，不过是为了立异鸣高、惊听回视罢了，借此得虚名，能有几时久？不用去理它，任其自唱自息吧。

我认为，不能一律否定文艺批评和文学史研究中的作家相互比较和作家成就、地位的有等差的论定。诚然，对不同作家的艺术风格强为轩轾是行不通的，但即使在风格学研究的范围内，仍然可以比较异同，否则就没有"比较文学"一说了。至于从总体成就上论定不同作家在文学史上的地位高低，那正是严肃的批评家和文学史家本分的工作和任务。托尔斯泰就提出过这样的希望："早就存在着千万卷书并被人阅读，如果批评界做它所当做的事情的话，那就好了。即从各时代各民族写出的作品中挑出最好的，并且按其优秀的程度分成第一等、第二等、粗劣的和不值一顾的，并说明为什么这么划分。"③他还认为，正直的批评界的目的"在于提出和向人们指出无论过去或现在的作家中间一切最好的东西"④。

不过，由于世界文学史的历史范围和地理疆域实在是太大了，人们在推举世界范围内各时代各民族写出的最好的作品时，在论定最伟大的作家时，还是习惯于把问题限定在不同的时代（古代、近代或当代）和不同的地域（洲别或国别、西方或东方）里去进行。

有意思的是，人们在推举最伟大、最具有世界文学史意义的作

① 李国文：《小说是梦》，《新民晚报》1995年1月2日。

② 张英：《王蒙访谈录》，《山花》1995年第1期。

③ 托尔斯泰1894年致索波茨柯的信，参见托尔斯泰：《托尔斯泰论文学》，董启译，漓江出版社1982年版，第193—194页。

④ 托尔斯泰1901年为封·波良茨的小说《农民》写的序言，参见托尔斯泰：《托尔斯泰论文学》，董启译，漓江出版社1982年版，第195页。

家时筛选极严，悬得甚高，因此在世界文学史上获此殊荣者一向很少。恩格斯之论但丁、莎士比亚、歌德、巴尔扎克，列宁之论托尔斯泰，毛泽东之论曹雪芹、鲁迅，都既着眼于他们在自己的时代和国家的文学中的地位，又着眼于他们在人类文学发展史上的意义。至于在世界文学史上仅次于这些第一等的人物而在他们本国文学史中也还称得上伟大和杰出的作家，因为数量太多，可以被划在同一等级中的，往往不是一两个，而是一连串名字。过细的分等和过于确定的先后排列名次，为明智的文学史家所不取，实际评判起来往往是宜粗不宜细的，但这并不意味着对他们无法进行比较和定论，这只要看各个国家各个时代那些伟大和杰出的作家、公认的名单总是相对稳定的就清楚了。

列宁指出："在分析任何一个社会问题时，马克思主义理论的绝对要求，就是要把问题提到一定的历史范围之内。"[①] 实际上不仅是以马克思主义理论为立脚地的批评家和研究者在比较和论定作家时是这样做的，一切自觉或不自觉的尊重客观实际而且多少有点历史感、多少洞悉一些文变与世情、兴废与时序的隐秘关系的批评家和研究者，也在不同程度上这样做着。

在一个国家内，在特定的历史范围内，对不同作家的成就和地位作出最终的科学的论定，往往是一个反复研究、反复考量的历史过程，通向论定的道路，总是弥漫着论争的硝烟。恩格斯认为："任何一个人在文学上的价值都不是由他自己决定的，而只是在同整体的比较当中决定的。"（恩格斯：《评亚历山大·荣克的"德国现代文学讲义"》）这种比较，常常是在不同意见的激烈争论中进行，并牵动阶级社会中不同阶级、阶层、派别甚至不同文学流派的利益和趣味。从表面上看，参与争论的人似乎见仁见智，各有是非，聚讼纷纭，难以统一，让局外人颇兴"死后是非谁管得，满村听唱蔡中

---

① 列宁：《论民族自决权》，载《列宁选集》第 2 卷，人民出版社 1972 年版，第 512 页。

郎"（陆游诗语）之叹；但从根本上看，每次论争的硝烟一散，尘埃落定，归根结底，总还是公论皎然、差等有序的。正如鲁迅所说："一有文人，就有纠纷，但到后来，谁是谁非，孰存孰亡，都无不明明白白。因为还有一些读者，他的是非爱憎，是比和事佬的评论家还要清楚的。"① 所谓公道自在人心，也是这个意思。

这样看来，为自己国家、自己时代的不同作家的成就和地位的高低而争论，正是文艺批评和文学研究最正常不过的现象。对此不能一律抹杀，以为多此一举，或嗤之以鼻，而是要看一看他们的说法有没有道理，是否符合实际。对王一川等人的意见，自然也应该这样对待。他们按照自己的文学见解和审美标准，提出自己的排名表，这件事本身并没有错。至于排得如何，能否征信于人民和历史，那则是另一个问题。

二

王一川先生在谈到他的评选标准的理由时说："回顾过去，我们习以为常的定论，其实包含政治和学术上的种种偏见，这使得 20 世纪小说的本来面目，它的大师风貌往往被遮盖或歪曲了。"② 他想"打破以往偏见，改以审美标准"③ 为评选依据，也即"基本着眼点将不应再是作者的政治身份、态度或倾向在其文学作品中的折光，而是他创造的艺术本身的审美价值。"④

---

① 鲁迅：《再论"文人相轻"》，载《且介亭杂文二集》，人民文学出版社 1973 年版，第 119 页。

② 王一川：《我选二十世纪中国小说大师》，《文学自由谈》1994 年第 9 期。

③ 王一川：《我选二十世纪中国小说大师》，《文学自由谈》1994 年第 9 期。

④ 王一川：《我选二十世纪中国小说大师》，《文学自由谈》1994 年第 9 期。

　　王一川先生在这里摆出了自己衡文的"圈",可以说叫"美的圈"吧。这样的"圈",实际上在过去就有人摆出来过了,现在他想再来运用一次,那也是可以的。鲁迅说过:"我们不能责备他有圈子,我们只能批评他这圈子对不对。"① 那么,就先来看他这圈子对不对吧。

　　我愿意在这里质直地说,王一川先生摆出的这个"圈"是不对的。

　　王一川先生强调审美标准,看重文学自身的审美价值,也可以说看重文学作品的艺术性,这意见,如果是为了纠正我们过去在文艺批评和文学史研究中曾有过的忽略文学作品的审美特性、忽略艺术性的研究与分析的弊病,那么是不能说一丝合理成分也没有的。但据他的阐述,他强调的审美价值或审美标准,是针对并排除这样一种政治与学术的偏见,即考察"作者的政治身份、态度或倾向在其文学作品中的折光"这样一个"基本着眼点的"。也就是说,是排除了对艺术折射、熔铸在文学作品中的作者的政治思想倾向、作者对时代的认识与感情等等社会历史因素的。也可以说,在王一川先生看来,美学的标准是可以脱离历史的标准而单独存在的。

　　这种纯美学的排除历史和社会因素、排除政治倾向的"圈",摆在那里似乎很高雅、很圣洁,但只要一运用起来,就会立刻破绽百出的。

　　让我们看看王一川先生怎样把他的"圈"应用在鲁迅身上吧。

　　这里且不说关于鲁迅"不但是伟大的文学家,而且是伟大的思想家和伟大的革命家"(毛泽东:《新民主主义论》),鲁迅"是在文化战线上,代表全民族的大多数,向着敌人冲锋陷阵的最正确、最勇敢、最坚决、最忠实、最热忱的空前的民族英雄"(毛泽东:《新民主主义论》)这一我所服膺的科学评价,是不是如王一川先生所

---

　　① 鲁迅:《批评家的批评家》,载《花边文学》,人民文学出版社1980年版,第8页。

指责的那种歪曲鲁迅，把鲁迅打扮成"政治革命家""造反英雄"①的"政治与学术偏见"；也不说摒弃关于鲁迅既是文学家，也是思想家、革命家的判断，单单把他当作小说家来评价是否能正确、全面估量他的小说的价值和地位，就单说王一川先生对鲁迅小说的"精神含蕴"的说明吧。

王一川先生说："唯有鲁迅小说才能把 20 世纪中国文化的病症揭示得如此深刻、传神、令人震撼、具有'永久的魅力'。"② 这里虽然用"中国文化的病症"这一抽象概念取代了鲁迅尽毕生之力与之鏖战的封建主义文化这样的"政治概念"（其实是揭示了具体的历史内容的科学概念），但毕竟承认了鲁迅的小说深刻地表现了战斗的文化批判精神。证之以鲁迅自己关于时时想对旧文明加以袭击的自白，可以说这是没有大错的。但是，鲁迅小说所描写的"中国文化的病症"，难道不正是集中地表现在统治着末庄的赵贵翁、鲁四老爷、赵太爷和假洋鬼子等封建主义和帝国主义文化的代表人物身上吗？难道不正是曲折地表现在帝国主义和封建主义文化的精神虐杀下呈现种种精神病态的狂人、祥林嫂、阿 Q 等艺术典型上面吗？鲁迅反帝反封建的文化批判精神，他的进步的政治倾向性、浓郁的战斗热情，不正是艺术地折射在鲁迅的小说中，成为他小说的灵魂和生命吗？别林斯基说过，作为艺术作品，小说应该成为"精神和智慧的容器"③；鲁迅也有"巍峨灿烂的巨大的纪念碑底的文学"应该成为"时代精神所居的大宫阙"的说法，可见，批评家对小说的价值和地位的科学论定，是必须置身产生这些小说的时代和文化中去，把握住当时的时代精神、历史主潮才有可能的。离开这些，小说的审美特征、艺术性等也是说不清的。王一川先生摆出纯审美的"圈"，但一具体到具体作家的评价，如鲁迅，则又不能不把小说的思想文化

---

① 王一川：《我选二十世纪中国小说大师》，《文学自由谈》1994 年第 9 期。

② 王一川：《我选二十世纪中国小说大师》，《文学自由谈》1994 年第 9 期。

③ 别林斯基：《诗的分类和分型》，载［苏］别林斯基：《别林斯基论文学》，梁真译，新文艺出版社 1958 年版，第 180 页。

主题或"精神含蕴"纳入视野，也就是说，不能不自己钻出自设的"美的圈"，而把"文化的圈"（其实是历史的"圈"、政治倾向的"圈"、前进的时代的精神的"圈"，不过他不愿正视罢了）也摆出来了。这种自相矛盾的结果是"美的圈"的幻灭。

王一川先生似乎也感到他摆出的"美的圈"不足以毫无滞碍地论定他着意贬抑或竭力抬举的作家，因此便采取实用主义的态度"看人下菜碟"了。对鲁迅、巴金的评价，"美的圈"不够用，便兼论其文化批判精神和"浓烈而直露的人道主义与爱与憎"①了；面对张爱玲的评价，则回避她曾写过的《秧歌》《赤地之恋》等"无艺术性可言的概念化的小说"（夏志清语），回避她的强烈的政治倾向而用含混抽象的语言把她打扮成在对"男女悲剧的性本能——无意识渊源的深刻挖掘"中营造唯美的"冷月意象"②的唯美主义作家了。为了抬举金庸小说中的所谓"中国古典文化神韵"，便偏离"美的圈"，原谅了他的现代武侠小说中大量的"雷同、复制或拖沓"③；而对茅盾却持论独苛，祭起极严极纯的"美的圈"，几乎把他按入地下，说他的小说"诚然不乏佳作，但总的说欠小说味，往往概念痕迹过重，有时甚至'主题先行'"④，简直一无是处。这种对茅盾一系列现实主义的浑厚力作（《子夜》《春蚕》《秋收》《残冬》《腐蚀》等）视而不见、极力排斥的态度，难道不正是一种最狭隘的"政治和学术偏见"吗？

这种左支右绌、逞臆妄评的判选方法，说明王一川先生摆出的"美的圈"，是虚伪而狭隘的。

我国的现当代文学史研究，是一门在马克思主义指导下已取得巨大成绩、并形成了若干基本的公论和定评的学科。在我国现当代文学的发展历史上，逐渐形成了一个相对稳定的、大体上反映客观

---

① 王一川：《我选二十世纪中国小说大师》，《文学自由谈》1994 年第 9 期。
② 王一川：《我选二十世纪中国小说大师》，《文学自由谈》1994 年第 9 期。
③ 王一川：《我选二十世纪中国小说大师》，《文学自由谈》1994 年第 9 期。
④ 王一川：《我选二十世纪中国小说大师》，《文学自由谈》1994 年第 9 期。

实际的作家排名次序，这就是人们习惯说的鲁、郭、茅，巴、老、曹，艾、丁、赵。当然，这期间还应穿插进冰心、叶圣陶、郁达夫、臧克家、夏衍、钱锺书、沈从文、孙犁等杰出作家。这样一个名单和大致的次序，是时代和人民长期筛选的结果，不是任何个人凭私见就可随意增删或变乱的。即以对茅盾的文学史地位的评定而论，且不说他早期的卓越的文艺理论活动的功绩，和《幻灭》《动摇》《追求》三部曲的创作；20世纪30年代《子夜》一出，便奠定了他在现代小说史上的仅次于鲁迅的地位。瞿秋白当时就预言将来的文学史写到1933年必然要记录《子夜》的出版这件大事；鲁迅也将《子夜》视为足以显示左翼文学实绩的力作，喜形于色地在书信中向友人推荐；就连"五四"时受到过茅盾的尖锐批评的《学衡》派代表人物吴宓，也称誉《子夜》是茅盾"结构最佳之书"，"人物之典型性与个性皆极轩豁，而环境之配置亦殊人妙"，"笔势具如火如荼之美，酣恣喷薄，不可控搏。而其微细处复能宛委多姿，殊为难能可贵。"①《子夜》的广阔的生活画面、深刻的思想内蕴、丰赡的艺术华彩和它塑造的吴荪甫这一高度个性化和概括化的典型人物，征服了广大读者，甚至征服了昔日的论敌。

因此，郁达夫在20世纪30年代回答"中国目前为什么没有伟大的作品产生"时，便独举鲁迅和茅盾。他说："在目前的中国作品之中，以时间的试练来说，我以为鲁迅的'阿Q'是伟大的。以分量和气概来说，则茅盾的《子夜》也是伟大的。"（郁达夫：《中国目前为什么没有伟大的作品产生?》）这几乎是当时进步文艺界大多数人的公论。

半个世纪后，茅盾逝世，孙犁曾作《大星陨落》一文悼念他，其中谈到《子夜》，说："这部作品，奠定了中国新的长篇小说的基础。作家视野的宽广，人物性格的鲜明，描写手法的高超，直到今

---

① 转引自丁尔纲：《闻茅盾被〈大师文库〉除"名"有感》，《文艺理论与批评》1995年第2期。

天，也很难说有谁已经超越了它。"（孙犁：《澹定集·大星陨落》）

我以为，郁达夫、孙犁前后对茅盾小说的成就和地位的论定，是实事求是的不刊之论。想轻易就动摇它，那是徒劳的。王一川先生颇为自信的"美的圈"，恰恰在对茅盾的评价上，最集中地暴露了他的狭隘、小气和非审美的固陋。

鲁迅在评论《儒林外史》时说过："《儒林外史》作者的手段何尝在罗贯中下，然而留学生漫天塞地以来，这部书就好像不永久，也不伟大了。伟大也要有人懂。"① 鲁迅还说过："以学者或诗人的招牌，来批评或介绍一个作者，开初是很能够蒙混旁人的，但待到旁人看清了这作者的真相的时候，却只剩了他自己的不诚恳，或学识的不够了。然而如果没有旁人来指明真相呢，这作家就从此被棒杀，不知道要多少年后才翻身。"② 在评论王一川先生的"重排座次"说时，尤其在读到他对茅盾的苛评和对别的作家似是而非的抑扬时，不知怎的，我不断地想起了鲁迅这两段话。

是的，"伟大也要有人懂"。要想论定伟大，没有诚恳的态度和广博精深的学识是不行的，没有在深入研究客观对象的基础上形成的明确的判断力和表达的才能也是不行的。我们还是老老实实地为人为文吧。

三

从王一川先生这次的提出"重排座次"得到的荒谬结论，我们

---

① 鲁迅：《叶紫作〈丰收〉序》，载《且介亭杂文二集》，人民文学出版社1973年版，第4页。

② 鲁迅：《骂杀与棒杀》，载《花边文学》，人民文学出版社1980年版，第170页。

可以得出什么教训呢?

首先,我觉得这件事已经异常明白地昭示人们:世界上并没有绝对意义上的为艺术而艺术的纯审美的创作,也没有纯审美的文艺批评与文学史研究。对一个严肃的、郑重的文学史研究者来说,马克思主义的立场、观点、方法是不能轻易舍弃的,至少是不能怠慢的,只有运用唯物史观这个最便捷、最明快的哲学去观察社会,研究历史,把握住一定范围内的时代主潮和时代精神,才能把作家置于这个大的时代背景上予以论定。对于过去时代的文艺作品,我们也同样要以政治标准和艺术标准统一的观点予以评判,"必须首先检查他们对待人民的态度如何,在历史上有无进步意义,而分别采取不同的态度。"(毛泽东:《在延安文艺座谈会上的讲话》)"我们既反对政治观点错误的艺术品、也反对只有正确的政治观点而没有艺术力量的所谓'标语口号式'的倾向。"(毛泽东:《在延安文艺座谈会上的讲话》)在现在,忽视艺术、忽视文学作品审美特征的倾向仍然应该反对,应该警惕,但更成为问题的是,有不少研究工作者缺乏正确的历史观点、缺乏对中国新民主主义革命史的基本常识。他们或明或暗地拒绝关于新民主主义的一套理论和历史分析,而热心于所谓纯审美的分析方法,其实是陷入了一种似新实旧的政治偏见中去了。这是在文艺批评和文学史研究领域里思想混乱、学术水平不能提高甚至倒退的一个基本原因。

其次,我觉得在文艺批评和文学史研究中要处理好尊重已有的学术成果和标新立异的关系。应该承认,为了推动文化和学术发展,有时候,标新立异是有一定的积极意义的。鲁迅曾辩证地指出统一战线、团结与标新立异的关系,他说:"我以为在抗日战线上是任何抗日力量都应当欢迎的,同时在文学上也应当容许各人提出新的意见来讨论,'标新立异'也并不可怕。"[①] 在文学研究史上,不乏有见

---

① 鲁迅:《答徐懋庸关于抗日统一战线问题》,载《且介亭杂文末编》,人民文学出版社 1973 年版,第 67 页。

地的研究者标新立异推动了学术发展的例子。例如，五四时期的先
驱者们对《红楼梦》等古典小说的价值和地位的重新估定和阐发，
在封建主义的文学史家看来，这是标新立异、惊世骇俗的了。又如
鲁迅对"以公心讽世之书"《儒林外史》的极高评价，这一评价发前
人所未发，却一语定谳，再无异辞。再如孙犁对纪昀的《四库全书
总目提要》和《阅微草堂笔记》的高度评价，也是异于前人，堪称
独唱，但极大地打开了人们认识纪氏的成就和地位的眼界，渐为识
者所接受。可见，立异标新并不可怕，也不能一概贬抑，只要是出
以公心，持论有据，实事求是，切中鹄的，那么，这样独具慧眼的
见解就会传播开来，成为公论。

　　不过，这里需要注意尊重前人已取得的学术成果，刘勰曾提出
学术研究的一个重要原则，那就是："及其品列成文，有同乎旧谈
者，非雷同也，势自不可异也；有异乎前论者，非苟异也，理自不
可同也。同之与异，不屑古今，擘肌分理，唯务折衷。"（刘勰：《文
心雕龙·序志》）这里说的"折衷"，是切当公允的意思。学术上的
"同乎旧谈"与"异乎前论"，都要服从于客观事物的"势""理"。
不问"势""理"，一味地守旧谈或创新论，都是不可取的。我国治
学传统中有学术乃天下之公器的说法，为什么说是公器？因为学术
研究追求的是对客观事物的实事求是、公允恰当的认识，这就需要
研究者摒除私心偏见的遮蔽，在对客观事物的反映中努力做到量之
若衡、照之如镜。尚镕说："盖文章者天下之公物，非可以一二小夫
之私意为欣厌，遂可据为定评也。"① 这是值得一切研究者深长思
之的。

　　喜欢片面强调标新立异的研究者总是以高张研究者的主体性，
强调研究者个人的审美好恶为借口。研究者都会有个性，有己见，
有私爱，这是难免的。但研究者评论作家、作品，既然是天下公物，

----

　　① 尚镕：《书魏叔子文集后》，载郭绍虞主编：《中国历代文论选》下册，中
华书局 1963 年版，第 47 页。

既然研究者的见解也只有被人民群众接受才能实现学术价值，那么，研究者就必须承认，归根结底，人民永远是作家够格或不够格的最后的裁判者。阿·托尔斯泰说过："人民，就是艺术的法官。至于批评的使命，则是作人民的高度艺术要求的一个表达者。这是不是把批评的作用缩小呢？一点也没有，批评总得比个人的爱好要站得高一些，看得远一些。"① 文艺批评与文学史研究之所以是科学而非个人的主观私见，就因为它含有反映客观实际，反映人民进步要求和审美趣味的内容。在人民这个艺术的法官面前，我们还是谦虚一点，别过分钟爱私见吧。

最后，从这一次关于王一川先生为中国现代小说家重排座次的讨论中，我们还可以得到一个对发展学术争鸣极为重要的教训，那就是：不能因为学术上容许"多元共存""标新立异"，便废除必要的批评和反批评。近年来学术界流行"多元共存"的说法，这里且不论对"元"的概念如何理解，我领会倡言者的意思，不外乎是说文学创作与学术研究中应允许不同世界观、不同文学观念、不同方法论、不同流派的学术观点并存。这个意思本来很不错，和我们历来提倡、向往的"百家争鸣"也差不多。但由于缺乏必要的批评与反批评，缺乏必要的思想交锋，"多元共存""多元互补"的局面似乎有变成一片糊涂泥的烂泥塘的危险。大家彼此客客气气，或井水不犯河水，或相互揖让、相互尊崇，虽非一道同风，却"咸与多元"，共同维系着一个热闹而混乱的局面。我看这实在不是好办法。

鲁迅在指出标新立异并不可怕的同时，也指出："我以为文艺家在抗日问题上的联合是无条件的，只要他不是汉奸，愿意或赞成抗日，则不论叫哥哥妹妹，之乎者也，或鸳鸯蝴蝶都无妨。但在文学问题上我们仍可以互相批判。"② 毛主席也指出过："我们的文艺批评

---

① 阿·托尔斯泰：《在导演人员工作会议工作报告》，载［苏］阿·托尔斯泰：《论文学》，程代熙译，人民文学出版社1980年版，第134页。

② 鲁迅：《答徐懋庸关于抗日统一战线问题》，载《且介亭杂文末编》，人民文学出版社1973年版，第65页。

是不要宗派主义的，在团结抗日的大原则下，我们应该容许包含各种各色政治态度的文艺作品的存在。但是我们的批评又是坚持原则立场的，对于一切包含反民族、反科学、反大众和反共的观点的文艺作品必须给以严格的批判和驳斥。"（毛泽东：《在延安文艺座谈会上的讲话》）在现在，在党的基本路线的大原则下，在团结、鼓励、繁荣文学创作为人民服务、为社会主义服务的大目标下，我们当然是赞成容许创作和批评中的"多元共存、多元互补"（姑且袭用这个提法吧）的局面存在的，但这不等于各"元"之间就不能开展批评与反批评，开展认真严肃的学术论争。无边的、一味的宽容不可取，无论哪一"元"的倡言者实际上都不准备实行或不可能实行，因此它实际上也并不存在。不同见解之间的互相批评或批判，从来也没有停止过，只不过顾忌、避讳、曲笔、暗射太多太多，参与争论者自己心知肚明，而读者却反而被导演着陷入"三岔口"了。这种让读者反串"三岔口"的现象其实是不正常的，最有害于团结的。鲁迅早就指出过了："文艺必须有批评，批评如果不对了，就得用批评来抗争，这才能够使文艺和批评一同前进，如果一律掩住嘴，算是文坛已经干净，那所得的结果倒是要相反的。"[1]

鲁迅总是言必有中的。让我们在"咸与多元"的同时也"咸与论争"吧，当然，论争这"相互批判"，必须是充分地摆事实、讲道理、与人为善、明辨是非的，最终目的是为了达到发展和繁荣社会主义文学，不能重复过去无限上纲，互相砍伐，两败俱伤的错误做法。

本着这种信念，我对王一川先生的"重排座次"提出了如上的批评。我自忖是认真的，我也欢迎并期待着王先生的认真的反批评。

　　（本文以《伟大也要有人懂》为题，原载《江淮论坛》1996年第 1 期）

---

　　[1]　鲁迅：《批评家的批评家》，载《鲁迅论文学与艺术》下册，人民文学出版社 1980 年版，第 639 页。

第三辑

从抗战文学的实绩看文学的社会战斗功能

——为纪念抗日战争胜利 50 周年作

一

1935 年初，鲁迅在为左翼革命作家叶紫的短篇小说集《丰收》所写的序言中，高度评价叶紫的《电网外》等描写农民革命斗争的小说，指出："这就是作者已经尽了当前的任务，也是对于压迫者的答复：文学是战斗的！"①

作为伟大的无产阶级文化战士、民族解放的急先锋的鲁迅对文学的战斗本质和战斗作用的这一简练劲峭的概括，近些年来，似乎已经退隐到历史的大幕之后，成为岁月烟尘弥漫的历史峡谷深处锁闭着的渐渐微弱下去的回声了。但是，真理的声音可以在有些时候

---

① 鲁迅：《叶紫作〈丰收〉序》，载《且介亭杂文二集》，人民文学出版社1973 年版，第 5 页。

被人忘却，但却不会在历史的行进途中永远消歇。随着改革开放以来中国当代文学的发展变化，随着人们的文艺生活乃至一般精神生活中的新现象、新问题的发生，随着世界性的纪念反法西斯战争和抗日战争胜利 50 周年的活动的开展，历史的真实图景的记忆在我们民族的善于思索的大脑中再次苏醒，历史对现实的启示作用也再次鲜明起来，似乎日渐麻痹和耽于嬉戏的灵魂也因血写的历史的刺激而紧张起来、警觉起来；在这样的时候，"文学是战斗的！"——这一短促、凝重而且带着迫切的节奏的名言，就像炎夏远天滚动过来的轻雷，在人们心头重又震响了。

作为世界反法西斯战争的重要组成部分的中国抗日战争，是近现代中国人民反帝反封建的漫长战斗历程中的一个最为重要也最为壮丽的阶段。这是中国近现代历史上反抗外国侵略的第一次伟大的胜利。

抗日战争中中国人民为保卫祖国的独立和尊严、争取民族的自由和解放所进行的英勇卓绝的战斗，不能不在中国现代文学史的行程中留下几乎笼罩全般的浓重的投影，形成具有鲜明时代特征的文学史阶段。在这一阶段中诞育、生长、繁茂、开花、结果的抗战文学，构成了现代文学史上用血书写成的特殊的册页。毛泽东曾指出："长期而又广大的抗日战争，是军事、政治、经济、文化各方面犬牙交错的战争，这是战争史上的奇观，中华民族的壮举，惊天动地的伟业。"① 抗战文学作为广义的抗战文化的一个重要分野，以自己的实绩、声势和威力，构成了抗日战争这一奇观中壮丽伟美的一景。它是战血浇灌的劲草、烽火映照的铁花、生命铸成的丰碑。可以毫不夸张地说，这是几千年中国文学史上前所未见的文学奇葩。

在抗日战争正在进行的当年，在抗战胜利后的漫长的 50 年间，都产生过种种低估或贬抑抗战文学的历史地位、艺术成就的议论。

---

① 毛泽东：《论持久战》，载《毛泽东选集》第 2 卷，人民出版社 1991 年版，第 474 页。

这些议论中，有的说，抗战文学因其为时代尽了战斗的使命，就不免会流于"差不多"的"抗战八股"，造成了"文学的贫困"；有的说，抗日救亡的时代主题过于高张，就会压倒文学的启蒙作用，造成艺术水准的下降，在一些作家的创作道路上形成思想进步、艺术退步的矛盾趋向等等，不一而足。但是，浮尘扬起终落定，青山轮廓更分明。每当人们想从现代革命文学遗产中汲取爱国主义、英雄主义、集体主义的精神力量时，每当人们因为现实中遇到令人困惑的文学现象和文学问题而试图从历史经验里得到启示的时候，抗战文学的图景以及那些长久葆有艺术生命力的抗战文学名篇，就又会自然而然地出现在人们的视线之内，成为人民喜闻乐见的选择。文学作品的优劣存汰，是以时代和人民为筛选之具的。桃李无言，下自成蹊，这个成语所描绘的情景，在文学史研究乃至人民的文学生活、精神生活中，都是到处可见的。

情况正如诗人戴望舒在敌人狱中所写的预言一样：

> 这些好东西都决不会消失，
> 因为一切好东西都永远存在，
> 它们只是像冰一样凝结，
> 而有一天会像花一样重开。①

二

为了认识抗战文学的历史地位，本来应该对抗战文学的遗产作一番如数家珍般的巡礼。但这里却不可能也不必要这样做。这是因为，出版较早、虽然带着种种缺点但观点却比较正确可靠、取材比

---

① 戴望舒：《偶成》，载《戴望舒选集》，人民文学出版社 2002 年版，第 123 页。

较翔实谨严的若干现代文学史著作，如王瑶的《中国新文学史稿》、唐弢、严家炎主编的《中国现代文学史》等，已经对抗战文学有了粗具梗概、不失大体的评述；一些史有定评的抗战文学名家与名作读者也较熟知。在这种情况下，我想仅从抗战诗歌的若干情形，来考察一下抗战文学在发挥其战斗作用时取得的成就及其根本精神，也就可以了。

1941 年，艾青在估量抗战诗歌的成就时说过："有人说，抗战以来的中国文学，以新诗的收获为最大。我想，这话并不是过甚的夸张。假如我们对抗战以来的中国文学的各部门，不单是从量上去考察，而是从质上或是从他们所发射出来的精神的强度上去考察，这话是并不难证实的。"① 为了证实这样一个估量，1942 年，艾青还编选了一本抗战四年半中国新诗选《朴素的歌》，收录了四十多位诗人的作品。在这本诗集的序言中，艾青进一步明确指出："抗战以来，中国的新诗，由于培植它的土壤的肥沃，由于人民生活的艰苦与复杂，由于诗人的战斗经验的艰苦与复杂，和他们向生活突进的勇敢，无论内容和形式，都多少倍地比过去任何时期更充实更丰富了。"② 我以为，这位亲身参与抗战文学史的创造的当事人的观感和判断，是研究了大量诗人和诗作才做出的，应该说是可信的。

抗日战争催生、培育了一个中国新诗史上阵容最强、最有生气、具有各种各样艺术个性的诗人群。站在这个诗人群最前列的，是伟大的现代革命诗人艾青。艾青虽然在抗战前就开始了写诗生涯，但他的第一首诗《会合》，就是在巴黎参加反帝大同盟的一个集会的记录。当时他还醉心于学画，九一八事变爆发后的一天，艾青在巴黎近郊写生。一个喝醉了的法国人走过来，向他大声嚷嚷："中国人！国家快亡了，你还在这儿画画！"这句话好像在他脸上打了一个耳

---

① 艾青：《抗战以来的中国新诗》，载艾青著：《艾青论创作》，上海文艺出版社 1985 年版，第 103 页。

② 艾青：《抗战以来的中国新诗》，载艾青著：《艾青论创作》，上海文艺出版社 1985 年版，第 104 页。

光，这件事对他投袂奋起、弃画就诗是一个大的刺激和推动。艾青最重要的诗作，如长诗《向太阳》《吹号者》《他死在第二次》《火把》，诗集《北方》和《旷野》里的抒情短诗，都是当时传诵遐迩的抗战诗歌名篇。可以说，艾青在中国现代诗史上的重要地位，主要的就是由他这些燃烧着爱祖国、爱人民的时代感情，写得开阔深沉、朴素优美，充满新颖的形象和清新的语感的抗战诗歌奠定的。从实绩、影响和理论建树等多方面综合估量，称艾青为抗战诗坛的主将是恰如其分的。单从抗日战争为中国造就了一位有世界影响的伟大诗人而论，中国抗战诗歌在世界反法西斯文学中的地位也就不容小觑了。

抗日战争所造就的另一位应时而生的杰出诗人是田间。抗战一开始，田间就以他收在《给战斗者》《她也要杀人》等诗集中的短促、有力、果决的诗句，震动了战斗者的心。非常有意思的是，冲破诗坛上唯美风气的积习，给田间的诗作以正确公允的评价，热情地称之为"时代的鼓手"的人，恰恰是一度耽于唯美主义追求、曾列身于"新月诗派"的闻一多。应该说，田间的抗战诗歌里包含着的概括时代典型情绪的价值，是诗评家闻一多和青年诗人田间共同创造的。这里，时代的战斗要求对诗神的召唤和制驭作用，是非常显著的。

由抗日战争的持久性而带来的战线的移动和变迁，在中国造成了解放区、国统区（大后方）和沦陷区三种不同区域。在这三种不同的区域里，都形成了各具特色的抗战诗人群。在解放区的诗人中，有陈辉、魏巍、鲁藜、曼晴、蔡其矫、李季、阮章竞、张志民等；在国统区，集合在胡风主编的"七月诗丛"中的，是一支活跃的、富有战斗精神的年青的诗人支队，其成员有绿原、冀汸、孙钿、庄涌、亦门（S. M.）等。在昆明，西南联大的一群研习英国现代诗的学生，如杜运燮、王佐良、穆旦、郑敏等，也开始了将深沉凝重的爱国情愫与西方现代派诗潮的现代敏感和奇特意象熔为一炉的歌唱，这其中生长出杰出的青年诗人穆旦。他的《合唱》《赞美》《旗》等诗作，以沉雄峭硬的诗句，赞美我们这个民族的崛起和新生。"一个民族已经起来"，这是诗人庄严的宣告。

在整个抗战期间，不倦地为民族解放歌唱的诗人中，收获较大、留下影响的诗人还有力扬、任远、高兰、徐迟、柯仲平、萧三、袁水拍、严辰、邹荻帆、吕剑、公木、王亚平、柳倩、贾芝、曾卓、牛汉、苏金伞、袁勃、鲁煤、方敬、方殷、沙鸥、杜若、王礼锡、李素石……单单从这个远不完备的名单，也就可以证实艾青的判断："这是继'五四'以后又一个中国新诗空前发展的时期。我国当代的许多著名诗人，大多是从伟大的民族解放战争时代涌现出来的。他们和人民一起思考，一起走上前线。他们的命运和整个民族的命运联系在一起。"①

抗日战争除了在造就一代新诗人方面起了催生婆的作用之外，在改变抗战前即已成名的诗人的诗风，吹送他们转向创作的新阶段方面，更是有如载舟导向的潮、吹帆疾进的风。臧克家、何其芳、卞之琳、曹葆华、冯至、柯仲平、杨骚、蒲风等著名诗人，都在抗战期间不同程度地转变了诗风，以适应新的战斗的时代的需要。这些诗人在抗战期间的诗作，如臧克家的《从军行》《黎明鸟》《泥土的歌》《古树的花朵》等诗集；何其芳的《成都，让我摇醒你吧》《夜歌和白天的歌》《一个泥水匠的故事》等诗作；卞之琳的《慰劳信集》；曹葆华的《抒情十章》；杨骚的《福建三唱》；冯至的《十四行集》；柯仲平的长篇叙事诗《边区自卫军》和《平汉铁路工人破坏大队的产生》；力扬的《我底竖琴》中的短诗及长诗《射虎者及其家族》，等等，都是他们诗的生涯中标示新阶段实绩的力作，也是中国新诗史上的优秀诗篇。戴望舒在抗战后期所写的《狱中题壁》《我用残损的手掌》《等待》《偶成》等诗作则几乎构成了这位"具有很高的语言的魅力"② 的天才诗人创作的一个高峰，而这些诗也成了中国

---

① 艾青：《中国新诗六十年》，载艾青著：《艾青论创作》，上海文艺出版社1985年版，第166页。

② 艾青：《望舒的诗》，载艾青著：《艾青论创作》，上海文艺出版社1985年版，第151页。

新诗中真正的瑰宝，永远闪射着爱国主义精神的高贵的光彩，永远会引起后来的吟诵者心弦的颤动。

艾青指出："有些诗人，他们几乎和抗战的发动同时，一面撇开了艺术至上主义的观念，撇开了人生的哲学说教，撇开了日常苦恼的缕述，撇开了对于静止的自然的幸福的凝视；一面就非常迅速地（当然，在他们的内心的奋斗过程里不会是太简单的）把自己投进新的生活的洪流里去，以人群的悲苦为悲苦，以人群的欢乐为欢乐，使自己的诗的艺术，为受难的不屈的人民而服役。"[1] 上述诗人创作的发展，不同程度上体现着这个思想进步的行程。

值得特别提出的是，以歌词创作独树一帜的诗人光未然，写下了《五月的鲜花》《黄河大合唱》等著名歌词。这些歌词激发了作曲家的灵感，成了伟大乐曲产生的触媒；同时它们也插上乐曲的翅膀飞入稠人广众之中，汇入时代的最强音，成为中国诗史上传唱最广的诗章。田汉写的《义勇军进行曲》的歌词也是如此；这首抗战短诗已成为我们国歌不可移易的血肉，将千秋万代传唱下去。

不久前，光未然在回顾自己的诗的生涯时对记者说："诗应该为战斗生活歌唱。"[2] 这是他们那个时代诗人的箴言，值得后人永远铭记。

三

一斑可窥全豹。从抗战诗歌的实绩和历史地位，我们可以窥见

---

[1] 艾青：《抗战以来的中国新诗》，载艾青著：《艾青论创作》，上海文艺出版社 1985 年版，第 115—116 页。

[2] 参见《北京晚报》1995 年 8 月 15 日。

抗日文学全面勃兴的面貌，也可从中领悟到，对文学的战斗精神的弘扬与强调，既不会压制思想启蒙，也不会必然地使艺术水准下降，相反地，它却必然会振奋起进步作家自觉运用文学这一精神武器服务于抗战的热忱，震醒那些生在战斗的时代却想脱离战斗而独立的个人主义者的幻梦，造成文学发展上的新的时期。

把战斗视为文学的本质特征之一，这是运用唯物史观观察人类文学艺术活动的结果。郭沫若在抗战中便指出："人类的文学艺术活动，在它的本质上，便是一种战斗；对于横暴的战斗，对于破坏的战斗，对于一切无秩序、无道理、无人性的黑暗势力的战斗。因此在进行着反侵略性的保护战的国家中，即在战争期间，必然有一个文学艺术活动的高潮。"① 郁达夫也认为，和平并不是产生艺术的绝对必须条件，"为正义、人道、真理、文化而斗争的牺牲坚忍，这斗争本身，就是一种艺术。斗争者倘有余暇，在斗争之中，或斗争的前后，创造出来的艺术，终是与行动一致的伟大的艺术。……只就目前中国自抗战以后所产生的一切艺术来说，浑成圆熟、典丽乔皇的形式美，或者要差一点，但只仅仅两年之间，我们所产生出来的斗争艺术的内容和气概，却早比前十年表面上似乎是和平时代所产生的艺术，也进步也伟大得多了"②。

只有对文学的战斗本质作这种根本的、广阔的理解，才能把握住促使文学健康、发展、繁荣的关键，从而对抗战文学的历史地位和根本精神作出正确的、恢宏的评价。在这一点上，郁达夫抗战期间在南洋开展的文艺理论批评活动是特别值得称道的。当时，郁达夫远离国内文艺思想斗争的漩涡中心，但他凭借自己敏锐而准确的理论识别力，对国内产生的种种背离文学的战斗宗旨的错误言论，都及时地作出了反应，提出了自己高度原则而又通达圆融的批评

---

① 郭沫若：《中国战时的文学与艺术》，载郭沫若著：《郭沫若论创作》，上海文艺出版社 1983 年版，第 727 页。

② 郁达夫：《战后敌我的文艺比较》，载郁达夫著：《郁达夫文论集》，浙江文艺出版社 1985 年版，第 815 页。

意见。

例如，当有的论者以"反雷同化"，"反差不多"为借口，嘲笑贬抑刚刚兴起的抗战文学共同的鲜明倾向性时，郁达夫一则指出："以战事为题材，作强有力的宣传文学，所谓'差不多'的现象当然是不能避免，并且也不必避免。一样的在'差不多'之中，也有杰作与劣作之分，如同是女人，而有妍丑的一样。"① 他举报道战地及后方的实况的报告文学为例说："只教笔致能生动些，内容能充实些，观察能透彻些，就是很好的宣传文学了，其中有些，也一定会传下去，成这一时代的代表作品无疑。"② 二则指出："在这时期，只有抗战是我们全民族唯一的任务，差不多也好，差得多也好，只教与抗战有裨益的作品文字，多多益善。不问大文章小品，八股七股，只教是与抗战有益的东西，在这时候，都可以成立，都可算作广义的文艺。"③ 这种从文学的战斗特性和现实使命出发的观察文艺问题的观点，比那些钻在纯文学的茧子里不思动弹的时代落伍者或耍着为艺术而艺术的虚伪花招的文坛术士们的狭隘而固执的见解，不知要宽阔、通达多少倍。

为抗战文学中存在的受时代、环境、风尚制约的某种"差不多"现象辩护，并不是默许和纵容文学创作中的公式化、雷同化。郁达夫在编辑工作实践中提出："我并不反对'差不多'，但我却想要求同一主题的多样化。"④ 他要求作者"下死功夫，与用全心力"⑤ 来

---

① 郁达夫：《战时的文艺作家》，载郁达夫著：《郁达夫文论集》，浙江文艺出版社 1985 年版，第 742 页。

② 郁达夫：《"差不多"也好》，载郁达夫著：《郁达夫文论集》，浙江文艺出版社 1985 年版，第 737 页。

③ 郁达夫：《抗战以来中国文艺的动态》，载郁达夫著：《郁达夫文论集》，浙江文艺出版社 1985 年版，第 753 页。

④ 郁达夫：《看稿的结果》，载郁达夫著：《郁达夫文论集》，浙江文艺出版社1985 年版，第 783 页。

⑤ 郁达夫：《看稿的结果》，载郁达夫著：《郁达夫文论集》，浙江文艺出版社1985 年版，第 783 页。

实现艺术表现手法的多样化。

又比如，对于国内批评"抗战八股"的议论，郁达夫也有高人一筹的见地。他指出："关于抗战文艺的公式化，一般人都在表示不满，名之曰抗战八股。固定形式化，就是硬壳化的这一个弊病，不但是抗战文艺中会有，就是其他的文艺，以及一切事情上，都可以有的。譬如宋时的道学，本是修身，齐家，治国，平天下的哲理，若能身体力行，于人于国，都是有裨益的，可是衍之末流，就成了伪道学，这就变成了只有躯壳而没有灵魂的假把戏了。社会风尚、礼教、习俗之类，大抵也都是如此。"① 因此他提出："抗战文艺的须多样化，写实的须彻底，所见的人物事物须具体化等，都是救这抗战八股的药石，问题只在作者的率真与否的一点。"② 也因此他得出结论："我以为抗战八股，也未可厚非；这不过是一时的现象，等作者们成熟之后，观察深刻，视界扩大，具象化的能力（艺术手法）增强了的时候，这作风当然会得改变过来的。"③ 这是既保护抗战文艺的战斗品格又着力提升抗战文艺的艺术素质的结论。

当大后方文艺界出现"与抗战无关"论的时候，郁达夫马上敏锐地把这种论调与"差不多"论、"抗战八股"论联系起来，当作同一思潮的不同表现。他指出："最近在国内，就有了一种反对抗战八股的呼声。有一位教授，并且还造出了一个新异的名词，把文艺分作了与抗战有关与无关的两大类。意思大约总也是在对抗战八股怀有不满，想以非八股的文字来调剂一下单调。"④ 在这样客气平和地

① 郁达夫：《略谈抗战八股》，载郁达夫著：《郁达夫文论集》，浙江文艺出版社 1985 年版，第 811 页。

② 郁达夫：《略谈抗战八股》，载郁达夫著：《郁达夫文论集》，浙江文艺出版社 1985 年版，第 811—812 页。

③ 郁达夫：《略谈抗战八股》，载郁达夫著：《郁达夫文论集》，浙江文艺出版社 1985 年版，第 812 页。

④ 郁达夫：《关于抗战八股的问题》，载郁达夫著：《郁达夫文论集》，浙江文艺出版社 1985 年版，第 817—818 页。

指出"与抗战无关"的文学论的意图之后，郁达夫立即严正地从侧面入手，剖析了论者这种意图的虚妄："抗战文艺的有'差不多'的倾向，是天公地道，万不得已的事情。除非你是汉奸，或是侵略者的帮凶，那就难说。否则，抗战文艺就决不会有鼓吹不抵抗，或主张投降议和，或劝人去吸鸦片，调妇女的内容。文艺倾向的一致，文艺作品内在意识的明确而不游移，并不是文艺的坏处，反而是文艺健全性的证明。所以，对于抗战文艺的有'差不多'的倾向，我非但不悲观，并且还很乐观……我们应该知道，就是在八股文里面，也有八股文的杰作在那里，像俞曲园的八股文一样，有偏锋式的，有翻案式的种种。"①

　　根据这一分析，郁达夫主张从充实抗战文艺的内容入手，来克服创作上公式化的毛病。他认为："必须有充实的生活，与泼剌的生命的作者，才能赋予文艺以丰富的内容。"② 而生命，在郁达夫分析起来，并不是生理意义上的概念，也不是一个玄虚空洞的名词，而是要使生命有意义化，使之与或是时代，或是种族，或是广义文化上的价值发生关联，这样的生命和在这样有意义的生命驱动下求得的充实的生活，才是构成文学内容的要素。在抗战时期，具体独特的生命价值与生活意义，恰恰存在于与抗战发生的关联中。当郁达夫循此逻辑指出"抗战文艺的内容，也就是我们在这一时代里的对抗战上有意义与有价值的生活"③ 时，实际上就是指出与抗战有关，这是抗战文艺的命脉所在；加深和扩大这种关联，是抗战文艺克服公式化、八股化的必由之径。如果标举"与抗战无关"的文艺以期克服"差不多""抗战八股"，岂不是南辕北辙，实践起来，怕是要

---

　　① 郁达夫：《关于抗战八股的问题》，载郁达夫著：《郁达夫文论集》，浙江文艺出版社 1985 年版，第 818 页。

　　② 郁达夫：《关于抗战八股的问题》，载郁达夫著：《郁达夫文论集》，浙江文艺出版社 1985 年版，第 818 页。

　　③ 郁达夫：《关于抗战八股的问题》，载郁达夫著：《郁达夫文论集》，浙江文艺出版社 1985 年版，第 819 页。

滑到消极抗战乃至不抗战的路上去。

郁达夫是我国现代文学史上屈指可数的大作家，他的文艺思想，因受鲁迅影响，颇多马克思主义的成分。他在东南亚的文艺理论活动，历来研究和评述得不太充分，这是实在愧对这位用生命殉了抗战的先烈的。郁达夫是在一个特殊的地方，以特殊的方式，保卫着、阐扬着抗战文艺的战斗灵魂。

四

中国抗战文艺是世界反法西斯文学的重要的、有自己特殊贡献的组成部分。这种特殊贡献表现在两个方面：第一，由于中国抗日战争实际上是世界反法西斯战争的先导，占世界人口五分之一的中国人民首先起来，为冲破世界法西斯链条的东方环节而进行殊死战斗。因此，中国的抗战文艺也就成了世界反法西斯文学的前奏。又由于中国抗日战争历时八年之久，波及地域之广，人民牺牲之巨，因此中国抗战文艺作为一个文学阶段历时之长，地域特色之繁多与显著，展开的文学画面之惨烈悲壮，实为世所罕见。第二，出于中国抗日战争实际上是以中国共产党提出的抗日民族统一战线为指导的包括国共两党、各民主党派和爱国人士在内、团结全国各族人民所进行的民族解放战争，指导这场战争的毛泽东思想在抗战过程中已达到了成熟的程度。因此，作为毛泽东思想的组成部分的毛泽东文艺思想在抗日战争中也达到了成熟的程度。在抗日战争中产生的毛泽东《在延安文艺座谈会上的讲话》（以下简称《讲话》），实际上就是有中国特色的马克思主义文艺理论体系的一个系统而严整的理论表述。这一理论表述使中国抗战文艺在世界反法西斯文艺中显得特别具有思想内涵和智慧风貌。

关于文学的战斗本质与战斗作用的思想及其在抗日战争中应包含的现实内容的阐述，实际上构成了毛泽东《在延安文艺座谈会上的讲话》的理论框架。

毛泽东首先从一般革命文化的战斗性入手来分析革命文艺的战斗品性。他先是指出："革命文化，对于人民大众，是革命的有力武器。革命文化，在革命前，是革命的思想准备；在革命中，是革命总战线中的一条必要和重要的战线。"（毛泽东：《在延安文艺座谈会上的讲话》）然后指出："要使文艺很好地成为整个革命机器的一个组成部分，作为团结人民、教育人民、打击敌人、消灭敌人的有力的武器，帮助人民同心同德地和敌人作斗争。"（毛泽东：《在延安文艺座谈会上的讲话》）这实际上是确定了文学的战斗本质和战斗作用，并以此作为时代对文学的最高要求："求得革命文艺对其他革命工作的更好的协助，借以打倒我们民族的敌人，完成民族解放的任务。"（毛泽东：《在延安文艺座谈会上的讲话》）

在抗日战争期间，毛泽东观赏和评论文艺作品，总是着眼于其战斗性的有无、强弱。在评论何香凝的画时，他指出："先生的画，充满斗争之意，我虽不知画，也觉得好。今日之事，惟有斗争乃能胜利。"[1] 在评论萧三诗作时，毛泽东又说："大作看了，感觉在战斗，现在需要战斗的作品，现在的生活也全部是战斗，盼望你更多作些。"[2] 在评论郭沫若抗战期间所写的充满战斗精神和历史教训的剧作、史论时，毛泽东说："你的史论、史剧有大益于中国人民，只嫌其少，不嫌其多，精神决不会白费的，希望继续努力。"[3] 这些例子，都说明毛泽东对文艺的战斗精神的看重和强调。

---

[1]　毛泽东：《致何香凝》（1937 年 6 月 25 日），载《毛泽东论文艺》，人民文学出版社 1958 年版，第 125 页。

[2]　毛泽东：《致萧三》（1939 年 6 月 17 日），载《毛泽东论文艺》，人民文学出版社 1958 年版，第 128 页。

[3]　毛泽东：《致郭沫若》（1944 年 11 月 21 日），载《毛泽东论文艺》，人民文学出版社 1958 年版，第 150 页。

要战斗就一定有倾向。因此，毛泽东在《讲话》中就着重讲了文艺工作者的立场问题，要求革命作家"站在无产阶级的和人民大众的立场"。又讲了态度问题，即作家"对于各种具体事物所采取的具体态度"，如歌颂与暴露问题。

要战斗就有一个到人民中去汲取力量源泉的问题，由此就产生了《讲话》所要解决的中心问题："一个为群众的问题和一个如何为群众的问题。"于是也就产生了文艺工作者与新的群众时代相结合的问题。

最后，文学的战斗性还有一个采取恰当的民族形式表现出来的问题，从这里也就产生了文学的民族性问题。作家创造中国人民喜闻乐见的民族形式的任务也提出来了。

对文学的战斗性问题作这样系统的、彻底的马克思主义的理论阐述，这是中国无产阶级革命文学发展到抗日战争阶段自然而然地产生的一个理论成果。

1936 年，正当抗日战争爆发的前夕，鲁迅写了《论现在我们的运动》这一名文，指出："现在中国最大的问题，人人所共的问题，是民族生存的问题。……而中国的唯一的出路，是全国一致对日的民族革命战争。"[①] 为了适应这种时代转折，鲁迅提出了"民族革命战争的大众文学"的口号，认为在第二次国内革命战争时期诞生和发展起来的无产阶级革命文学，已经进入了民族革命战争的大众文学这个新的发展阶段。鲁迅认为，在这个新的阶段上，"决非停止了历来的反对法西（斯）主义、反对一切反动者的血的斗争，而是将这斗争更深入、更扩大、更实际、更细微曲折，将斗争具体化到抗日反汉奸的斗争，将一切斗争汇合到抗日反汉奸斗争这总流里去"（毛泽东：《在延安文艺座谈会上的讲话》）。中国抗战文学在鲁迅逝世后的发展情形，几乎与鲁迅这篇文章所指出的道路完全吻合，连

---

① 鲁迅：《论现在我们的运动》，载《且介亭杂文末编》，人民文学出版社1973 年版，第 124 页。

抗战期间发生的"与抗战无关"的文学的提法，也被鲁迅所预见到并提前予以回答了。

鲁迅坚持文学的战斗性的思想，为适应抗日战争即将到来的新形势，进一步加深和扩大了这一思想，同时也把"十年文化围剿"期间未能彻底解决的文艺的大众化与民族化的问题，放到民族革命战争的大众文学这个提法中去，交给新的历史阶段去解决。而这一历史性的文艺理论课题，则是在《讲话》和《讲话》之后革命文艺工作者的实践中得到了解决。

鲁迅关于文学的战斗性的思想在抗战文学的实践中受到了试炼，得到了发展和丰富。他的这一思想的实质是把文学置于无产阶级宇宙观的视野之内，给文学注入现实生活的活力，要求文学接受时代的牵引，从而保证文学有充实的内容、健康的思想、蓬勃的热情和不竭的创造力。1933 年，鲁迅曾荐文批评中国文艺界由聋而哑、日趋空洞颓靡的倾向。他说："因为多年买空卖空的结果，文界就荒凉了，文章的形式虽然比较的整齐起来，但战斗的精神却较前有退无进。文人虽因捐班或互捧，很快的成名，但为了出力的吹，壳子大了，里面反显得更加空洞。于是误认这空虚为寂寞，像煞有介事的说给读者们，其甚者还至于摆出他心的腐烂来，算是一种内面的宝贝。"（鲁迅：《由聋而哑》）鲁迅描述和揭露的这种文坛情状，在抗日战争中，特别是在《讲话》后，得到了很大的改进。文学为社会进步、为人民福祉而战斗的精神健旺起来，这才展开了前述的中国现代文学史上瑰丽的、斑斓的抗战文学图景。

50 年过去了。在纪念抗日战争胜利 50 周年的时候，中国文艺界的现实情况，不能不使人产生一则以喜、一则以忧的复杂的心情。

首先是抗日战争的胜利带来的中国文学的发展令人感到欣慰。1938 年 9 月，印度诗人泰戈尔回复日本诗人野口米次郎的一封信中说："日本无视人道主义，硬把政治的招牌黏贴在他国的领域。""你们在中国大量生产着阴魂，破坏中国的文化，毁灭中国的艺术，……我读你来信，受到遍体的鳞伤。我要警告日本，我认为我的警告是我的义务。"① 这位正直的印度大诗人的愤怒给中国人民留下了深刻的印象，他的警告至今仍未过时。但是，他所指出的日本军国主义者毁灭中国的艺术的图谋并没有能够实现。相反，在抗日战争中，中国的文艺实现了一次真正的、范围广泛的复兴。尔后，中国的社会主义文艺赓续了这一民族文艺复兴，在近50年的历史行程中取得了光辉的成就。抗日战争作为一种抗毒素，它不但排除了敌人的毒焰，也清洗了自己的污浊，为光复旧物、再造神州创造了条件。我们50年来的建设和发展，在某种意义上，也可以说是拜抗战胜利之赐，这自然是人们回顾历史时感到喜悦的。

但是，由于种种复杂的原因，在我们文坛的某些角落，抗战文学的余绪已经微乎其微，鲁迅所说的"战斗的精神却较前有退无进"的现象又发生了。例证之多不胜枚举，这是大家有目共睹的。这不能不让人感到忧虑。在这样的情况下，揽史兴叹，想从抗战文学的历史经验中寻找一点文学的战斗性的端绪，以纠正文坛时弊，振起社会主义文学健旺的战斗精神，收获更丰硕的人民文学的果实，这就是理有当然的了。

（本文以《抗战文学的历史地位与现实启示》为题，原载《求是》杂志1995年第18期）

---

① 转引自李纯青《笔耕五十年》一书。

深沉而广阔地反映时代风貌

——张贤亮论

在当代文坛上，有一批创作力相当活跃的中年作家。他们在 50 年代曾崭露头角，旋即被错划为右派，在充满泥泞和坎坷的人间底层磨炼了二十余年，一直到党的十一届三中全会之后才重新握笔。这个复出的作家群，有如一堆绚烂的出土的珍珠。它们一度从文学的天空失落，深埋在地母的温厚的怀中，得到人民的甘泉的长久浸润，一朝得见天日，稍一接受时代劲风的拂拭，就熠熠生辉，竞吐光华。这些作家的艺术个性、风格可谓殊态异姿，各极其妍，然而细考其生活道路和创作历程，却可以异中见同，寻出某些规律性的东西。

这里所要考察的张贤亮，就是这复出的作家群中引人注目的一位。笔者试图要说明的是：这一作家的精神气质与其小说创作的内在联系；这一作家的创作全貌与他所处的时代的关系及其发展的趋势；这一作家在小说艺术中的美学追求。

伟大而艰难的社会主义时代，育成了张贤亮这一独特的艺术生命；在这一艺术生命的深长的根、苗壮的干、纷披的枝叶中，则可以见出这一时代的风貌，听见它对文学发出的威严的、洪亮的、不容违拗的呼声。

一

张贤亮曾经呼吁评论家要注意研究作家的精神气质。他说:"一个人在青年时期的一小段对他有强烈影响的经历,他神经上受到的某种巨大的震撼,甚至能决定他一生中的心理状态,使他成为某一种特定精神类型的人。……如果这个人恰恰是个作家,那么不管他选择什么题材,他的表现方式、艺术风格、感情基调、语言色彩则会被这种特定的精神气质所支配。"①

大概只有那种一动笔就把自己生命的搏动真诚地注入笔端的作家,才会向评论家和读者发出这种呼吁吧。对于张贤亮这样的作家,的确是可以读其文,想见其为人的。阅世知人都很深的老作家丁玲,在读了《灵与肉》之后,非常诚挚地说:"对于作者,我不认识。但通过这一篇,我以为我和他已经很熟了,看得出作者大约是一个胸襟开阔而又很能体味人情和人生苦乐的人吧。"② 我以为这是对一个作家的难得的褒赏。丁玲的确抓住了张贤亮精神气质的基本特点。当然,要感性地、具体地丰富对这一基本特点的认识,还需要从张贤亮更多的作品中,从他的自述中去探寻材料。

对于张贤亮这一艺术生命的独特气质的铸成来说,1957 年 7 月因在《延河》发表抒情诗《大风歌》而被骤然打成右派一事,是影响深巨的。据作家自述,从 1958 年到 1976 年 18 年中,他经受了两次劳教,一次管制,一次群专,一次关监,在炼狱的毒火中熬炼过来。③

---

① 张贤亮:《满纸荒唐言》,《飞天》1981 年第 3 期。
② 丁玲:《一首爱国主义的赞歌》,《文学报》1981 年 4 月 2 日。
③ 张贤亮:《满纸荒唐言》,《飞天》1981 年第 3 期。

这样严酷的生活经历，对于作家精神气质的影响，是多方面的。

1957 年，当王蒙、刘绍棠等作家已经在文坛上震烁一时的时候，张贤亮不过是一株小小的诗的幼芽。不过这株幼芽已略显出了刚健、雄阔、浑厚的气象，引起了人们的注意。富有戏剧性的是，和张贤亮复出时《宁夏文艺》（现在《朔方》的前身）从 1979 年 1 月份开始，接连以头条的重要位置编发张贤亮的小说一样，当时的《延河》，从 1957 年 1 月份开始，也接连以头条或二条的重要位置编发张贤亮的诗歌。有文学才气的人总是能脱颖而出的。从当时张贤亮发表的《夜》《在收工后唱的歌》《在傍晚唱的歌》《大风歌》等抒情诗中，我们看到了一个"少年哀乐过于人"的青年诗人的形象。他对 50 年代奋发的、开朗的、葱茏的社会主义祖国，怀着炽热的、诚挚的爱；他对生活中庸俗的、世故的、沉滞的一面，作出激烈的反拨；他满怀激情要以战斗的姿态参加一个新的时代的创造。这里也许不免带着一点年轻人的偏激，但那像"严烈的大风"一般的诗魂，却是燃烧着创造的情热，传递了时代的脉搏的。值得注意的是，张贤亮的抒情诗，既表现出他吸取生活印象并把它们提炼为朴素鲜明的诗的画面的能力，形象饱满，观察细腻，一派现实主义的诗风，又蓬勃着如烈火、如雄风、如巨瀑一般的激情，视野开阔，联想自由，充满浪漫主义的精神。如果你细心体察，是可以从这刚一露头即横遭摧折的诗的胚芽中，寻绎出二十多年后突兀地挺立在河套平川上的小说大树的某些素质的。

当然，胚芽毕竟不是大树。二十多年逆境，丰富、充实、发展了张贤亮在他最初的文学尝试中流露出的精神气质。这种精神气质，我以为是多元的而不是纯一的。并且，它是相当充分地表现在张贤亮的小说创作中的。我们当然不能把小说视为作家的自传。但是，在那些写得强烈、写得真诚的小说中，是可以发现作家的性情，甚至窥见作家个人生活中的某些秘密的呢！

如果你在张贤亮创造的艺术世界里作一次漫游，那么，透过他创造出来的活生生的人物，你可以遇见几个不同的张贤亮。他们是隐身而现神的，你会处处感觉到他们的存在。有时候，张贤亮是一个胸襟开阔、思想深沉的哲人，像一枚经霜的红叶那样色素沉着凝定。少年诗人那种思想的锐利还保持着，并且由于生活阅历的磨砺而更具有直入生活堂奥的穿透力了，但那种思索的空泛和逸出理性的激烈却避免了。《四封信》中那个身在缧绁之中的老干部对人对己的重新省察而获得的新的觉悟，《霜重色愈浓》中那个在宁静的田野上严肃地思考着他应该怎样第二次起步的周原对怀疑与恐惧的生活态度的否定，《灵与肉》中的许灵均对自己一生走过来的艰难曲折的生活道路的回顾和他面对出国问题作出的毅然抉择，甚至《土牢情话》中那个自称为苟活者的石在发自内心的祈祷和忏悔，都反映着作家自身对生活的深邃的思考。这些带着中共十一届三中全会之后普遍对历史进行回视的时代特征的沉思者的形象，多少都带有了一些张贤亮的气质。但是，有的时候，张贤亮又是一个愤激的、悲怆的孤独者，他蓄积了太多的血泪，目睹了太多的惨痛，在严峻的生活真实面前，他决不会望而却步。在他的作品中，不时地会听到悲怆的、惨伤的长啸。《土牢情话》中那群在死神阴影笼罩下暴露了"残存的原始兽性"的囚徒们中间，就有张贤亮自己的身影；《灵与肉》中许灵均像初生的耶稣一样睡在木头马槽里抱着长长的、瘦骨嶙峋的马头痛哭失声的情景，也融合着张贤亮在最孤独的时刻的心境；甚至《邢老汉和狗的故事》中那位文化教养和张贤亮迥异的邢老汉，他的被描写得使读者灵魂发生痛苦的战栗的精神上的孤独感，我总觉得和《满纸荒唐言》中那个在土坯房中块然独坐，形影相吊，于荒村鸡鸣之际燃亮孤灯披衣而起凝视幻觉中的"洛神"的张贤亮自画像，在精神上是相通的。张贤亮并不讳言他"心灵的深处总有一个孤独感的内核"。对他在《土牢情话》和《男人的风格》中一再提到的"人，经过炼狱和没有经过炼狱的大不一样，从炼狱中生还的人总带有鬼魂的影子……"这样一种感慨，我们也不能轻易放过。不懂得张贤亮精神气质中这份浓郁的悲剧色彩，你就不能理解丁玲为什么要说张贤亮"很能体味人情和人生苦乐"，并对电影《牧马人》删去许灵均抱着马头痛哭这一场面表示不满；你也就不可能体味张贤亮那种感情宣泄的力度，这种力度有时让你甚至觉得张贤亮简直就是一团强烈的感情！胸次阔大和哀乐过人，在张贤亮身上是统一的。

更值得注意的是，张贤亮虽然长期处于逆境，复出后他的文学活动的天地一开始也仅限于宁夏边陲这一弹丸之地，但他却具有全面研究社会的经济、政治、文化状况并促进社会改革的宏伟之志。在《龙种》《河的子孙》《男人的风格》等作品中，他表现出鲜明的历史感和推动历史潮流前进的热情与胆识。龙种、魏天贵、陈抱帖这三个男子汉的强悍、精猛、峻烈的性格中，可以说也灌注了张贤亮本人那种勇于在历史长河中流击水的弄潮儿的豪迈气质。这种豪迈气质结合着作家从生活的底层汲取的酸甜苦辣毕备的人生经验，就铸成了他的小说中特有的雄健的、严峻的、深沉的美感。早在写《大风歌》的青年时代，张贤亮就以一种率直的年轻人的激烈和自信宣称："我要做诗人，我不把自己在一个伟大的时代里的感受去感染别人，不以我胸中的火焰去点燃下代的火炬，这是一种罪恶，同时，我有信心，我有可能，况且我已经自觉地挑起了这个担子……"① 这些话，当时是被斥为狂妄的，然而却表现了张贤亮在人生、在文学上积极进取的宏大抱负。张贤亮当时万万没有想到，他要具备真正实现自己的文学抱负的条件，必须走过一段如阿·托尔斯泰所说的那种在盐水、碱水、血水里各浸泡三次的苦难的历程。他被扔进了严酷的生活磨盘。二十多年中，他被挤压掉了那么多生命的汁水，也磨出了一副强韧的筋骨。他在生活的底层，阅读了大量马克思主义的著作，思考着现实生活提出的政治、经济问题，甚至一度有志于从事政治经济学的研究。他诚恳地说：多年的磨难，使他"从一个具有朦胧的资产阶级人道主义和民主主义思想的小知识分子，变

---

① 张贤亮：《给〈延河〉编辑部的信》(1957年4月7日)，《延河》1957年第8期。

成了一个信仰马克思主义的人"①。青年时代那种作伟大时代的代言人的宏伟却多少有些空疏的文学抱负，经过长期生活于劳动人民中间获得的丰富的生活经验的充实，经过马克思主义世界观的升华，就变成积淀在张贤亮精神气质中的深沉而广阔地反映时代风貌的文学魄力了。当张贤亮盼来了新的历史转换期的时候，他那沉睡着的强悍的文学创造力苏醒了。他的社会理想和美感，他的生活知识和激情，他对人生的哲学沉思，对时代变动的敏感，都是牢牢地与生活经历中坚实具体的形与器结合着的，都是被马克思主义这盏思想的明灯照耀着的。他的创作，从《四封信》开始，一发而不可收，一下子就牵动了全国文坛的视听。丁玲为之感慨，推测说："一个初学写作的人，是不大可能达到这一步的，大概是经过生活的熬炼和写作上的刻苦用功的。"② 诚哉斯言！张贤亮的创作之所以显得比较成熟，底气足，后劲大，这和他在独特的生活道路中所逐渐地、自然而然地进行的比较充分的创作准备是有直接关系的。他不是那种光凭直感、赤手空拳闯到文坛上来的作家，而是经过一番认真的披挂才走上文学之路的作家。他既真诚地在创作中向读者袒露自己的精神气质，又冷静地意识到自己精神气质中的弱点，时时根据时代与人民的需要加以调节。他的感情丰富、强烈，他的理智也明晰、发达。长期逆境中形成的他精神气质中的孤独感和悲怆的情调，并没有使他滑入固守自我、遗世独立、发泄牢骚的狭隘欹侧的一途。相反，在党的教育和马克思主义世界观指引下，他发扬着自己精神气质中恢宏阔大的一面，走向人民，拥抱时代，自觉地使自己的文学创作与社会前进的步伐协调起来。

---

① 张贤亮：《"人是靠头脑，也就是靠思想站着的……"》，《人民文学》1982年第 6 期。

② 丁玲：《一首爱国主义的赞歌》，《文学报》1981 年 4 月 2 日。

二

列宁在评价托尔斯泰的时候提出："如果我们看到的是一位真正伟大的艺术家，那么他就一定会在自己的作品中至少反映出革命的某些本质的方面。"① 列宁在这里提出的对真正伟大的艺术家进行评价的马克思主义原则，其实也就是对无产阶级革命时代一切有志气、有出息的革命作家的一个根本要求。在我们考察、掂量任何一位在人民中多少有些影响的革命作家的全部创作的成就、分量的时候，任何抽象的真伪、善恶、美丑的标准或者"人类的良心""社会的正义""人性的复归"等含混的语言都是无力的；只有坚持历史唯物主义，对作家的创作与他所处的时代之间的相互联系进行具体的研究，只有对作家在创作中以多大的艺术力量，提出了多少困扰、激动、焦灼着他的时代的根本问题进行综合的分析，才是获得科学结论的可靠途径。对张贤亮的创作的成就以及弱点，自然也应该这样去评价。

张贤亮重新"出山"之后的创作，以中篇小说《龙种》的问世为界，大体上可以分为两个阶段。两个阶段的创作，以相当殊异的风貌，反映了十年动乱后开始的新时期社会生活的发展。这一历史的转换期的时代风貌，它的一些重大的、牵动亿万人民情绪的政治、经济课题，它的发展的深刻性和急剧性，可以说都比较清晰地反射在张贤亮的创作中了。

第一阶段的创作，包括短篇小说《四封信》《四十三次快车》

---

① 列宁：《列夫·托尔斯泰是俄国革命的镜子》，载《列宁论文学与艺术》第1卷，人民文学出版社 1960 年版，第 281 页。

《霜重色愈浓》《吉普赛人》《邢老汉和狗的故事》《灵与肉》和中篇小说《土牢情话》。这些作品，从题材上看，是对十年动乱以及前此更早一段历史（主要是 1957 年后）的回视；而从主题上看，却是对具有重大历史意义的党的十一届三中全会提出的路线发出内心的真诚的呼应。张贤亮自己不止一次地说：党的十一届三中全会，为他的上述作品提供了"底色"，是他的上述作品"共同的主题"①。把握这一点，对于研究张贤亮的创作与他所处的时代的关系，是至为关键的。

党的十一届三中全会确定的实事求是、解放思想的路线，党领导的实践是检验真理的唯一标准的讨论，为张贤亮提供了回视历史、总结经验的思想武器。实事求是的精神，使作家在从自己的痛苦经历、祖国和人民走过的曲折道路中取材的时候，获得了智慧和勇气。在现实中裸露着的"实事"面前，在严峻的生活真实面前，作家有了直面它、反映它，毫不隐讳、奋笔直书的勇气；同时，作家努力站在党性的立场上，在马克思列宁主义、毛泽东思想指引下去"求是"，在对题材的深入开掘中去探索、发现真理，这就有了创造艺术真实的智慧。当然，并不是说作家的每一篇创作都毫无偏侧、分寸恰当，而是说，在总的思想方向上，作家在这一阶段的创作中，是和党在这一期间进行的严肃、郑重的拨乱反正、总结历史经验的活动取同一步伐的。《四封信》中那个在对人的认识上获得了初步的觉醒的老干部，《霜重色愈浓》中那个曾经盲目而无情地把老同学周原打成右派的校长阚星文在新时期的悔悟，还有《土牢情话》中那个"苟活者"石在浸透了血泪的"自述"中向人民这个上帝发出的呼吁，不都涵蕴着实事求是这一朴素的真理的光辉吗？就是凝结在"吉普赛人"（《吉普赛人》）、女乞丐（《邢老汉和狗的故事》）和许灵均的不幸遭遇中的、使作家感同身受、不吐不快的反动血统论造成的社会问题，也是在实事求是的思想路线鼓舞下才得到如此沉痛、

---

① 张贤亮：《满纸荒唐言》，《飞天》1981 年第 3 期。

真实的艺术表现的。最能代表张贤亮这种以实事求是为灵魂的现实主义创作的深度和力度的，我以为首推《邢老汉和狗的故事》与《土牢情话》两篇。

《邢老汉和狗的故事》中的邢老汉，是出现在极左路线所造成的农村凋敝的社会背景上的一个朴讷勤劳的农民形象。他的善良愿望，是以问心无愧的劳动，去追求幸福美好的生活。社会主义制度的建立，曾经一度使他的生活充满了希望。但是，十年动乱中，他遭到一连串沉重的打击，陷入了孤苦的处境。作家把邢老汉精神上的痛苦和孤独，描写到令人战栗的程度。这种痛苦和孤独，因他一度获得过的虽然酸楚然而却充满温暖的家庭生活的反衬而更显浓重，因同情、爱护邢老汉的社会力量（队长魏天贵及乡亲们）竟然无力改变邢老汉的命运，甚至无力为他留下最后的生活伙伴与精神慰藉而倍加使人痛心。当我读到邢老汉"垂着头站在狗的尸体旁边，全身颤抖地嚎啕大哭"时，心里真是像压上磨盘一样沉重。我体味着邢老汉的痛苦和孤独，思索着这痛苦和孤独中包含着的特定的历史时代的苦难。这苦难里，既有社会主义生产关系中尚待革除的存在于某些环节上的弊病造成了农村生产力的萎缩这样带根本性的经济问题，也有反动的血统论造成的对出身不好、善良无告的人们的精神压力和社会歧视这样带普遍性的社会问题，还有接连不断的"运动"造成的对农民的伤害这样有着极大尖锐性的政治问题。在邢老汉的命运中，沉痛有力地汇集了所有这些严峻的问题，正如有的评论者指出的，此篇可以"看作是极左路线下部分农民精神生活的痛史"[①]。同样弥漫着浓郁的悲剧意味的中篇小说《土牢情话》，描写一个质朴、纯洁的农村少女被不幸地卷入了政治漩涡，遭到玷辱的悲惨故事。这样似乎有点陈旧的题材，作家却作了极不平常的艺术处理。他把笔力集中在石在这个被极左路线抛进非人境地的知识分子对自

---

① 沐阳：《在严峻的生活面前——读张贤亮的小说之后》，《文艺报》1980 年第 11 期。沐阳，即谢永旺。

己卑怯的灵魂的剖析上。极左路线在社会上形成的巨大的精神压力，不仅表现在它曾毁灭、压垮了许多宁折不弯的正直的忠魂，而且更惊心动魄地表现在：它使石在这样一个不失血性、常常对面临的横逆产生愤激的、反抗的暴烈冲动的正直知识分子，也终于屈服于那种被整个社会、也被他自己信奉的极左的观念，在这种观念面前自我萎缩下去，卑怯地出卖了曾那样挚爱着他，力图帮助他摆脱囚徒的困境的农村少女。作家以罕见的艺术真实，有力地写出了导致石在的背叛的那种"思想和心理状态的必然性"。恰恰是这种"思想和心理状态的必然性"，具有丰富的特定时代的特征，能引发人们的深深思索。此篇把那个混乱年月里的美和善良，凝集在乔安萍身上，而对于环绕着乔安萍的普通农工们之中的健康的、正直的力量缺乏更积极的表现，因而整个故事，显得过于沉重和压抑。哀婉的爱被毁灭的悲歌，掩盖了小说更深处埋藏着的严肃的社会主题，这大概是有的评论者觉得它"境界狭小，离生活太'近'了一些"① 的原因吧。是的，在生活的某一点上穿掘下去，一直穿掘到很深的地方的作品，虽然在这一点上对生活有特别真实的反映，但也容易产生黏滞在这一点上，忽略了生活的全般面貌的缺点。这是值得作家认真总结的。

以实事求是的精神，敢于直面严峻的生活真实的作家，当然也能实事求是地在生活中发现健康、积极的力量和美的形象。张贤亮不回避时代的悲剧一面，但他从来不是单纯宣泄悲哀的歌者。在《四十三次快车》中，他为人民与历史丑类的殊死搏斗摄下了战斗的身影。作品中迸射出的悲凉苍劲的热力，令人心酸的战斗激情，使我们的感情掀起难以平息的波涛。《霜重色愈浓》虽然纵深地描写了周原过去的不幸命运，但此篇与其说是面对过去，陈诉冤屈，不如说是面对现在，展示未来，欣慰于受到不公正磨难的知识分子的宽阔胸怀和积极创造新生活的态度。这种立意由回视转向前瞻的转折，

---

① 雷达：《霜重色愈浓——论张贤亮的创作特色》，《文学评论》1982 年第 12 期。

正是张贤亮与当时流行的"伤痕文学"的显著不同。在思想的丰满和艺术的圆熟上，突出地表现出作家创作的这种立意的转移的，是其代表作《灵与肉》。小说的主人公许灵均是一个引起广泛的评论的、概括着更加广阔的社会历史内容的、具有一定的典型意义的人物。在这一形象身上，虽然也毫不讳饰地表现出极左路线给中国知识分子造成的深沉的精神痛苦，但它的新意并不在此，而在于写出中国知识分子在逆境中和普通劳动人民之间质朴的亲密联系，写出知识分子在严酷的劳动中，在与人民的相濡以沫、相煦相濡的交往中灵与肉发生的深刻变化，写出与社会主义制度血肉相连的知识分子充实和稳定的人生信念和崭新的气质、感情。这种对中国知识分子的生命的根的深广的发掘，使许灵均成为反映中国知识分子问题，反映社会主义时代中国知识分子精神面貌，反映中国社会主义的生活方式的特征的一面准确的镜子。许灵均这一形象一产生，立即在现实的社会生活中产生强烈反响，产生了激发人民的爱国主义精神的作用，这恰恰说明这一形象的产生，是合乎时宜的。在很多作者普遍致力于揭示极左路线造成的社会伤痕和人们的精神伤痕时，张贤亮却更前进一步，思考着"怎样有意识地把这种种伤痕中能使人振奋、使人前进的一面表现出来"①，这是难能可贵的。《灵与肉》这篇小说，可以说是一个社会主义作家足以和当代世界文学中形形色色的、驳杂混乱的资产阶级颓废思潮相抗衡的具有崭新的社会见解和生活信念的成功的艺术宣告。它有力地奠定了张贤亮在新时期文学发展中的地位。

《土牢情话》是继《灵与肉》之后的作品。这篇作品当然是向后回视重于向前展望的，似乎逸出《灵与肉》所体现的作家的转换立意的发展趋势之外，大概是他灵魂深处长年积郁的一次倾吐吧。这以后，张贤亮的创作出现了一段沉寂。他清醒地意识到，由于自己

---

① 张贤亮：《从库图佐夫的独眼和纳尔逊的断臂谈起——〈灵与肉〉之外的话》，《小说选刊》1981 年第 1 期。

的坎坷经历，他是有精神伤痕的。只要他继续从自己的苦难的过去中取材，他的作品的基调必然是沉郁苍凉的。这是他受伤的精神气质的必然流露。创作立意的转换，必须以创作题材的转换为前提。而这时，党的工作重点转移到社会主义现代化建设上来的重大决策，新的社会生活汹涌澎湃的涛声，又在召唤吸引着作家。于是，张贤亮在一篇创作自述中高喊了一句："再给我们一段愈合的时间吧！到时我们会唱出夜莺般的歌。"① 这既反映了一个严肃的艺术家尊重艺术规律，不去违拗自己一时很难完全改变的精神气质和创作情绪，硬写自己不熟悉的题材的真诚态度，又反映了一个具有强烈的社会责任感的社会主义作家不愿被自己过去的痛苦经历所囿，渴望扩大自己的生活视野，为新生活歌唱的热情。果然，在不到一年的准备之后，张贤亮以中篇小说《龙种》为开端，开始了创作上的新阶段。他接连发表了中篇小说《河的子孙》，短篇小说《垅上秋色》《肖尔布拉克》，长篇小说《男人的风格》这些作品，从题材上看，虽然仍然有对过去曲折的历史道路的回视，但主要的却是对现实中正在艰难行进的社会主义经济改革事业的及时反映；而从主题上看，则是对党的十二大提出的开创社会主义现代化建设的新局面这一时代中心课题的呼应。在这些作品中，除了弥漫着农村新的生活气息的《垅上秋色》有点像"夜莺般的歌"之外，其他的作品倒像是一支支"雄鹰般的歌"。这当然也是由张贤亮精神气质中阔大、豪迈的一面决定的。《男人的风格》中那位叫石一士的作家"想挣出地狱的阴影"、"想写比较重大的题材"的心境，也许有几分是张贤亮的夫子自道吧。

《龙种》是张贤亮转换题材的第一次尝试。这部小说无疑是存在着理念大于形象的弱点的，但是，小说中塑造的龙种这一改革者的形象的社会意义和文学意义，仍然不宜作太低的评价。在龙种身上，灌注着作家开拓自己的题材领域，积极地用文学的武器推进社会主

---

① 张贤亮：《满纸荒唐言》，《飞天》1981 年第 3 期。

义的经济改革事业的热情，也熔铸着他长期以来对社会主义全民所有制下劳动者与生产资料某种程度的分离造成的弊病的思索。作家先于现实生活的进程创造出龙种这样的人物，这是对生活的一种呼唤，是为现实中龙种们走上社会经济改革的舞台而鸣锣开道。实事求是地分析，龙种这一形象也并不完全如作家过于谦抑地说的，完全是对政治经济学的图解。某种图解的痕迹是有的，龙种的性格也确如有的评论者所指出的，"缺乏深扎的根和婆娑的枝叶"①。但是，在《龙种》中，也有一些对矛盾冲突的时代特征、环境氛围的具体把握；对人物在这些具体的矛盾冲突中的具体心理活动和感情变化，也有不少细腻传神的表现。例如，上河沿农场的党委扩大会上由于龙种的主动进攻激起的矛盾冲突，以及各种类型的干部在会上的种种不同的音容言动及心态，就有相当真实的现实主义描绘。在农场党委机关大院龙种与被煽动的农工们的对峙，也是写得相当扣人心弦的。作家对农场生活的熟悉，他对农工及农场基层干部的精神面貌的熟悉，使他在一定程度上能用现实主义创作方法抵消他主观上过于偏执于用艺术图解社会改革方案的所谓"合理性"带来的消极作用。如果从整体上看，《龙种》中理念大于形象的情况，并不比蒋子龙的《开拓者》为甚。只不过因为人们已经熟悉了张贤亮笔下的如邢老汉、许灵均这样一些写得异常深沉、丰满的人物，对于出现龙种这样一个多少有些理念化的性格，就觉得特别地不像张贤亮所当为的了。《男人的风格》这部长篇，是作家力图在更宏阔的规模上反映我国当代社会生活，讴歌社会主义的改革事业，呼唤能领一代风骚的社会主义新人的一次有声有色的尝试。长篇的结构紧凑而有层次，一切人物、事件、场面都如众星拱月一般环绕着主人公、T市新任市委书记陈抱帖的形象来展开。陈抱帖是一个在思想气质、个性特征上和龙种有某种社会学上的"血缘"联系的人物。虽然他在某种程度上也分有了龙种那种理论思维大于具体个性的弱点，但

---

① 谢永旺：《从〈龙种〉到〈河的子孙〉》，《文艺报》1983 年第 6 期。

由于作家以较《龙种》远为舒展的笔势，设置了一系列供陈抱帖展开性格的典型冲突，突出了他作为社会主义建设的创业者那种勇于实践、勇于行动的实干家作风，因此，这一雄强有力的男子汉的性格就比龙种远为丰满了。这部长篇，写得气势磅礴，充满了对历史前途的信心。它的高亢明快的格调，与张贤亮前一阶段作品中的沉郁苍凉的风貌迥异其趣。这并不是说张贤亮的精神气质中已经完全汰涤了那种浓郁的悲怆成分。从"小说中的小说"——长篇中插入的作家石一士写的《畸形人》和另一部无题中篇的片段来看，张贤亮一旦回到他二十余年的苦难生活中去取材，那种不可掩抑的悲凉之气就会从他笔下升腾而起。但是张贤亮也能暂时把这种悲凉之气深深地锁闭在记忆的仓库里，适应新的题材的需要，来为社会主义的现代化事业，为 80 年代的风流人物作宏朗豪迈的雄鸡之唱。虽然这声调还有些生涩，但这毕竟是时代的强音，是人民的脉动，是作家追踪社会进步的步伐为我们创造的另一种美，另一种诗意。《龙种》和《男人的风格》，使我窥见了张贤亮是一位具有多种笔墨，能为读者提供多种美感、多种诗意的作家。他那种驾驭重大题材的艺术家的魄力，是令人击节赞叹的！

如果说，在《龙种》和《男人的风格》里，科学与诗尚未得到浑和宁帖的统一的话，那么，在《河的子孙》这一深沉的力作里，科学与诗却得到了较好的融合。《河的子孙》有一个回答人们对农村实行包产到户的生产责任制的疑问的外在的结构框架；但作家通过对魏天贵独特命运的展示，通过对这一复杂的性格复合体的雕磨，所反映出的巨大的社会历史内容，早已远远地逸出了这一结构框架。魏天贵的复杂的"半个鬼"的性格中，既积淀着二十多年来极左的畸形政治在农村社会生活中浓重的投影，也凝结着反映历史前进的曲折道路的深沉的悲剧性。最重要的是，这一性格的深处，沸腾着中国农民独特的英雄主义。保护乡亲们的利益、同情党内的正直耿介之士的庄稼人的朴实、健康的理智，与不得不应付极左路线的种种荒谬的指令、要求的畸形的伪装与权术，构成了魏天贵性格中相反相成的两个侧面。小说以"河的子孙"名篇，撒去种种被极左的政治漩涡逼出来的"恶"的表现形式，我们看到，魏天贵正是中国农民式的英雄主义的一个代表，是中华民族的内在的健康力量的一个代表，他是当之无愧的黄河的子孙！他带着西北边民的犷悍和血性，毫无逆来顺受、浮浪油滑的阿Q气。他是更有资格代表我们的民族性的。张贤亮在谈到他对我们的民族性的观察时曾说："我常常想着历史学家阐述拿破仑第三政变时说的话，法兰西人个别地看，人人聪明机警，但作为一个民族却软弱无力，屈从在拿破仑第三的压力之下；同样，德意志人个别地看也都各有才华，而作为一个民族，在第二次世界大战时却被一个庸俗的狂人牵着鼻子走向深渊。我们中华民族呢，个别地看似乎都微不足道，'悛悛如鄙人'，但结成一个集体即刻威力无边！"① 这种对中华民族的民族性的认识，是《河的子孙》的灵魂。小说塑造的魏天贵、郝三、龙小舟、韩玉梅，都是黄河的子孙。他们的积极活动，抵制了极左路线，显示了中华民族内在的自我净化的力量。而对这种民族的内在力量的开掘，无疑地不单单是为了科学地总结历史，而是指向现实和未来，为着提高正在进行社会主义现代化建设的中国人民的自信心的。所以，从题材上看，《河的子孙》是回视历史的，但从立意上看，它是呼应时代的召唤的，和张贤亮创作的第二阶段的主旋律并不相违。

综观张贤亮创作发展的两个阶段，可以看出他的创作发展的方向，与时代的行进，是取同一步伐的。他努力用自己的创作，深沉而又广阔地反映时代风貌。要论个人经历的坎坷和精神创伤之深，张贤亮若是在创作中时时抚弄伤痕，发为悲歌，人们也是不会以为怪异的。但是，他没有这样做。即使是在他创作的第一阶段的那些悲剧味道浓郁的作品，也是以其思想的深刻和艺术表现的含蓄、准确而区别于一般所谓"伤痕文学"的。而且，他的创作题材的及时转换，更见出他对时代感应的敏捷和文学上的远见。记得茅盾在

---

① 张贤亮：《人比青山更妩媚》，《朔方》1983年第1期。

1979 年论及"伤痕文学"时指出，"伤痕文学"的兴起是有特殊的社会根源的，这类作品能起到一定的社会作用，但它"不能止步不前，必须向前发展。这不是指量的方面，而是指质的方面。对作品的题材，还应该发掘得更深，还应该加强作品思想的深刻性和艺术表现得更完善。同时，也要想到已有的'伤痕'题材会越用越少，那就得做好准备，转换题材"①。茅盾这些富有预见性的意见讲得何等啊！可惜，不少作者沉溺于缅怀往昔，抚弄伤痕，表现自我，描写琐事。这些忠告对于他们，"有如东风射马耳"。而张贤亮以及其他感应着时代的节奏的优秀作家，却及时地转换了题材，开拓出新的创作天地。他们的创作发展和茅盾的预见，如合符契。他们的作品在人民心目中的分量，他们的创作在新时期文学中所占的地位，就不是自囿于一般所谓"伤痕文学"和琐屑题材者所能望其项背了。

三

张贤亮是一个创作态度严谨的作家。他的小说数量不多，但几乎每一篇都给人沉甸甸的感觉，浮响肤辞极少。这里成功的秘密在于：他的小说艺术，始终是以塑造优美的人物形象为自己追求的最高目标的。在一篇散文中，张贤亮说，一些天才的画家如列维坦或萨夫拉索夫的风景画，"它们的色彩和线条虽然能唤起经常是沉睡着的美感，却引不起那种生动的、勃勃的激情和要去探索命运的联想。只有人，只有一幅风景画的画面中出现了人，才会在一霎间引爆起灵感的火花"②。这里讲的是观画的感受，也可以视为张贤亮在小说

---

① 茅盾：《温故以知新》，《文艺报》1979 年第 10 期。
② 张贤亮：《人比青山更妩媚》，《朔方》1983 年第 1 期。

艺术中自觉的美学追求的表述。的确，在张贤亮的作品中，常常不可遏制地迸发出对人的热情礼赞。不管是多么阴郁的背景，只要出现了张贤亮所要讴歌的人，有如爝火闪动于暗夜，整个画幅的色调就顿然改观了。

在张贤亮描绘的时代画布上，一个个优美的人物形象，就是时代的一个个聚光点，他们的品格的光辉和心灵的美，映射出时代的光彩。这种艺术上把笔力集中于描写人物的心灵和命运的美学追求，是以作家在长期的底层生活中形成的对人的美好信念为基础的。张贤亮说："长期在底层生活，给我印象最深刻的，就是种种来自劳动人民的温情、同情和怜悯，以及劳动者粗犷的原始的内心美。"① 所以他在获得重新拿起笔来的机会时，就暗暗下定决心，把自己笔下所有的东西都献给劳动人民。在他的笔下，很少出现精雕细刻的丑恶人物，即使写了一些残害良善的家伙，如《土牢情话》中那个卑鄙地玷污了乔安萍的刘俊，他也是着重探寻这类坏蛋产生的社会历史条件，并怀着几分憎恶之余的悲悯来写的。他的特长是以深沉的笔调，强烈的感情，油画般浓重的色彩和线条，来塑造具有美好的心灵、善良诚挚的品性的劳动人民形象。最能体现这一艺术特色的，要数张贤亮笔下非常富有诗意和魅力的底层劳动女性的形象了。这个底层劳动女性的形象系列可以分为两组来考察。

第一组包括"卡门"（《吉普赛人》）、女乞丐（《邢老汉和狗的故事》）、女农工（《在这样的春天里》）、女看守（《土牢情话》）。这四个底层劳动女性的共同点是：她们都承受着十年动乱这个特殊的混乱时代的压力，都有一个悲惨的命运和结局。作家在描写她们时，对她们的善良、纯洁倾注了很深很深的同情，但对她们自身中支配其命运的力量则缺乏有力的揭示。透过这些祖国的不幸的女儿们的形象，我们仿佛看到作家哀其不幸的忧戚的面容。这一组女性形象虽然共着悲剧色彩，但作家描写她们时运用了多种不同的笔墨，使

---

① 张贤亮：《满纸荒唐言》，《飞天》1981 年第 3 期。

她们的个性彼此区别得很清楚。

"卡门"的形象，是用明丽轻灵的笔调描写的。她像一只纯洁的白鸽一样，在那黎明前的暗夜里翻飞盘旋。虽然流浪的生活方式，使她脸上带着一种嘲讽的、油腔滑调的、自得其乐的表情，但这只是她的性格的外在形态。其实，她是异常纯洁和诚挚的。当她对风尘中偶然相逢的青年逃犯由敬重而产生爱情的时候，她的全身被一种明丽的诗的光辉照亮了。对生活的热烈的憧憬，对爱情的坦率而又郑重的追求，羞怯的微笑，含蓄的言动，把她纯净的心地，像闪射着光芒的宝石一样和盘托出了。她对参加抗议"四人帮"的天安门事件的青年逃犯的爱和救护，是一种参加战斗的独特方式。她是中国人民反抗"四人帮"的伟大斗争浪潮中的一朵绚丽的浪花。这浪花稍现即逝，却使读者为之激动，叹惋不置。她的出现和消逝，都像闪电一样强烈。但是，同样也是在小说结构中稍现即逝的女乞丐的形象，却显得那样淡远含蓄，她悄然而现，又悄然而去，像一朵饱含雨泪的云一样凝重。作家对她的描写，简洁精确。对这样一个被生活所迫、不得不以一种反常的方式与邢老汉作短暂的结合的讨饭女人，作家是怀着异常敬重、同情的心来描写的。他没有过多地展开这女人的身世，也没有过多地披露她的内心痛苦；他只是非常精练地勾勒一下她的动作、神色和吞吞吐吐的话语、抽抽噎噎的哭声，就使她活起来了，这就像高明的画家几笔就勾画出一个人物的神态一样。对那个身遭污辱、哀而无告的女农工，作家则用含有哲理意味的、深邃沉郁的语言，极写她精神上的清醒的悲哀和平静的痛苦。她的遭遇之惨和她的态度的平静，她的内心绵长无边的孤独和身外春天的气息，都形成了强烈的对照，令人为之涕下。那个被所爱者出卖，青春和爱情都被邪恶的力量毁灭的女看守的形象，却是用丰润饱满的笔触精细地画出来的。在整个小说的阴郁的背景上，女看守在囚徒们面前的出现，仿佛给生活投射了一束温情和善良的光辉。她以那样纯洁的心，热烈的爱，似水的柔情，如玉的忠贞，来奉献给石在。她那传递爱的信息的眼神、动作，被描写得多么细腻微妙。这真是炼狱里的爱的美神。当她被遽然毁灭时，怎能不产生酷烈的悲剧效果呢？

第二组包括秀芝（《灵与肉》）、女教师（《夕阳》）、陕北姑娘和上海知青（《肖尔布拉克》）、韩玉梅（《龙的子孙》）。这一组底层劳动女性的共同点是：她们都以自己朴素的方式，反抗着生活为她们安排的苦难的命运，用自己柔韧的力量，争得了一个幸福的结局。作家在描写她们时，着重地赞美她们支配自己命运的性格力量。透过这一个个终于迎来了新生活的曙光的女性形象，我们仿佛看到了作家欣慰的笑容。显然，这一组苦难的女性命运中出现的亮色，她们和第一组女性形象的不同，反映着作家对生活的认识的发展。这和他适应时代的需要转换创作的题材和立意的总的文学趋向，是有密切的联系的。

秀芝的形象固然有悲剧性的一面，但是，她在《灵与肉》的艺术结构中却占有和一闪即逝的女乞丐（《邢老汉和狗的故事》中的人物）不同的极其重要的位置。她一经以辛酸的、近乎荒谬的形式和许灵均结合，就以自己辛勤的劳动和纯朴的爱情，牢牢地支配着自己和许灵均的命运。她创造了单纯、正当的以劳动为主体的生活方式。她那洋溢着"面包会有的，牛奶也会有的"乐观精神的笑靥，她那如梦幻般甜蜜的催眠曲，冲淡了她命运中令人心酸的悲剧性，使她成为给自己的伴侣带来了温暖和慰藉的幸福的星辰。这一艺术形象有一种朴素的、带有几分天真的美，浓郁的乡土气息扑面而来。相反，那个和中年作家桑弓两度邂逅，终于实现了美满的结合的女教师的形象，则别有一种知识女性的诗意和幻想的美。她和桑弓共扶一条田埂时在默默对视中的爱的交流，以惊人的深度和力度叩击着读者的心弦。这短暂的人生镜头，两个相对凝立的相爱者灵魂的猛烈的拥抱，胜过了许多乏味、冗长的描写。生活在新疆的陕北姑娘和上海知青，虽然气质个性和文化教养都很不同，然而都有一颗金子一般善良的心和强韧的生活力量。陕北姑娘由于生活的逼迫，陷入一种无爱的婚姻的痛苦中。她仍然执着地爱着原来的恋人，但和她结合的司机也是一个非常善良而且富有同情心的好人，这使她处于两难的境地。就是在这种情况下，对爱情的执着与我们民族固有的严肃的道德感，也在她身上和谐地统一着。最后，这三个青年人，终于以一种纯朴、洁净、健康的方式处理了他们的矛盾，她也凭着诚实的劳动，重建了艰辛而美好的生活。上海知青的形象，写得更加深沉动人。她背着出身不好的包袱，在新疆的风沙颃洞中走着辛酸而艰难的人生之路。她说："我什么苦都吃过了，在我眼里，已经没有再困难的事情。"从这平静而又朴素的语言中，从她深沉的眼神中，我们看到了一个平常的女性在艰苦的环境和严峻的命运面前表现出的英雄气概。在她身上，难道不正凝集着我们中华民族在逆境中开辟自己伟大生路的力量吗？如果说这位女知青的形象有凝止的泉水一样的平静，在平静中内蓄着生命的力量的话，那么，韩玉梅的形象，简直就是一蓬毕剥燃烧的爱情的烈火。她的爱不是那种多情而纤弱胆怯的女性在精神上的苦恋，而是红活温热的、灵肉交融的热恋。当她的爱情遭到魏天贵回绝时，她甚至会号啕着跳起来怒骂，尽情地宣泄内心的委屈。但是，她的爱并不是盲目的，完全受原始的野性驱使的。在火样的情欲背后，她也有峻烈的道德感。当她知道了郝三的死因和魏天贵的心病之后，她不是平息了自己暴烈的感情冲动，从此，年年清明夜里为郝三烧纸吗？她让自己的感情，服从了基于保护乡亲们的利益而产生的社会公义，这是一种比一般婚姻道德更高的道德感。她深刻地理解着、支持着魏天贵，从这更深藏也更深化的爱中，她分有了河的子孙们的一份英雄气。作家描写这个形象，既是笔致恣肆，完全放开的，又是文心深沉，落墨严谨的。

张贤亮曾经说过，他写的女性形象，是他长期苦难生活中给他以心灵慰藉的"梦中的洛神"；"她们的心灵，的确凝集了我观察过的百十位老老少少劳动妇女身上散射出来的圣洁的光辉"①。的确，

---

① 张贤亮：《满纸荒唐言》，《飞天》1981 年第 3 期。

这些优美的女性形象，构成了一个和"那一个已经消失了的混乱的世界"对立的美的世界。在她们身上，凝结着作家的人生见解和美学理想，倾注着作家对祖国，对人民的深情。19 世纪俄国文学中出现的众多的优秀的俄罗斯妇女形象，曾激起俄国人民对本民族内在的活力和美的赞叹。我们也可以认为，张贤亮以其绚美多姿的笔墨塑造出来的中国劳动妇女的形象，是他献给伟大的中华民族的一束绮丽的文学之花。我们民族纯朴优美的品格，砍斫不丧的活力，在这些文学之花的形态、色彩和香气里，不是尽情地发露着吗？

（原载《文学评论》1984 年第 1 期）

南方的生力和南方的孤独

——论李杭育的小说创作

富春江——钱塘江不是我的，"葛川江"才是我的。

——李杭育①

早在 1980 年前后，李杭育就已经开始撞击当时对他紧闭着的文学之门；迟至 1983 年，这扇高峻的大门才霍然洞开了——是被葛川江强劲的、沛然而至的潮水冲开的。李杭育，作为一个身手颇健的文学弄潮儿，从容不迫地立于葛川江的涛头之上，把他的独特的身影，投映在新时期文学大潮的波心中了。这位《最后一个渔佬儿》的歌者，《人间一隅》的画师，一下子成了突进的文学新潮的前锋。他的名字，和阿城、何立伟、刘索拉的名字一起，在近两年来的新进作家中，可以说是饮誉最多的。

作为具有独特艺术风格的青年作家，李杭育的名字，当然是和他的葛川江小说同在的。正如葛川江还在不舍日夜地浩荡流淌一样，他的葛川江小说也还在不断发展。现在就把它们展现的山川人物当作一个完整的、相对凝定的艺术世界来作文学史的评说，似乎为时过早。这里所能做的，仅仅只能是对他笔下还在形成中、拓展中的

---

① 转引自盛钟健：《李杭育和"葛川江"小说》，《文艺报》1985 年第 5 期。

艺术世界的某些特异的质料，作一点考察。

好在，李杭育是属于那种资禀丰厚、早慧早熟的作家。他在迄今数量并不特别丰饶的小说创作中提供给我们的东西，并不是一般青年作家习作中那种不稳定的、将会很快消失的因素，而是沉稳结实的、决定并预示着未来的发展的因素。这一点，也许会给我的性急而粗率的论说以安慰。但愿这论说不至于像葛川江上因潮而生的浮沫，被汹涌前行的江水撇到岸边干涸消失吧！但愿它像鼓潮激浪的江风，较为长久、较为忠实地把葛川江特有的涛声向两岸的平野播扬，向观潮的人们预告吧！——这不就是一个文学评论工作者所能有的最奢侈、最美好的梦吗？

一

构筑起葛川江这个艺术世界的第一块基石，我想应该是被李杭育独特地发现并强化了的一种南方人的生命的元气和强力。这种元气的充盈和强力的支撑使葛川江小说中的世界饱满而结实，也使这个世界获得了观照我们民族的魂魄、时代的归趋的窗口的意义。

从文化地理学的角度看，我国长江以南，由于天候的温暖、地气的滋润、物产的丰饶、山水的清丽，一向是较适宜于人类生息、嬉游的区域。这里的文化，似乎像一个荷衣芰裳、清音柔媚的女子，散发着甜软温馨的氛围。涵养出的士民的秉性，也以文弱、精明为主，与北方人的剽悍、鲁直相反。这种世情民性，在我们的民族文学传统中，真有不胜枚举的表现，其遗风流泽，在当代文学中也摇曳不止。像《河的子孙》《北方的河》《迷人的海》等力作中的阳刚剽悍之气，就很少从江南出产的作家笔下流出。

当然，就审美价值而言，阳刚与阴柔、崇高与优美、朴野与文秀，并无天然的等差，它们与人类丰富而多样的审美心理形成不同的对应关系。张贤亮笔下强悍、坚忍的农民与高晓声笔下懦弱、狡黠的农民，邓友梅创造的八旗子弟与陆文夫创造的小巷人物，各有其不能相互替代的审美价值，这是不言自明的。

但是，如果是在同一地域的文化背景中，在同一色调的文学现象里，能有逸出常态的变体出现，这就会像在人们已经觉得甜熟的乐曲旋律中出现陌生而新鲜的变奏一样，刺激起人们审美的注意。例如，以孙犁的小说和散文为代表的所谓"荷花淀派"的出现，就以其清丽的风格，在沉雄遒劲、慷慨悲歌的北方文学的主旋律中，弹出了一个使人耳目一新的变奏，得到了文学史家分外的珍重。

李杭育的葛川江小说，也正是在这样的美学意义上，刺激起读者刮目相看的审美注意。它在南方文学偏于柔弱纤丽的格局里，独标一种刚劲的吴越风骨，把南方人的生命的元气和强力，放在葛川江特殊的风俗与世态中，放在当代生活的发展、变迁中，极为具象地表现出来，这就酿出了一种有震动力的美感。

人们熟知"燕赵多慷慨悲歌之士"，却常常忘却"会稽乃报仇雪耻之乡"。李杭育所醉心的吴越文化传统中，原来就有重然诺、轻死生的义烈血脉流注着。从原始社会开始，越人断发文身，辟草莱，浮大泽，含辛茹苦，惨淡经营，才把自己强旺的生命力，外化为这一片膏腴之地、鱼米之乡。诚如《沙灶遗风》中所写的："血做了肥，沙成了土，如今的沙灶倒是块绿洲了。"我总觉得，李杭育心中的葛川江在酿造、发育的过程中，是有意无意地借助了越人血战前行的历史所提供的精神酵母的。——虽然他有意识也有理由地避开了这种血战在现代生活中的遗蜕（这种避开也给他的艺术世界带来了某些限囿），而把艺术的聚光主要投注在自然、风俗、文化方面。

《葛川江上人家》是李杭育第一篇引起人们注意的小说。这个短篇和李杭育的第一个中篇《船长》连起来看，可以说勾勒出了一个从秦寨到葛川江到古安镇的独特的小世界的风貌。两篇小说的人物是交叉出现的："船长"的弄船师傅就是诨号叫"江油子"的老四；

他的四妹子悄悄爱着秦寨的大黑；被大黑爱着的秋子却又那样泼辣地调侃着城里人"画家"；葛川江上唯一的女老大、老四的遗孀四婶则以"船长"嫁妹的那种方式操持着女儿秋子的婚事……这几个葛川江上人家里的人物虽然有男有女，性格各异，却有一种共同的气质——被葛川江陶冶出来的强悍、乐天的气质。李杭育是怀着钟爱的感情，向读者描绘这些带着形形色色的弱点和旧习的葛川江的儿女们的生存状态的。这是弥漫了生命的元气和强力的生存状态。

在这种生存状态中，人们虽然也逃脱不出社会上人际关系方面的制约，但他们似乎更集中心力于弄船、弄潮，与葛川江嬉戏搏战。他们浑身是劲，浑身是胆，大把花钱，大碗喝酒，在葛川江的风、洪、潮、浪之中，演出着他们颇具浪漫色彩的生活戏剧。在这种生存状态中，葛川江的儿女们是以一种浪漫主义的情绪来看待和处理他们和大自然的关系的。他们不计生死、不计成败、不计利弊，满意地、甚至满足地欣赏着自己在与葛川江的搏斗中表现出来的生命的力量，即使这种搏斗是以自己的经济损失乃至生命损失为代价也在所不惜。大黑的八成新的船和四婶的船一起在脱险后撞成一堆破烂，四婶对有些丧气的大黑这样说："破烂也是咱弄上来的！就凭这，咱就够了不起的！"秋子也忘了自己没撑篙造成过失的痛苦，赞美起大黑抛缆索套石柱的绝招了。一片对自身生命力所创造的奇迹的陶醉，对人类勇力智巧的陶醉，竟把日常生计中的实际损失置之脑后了。这是一种多么豁达的超实惠、超实利的人生态度！

还有那个船长。一脑袋乡巴佬的狡诈加城里人的开通，不乏小聪明也不乏无赖相，又骂娘又酗酒，还有点放荡的船长，虽然是葛川江上下一千多船家中头一个参加船舶事故保险的船老大，但是，一旦他的船面临覆没的危险时，他却不肯弃船逃生坐等保险公司的赔偿，而是舍命与风浪搏斗，表现出惊人的勇敢与智慧。运笔一向冷静客观的作家，对他的这位船长朋友，竟不能不发出热情的礼赞："在这片污浊的土黄基色的天地间，他（按：指小说中的画家）看到了洁白的灵魂、葱绿的生命、澄蓝的意志和鲜红的热情……"只有在这种人与大自然的严酷的搏战中，船长的形象，才荡涤尽外在的污垢，而裸露出其精金粹玉的风骨。作家认为："一个豁出性命来顾卫荣誉的人，其超人的胆魄和伟力，不仅升华了自身，也不容抗拒地征服着他人。"这既是对船长性格魅力的说明，也可视为作家自身那种吴越人强项气质的流露与生活信念的自白。

把这种生命的元气和强力升华到了极致的，是《珊瑚沙上的弄潮儿》里的那个死于弄潮的老头。和从前玩命弄潮为捡几条鱼，换几升米或几尺布以谋生不同，老头现在弄潮，似乎是为了一种生命的娱兴，为了和大潮试巴试巴自己的生命力量。也和那些"只相信有鱼抢，死不着，怎么合适怎么干"的弄潮小儿、"赤卵将军"不同，老头弄潮，可是恪守弄潮儿的"职业道德"和"传统信念"的。你看，老头为了理顺弄潮儿们冲浪上岸的路数而骂骂咧咧地对孩子们发号施令的严肃、认真的样子，为了"第二浪不上岸"的迷信讲究被潮涌越卷越远却踩着水远远地对儿媳关照着看电视《碧玉簪》、蒸鱼头炒茭白温老酒等等的从容不迫的样子，难道不使你感到一种在生命的力量和生活的信念中升华起来的美吗？说实在的，当我被老头的死震惊时，我几乎忘了他是因为执着于不跟二潮头上岸的迷信而死的，我只想到他是为了关照康达不要堵住后边弄潮儿的路，为了给差点被退潮冲回去的康达帮一把，为了那条意味着他的力量、声誉和葛川江的厚爱、惠赐的大头花鲢而死的。在他的从容、庄严的死中，释放出了一个葛川江的儿子、自然之子的生命的能量。

这种生命的能量，生命的元气和强力，当然也勃郁地升腾在《人间一隅》中那个倔强的"偏要在同兴落脚、扎根"的姓仲的苏北汉子的躯体中，灿烂地喧闹在那在蟹灾中诞生的孩子的哭声里；当然也凝定在那个把葛川江当摇篮也当坟墓的执拗的"最后一个渔佬儿"的灵魂里。在他让黑猫撕咬鲫鱼而感到的"浑身打战"的兴奋里，人们不是可以看到一个生活的强者的生命尊严和防被欺、讲报复的古老的会稽魂吗？甚至在《沙灶遗风》中那位看清了世势与前途、悲哀而含蓄地向新的生活势头认了输的老画师耀鑫身上，我们也能从他抓紧已经不多的时间去实现自己一辈子的最大心愿的行动中，感到一种生命在暮年仍葆有的后劲和追求……

总之，在李杭育的葛川江小说中，的确透着一种生命力的紧张、刚毅和强项。在充满力度的画面、律动中，弹奏着南方的生力的礼赞！这是发愤之笔，也是深思之笔。李杭育曾愤激地谈到吴越文化的变质与退化，他说："吴越这一块，也惨得很，被蒙上了不白之冤。而今人们（尤其是北方的同志）谈起吴越文化，就只晓得它的风花雪月、小家碧玉、秦淮名妓、西湖骚客和那市民气十足的越剧……"他赞美我国各少数民族的文化："从经济形态到风俗、心理，整个文化的背景跟大自然高度和谐，那么纯净而又斑斓，直接地、浑然地反映出他们的生存方式和精神信仰，是一种真实的文化、质朴的文化，生气勃勃的文化。"① 人们虽然完全有理由对李杭育贬低汉民族文化传统的看法以及对所谓规范外的三大块文化的见解提出质疑，也有理由为吴越文化中清丽婉曼、妙词佳音的一面鸣冤叫屈，但是，对于研究他的葛川江小说来说，上述议论清楚地向我们揭橥了李杭育创作思想的轨迹：他是想通过葛川江儿女的强劲有力的群像，来为他心目中的吴越文化正宗造影。对于像我这样习惯于把小说看成一种人生（社会与人）的艺术综合体，而不是把它看作某种文化形态的浓缩的读者来说，李杭育的文化论远远没有他笔下的葛川江人物的命运有吸引力。在惊叹于葛川江儿女们的生命的元气与强力并注意到它往往与一种自然形成的古朴遗风共生并存的特殊形态之后，我想起的并不是博大悠远的人类文化学的大问题，而是一个艺术实践上相当切近而又敏感的问题：作家对古朴遗风的钟爱与对当代生活变迁的把握之间的关系问题。应该说，现在有相当多的作家在作品中触及了这个问题，并引起了广泛的争论。我认为，确实有一些作品，在强调古朴遗风、传统美德的同时，多少有些牺牲了对文学的当代内容的艺术掌握，因而给人以陈旧感。但是，以写

---

① 李杭育：《理一理我们的"根"》，《作家》1985 年第 9 期。

生活大波的冲击圈外的"最后一个"、写"背时佬"著称的李杭育，把对南方的生力的挖掘和礼赞放在这些人物身上的李杭育，他的小说却没有陈旧之感，而给人以刚健、清新的美学感受，这是为什么呢？

其实，只要我们仔细研究一下李杭育笔下的葛川江人物，就会发现它们具有三个意味深长的特征：

第一，这些形形色色的人物（除了写 1934 年同兴大水的《人间一隅》与写"文化大革命"船佬儿们的一场"破四旧"的喜剧《炸坟》中的人物之外），都被置于阔大的、不可逆转的葛川江周遭农村市镇社会生活变革的背景之上。在他们的一举手、一投足的身影背后，是缓缓地、强劲地向前流动的生活的大潮。这些人物的悲喜剧，或隐或显地，从各自独特的角度，映现了他们后景中缓进着的大潮的深度和力度。且不说像《沙灶遗风》这样细微地捕捉了农村新生活的脉息，洋溢着欢欣的气氛，相当鲜明地流露了作家的热情的作品了，即使像《最后一个渔佬儿》那样浸淫着感伤和怀旧情绪的作品，对于福奎后景中的大江两岸的灯光，不也有明丽奇妙的描绘吗？

第二，这些人物所处的具体情境——或是如渔佬儿、耀鑫、姓仲的汉子等所处的社会变迁中的情景，或是如四婶、大黑、弄潮老头、船长等所处的自然风浪中的情景——虽然都不很美妙，或者说有点背时，他们的主观情绪中虽然多少有些恋旧的、愤世嫉俗的情绪，但他们却从来没有与真正属于社会进步的潮流和事物顽固地敌对过。"最后一个渔佬儿"不愿改变他几十年的生活方式，失去了阿七的爱情，晚景寂寞，心境凄凉，但他对两岸那一溜恍如火龙的街灯还是认可的，而且觉得"委实叫人着迷"。他把未来的生活想象得多么天真，多么浪漫，多么美："既然他是这条江上的最后一个渔佬儿，那么，江里的鱼就全是他的，他要等这些鱼长大了再捕……"当他怀着这样的梦一把把地往江里撒着蚯蚓时，笼罩在身上的悲剧氛围就淡化了。他的"喂鱼"一举，内含着对未来的呼唤，也内含着与新的生活现实的和解："从前的好多规矩眼下都不管用了。"这真是神来之笔！最背时的渔佬儿尚且如此，其他不那么背时的人物就更乐于浸润于新的生活潮流中了。四婶对秋子婚事的态度中，虽然也有讲老规矩不讲爱情的旧成分，但不也含有让女儿"过上一种没有醉汉、没有疯爷的安乐、平和的好日子"的新希望吗？秋子不也迷恋着城市文明吗？最后一个画屋师爹耀鑫的主观情绪中，气恼的成分甚至比淡泊的渔佬儿还浓重些，但他和新事物的和解也比渔佬儿更快更干脆些。他打一开始就没病装病，好让赶时髦的儿女们自由行事，他甚至主动地掏钱劝小庆元"去学别的行当"呢！这位老画师看上去，难道不是更像一个新事物的促进派吗？尽管他在偷偷观赏新楼时"没忘了临走前朝它啐一口唾沫"。至于那位简直可以列入新派人物队列的船长，他虽然也不免恪守嫁妹、修空坟等老规矩，未能免于酗酒、骂娘、串"户头"的旧习，但他满脑子的念头里最主要的已经是力争"有见识，有城里派头，不让人家把你看作糊涂、背时的乡巴佬"了。他不但不是"最后一个"，而且已经是"最早一个"了：最早一个给船保险，最早一个吃西餐，最早一个穿带杠杠的球衫，而且是唯一一个雇个画家来做小工的船佬儿！难怪《船长》的最早的评论者要说这一形象的价值在于"对普通人到新人的发展过程的探索"①了。果然在船长的形象出现之后，连仲（《国营蛤蟆油厂的邻居》）、炳焕、茂生（《土地与神》）、兴华、兴国、山草（《红嘴相思鸟》）、赵澄、阿祺老爹、南雁（《草坡上的那只风筝》）等等一大串带有新色彩的人物和他们的生活故事就有声有色地出现了。

　　第三，这些人物所抨击、愤慨的，大多是夹在生活新潮中尚未引起普遍注意的浊流、腐草；而他们以生命的元气和强力灌注其中的生活信念，虽有些古意却又确实含蕴淳厚的美。渔佬儿、弄潮老头对葛川江因污染而无鱼的状态的忧虑，耀鑫老爹对画艺的执着，

————————————

　　① 李庆西：《葛川江的艺术轨迹——关于李杭育〈船长〉的断想》，《钟山》1984 年第 3 期。

弄潮老头对职业道德的恪守，其中都有相当多量的通向未来，联结过去与未来的因素。

在研究了李杭育笔下的葛川江人物的上述特征之后，读者不难在小说冷静、隽永、幽默的笔触中寻摸到作家深藏着的对时代变革的敏感、热情和深思了。在这里，李杭育独特地发现并艺术地传达出来的南方的生力与时代新潮的融合、联结，就裸露出来了。他的这些写"背时佬"的首批试作的新鲜感和厚实感，就根源于这种融合、联结上。在李杭育那里，生命的元气和强力并不是作为一种原始的、自然状态的、生物学上的因素来抽象地赞美的，而是对吴越文化传统中贮存的、已经和将要被时代的变革释放出来的人民的生命能量的具体的揭示。

二

在李杭育创造的葛川江这个艺术世界中，有一种特殊的精神氛围，那就是所谓南方的孤独中蕴含的对自由自在的劳动、创造、恋爱的向往。这种生命对自由的渴想与现存物质文明、精神文明的状态对这种渴想的桎梏，就形成了积淀着人物激烈的内心矛盾的孤独与渊默。而这种南方的孤独，其实也是南方的生力的一种隐蔽的存在方式。对南方的孤独氛围的强烈的渲染，使李杭育笔下的艺术世界，获得了窥见现代中国人的心理苦闷和追求的窗口的意义。

自从加西亚·马尔克斯的《百年孤独》传入中国以后，对人类生存方式中的某种孤独感的探索和表现，成了不少敏感的青年作家热心的艺术课题。这并不是浅薄的赶时髦，而是有着深刻的社会历史原因和文化心理背景的。对这种折射在文学中的精神信息，抽象的臧否是无济于事的，需要的是结合具体艺术形象的精细分析。

　　我以为，加西亚·马尔克斯的《百年孤独》中浸淫着的孤独感，其主要内涵是整个苦难的拉丁美洲被排斥于现代文明世界的进程之外的愤懑和抗议，是作家在对拉丁美洲近百年历史以及这块大陆上人民特有的生命强力、生存状态、想象力进行独特的研究之后形成的倔强的自信。在富有力度的对"百年孤独"的描绘中，引出的并不是对孤独的自赏，而是结束孤独的渴想和力量——整整一个大陆的人民燃烧了一个世纪的渴想和力量——因而这孤独感具有世界历史的容量，有如一个表面渊默而内里激动的瀚海。

　　相比之下，由于制约作家的社会历史背景和文化心理背景不同，中国的青年作家们笔下出现的人类生活的孤独感，主要并不表现在社会历史进程的隔断方面，而是表现在人民心灵历程的梗滞方面。贾平凹笔下的商州，王安忆笔下的小鲍庄，阿城笔下诸"王"活动的天地，韩少功笔下的湘西，李杭育笔下的葛川江，虽然都多少绘出了与城市文明（还不一定都具备现代文明状态的城市文明）相暌违、相映照的封闭或半封闭的中国农村的生活形态，使人产生"文明遗忘的角落"或"政治动荡冲击圈外的一隅"、"表面变迁下的生存稳态"等等感想，映照出当代中国或一面的侧影，但这种生存的孤独状态，毕竟不是涵盖整个中国近百年历史的浑整的巨块，而是被过于剧烈的社会变动切割成七零八落、形态各异的小块，甚至可以说是几千年封建古国的大孤独的若干遗蜕。这些青年作家笔下的小世界的社会历史容量有限，他们不约而同地都采用中短篇的形式而尚未构筑鸿篇巨制，这是由中国的具体环境、具体的精神气候决定的，并不能完全归咎于他们视野的狭小和艺术魄力的欠缺。

　　但是，中国青年作家们也自有其相对优长和特出之处，那就是，他们对中国人民心灵发展历程中的梗塞、沉滞，对积淀、物化在风俗中的人心，有着惊人的敏感。在表现含蓄、内向、似乎有点混沌的民众心理深处的孤独方面，他们已经有了并不逊于拉丁美洲同行们的文学表现。他们揭示这种心理孤独的目的，多少也是为了雕塑、疗救自己民族的灵魂。他们的笔，毕竟浸润过中国新文学的开山者鲁迅的余泽。

在这样一种文学比较的背景下，李杭育笔下的南方的孤独的具体确切的内涵，就显得彰明起来了。对于李杭育来说，葛川江两岸的生活形态恰恰处于结束封闭与孤独的伟大的历史变迁之中，这个小世界与其说是岑寂的，毋宁说是闹热的；但是，处于这样一种结束外在生存状态的孤独的社会态势之中的人——形形色色的葛川江儿女——他们的内心都存在着一种隐蔽的孤独感，甚至可以说，存在着一种生存得不适意的隐痛。李杭育的艺术家的锐目，似乎是特别宜于窥破这孤独与隐痛的。

当然，这种人的灵魂中的孤独与隐痛，在作家讲述的情调各异的葛川江儿女的生活故事中，是有不同的类型的。仔细梳理一下这些孤独的灵魂，大致可以分为四种：

一种孤独内凝为生存的强力——在人生战场上独战多数、迎接环境的挑战的强力。例如《人间一隅》中那个姓仲的汉子。在李杭育的短篇小说中，《人间一隅》是构图异常出色、寓意最为深长的一篇，也是迄今唯一的描写葛川江历史的小说。作家远窥历史，撷取了既浑茫又清晰的一段喜剧性的民间轶闻——同兴城蟹灾——浓重地渲染出了一种昏暗的历史氛围；同时他又俯视人间，以悲悯的胸怀描绘出一幅既幽默又严峻的众生相——同兴市民与苏北灾民不同的生存状态及其冲突，力透纸背地传递出了一种生存的强力。在背景与近景、喧嚣与渊默、骚动与凝止等等因素的协调中，作家推出了姓仲的汉子一家在苦难中迁移、生息等等生的挣扎的特写镜头，只用了寥寥几笔，就使一条生存斗争中的硬汉子像浮雕一般凸现在葛川江上！

在这"人间一隅"中，除了与姓仲的汉子一家相濡以沫的邻船老头和老婆子以外，这条汉子几乎处于生存的孤独状态中——不但在颠沛流离中孤独无助，而且在心理上受困于异乡的敌意。但这种孤独却引向了一种向恶挑战的敌忾心："他偏要在同兴落脚，扎根。在这片对他充满了敌意的、并且使他感到耻辱的异乡土地上建立家园，一代代繁衍生息。人家越是驱赶，他就越赖着不走。'老子就是这么个东西！'他在黑暗中冷笑道。"于是，这样一个表现硬汉子在逆境中从容而强韧地开拓生路的寓意深长的镜头出现了："……船上载着他的女人、孩子和悄悄爬上来的螃蟹。漆黑的夜里，他认准城墙的幢幢黑影，一把一把地撑着篙子。"

何等的沉着，何等的自信！这是以自己的力，将自身生存的船，一篙一篙地撑离孤独的人生圈子。冷峻的画面中，自有一种让人感到生命的紧张和充实的力量在。在孤独中体味到的自身的力量，恰恰能使人战胜孤独，脱出孤独。

另一种孤独则散释为生命的自由自在状态，最后一个渔佬儿的孤独就属于这一类。在李杭育的葛川江人物画廊里，再也没有谁像福奎那样孤独、粗犷、自由、妩媚了。这个形象真有王蒙所说的那种"特殊的揪心的美"①。使这个生产方式乃至生活方式都显得陈旧的渔佬儿的形象产生美感的秘密何在呢？我以为，秘密就在于他把孤独感散释为一种自由自在的生存状态。福奎从街灯的灿烂想到城里工人"还真有点能耐"，但他还是把他们叫作"照着钟点干活的孱头"。他拒绝了阿七劝他进厂顶缺的建议："照着钟头上班下班，螺蛳壳里做道场，哪比得上打鱼自由自在？那憋气的活儿我干得了么？"所以他"情愿死在船上，死在这条像个娇媚的小荡妇似的迷住了他的大江里"。如果从现代工业社会要求纪律和效率的角度来看，福奎的这种天真任性的生活习惯无疑是一种落后的东西。但是，如果是从人自身获得自由发展的人类远景来看，从大城市里"上班族"的生存苦闷的消除来看，不能不承认福奎的那种"活法"中有着属于未来的因素。对葛川江的迷恋和忠诚，与对自由的酷爱，溶化在一起，构成了福奎的孤独感的实际内涵，使这个渔佬儿孤独得实在很美。

还有一种孤独被引向对艺术美的创造与追求。《沙灶遗风》中最

---

① 王蒙：《葛川江的魅力》，《当代》1985 年第 1 期。

后一个画屋师爹耀鑫就是这样。在赶时髦的新生活势头面前聪明地认了输的耀鑫，仍然拒绝搬上儿子的新楼，他仍然守护着自己的孤独。但他并没有被这种孤独吞噬，他在孤独中仍然筹思有所作为。他要赚足钱重建自己的晚年生活，要造一幢老派的屋。而且，"他一定要亲手给自己画屋，画得比以往他给别人画的都要漂亮、考究，把他所有的本事全都画到他自己的屋上"。这个酷爱自己的手艺的画屋师爹对于艺术——即使是背时的老套套——有一种痴迷和虔诚。他的孤独感的特殊内涵，不就是这种创造艺术美的痴迷和虔诚吗？

最后一种孤独。我以为是浸淫于李杭育几乎所有的葛川江小说中的，那就是从大黑、渔佬儿、耀鑫、船长一直到山草（《红嘴相思鸟》）、南雁（《草坡上那只风筝》）在爱情生活中的孤独，从这种深潜在意识深处的孤独感中，可以引出对爱的各种各样的追求，可以最清晰地窥见葛川江儿女们心灵的最幽隐的角落。

《葛川江上人家》不仅是人与大自然搏战的一曲力的赞歌，而且也是葛川江的年轻儿子忘我舍身地追求爱情的爱的礼赞。大黑追求秋子的大胆虽然被四婶斥为"没规矩"，并被一篙子打落江中，而且似乎也没有得到还处于浑然不觉状态并向往城市生活的秋子的感应，但他的真挚和执着，他在爱的追求的鼓舞下大大升涨起来的智勇，实在折服了读者的心，使人产生了对这个无望的求爱者的无限同情。小说的结尾是含蓄而美妙的，从秋子对大黑的戏谑中，似乎透露出这一对年轻人相互吸引的信息，但作家并没有安排他们终于相爱——葛川江的生活规矩是很顽强的。它可以允许劳动者粗犷、自由的调笑，但问题一旦涉及建立一个家庭（社会的经济组织的细胞）时，老规矩对人的性爱的控制力量就显示出来了。秋子很可能在四婶安排下出嫁到城里去，正如《船长》中那位爱着大黑的四妹含着泪水在船长安排下嫁到外村去一样。葛川江的文明还远远没有发展到把爱情真正作为婚姻的基础的状态，因而葛川江儿女在心灵深处就还不能消除那种无爱的孤独感。

老规矩、漂泊不定的生活方式、窘迫的经济状态，使像福奎这样的渔佬儿不能与自己所爱的人缔结称心如意的婚姻，而吴越文化心理中性意识的开放、坦荡，就使渔佬儿、船佬儿们普遍过着一种带着野气的性爱生活。福奎与阿七同居了八年，却终于因经济的压力、双方生活方式的差异而分手。在他凄清的江上晚景中，无爱的孤独如果不是被他旷达超脱的生活态度稀释，怕是会很沉重的吧？与福奎的开放不羁相反，耀鑫虽然也爱着桂凤，喜欢她的雅趣，但他毕竟有一种自认为比种田郎文明的优越感，与桂凤从来没有苟且过。即使是这样，他也未能免于村人的嘲笑和儿子、儿媳的干涉，甚至连福奎的那种性爱自由也几乎得不到。他之所以能从无爱的孤独感中脱出，倒是有赖于新的生活变革对人心的洗刷和旧俗的冲击。最后撮合耀鑫与桂凤的，居然是原先对此事"高低不依"的阿苗。这一喜剧性的变化，使我们意识到，使人从无爱的孤独中脱出的力量，并不全在人自身。这实在是既可喜又可悲的。

在对爱情的态度上，船长的形象是值得注意的，他既有福奎的那种放荡不羁，又有耀鑫的那种认真持重。前者是他性爱意识的表层，后者才是他性爱意识的深层。当然，正如画家觉得的，"爱情"这个堂皇的字眼用在船长身上未免有些可惜。在船长的择偶标准里——"老子要么光杆老大做到死，要讨就讨大姑娘。相貌马虎点没关系，只要她的心没被人家掏空"——不能说没有半点东方那种陈旧的贞操观念，但也确实有超乎肉欲之上的灵的要求了。他想得到一颗真正爱他的心。他最后毅然选择了离了婚的梅香，正说明灵的要求终于克服了他自身的心理障碍而在他的婚姻实践中占了上风。

总之，福奎、耀鑫、船长，这三个人物的意识深层里，都隐伏着某种无爱的孤独感。他们孤独着，但又都以自己独特的方式脱出孤独，所以他们的孤独感并不浓重。倒是在生活圈子相当狭小的葛川江年轻女儿——山草和南雁身上，这种无爱的孤独几乎浓重得变成一种令人揪心的感伤了。

仿佛是为了向读者证明自己也不乏刻画年轻的女性形象的本领似的，李杭育写出了颇为旖旎细腻的《红嘴相思鸟》和《草坡上那只风筝》。这两篇小说中最令人难忘的人物是山草和南雁。山草是马兰溪畔守林人的媛子，她既有些野气，又不乏温情。在深山生活的寂寞中，她向往着新奇的城里事物，又挚爱着大山丰富的皮藏、金色的色彩、自由不羁的生活情调。她有出色的生活本领，邵家兄弟兴华、兴国要没有她的热心相助，肯定一无所获；她会讲美丽的民间传说，在她的故事中敞露着对礼教的嘲弄和对率真、开放的性爱的肯定；她对兴华的倾慕是那样大胆、主动，深山夜宿中她爱抚兴华的忘情，在热烈中透出一种无爱的孤独和凄清。在一种经济生活开放、城市文明与古朴乡情的交汇的大背景中，山草姑娘孤单单的身影留在空山中。在这个姑娘的孤独中，贮满了对美好的爱情的想望。这是大山深谷里的一缕飘荡无依、缭绕无尽的情丝，被敏感的青年作家捕捉住了。

与山草相比，南雁姑娘就显得文静、内向、拘谨得多了。但她的无爱的孤独感和爱的痴情，也比山草深沉得多。南雁是奶牛专业户阿祺老爹的女儿，是挤奶场非常勤劳能干的一把劳动好手。她每天四点多就起来挤奶，双手粗糙得像是老太婆的，又待在九里坡那样一个闭塞、冷清的村子里。她爹爹雇来的大学生赵澄闯入她的生活中，那样潇洒、爽朗、风趣，那样能干、会玩，相处久了，自然就勾起她的一片痴情——明知没有希望但仍深溺其中的痴情，一如注定不会有果实但仍热烈忘情地开放的花一样。而且，她还直接面对着一个慈母强加给她，而她一点也不爱、一点也不情愿嫁他的粗蠢的宝龙。面对着千百年流传下来的"老规矩"，她的无爱的孤独和痛哭也就显得更加锐利和沉重了。

显然，山草和南雁的无爱的孤独有很多共同的东西。第一，她们的孤独是在经济开放、农村富裕这样一个新的背景下出现的。如果说，张弦笔下的"被爱情遗忘的角落"，是极度的经济贫困造成的，那么，李杭育笔下的马兰溪和九里坡这两个"被爱情遗忘的角落"的存在，却是由于农村的文化环境和精神生活的硗薄所致。这是新的形势下出现的一种不被人们注意的精神悲剧。第二，她们的孤独是和她们既眷恋乡土，又向往城市的矛盾心态共生的。吸引她们的男青年，或者是城里大学生，或者是渴望上大学的农村青年，大山或草坡，都留不住他们。他们虽然也感受到她们的痴情，为自己的不能回报感到怅惘和微微的痛苦，但他们实际上并不怎么看重她们的爱，在接受她们的温情时多少都有点心不在焉的味道。这是尤其令读者感到怅然若失，叹惋不置的。实际上，山草、南雁的无爱的孤独，作为一个敏感而具有普遍意义的问题是被作家艺术地提出来了，但出路在现实中是很难找到的。赵澄不是在南雁恳求他告诉她"怎么办"时沉默无语吗？他想的是："以后的事只能让她听天由命……也许，最好的办法还是认命，麻木些，可以减轻痛苦。"但读者的良知却不肯满足这种不是办法的办法。南雁提出的"怎么办"的问题，即使是孤独的呼声，也将回响在我们民族精神更新的长途中。

　　以上，我们细析了李杭育表现的南方的孤独的几个层面。从这种南方的孤独中，我们得到的不是消极的寂灭，而是对生活的更加执着。从这种孤独中，可以引出生存的强力，生存的自由，美的创造和爱的追求。而这些，都是现代中国人心理中积累着的矛盾和意向。南方一向是人烟辐辏，热闹熙攘的区域，李杭育却在葛川江这"人间一隅"，发现了人类生存、人类心理的某种孤独状态，并把它具体地放在当代生活的变动中予以观察、揭示，这是他的敏感，也是他的远见。——他实际上是提出了很多与现实生活的发展相比较而言显得超前的精神问题。这些问题向我们显示了葛川江这个艺术世界的深邃。

三

　　葛川江这个艺术世界，又是充满了幽默感的世界。幽默感原是一切善于用智慧观照世界而且对生活充满了信心的作家笔下常常出现的，但出现在不同背景和不同个性的作家笔下，幽默感又具有不同的内涵和色调。李杭育笔下的幽默，是一种南方的幽默，带着吴越文化中的土风民俗的嬉戏闹热的色彩，在乐鬼神而戏之的场面中，反映着吴越人民对自己的生存的执着和自信；同时，又是一种时代的幽默，带着新旧交替、杂糅的过渡时期的种种特征，反映着人民对生活的变革的温情和喜悦。这种幽默渗透在葛川江的人物、画面、场面中，流注在作家的笔调里，使葛川江这个艺术世界充满了流动的生气和韵致。

在青年作家中，像李杭育那样自觉地追求幽默感的，并不是很多。李杭育自己说："两年前我更多地写'最后一个'，悲凉地看人生，而今我倒很愿意幽默地看了。"① 的确，写于《船长》（1983 年 8 月作）之后的《土地与神》《国营蛤蟆油厂的邻居》《炸坟》，几乎可以毫不夸张地称之为中国当代幽默小说的佳作；即使是渗透着一种幽幽的感伤情绪的《红嘴相思鸟》与《草坡上那只风筝》，通观全体，也是用一种不无幽默的笔调写成的。但是，我们研究李杭育小说中的幽默，却不能局限于这一批近期的作品，而要对他的全部作品作一个通盘的观照——因为，幽默对于李杭育的创作，并不是偶一为之、涉笔成趣的插曲，而是构成贯穿始终的一种音调了。

幽默往往是和讽刺共生的，对畸形世态的幽默的观照，有时就形成辛辣的讽刺。李杭育的幽默中，当然也含有这种社会讽刺的成分，特别是当他的笔伸向葛川江的历史的时候。这方面的代表作是《人间一隅》和《炸坟》。《人间一隅》描绘了一场大水造成的蟹灾，展开了由蟹灾引起的举城慌乱、打蟹祭蟹、市民与灾民械斗等等悲喜剧，颇有荒诞色彩。疯蟹不但涌进了叶盛记鸡仔行，冲进了县党部，逼得同兴市民"挥舞起扁担、火钳、柴棍"与之鏖战；而且，出现了"铁观音坐镇骆驼桥，市民们跪满两岸河街，对蠕动着的蟹

---

① 李杭育：《答友人问》，《青年评论家》1985 年 9 月 10 日。

群磕头求拜，沿溪岸点起无数香烛，烟火袅袅，祈祝之声营营嗡嗡"的滑稽场面。同兴市民在大自然的异态面前的惊愕、恐惧、无知、自扰，被幽默地摄入这人间一隅奇观趣闻录中了。尤其深刻的是，在人与大自然的关系中，作家处处点染出人与人相当严峻的阶级关系。在因蟹灾而激起的同兴市民与苏北灾民的械斗中，富商竭力煽动之，官方默许之，而一时昏乱嗣后清醒的穷苦的同兴人则尽可能地救济苏北灾民……在幽默背后，作家凝视那个世道的眼光是严冷的。就拿那个最先发现蟹灾的巡夜更夫来说吧，他在巡更时的一连串动作就是既幽默又透露着潜伏的阶级情绪的。他"边走边撒野，朝朱茂记当铺的紧闭的板门啐一口痰，往陈万源米行的描金招牌上擤一把鼻涕，晃到市中心的仪风桥下，又索性劈开腿对准'惬意楼'妓馆老板的祖母沈黄氏的贞节牌坊浇了一泡尿……"在这样的幽默中，透出的是社会讽刺的冷峭的光。《炸坟》写的也是发生在葛川江畔的一件社会奇闻，不过时代背景移到"文化大革命"中学生仔"破四旧"那会儿了。大蒜阿三这个旧社会的盗坟贼，本来已经改造成自食其力的船佬儿了。但这场光怪陆离的"革命"，却使他又动了邪念，纠集上一帮船佬儿，居然也组织起来参与炸坟，打起发革命财的念头来了。作家叙述这一桩奇闻异事时，从容不迫，层层铺垫，在写尽世态的同时，渐渐推进故事，增强悬念，最后才推出希望落空的阿三颓丧地坐在棺盖上的镜头，完成了淋漓尽致的社会讽刺。康德曾说："笑产生于一个忽然化为乌有的期待。"[①] 不过，阿三的忽然扑空却使我们不大能笑得出来，至多也只能使我们苦笑罢了。那个年代的荒谬和怪诞，浓缩在炸坟这件丑事以及由它牵动的种种社会怪现状中，形成了一种浓黑的幽默。李杭育以异常冷峻的笔调，写出了这种带有强烈的社会批判性的幽默。

　　不过，一般地说，李杭育埋藏在幽默中的讽刺锋芒，并不那么

---

　　① 转引自［法］柏格森：《笑——论滑稽的意义》，徐继曾译，中国戏剧出版社1980年版，第52页。

森然逼人。在更多的场合，李杭育的摄取社会相的幽默画，往往带着一种调侃的，甚至有点欣赏的意味。即使有讽刺，也是温情的、善意的。例如，他安排了"最后一个渔佬儿享受最后一条鲥鱼"的幽默画。虽然渔佬儿为了报复大贵的敲诈，故意让猫吃了鲥鱼，使大贵"像个爆仗似的蹦了起来"，这也可以说是一种社会讽刺；但整个渔佬儿与鲥鱼形成的幽默画的构图，却别有一种隽永、微妙的意味，似乎含着对最后一个渔佬儿的慰藉和欣赏。又如，耀鑫老爹没病装病，默许儿子儿媳造洋楼，半夜偷偷溜达出来观赏新楼，这也是够幽默的一个镜头了。当然这幽默中也有微妙的讽刺，可这是多么温情的讽刺啊！这讽刺温和得简直可以视为对这位与新事物悄悄地和解的有些守旧但并不泥古拒新的老爹的赞许了。

更妙的是那个头一个参加船舶事故保险的船长。在帆船遇险的关头，尽管画家揣想过他会弃船保人，但他却宁愿为保护船佬儿的荣誉而冒险。事后，在请老哥们喝老酒时，一个微妙的幽默镜头出现了——

> "哎呀呀，真他娘的！"他喝着祛寒的烧酒，忽然想起了什么似的，大惊失色地叫了起来："老子昏头了！怎么没想到船是保了险的呢！"
>
> 众人随之恍然地"哦"了一声。
>
> 他单单避开了画家的眼睛。

这位喜欢逞强却不情愿被人看成憨头的船长，幽默得多么可爱啊！

最绝的是《国营蛤蟆油厂的邻居》中的连仲。这位当舔盘佬时神情自若、我行我素的人物，在当了冒尖户之后仍然有揩油的习惯，而且这习惯似乎是凤凰寨村民的公习：他们都多么愿意挤上连仲家的阳台去白看国营蛤蟆油厂的电影啊。但是，当国营蛤蟆油厂悬出一块遮挡银幕的黑布给连仲一点颜色瞧瞧时，一向无喜无怒、表情轻松而呆滞的连仲愤怒了。他"脸上发烧，眼睛都烧红了"，居然觉得"当年在白沙镇上舔盘，脸上也比此刻好受一些"，并出人意料之外地来个"一手还一手"，掏钱请全世界的人白看一场彩色宽银幕的电影。"先前他揩蛤蟆油，今日倒揩转，蛤蟆油揩他。"这一有趣的突转中，生活使舔盘佬恢复了自尊心的过程，被浓缩而且喜剧化了。对于葛川江畔的农民来说，告别昔日的贫穷也许不算太难，但告别阿Q气却不那么容易，非得有强烈的刺激不可。由于刺激者与被刺激者之间，并没有根本的敌意，作家对矛盾双方的某种失态，也都流露着讽意，所以整个生活故事中的幽默，就具有谑而不虐的性质。当读者看到期待免票电影的村民们面对一块黑布突然落空时，是不免失笑的；而当读者最后看到连仲相信自己当真喜欢看反面电影，希望别人也这样相信，但电影开场时，往常他请的客人，今晚却全都坐到对过去了，连他派去传话的小儿子兴友也一去不回时，能不发出善意的微笑吗？读者完全能理解连仲维护自尊心的微妙心理，他要叫人相信，他连仲从来就不想揩油，他实在是喜欢看反面电影！这一点小小的阿Q，对于这位曾经不顾乡亲们耻笑，厚着脸皮当舔盘佬的农民，实在是一种历史的进步。心理外观还是有那么一点阿Q，但心理外观下面的心理素质却已经是新的了。这样的幽默，实在是带着爱抚的笔意的。

如果把《炸坟》和《国营蛤蟆油厂的邻居》连接起来读，那么，就可以得到一幅从昔日的乱世到今日的治世葛川江农民、船佬儿的心理发展的谐趣图了。守着马桶等讨一角五烟钱的船佬儿，做着红臂章还敲自道伙里的竹杠的三苗，徇私舞弊、拿公家的东西做好人的水法，"都以揩油为念"的红卫兵接待站上的妇女，白沙镇上的舔盘佬们……这一切"革命"时期的特殊世态，透出了那个"红彤彤"的世界的灰色，降低了那些被人为地提高到"神圣"殿堂上的事物的品位。风俗与人心互为表里，"革命"造成的"新"风俗，恰恰反映着普遍混世、揩油的民众心理。一直到连仲请乡亲们看的那场电影开场，这种灰色心理才算有了一个喜剧性的终结，而新的自尊的心理，创造的宏图，（连仲不是准备干圈鸭栏、开曲蟮圃的大事业吗?)精神的享受，也就可以产生、发展了。李杭育在观察葛川江儿女心理奥秘时产生的幽默感，含有多么丰富的生活新信息啊！

当然，李杭育的幽默感还有一种探幽显微的穿透力，一种浓郁的吴越色彩。他捕捉住了葛川江居民们对待礼俗、对待鬼神的游戏态度，从中探索到了这一地域人民幽默豁达、嬉戏热闹的天性。《土地与神》在讲到慧通和尚时，作家借题发挥，对茅寨人（也可以认为泛指葛川江人）的天性作了这样的描述：

> 慧通这种随随便便，吃吃喝喝，疯疯闹闹的乐天作派，实在太合茅寨人的脾胃了！他们很不耐烦那些枯燥乏味的、叫人听来越发糊涂的布道说教，对行善、积德、普度众生的兴趣不大，总是生着法儿把庄严肃穆的宗教仪式演变成可让他们疯疯闹闹的娱乐活动。死后上不上西天不甚要紧，只求菩萨准许我们活得惬意就是了。求菩萨保佑我们有酒有肉、无病无恙、多子多孙、少灾少祸……

这种轻彼岸重此岸的人生态度，狎鬼神而戏之的宗教观念，实质上内含着相当强烈的人的自重自信的意识，可以说是李杭育笔下南方的幽默的精髓了。

看看沙灶农家腊月十八"甩火把"的场面吧。这套歇了二十年的古老的把戏重新开场时，已经着上了新的斑驳的色彩了。点"万福水"的资格循老例是属于老寿星祥龙阿公的，但年轻小伙对他那颤巍巍的动作实在不耐烦了。身穿米黄色滑雪衫的农家用他新买的气体打火机咔嚓一声把火点着了，一个吊儿郎当的军礼算是表示了对自己僭越行为的歉意。而那充满人间情趣和欲望的《火把谣》，把沙灶人"趁兴找些名堂乐乐"的本意，尽情地甩到火把腾空的古礼中去了。

倘若说"甩火把"本身就带有民间娱乐的性质，借此宣泄生命的欢乐和希望倒也顺理成章，那么，替彩仙阿太做的道场，本身可是一件丧事，茅寨人该严肃一点了吧？那才不呢。由关木娘主持的道场，把个丧家办得喜气洋洋，仿佛这一家在娶新娘。硬憋着笑摆出一本正经的功架的关木娘，仪式先就有些夹生，何况体力又早已不济，只好边想边做，虎头蛇尾；德贵家一大帮子人一会儿哭一会儿笑，似有泪似无泪，也巴不得早早收场，好让死人入土为安；凑热闹的乡亲们更是没完没了地疯闹……在这种场合，对死的藐视、调侃，同样表现着葛川江人耽于生的乐趣的天性。

对丧礼的这种嬉戏为之的大不敬态度，大约是葛川江人对中原礼教总的轻慢态度的一个组成部分。从山草姑娘讲述的那个人兽同台、人鸟共鸣的民间故事中，我们看到了吴越先民在没有濡染礼教之前自由而率真的性爱意识，听到了他们对孔夫子以及礼教卫士百鸟大仙的嘲笑声。这些地方，使我们意识到南方的幽默乃是对中原礼教传统的一种调侃。

在人神关系上，元气健旺的葛川江人也自有其绝顶聪明的处置办法。他们也算命，吉半仙的行踪所至，总有一大帮人围着。但吉半仙并不是为神秘严厉、吓唬人的"命运"作代言人的，而是为想依照自己的意愿行事的人服务的。古安镇的船长每趟出船总要找吉半仙算命，但船长对算命的结论并不太认真。吉半仙主要靠恭维话卖钱，而船长是个大买主。就连茅寨的水娟娘也是这样：如果吉半仙不识相，为她女儿女婿算出的"命"有碍于她的行事，她就要把他归入"浑水摸鱼"一类去！

基于这种对天命、对鬼神的实用主义态度，茅寨头一号孝子关木和他婆娘终于拂逆母命，在上郎当岭求观音的半路上折回了；茅寨人也终于用炳焕、茂生捐的三千元，在村里修起了一座带阳台的俱乐部式的娘娘庙；最有趣的，是关木娘在同意修这种新样儿的、不三不四的娘娘庙时的心思：一想到可以赶在新庙开张时为儿媳补烧一炷"求子香"，她也就欣然让步，请观音娘娘出山了。总之，李杭育的这篇《土地与神》的大文章，虽然满纸神祇，但处处充盈的却是人的生气。在这种南方特有的幽默中，强调的是人对于神的优越地位，是在时代变革的急潮中人的聪明、自信、活力的恢复。

四

在对李杭育笔下的葛川江艺术世界的主要特质进行详细分析之后，我想，读者一定会对构成李杭育的艺术才能的那些似乎有些神秘的因素产生兴趣。探讨这些因素，肯定会具有超出评论一个具体作家的某种理论意义。

李杭育是一位具有强烈艺术个性的青年作家。而且，从他的几篇谈创作的文章来看，这位有着非凡才能的年轻人确实像有的文章介绍的那样，多少有些"少年狂气"①。在本文的开头，我就有意引述了他强调"我"的主观因素在构筑葛川江艺术世界中的作用的一句话："富春江——钱塘江不是我的，'葛川江'才是我的。"这正是注意到了：葛川江艺术世界之引人注目，是因为它打着李杭育个人气质的鲜明烙印。构成葛川江艺术世界的三种特殊的质料：南方的生力，南方的孤独，南方的幽默，都是和李杭育自己的气质有关的。

对李杭育其人比较熟悉的评论家李庆西曾指出，《船长》中那位青年画家的创作动机，是不妨看成李杭育的自白的。② 李杭育自己也说他塑造的人物中最喜爱的不是福奎，而是船长，因为"他更容易和我交朋友"③。有趣的是，这位画家虽然是个白脸书生，却也是使船长不敢小视的一条硬汉。在被船长一脚踢下水并受到辱骂时，他"脸色阴沉，死死盯着船长的恍如披了张鳄鱼皮的疙里疙瘩的肩头，盘算着，找准什么部位，才能一拳打倒这个浑身是劲的蛮汉"。这种

---

① 盛钟健：《李杭育和"葛川江"小说》，《文艺报》1985 年第 5 期。

② 李庆西：《葛川江的艺术轨迹——关于李杭育〈船长〉的断想》，《钟山》1984 年第 3 期。

③ 李杭育：《答友人问》，《青年评论家》1985 年 9 月 10 日。

无声的威胁使船长不但转圜让步，而且满意地想："看来画家也不像他原先想的那样持重，也不比他文明到哪里去。"在这里，李杭育把自己的侧影，印在画家身上了。联想到李杭育的某些经历，我在读《人间一隅》时，简直觉得那个倔强地冷笑着的姓仲的汉子，几乎是从李杭育的灵魂里掏出来的人物了。甚至在渔佬儿的孤独而自由的人生况味里，也不难咂摸出一点刚出校门不久正在历练人生的李杭育的心境。

理解李杭育的这种主观气质是很重要的。这个闯文坛的小伙子，是有一股子独寻新路、不服输、不认熊的倔劲的。没有这股倔劲，他就不能创造葛川江这个艺术世界。只有强者，才能进入强者的世界；只有自由的精灵，才能深入阔大不羁的灵魂深处；只有怀着挚爱的土地之子，才能如数家珍地画出葛川江这块新生的古老土地上的种种风俗；也只有经常擦拭自己的智慧之灯的作家，才能以从容的幽默去观照生活。……无疑，忽略了对作家主观因素的考察，是无法揭示葛川江艺术世界形成的奥秘的。

但是，如果我们因此就只从李杭育的主观气质去寻找形成他的艺术才能的秘密，那也是很片面的。《船长》中的画家只身来到古安镇时，小说写道："……他的灵感需要直接的刺激。他希望在葛川江上找到它。"这几乎可以看成李杭育的夫子自道。事实上，在另一个地方，李杭育径直宣称他是一个"基本利用客观材料做小说的作者"①。如果说这位青年作家的创作自白中有些东西人们不妨姑妄听之的话，那么，这里的自白却是使人肃然动容的。因为，接受现实生活的"直接的刺激"，"基本利用客观材料做小说"，这恰恰道出了李杭育艺术才能的最基本的特质。我以为，李杭育的小说，之所以给人结实饱满、无虚招、少水分的印象，之所以那样弥漫人民生活的生气和力量，之所以那样洞察人民生活的幽隐曲折，跳动着时代的脉搏，之所以对人民的生存状态、风俗人情、心理、语言那样了

---

① 李杭育：《小说自白》，《上海文学》1985 年第 5 期。

如指掌，最重要的原因，就因为作家向客观世界敞开了自己的灵魂。他那种对生活的熟悉，是令人惊异也发人深思的。构成李杭育艺术才能的最重要的特质，就在于他具有罕见的吸收生活的印象并迅速地组织它们的能力，具有接受客观材料的直接的刺激经常保有对生活的新鲜感的敏锐天性，而且具有艺术地把握客观世界时的投入感和专注性。——他如鱼得水般地潜入了葛川江深处，而且专注地盯住葛川江不放，于是就发现了一个独特的艺术世界。

研究李杭育的艺术才能的这种特质，对于充实、提高我们当前的文学创作，无疑是有启示的。由于过去我们相当轻视作家创作中的主观因素的作用，或者相当机械地理解这种作用，近年来，新的理论批评潮流着重阐扬了创作中作家主体的作用，以及体现这种作用的艺术方法、技巧等等方面的创新。应该说，这使我们的理论批评在适应作家们艺术个性大解放的趋势方面大大前进了一步。但是，也必须注意到，在强调艺术创作中主体的能动作用的各种论说之中，一种看轻或贬低现实生活对作家创作的制约作用，忽视研究作家创作的客观社会基础的倾向，也随之而生。在个别批评家那里，甚至发展到对现实、社会历史背景、现实主义等等所谓"陈旧的"概念神经过敏的程度。谁要是在文艺批评实践中使用这些概念，他就要大为光火，斥为过时、落后。其实，肯定、支持并研究作家们近年来在创作实践中对艺术方法、技巧的创新，这是一回事；指出这些创新的得失最终仍然要取决于作家从现实中获取的真实货色的多寡、厚薄，这又是一回事。古今中外，文学流派的兴衰，归根结底，是受制于该流派的作家们接近并掌握现实的深浅的，这是一个文学史的基本事实。就以《百年孤独》的作者加西亚·马尔克斯而论，他的艺术想象力对中国当代青年作家的震动，是毋庸讳言的。说当代文学创作队伍中有一种"马尔克斯热"，也并不过分。但恰恰就是这位魔幻现实主义的大师，在答记者问时，着重指出了现实、社会基础对他的创作的决定的意义。他说，翻译只是使他的作品达到世界性的一个因素，"还须有考验时的诚实，想象时的现实主义。这也就是说，读者必须感到他手中的故事是存在于社会的那种考验的回声"。在谈到灵感时，他更加明确地说："在我看来，灵感就是向现实求助，就是社会面临的每一次考验。灵感不能依赖想象，它必须是现实和想象的结合。这里就成为创造。事实上我一直向带着其全部问题和希望的拉丁美洲社会寻求我的小说的主题。"① 加西亚·马尔克斯的这些话，我以为是值得我们的艺术创新的探求者们深思的。一个艺术上力求创新的作家，只有在对现实、对他生活于其中的社会、时代有深刻的理解和感受并达到艺术地掌握它们的时候，他的瑰奇的艺术方法、艺术技巧才有用武之地，他的艺术创新也才能在当代读者心中激起强烈的回响。我注意到这样一种有趣的现象：不少富有才华的青年作家，在他们关于创作的议论中，对于自己的创作与现实、与时代、与社会的关系常常是讳莫如深的，似乎触及这些问题就显得浅薄、僵化、不懂文学或文学观念陈旧似的。但是，如果我们仔细研究他们的创作，就会看到，他们从文学史和现实中获得的较为正确的美感，实际上仍然引导着他们向自己生活于其中的现实寻找题材和主题。他们那些比较深刻和成功的作品，似乎违背他们主观上的回避态度，每每有力地证明着现实、社会、时代对他们的制约。在这种情况下，严肃的文学批评工作者，就不能被他们那些在没有深思熟虑或盲目醉心于时髦说法的情况下发表的种种说法所左右，而要深入地研究他们的创作与现实的关系，正确地阐明他们成功或失误的秘密。事实上，离开对一个作家与他所处的现实的关系的研究，是根本无法确定他的创作的真正价值的。这恐怕不仅是坚持唯物史观的批评方法的研究者所执着的，而且是一切真正具有历史眼光和宽阔视野的批评家实际上也或显或隐地采用着的。只有在这样一个根本的批评方向上，一切着眼于作品本体的种种新鲜的批评方法，才能获得辉煌展开的空间。

---

　　① 　江西省外国文学学会编：《加西亚·马尔克斯谈创作》，伊宏译，载《域外文丛》第 2 辑，江西人民出版社 1984 年版。

请读者原谅我在上面稍稍离开了本文的主要论题。现在我们马上就回到对李杭育的研究上。不管李杭育关于他自己的创作都说了些什么，事实上，这个作家的全部创作都向我们显示了他在现实面前的虚心和饥渴。他是依靠客观材料的直接刺激来写作的，这决定了他的艺术方法是一种冷静的、客观的白描。他是一个颇有根基的现实主义者，有时也用一点荒诞不经的夸张手法。看来他并不太醉心于象征、魔幻这一类新手法。当有人问他"蟹灾"是否象征着什么时，他断然地否定说"没有"，而且立即举出这一怪事奇闻的生活原型。① 他是属于那种摸着石头走路的作家，所以他的每一篇作品都比较扎实，绝少理念演绎的痕迹。对于这样的作家，我想可以劝他让艺术想象的翅膀展得更开一些。他的小说，如《葛川江上人家》《沙灶遗风》《船长》，有些地方比较沉闷、松散，其病因就在写得太实太满。而像《最后一个渔佬儿》《人间一隅》这样的精品，显然就经过艺术想象的比较充分的孕育。人物和画面被推开一个距离，审美观照便显得更加隽永而有韵致，艺术结构也精悍结实，妙境迭现。

如果从作家与现实的关系这样一个更宏观的角度来批评李杭育，那么，我觉得，李杭育对他所处的吴越文化的被覆区域的观察和研究还可以更深、更广一些。所谓更深，我指的是李杭育看待葛川江有时显得太幽默，太轻松了一点（尤其是近来）。除了《炸坟》里的人物之外，他笔下的葛川江世界和生活于其中的人物，似乎没有留下多少新中国当代历史，特别是"文化大革命"的遗痕。他的艺术镜头较多地对准葛川江的现在，而不太注意葛川江的来路，这就限制了他的人物和故事的社会历史深度。我绝不是主张李杭育应该去写葛川江的政治动乱、极左影响等等，作家避开这些别人写滥了的角度，正是他刻意求新的表现。我是说，当作家要在更广阔的范围内拓展葛川江艺术世界时，虽然不一定正面去写那些曲曲弯弯的历史，但心中要有那些东西，要注意那些东西在人心和风俗中的积淀，

---

① 李杭育：《答友人问》，《青年评论家》1985 年 9 月 10 日。

使人物性格获得更深的社会意义，也就是获得更高的典型性。

我所谓更广，是指以写吴越文化被覆区域为己任的李杭育，还需要把葛川江世界与更广大的世界打通来写，把南方的生力、南方的孤独、南方的幽默，放在中华民族整体的大背景中来观照，来研究，以避免过分地钟爱它们。

最后，我想借用鲁迅论陶元庆的绘画的一段较长的话，来表达我对于李杭育小说创作的总的观感和进一步的希望——

> 然而现在外面的许多艺术界中人，已经对于自然反叛，将自然割裂，改造了。而文艺史界中人，则舍了用惯的向来以为是"永久"的旧尺，另以各时代各民族的固有的尺，来量各时代各民族的艺术，于是向埃及坟中的绘画赞叹，对黑人刀柄上的雕刻点头，这往往使我们误解，以为要回到旧日的桎梏里。而新艺术家们勇猛的反叛，则震惊我们的耳目，又往往不能不感服。但是，我们是迟暮了，并未参与过先前的事业，于是有时就不过敬谨接收，又成了一种可敬的身外的新桎梏。
>
> 陶元庆君的绘画，是没有这两重桎梏的。就因为内外两面，都和世界的时代思潮合流，而又并未桎亡中国的民族性。[①]

鲁迅的这些话，似乎是在昨天刚刚写下的，还带着新鲜的、淋漓的墨色。他所指出的两重桎梏——由于艺术史家对民族艺术的推重产生的误解，使有些人想向它复归的"三千年陈的桎梏"和由于对现代派艺术的敬谨接受而形成的"身外的新桎梏"——现在不是隐隐约约地在我们眼前晃动吗？而他所称许的陶元庆，则"以新的形，尤其是新的色来写出他自己的世界，而其中仍有中国向来的魂灵"[②]。这样的真正属于画家自己的艺术世界，是挣脱了那双重的桎

---

① 鲁迅：《当陶元庆君的绘画展览时》，载《鲁迅全集》第 3 卷，人民文学出版社 1981 年版，第 549—550 页。

② 鲁迅：《当陶元庆君的绘画展览时》，载《鲁迅全集》第 3 卷，人民文学出版社 1981 年版，第 550 页。

梏而获得艺术创造的自由的。

李杭育笔下的葛川江艺术世界和陶元庆的绘画是一气的，和世界的时代思潮是一气的，而且正在用新的形和新的色，拓展出更大的堂庑，以容受中华民族的浩大的灵魂。——他是在这样一条路上走着，用一种倔小伙子的锐气和活力，我以为。

（本文前两节以《南方的生力与南方的孤独》为题，原载《文学评论》1986年第2期）

《南渡记》的评价与现实主义问题

  《南渡记》是宗璞潜心构思、创作了多年的四卷本长篇小说《野葫芦引》的第一部。

  小说问世不久，即得到好评。韦君宜指出，《南渡记》是那种严肃的读者会珍重地保存的"给历史和生活留下影像的作品"，它"写了一部分人的历史的一个侧面"①。冯至与卞之琳都认为，《南渡记》继承了《红楼梦》的笔法，具有极大的艺术功力。卞之琳说，读这部小说，他感到"难得的欣悦"，"就题材而论，这部小说填补了写民族解放战争即抗日战争小说之中的一个重要空白；就艺术而论，在新时期小说创作的繁荣当中独具特色，开出了一条小说真正创新的康庄大道的起点"②。

  这些著名作家的高度评价，当然不能代替每个新的读者和研究者的独立的判断。实际上对《南渡记》的研究和评价刚刚开始，批评家们应该继续努力，提出新的见解，从新的角度进行发掘，以丰

---

  ① 韦君宜：《南渡记漫谈》，《文艺报》1998 年 10 月 29 日。

  ② 卞之琳：《读宗璞〈野葫芦引〉第一卷〈南渡记〉》，《当代作家评论》1989 年第 5 期。

富人们对这一作品的思想、生活、艺术内涵的认识，为正在艰苦创作中的作家提供有益的参考意见。本着这个想法，我对马风同志《论宗璞的"史诗情结"——对〈南渡记〉文体的一点疑义》[①] 一文的出现，就比较留意。

读了这篇评论，我的心情久久不能平静。文章对《南渡记》作出的基本上否定的评价，当然也是百家争鸣中应该允许存在的一种学术观点，不值得大惊小怪。这些年来，持类似思想方法的批评文章，在我们的文艺评论界，可以说是不胜枚举了，有些立论比这奇特得多，口气比这武断得多，难道需要一一加以辨析、争鸣吗？

但是，《南渡记》的评价问题，却是一个学术连带着感情的问题。面对这样一部散发着血的蒸汽，弥漫着反法西斯战争的风云，概括了一代知识分子、一代青少年投身抗日救亡的人生之旅，抒写了中国人民酷爱自由、不能忍受外侮、为国家的独立和解放而拼搏的浩然正气的小说，人们的阅读和评论，不可能是纯学理性的。在马风同志那种让我感到有点高深和玄妙的苛评中，我看到了一种令人惊讶的冷漠和令人不安的是非颠倒。同时，马风同志的评论也涉及现实主义文学创作的一系列重要的理论问题，这也是当前的文学创作和文艺批评所不能回避的。因此，我写了这篇文章，围绕着《南渡记》的评价以及现实主义创作原则的理解等问题，一陈管见，就正于马风同志。

一

马风同志的文章的一个基本的论点是：《南渡记》在艺术上的种

---

① 刊于《文学评论》1990 年第 4 期，本文引用的马风同志的话均见此文。

种令人失望的毛病，其根源都在于宗璞的创作心理中存在着一种所谓"史诗情结"。他时而用教训的口吻说："宗璞的'史诗情结'过于亢奋了，她不该把《南渡记》当作史诗来作。"时而用劝告的口气说："宗璞是否可以从这个暗示中松动一下她的'史诗情结'呢？我以为是。"看样子，这种"史诗情结"像一个徘徊在小说字里行间的幽灵一样，把宗璞引入了艺术的歧途。因此，马风同志批评的长矛，不能不向这个纠缠着作家的创作心态的幽灵扎去。

但是，可惜得很，这很有点像堂吉诃德向风车作战。因为，所谓"史诗情结"，是马风同志生造出来强加给宗璞的莫须有的东西。

马风同志从宗璞在《南渡记·后记》中讲到她的创作甘苦时用的"挣扎"一语，结合自己的阅读感受，作出了"我想，'挣扎'或许可以作为宗璞写作她的第一部长篇小说的创作心态和实践状况的直观写照"的推测。在他看来，这种"挣扎"心态正是"史诗情结"的表现。

那么，我们就来看看宗璞在《南渡记·后记》中关于她的"挣扎"的写作心态是怎么说的：

> 这两年的日子是在挣扎中度过的。
>
> 一个只能向病余讨生活的人，又从无倚马之才、如椽之笔，立志写这部长篇小说《野葫芦引》，实乃自不量力。只该在挣扎中度日。
>
> 挣扎主要是在"野葫芦"与现实世界之间。写东西需要全神贯注，最好沉浸在野葫芦中，忘记现实世界。这是大实话，却不容易做到。我可以尽量压缩生活内容，却不能不尽上奉高堂、下抚后代之责，也不能不吃饭。又因文思迟钝，长时期处于创作状态，实吃不消，有时一歇许久。这样，总是从"野葫芦"中给拉出来，常感被分割之痛苦，惶惑不安。总觉得对不起那一段历史，对不起书中人物；又因书中人物忽略了现实人物，疏亲慢友，心不在焉，许多事处理不当，不免歉疚。两年

间，很少有怡悦自得的时候。①

研究一部小说，了解作家创作时的心理状态和生活状态，当然是非常重要的。宗璞的这段讲她的"挣扎"心态的话，对于我们了解《南渡记》，的确是很珍贵的第一手材料。但是，在这段话里，根本没有作家因为想创作"史诗"而苦苦"挣扎"的意思；作家所讲的"挣扎"在"野葫芦"与现实之间，说的无非是作家因为现实的日常生活的负累而无法全神贯注于创作的苦恼心境而已。透过这种苦恼心境，我看到一种条件虽差也要为"野葫芦"这个艺术世界的营构而拼搏的顽强意志。所谓挣扎，就是克服困难、立志为完成《野葫芦引》而奋斗的一种心志和行动。在"挣扎"中，固然有现实拖累太重不得不中断创作的痛苦，更主要的是生怕"对不起那一段历史，对不起书中人物"因而产生的对创作的执着。以抱病之身在被家务分割的时间中挣扎着写作，兢兢业业，若有不足，若有不胜；这就是一个严肃的现实主义作家在呕心沥血的艺术创造中执着奔赴的创作心态的具体表现。

那么，为什么宗璞对《野葫芦引》的创作如此执着、苦苦挣扎、锲而不舍呢？是像马风同志所猜测的那样，作家的"创作年龄和心理年龄"，"都在急切地呼唤和敦促她向'史诗'的峰巅登攀"，因此才使作家"挣扎"着写作的吗？当然不是。这样的猜测，实际上是把作家所没有的以"史诗"自期的自负和功利意识强加给作家了。

从作家的自述来看，我们只能相信，她的"挣扎"，她的执着，只不过出于一种不写出来就"对不起那一段历史，对不起书中人物"的歉疚心理，出于作家对历史、对前人的责任感。有这样一种不吐不快、不写出来就寝食不安的执着创作的心态，说明作家所把握、涵蕴的题材，不是可写可不写的东西，而是深切感动了作家、甚至影响了作家的一生命运，在作家心灵中打下了深深烙印的东西。正如阿Q的影像在鲁迅心中已经生活了很久一样，"那一段历史"和

---

① 见《南渡记》单行本，人民文学出版社 1988 年版。

《南渡记》书中的人物，在宗璞心中已经孕育了很长的时间。她用心血浸润、滋养它们已经很久了。她心心念念、魂牵梦绕地要表现它们，使它们变成活在纸上的生灵。

所谓"那一段历史"，以《南渡记》所展开的生活故事来印证，就是伟大的抗日战争中明仑大学的一群高级知识分子及其眷属从北平南迁昆明的历史；所谓"书中人物"，就是那些不愿当亡国奴，舍弃了舒适宁静的校园生活，冒着烽火与风涛到南方去寻找祖国、寻找抗日救亡道路的人们，以及虽然没有南渡，但选择了"就死辞生！一腔浩气吁苍穹"的殉国归宿的吕清非这样的志士仁人。

读过宗璞的短篇名作《鲁鲁》和冯友兰的《三松堂自序》一书的读者，都不难理解宗璞为什么对"那一段历史"和《南渡记》书中人物那样情有独钟。因为，"那一段历史"正是宗璞童年、少年亲身经历的，她自己就是南渡的众多人物中的一个，她写作时的模特儿就是她的父母亲人以及父执、师友以及童年伙伴，写这些人物在伟大的抗日战争中被震动、被撼醒，走上在战火中成长、成熟的特殊的人生之旅的故事。因此，倘若我们说《南渡记》乃至整部《野葫芦引》是带有浓厚的自传色彩的作品，那也是不会有什么大错的。

值得注意的是，宗璞在《南渡记·后记》中还说："我深深感谢关心这部书，热情相助的父执、亲友，若无他们的宝贵指点，这段历史仍是在孩童的眼光中，不可能清晰起来。"[1] 读《南渡记》，我深切地感到书中孩童的眼光与一个对历史有着成熟的见解、对人性有湛深的认识的成人的眼光的交织。细心的读者不难发现，书中孟弗之与吕碧初的二女儿嵋（孟灵已），是一个从小就富有艺术想象力、爱读童话也能为自己编织童话的女孩，她对别人充满同情、宽谅和友爱，立志要研究人世间人和人为什么不一样。她的眼光，实际上构成了小说潜在的叙事角度。嵋的形象上，无疑有着作家自己的身影。嵋对从卢沟桥事变爆发到孟家离开方壶南渡到云南龟回这一段

---

[1] 见《南渡记》单行本，人民文学出版社 1988 年版。

《南渡记》描写的生活故事，时时用她澄澈无邪的童心进行着观照和评判。她既是这一段生活故事的目击者，又是这一段人生历程的参与者。冯至先生曾敏锐地对作者指出："你写的儿童和妇女，性格多样，生动自然，显示出女作家的特点。相形之下，大学里的教师们，比较平淡，有些逊色了。……这本书里涵蓄了你不少童年的回忆。"①事实也正是这样，《南渡记》乃至整部《野葫芦引》在创作构思上的发轫，其动力在很大程度上来自于抗日战争中北校南迁的这一段历史以及这一段动荡的人生旅途上颠沛流离的人们留下的雪泥鸿爪（《野葫芦引》曾拟名为《双城鸿雪记》），对童年的作者产生的不可磨灭的影响。在这个意义上，不妨说推动作家创作《野葫芦引》的，并不是马风同志主观推测的什么"史诗情结"，而是从宗璞特殊的生活经历中产生的、深深涵蓄在她童心中的亡国之痛和抗日之光，是一个现实主义作家对历史和时代的责任感。

马风同志断定宗璞创作心理中存在"史诗情结"的最有理论色彩的"依据"，是搬出了黑格尔的"史诗"定义："史诗就是一个民族的'传奇故事'，'书'或'圣经'。每一个伟大的民族都有这样绝对原始的书，来表现全民族的原始精神。"② 即使我们承认黑格尔的定义是最准确意义上的"史诗"定义，那么，我们从这个定义中看到的，很明显地也只是对反映一个民族肇始、繁衍、凝聚、拼搏的历史那种汇聚了初民社会的回忆和口碑的史诗的描述。这样的史诗在古代希腊罗马以及北欧、法国都产生过（如《伊利亚特》《奥德修纪》《尼伯龙根之歌》《罗兰之歌》等），黑格尔的"史诗"定义，正是这一文学传统、文学体裁的反映。黑格尔"史诗"定义所描述的"史诗"的基本特征，是"史诗"的原始性。"史诗"内容上的包罗万象的广阔性和英雄传奇色彩以及艺术上古朴稚拙的风貌，都来源于这种原始性。可见，马风离开黑格尔"史诗"定义的特定内涵，

---

① 冯至：《〈南渡记〉读后》，《文艺报》1989 年 5 月 6 日。
② 黑格尔：《美学》第 3 卷下册，商务印书馆 1979 年版，第 108 页。

把"重大"作为概括"史诗"的基本风貌的一个概念，这是非常牵强附会的。

在文艺评论中被广泛运用的"史诗"概念，和黑格尔的"史诗"概念，显然不是一回事。在文艺评论中，"史诗"往往是作为极高的审美评价的用语，运用于长篇小说或长篇叙事诗的评价中。这一概念包含两层意思：一是指作品具有博大精深的历史内涵，对广阔的、重大的社会生活进行了雄浑的历史的概括；二是指作品是充分诗化（即艺术化）了的，具有高度的艺术概括力，尤其在典型环境中的典型性格的创造方面，达到了高度典型化的程度，闪射着富有启示的诗意的光辉。这样的作品的美学品格是极高的。这两层意思统一在"史诗"这一概念里，也就是恩格斯所说的历史的批评和美学的批评的极高标准的统一。

可见，作为对长篇叙事体裁的文学作品的极高的审美评价的"史诗"概念，是不能轻易使用的。"史诗"的艺术境界，也是很难企及的。老作家孙犁就曾一再反对文艺评论中"史诗"概念的滥用。他曾说过："几十年来，我们常常听到，用'史诗'，和'时代的画卷'这样的美词，来赞颂一些长篇小说。作为鼓励，这是可以的。但真正的'史诗'和可以称为画卷的作品，在历史上是并不多见的。中国自有白话小说以来，当此誉而无愧者，也不过《红楼梦》八十回，《水浒传》七十回而已。"① 孙犁还指出："出现一部真正的史诗，像创造出一个真正的文学典型一样，并不是那么轻而易举的事，也不是评论家随心所欲的事，而是时代的社会的推动，作家认真努力的结果。"②

孙犁这些关于"史诗"的看法，是精辟、削切的。事实上，一切严肃认真的作家、评论家，都会同意这种看法，力戒并反对"史

---

① 孙犁：《小说与历史》，载孙犁著：《远道集》，百花文艺出版社 1984 年版，第 160 页。

② 孙犁：《评论家的妙语》，载孙犁著：《远道集》，百花文艺出版社 1984 年版，第 144 页。

诗"概念的滥用。宗璞从来没有以创作"史诗"自诩，迄今关于
《南渡记》的肯定性的评论也没有乱用"史诗"的美词，就是证明。
但是，马风同志却无中生有地提出宗璞的"史诗情结"问题，予以
当头棒喝。这与其说是为了严格地要求作家，毋宁说是为了宣扬他
自己的审美偏见，即所谓对"重大"的借助和追求抑制了宗璞的艺
术优势的发挥，以断言《南渡记》艺术上的失败。

那么，马风同志所极力反对并不时流露出含蓄的嘲讽的那个
"重大"，指的到底是什么呢？

二

为了不至于对马风同志的文章产生误解，我想还是尽量引用他
自己的原话来进行评析吧。《南渡记》是以卢沟桥事变的爆发为开端
的抗日战争为历史背景的。本来，评价这部小说的主题和人物，正
是应该从这样一个历史背景出发，看看小说在多大的程度上概括和
反映了这个历史时代的真实面貌、真实情绪，看看小说在多大程度
上揭示了这个历史时代和人物的命运、性格的关系，从而对小说在
创造典型环境中的典型性格的现实主义的艺术追求方面达到的实际
成就和不足之处作出科学的分析。但是，马风同志以不无遗憾的口
吻批评宗璞对抗战的重大历史事件的渲染太浓重了："尽管小说家回
避了对于炮火纷飞的抗战情景的正面切入；然而，上述的时代背景，
却并没有被淡化为悬浮在远处的一抹缥缈的烟云。它仍然是个分明
的存在，犹如一方石块，实实在在地沉压在人们的生活中。"马风同
志举例指出，在小说的细节描写中，连孩子的游戏和乡路上的狗吠
声也被"抗战化"了。于是他指出："抗战化，是宗璞对于小说中展
现的生活场景（包括人物的心理场景）以及所宣泄的她自己的生活

体验和情感情绪的最为明朗，也最为本质的观照结果。自然，这是为她的'史诗情结'所决定了的，因为唯有'抗战化，才有可能与我前面说过的'重大'相沟通。"很明显，被马风同志视为疵病的造成《南渡记》艺术价值的失落的对"重大"的追求，其实就是小说中对"抗战"的时代氛围的浓重的、鲜明的描写。而这种描写，在我看来，却正是《南渡记》在艺术上的优长之处。

马风同志批评宗璞把抗战爆发和卫葑婚礼安排在同一天是一种人为的"戏剧性"的巧合，会在读者心目中留下"假"的暗影。他对小说中人们的日常凡俗的生活全部被七七事变后的抗战的时代风云统摄和笼罩表示不满。但是，严峻的历史和现实是无法满足马风同志偏爱纯凡俗生活的艺术描写的雅兴的。卢沟桥上的炮声一响，历史掀开了八年全面抗战的新的一页。是投降日寇当亡国奴还是同仇敌忾投入抗日救亡的历史洪流，这成了逼临每一个中国人面前的首要选择。对于小说里描写的北平人民来说，由于卢沟桥守军的撤退，北平的沦陷，亡国的惨痛首先笼罩了他们的全部日常生活，这正是童年的宗璞所刻骨铭心地感受到的一种悲惨的、历史性的情绪。这种情绪升华为艺术，就构成了《南渡记》那种无处不在、无时不在的亡国之痛和抗日敌忾。既然卢沟桥的炮声牵动了万家灯火，那么，卫葑的婚礼也罢，柳夫人的独唱音乐会也罢，玮玮们的游戏也罢，小娃的生病、治病也罢，举凡当时北平人民生活的一切细波微澜，全部和抗战的时代大波或远或近地勾连起来，这有什么可訾额的呢？难道现实生活的逻辑不正是这样支配着人们的命运吗？举个例子说，耽于青春的欢娱的澹台玄以为她要去参加的由美国人举办的六国饭店的舞会和抗战是没有什么关系的，但是连她的朋友美国青年保罗也不同意她在卢沟桥事件爆发的情势下依然去参加舞会，甚至对她说出"我认为，你没有兴趣参加，你的内心才符合外表"这样严肃的、批评性的话来。尔后的事实证明，就连玄子的日本玩偶，也不幸与抗战相关了——玄子不是因为在什刹海边让日本兵用刺刀挑破了衣裳而愤怒地鞭挞那些无辜的日本玩偶吗？懒散而闲适的大学教授凌京尧，以为他对演剧的爱好大概和日本人是没有关系的。但严峻的生活却使他从不知不觉为日本人组织演剧开始滑落到汉奸的泥坑里去了。时代的巨变和个人的命运，和人们的悲欢离合、喜怒哀乐、一饮一啄、一呼一吸都是息息相关的。这就是生活的逻辑，也是建立在生活的逻辑的基础之上的艺术的逻辑。宗璞循此逻辑而展开她的艺术构思，有什么可责难的呢？

马风同志引了一段法国当代文论家托多罗夫的话："从上世纪末开始，事件在小说中的重要性减弱了，以前，英雄业绩、爱情、死亡构成文学所偏爱的领地，随着福楼拜、契诃夫和乔哀斯的创作，文学转向无意义，转向日常生活。"然后，马风同志据此立论："可以说，充塞于《南渡记》的艺术空间的，就有若干'无意义'的'日常生活'。这些，恰恰是小说中最富于美学光彩的部分。"

据我看，托多罗夫的话并不那么可信。外国文学，我读得不是太多，但福楼拜的《包法利夫人》、契诃夫的中短篇小说、乔伊斯的《都柏林人》里的短篇，《尤里西斯》的片断等等，却也曾寓目过。这些作品中，却是既有爱情和死亡的故事，也不乏社会意义、人生意义的。他们的伟大，未必不是因为他们小说中的意义之重大与深邃。如果说，托多罗夫讲到小说转向无意义、转向日常生活的趋势时，还带着一种客观评述的态度；那么，祖述托多罗夫的马风同志，却对"无意义"的"日常生活"表现了明显的主观偏爱，把他所认为的《南渡记》中若干与"重大"（即抗日）无关因而无意义的描写日常生活的细节，称为"小说中最富于美学光彩的部分了"。

不幸得很，如果我们仔细分析一下马风同志称赞的这些细节，就会发现，这些细节在小说中，恰恰也都是与"重大"、与"抗日"有关，因而具有特殊的艺术意义的。

就说几个孩子在孟家住宅"方壶"后门外小溪边玩赏萤火虫的情景吧，马风同志用称赞这一细节来贬抑玮玮玩打日本游戏的细节，说："前者更多的是纯真的情愫，后者更多的则是功利和教化的目的。我们在前者中品味到欢愉，在后者中则不能不感到几分矫揉造作。于是，这种区别划出了一道审美品位的界限。"其实，孩子们玩赏方壶流萤的描写，在小说中不仅仅表现了孩子们纯真的情愫，活泼的想象，而且是为了表现卢沟桥事变的爆发对温柔乡中的孟家孩子们的命运的影响。嵋和她的伙伴们幻想第二天欣赏有萤火虫和白荷花当演员的舞蹈会，但第二天事变突发，城门被关，她和小娃就再也不能回到方壶去了。作家充满抒情意味和人生感慨地写道："两个孩子没有想到，需要那么长的时间才能回去。那时他们已经长大，美好的童年永远消逝，只能变为记忆藏在心底，飞翔的萤火虫则成为遥远的梦，不复存在了。"日本的侵略使孩子们失去了方壶流萤，对方壶流萤的怀念，寄托着孩子们纯真的爱国心。后来，当孩子们随父母南渡经过香港时，看到商店里有一只造型是弯圆的芦苇叶，叶尖缀着两个亮晶晶的小萤火虫的镯子，又触发了他们对方壶流萤的怀念。在这一段全书唯一的用嵋为第一人称叙事者写成的文字中，嵋在内心感叹着："萤火虫不好看，可是会发光。溪水上的那一片光，能照亮任何黑暗的记忆！"庄无因说："如果谁给嵋画像，就画她坐在小溪边，背后一片萤火虫。"后来，他买下了这只镯子送给了嵋。这也许是一个伏笔，预示着庄无因对嵋的朦胧的爱慕的开始。而这种爱慕，也是与他对嵋的故园之思的理解融为一体的。可见，玩赏流萤的细节，并不是单纯的、无意义的日常生活的描写。方壶流萤，牵动着有家归不得的孩子们的亡国隐痛，同时也是南渡的孩子们记忆中的一片光，凝聚着孩子们爱国的情思。这是多么隽永的意义！它的美学光彩，难道不正表现在以草虫之微，映照出家国巨变吗？

再说吕宅几辈人共度除夕、祭祖、吃年饭的情景，这也是马风同志认为远离了抗日的重大历史事件，"无意义"的纯日常生活描写。其实，在北平沦陷，澹台勉、孟弗之已先后南渡的情况下，孟家的这个年，过得极为压抑、暗淡。吃年饭时吕贵堂说的有人炸了日本领事馆的消息使大家喜上眉梢，但日本兵查户口，看见桌上有鱼，坐下来就吃的丑态却使大家扫兴。而昌清非老人在拜祖宗时打破每年都由他亲自率领的惯例告了假，并且拒绝了儿孙的磕头，他悲愤地说："我不配受你们的头！我对国家，什么也没有做成啊，到老来眼见倭寇登堂入室，有何面目见祖先？有何面目见儿孙啊！"这种种描写，不正说明这个高门巨族的过年旧俗也被重大的抗日浪潮冲击，被沉重的亡国之痛笼罩吗？这一段细节描写的美学光彩，难道不正是表现在时代气氛和色彩的强烈和浓重上吗？

当然，我也不是说小说的每一个情节、细节都要像上述方壶流萤和吕宅过年那样，直接与"重大"的抗战历史事件相关，并显示出深邃的时代意义来。像龟回小镇风土人情的描写，其中也包括马风同志引述的那一段小印刷厂老板热情得有点讨好地接待孟弗之的情景的描写，的确是不直接显示时代巨变，也没有什么象外之意、弦外之音的。但这个生活片段，不也是还没有遭到敌人炮火的袭扰，还保有国旗飘扬的中国内地纯朴、宁静、和谐、悠徐的生活情调的表现吗？正是在这种相对宁静的环境中，孟弗之完成了那部寄托着他对中国历史、社会、人生的精深思考的《中国史探》，并顺利付梓。读着描写孟弗之的著作付印的这个生活片段，我不禁想起他在离开方壶前"留着书房门不敢开，不知道他的著作罩上亡国奴的气氛会是怎样"的情景，在心里为他选择了毅然南渡的人生方向感到欣悦。可见，这个生活片段，也不是全"无意义"、为写风土人情而写风土人情的。只是它的韵味，需要读者更仔细的品味罢了。

我之所以不惮繁难地在这些小说细节的艺术鉴赏上与马风同志争论，原因不仅仅在于他的分析反映了他阅读心理中那种汰涤、排斥"重大"的洁癖，而且反映了他对真正的史诗，也即真正伟大的现实主义的生活画卷的文体的错误看法。我们不要忘记马风同志文章的副标题是"对《南渡记》文体的一点疑义"，也不要忘记他的文章最后归结到："卞之琳由《南渡记》生发出的对于《红楼梦》的联想，应该看作是对《南渡记》文体的一种暗示。"马风同志认为，宗璞应该更进一步向《红楼梦》的非史诗的文体靠拢，以"松动"她的"史诗"情结。

这一奇特的结论，当然是从马风同志对《红楼梦》的奇特看法这个前提中推导出来的。马风同志认为："《三国演义》自然可以称之为'史诗'，如若把《红楼梦》也称之为'史诗'，恐怕就失之牵强。"当然，马风同志愿意使用他那在我看来有些褊狭的史诗概念——以为凡是直接描写重大历史事件或以重大历史事件为背景而叙写英雄人物的传奇性故事的作品才是史诗——把《红楼梦》排斥在史诗之外，那也是他的自由。争论《红楼梦》是不是史诗，委实是一个毫无意义的话题。但是，马风同志对《红楼梦》文体的看法，关系到他对《南渡记》文体提出的质疑的真正内容，却是不能不加以探讨的。

《南渡记》问世不久，冯至和卞之琳都不约而同地指出这部小说使他们想起了《红楼梦》。卞之琳更为具体地指出："这不是说这部小说（还只出了四分之一）就可以和曹雪芹那部小说经典媲美了，但总是从这部名著——也就是中国章回小说宝库的第一名——学到了围绕着也就是烘托着众多人物的庭院、陈设、衣饰、打扮、举手投足的工笔画式的细致描写。这也合乎恩格斯所讲十九世纪西欧现实主义小说的'细节真实性'的善于掌握。"[1] 马风同志有删节地引用卞之琳的话，但他认为肯定这种《红楼梦》式的细节描写是卞之琳对《南渡记》应朝向非史诗体的文体努力的一个暗示。在马风同志看来，《红楼梦》这种细节的工笔画式的精勾细描，显示的正是一种"审美意义上的'凡俗'的人生世相"。而这种"凡俗"的人生世相描写，具有显示"文学转向无意义、转向日常生活"的审美转向的作用，它"展示的应该是逼近生活的原生状态和通常状态的'面貌'。……平实、朴质，以及芜杂、纷乱构成了它的基本特色"。以马风对"凡俗"的人生世相即他所谓高品位的审美意象的说明，不难看出，这种"凡俗"的人生世相一是否定文学作品具有揭示现实

---

[1] 卞之琳：《读宗璞〈野葫芦引〉第一卷〈南渡记〉》，《当代作家评论》1989 年第 5 期。

生活的意义的功能；二是否定文学创作必须通过艺术概括创造出高于现实的"第二自然"，必须创造出典型的人生画面。而这正是一种平庸的自然主义的文学主张。应该指出，马风同志虽然引卞之琳的话作论据，但卞之琳所揭示的《红楼梦》的笔意却是与平庸的自然主义恰成对蹠的现实主义创作方法，与马风同志鼓吹的"凡俗"的人生世相的自然主义描写是并不相干的。因为，卞之琳是非常肯定文学作品在揭示现实、提高人的思想境界方面的意义的。他的文章一开头就说："一部严肃小说，能使具有一定文化水平的普通读者既得到美学享受又在不着痕迹中得到思想境界的提高，因此表示一点肯定的由衷话，我想比诸小说批评家的誉扬，更足以证明这部著作的成功与贡献。"① 中间又着重地指出："小说的教育意义过去应有，现在还是应有的，不然空发发牢骚，泄泄自我中心的隐藏在身内的利比陀（Libido），对别人（最后也对自己）都毫无价值，只会罂粟花（哪儿谈得上'昙花'）一现，消失无踪。'商女不知亡国恨'，今日男女青年特别应该从这样的有意义的小说里补补被'文化大革命'打断的课。"② 这都是从思想意义上肯定《南渡记》主题的积极性，肯定为人生的现实主义文学的价值，从而有别于自然主义的、为艺术而艺术的文学倾向。

同时，卞之琳认为宗璞在《南渡记》中学到的《红楼梦》的那种工笔画式的细致描写，是"合乎恩格斯所讲十九世纪西欧现实主义小说的'细节真实性'的擅于掌握"③。这一句话在引用时被马风同志避开了。其实恰恰是这句话，说明卞之琳肯定的是作为现实主义创作方法的一个组成部分的"细节真实性"的描写，而不是为细

---

① 卞之琳：《读宗璞〈野葫芦引〉第一卷〈南渡记〉》，《当代作家评论》1989 年第 5 期。

② 卞之琳：《读宗璞〈野葫芦引〉第一卷〈南渡记〉》，《当代作家评论》1989 年第 5 期。

③ 卞之琳：《读宗璞〈野葫芦引〉第一卷〈南渡记〉》，《当代作家评论》1989 年第 5 期。

节而细节，为工笔画而工笔画，没有艺术概括，没有典型化，只以"逼近生活的原生状态和通常状态"，构成"平实、朴质，以及芜杂、纷乱"为特征的"凡俗"的人生世相为创作的旨归的自然主义的创作倾向。《红楼梦》的伟大的笔意，正在于它高出于中国古典小说中也曾发展到烂熟程度的自然主义的创作倾向（以《金瓶梅》为代表），闪烁着高华的理想光芒，以众多典型环境中的典型人物的创造，达到了对中国后期封建社会的高度的艺术概括并提供了永恒的人生启示。它的"围绕着也就是烘托着众多人物的庭院、陈设、衣饰、打扮、举手投足的工笔画式的细致描写"，也是为这种高度典型化的艺术概括服务的。这才是《红楼梦》史诗笔意的精华所在。

《南渡记》在师承《红楼梦》的伟大笔意方面，有的地方是达到很高的艺术成就的。请让我也来举一个例子。那是在除夕的下午，孟家的两姐妹因为妹妹嵋舔沾着甜花生酱的盖子而发生了一场争吵：

> "你这么馋！舔瓶盖子！像什么样子！"偏巧峨看见了，立刻攻击，嵋很生气，她并不愿意这么馋。娘都准了，你管什么！她要狠狠地气峨，便说："你管我呢！还让日本人刺刀架在你头上！"刚说出口立刻后悔，扔下瓶子，跑过去抱着峨的腰。峨愣了一下，倒没有动怒，尖下巴又颤抖起来。

读到这里，我的心也猛然一颤，细细品味，实在为作家高强的现实主义的艺术表现力所折服。原来，峨和嵋虽是两姐妹，性格却不一样。姐姐峨比较孤僻，爱挑刺，爱生气，不爱理人。妹妹嵋比较随和，她天真而懂事，有深广的爱心，能体谅别人。除夕下午，峨放学回家时，遇到一队日本兵，日本兵戏弄地把刺刀交叉架到她头上跟了她一段路，使这个心高气傲的少女气得脸色煞白，手脚颤抖。这件事她们的母亲吕碧初还不知道。接着就发生了上面引的姐妹龃龉的场面。在这个细节描写中，妹妹嵋因负气脱口而出的气话和她立即意识到自己失言（不该拿日本人欺侮姐姐的事来气姐姐）之后表示歉疚的动作（"扔下瓶子，跑过去抱着峨的腰"）以及峨的反应（"愣了一下，倒没有动怒，尖下巴又颤抖起来"），都描写得准确而富有丰富的内涵。这里不仅写出了两姐妹的微妙关系，写出了妹妹年幼无知而又天真懂事、有爱心和同情心的心理特点，写出了姐姐尖刻易怒，但在被妹妹刺伤时突然出离愤怒的剧烈的内心活动，更重要的是写出了一对未成年的女孩在亡国的时代巨变中变得懂事早熟的令人心酸的情景，在小儿女的龃龉中反映出时代的浓重投影。这正是"举类迩而见义远"的典型化的现实主义细节描写。

类似这样闪耀着真正的"美学光彩"的细节描写，在《南渡记》中是很多的。例如，被马风同志指责为"太富于'戏剧性'，未免有点'假'"的小娃生病住院的情节和一系列细节描写，在我看来，却正是小说中写得最扣人心弦、最有义理情味的片段之一，尤其是对于吕碧初性格的刻画，是重笔浓情、极为成功的文字。

总之，《南渡记》中现实主义细节描写的独特的光彩，就在于作家非常善于揭示这些细节的生活意义，非常重视对特定的历史特征的表现，和谐地把时代氛围和人物日常生活、心理微澜交织在一起，用精湛的白描，让寻常的日常生活描写突然显示出出人意料之外的不寻常的时代意义。这种现实主义的细节描写，是再现典型环境中的典型性格的现实主义性格描写的重要组成部分，它们不仅在《南渡记》的人物塑造上发挥了巨大的作用，而且使这部小说构成了抗日战争时期中国一部分高级知识分子和一代青少年的真实的心灵史。

三

马风同志出于对"史诗"概念的偏执的理解而产生的抵制排斥"重大"历史事件的阅读心理，使他对《南渡记》中吕清非与卫葑的形象作出了极端贬抑的评价。马风同志认为："如果对吕清非和卫葑这两个人物予以道德判断，他们的行为、品格由于是崇高的、悲壮的，可以说是美的。若改换一个角度予以审美判断，他们的行为、品格由于是单一的、平面的，于是，可以说是不美的。毫无疑义，审美判断引发出的结论，更具有不容忽视的本质性和权威性。"

在这里，马风同志似乎仅仅从艺术形象的丰富性和饱满性的角度否定了吕清非和卫莳这两个人物形象的美感；他不是肯定了这两个人物在道德判断上是美的吗？其实，马克思主义的文艺批评主张"美学观点和历史观点"的统一。对艺术形象的道德评价，是不能离开对艺术形象的美感分析的。别林斯基非常深刻地指出："艺术的，也就是道德的；反乎艺术的，可能不是不道德的，但不可能是道德的。因此，诗情作品的道德性的问题，应该是第二个问题，是从对于第一个问题——作品究竟是不是艺术的？——的回答中引申出来的。"① 对人物形象的艺术生命力的审美判断在文艺批评中之所以具有第一位的意义，就因为在这种审美判断的根柢里，不可避免地蕴藏着对艺术地结晶在人物形象上的具体的历史内容和人性内容的道德的、功利的判断。马风同志把对人物形象的道德判断和审美判断分割开来作二元的分析，其实曲折地反映了他不可能完全否定吕清非和卫莳这两个人物的道德感染力量（这种道德感染力正是人物形象艺术生命力的表现），但又要在艺术上完全否定这两个人物形象的美学价值的自相矛盾的窘况。很明显，如果吕清非、卫莳这两个人物在艺术价值上像马风同志所苛评的，仅仅是"寓言式的符号"，是公式化、概念化的人物，那么，这样的人物因其苍白和虚假，不可能给读者以审美上的美感，当然也就不可能有道德上的美感。但这样大胆的判断离作品的实际实在太远了，以至于马风同志有些迟疑地躲到纯粹审美判断的"本质性和权威性"的盾牌后面去了。

对于《南渡记》这样一部描写了众多人物的命运发展而且故事

---

① ［俄］别林斯基：《别林斯基选集》第 2 卷，上海译文出版社 1979 年版，第 62 页。

还刚刚在展开的长篇小说来说，现在就来估量它在所有人物创造上
的得失，为时略嫌过早，但吕清非却是书中唯一已经盖棺论定、已
经完成了性格发展过程的重要人物（倘若把他放在《野葫芦引》全
书中来衡量，他就未必是特别重要的人物了）。对他的美学分析和历
史分析应该说有条件获得比较全面的认识了。

我注意到，《南渡记》的最早的几位评论者都谈到吕清非这个人
物。冯至说："书中我最受感动的是吕老先生之死。"① 韦君宜认为：
"我觉得这本书里写得给人印象深刻的是老人吕清非和他的亲戚凌京
尧教授。……这个老人的风格是我们近三四十年来的作品里少有的。
不是抗日作品中常见的农民抗日英雄，得说有些特点。"② 卞之琳认
为吕清非的死是"可歌可泣"的，并以他的死和凌京尧的投降对举，
说明小说是应该有教育意义的。③ 作为一个抗战胜利后才出生的、需
要补上这历史的一课的读者，我感到这些亲身经历过抗日战争的历
史，而且对吕清非这一类高门巨族中的老太爷比我们有着更多的亲
炙机会的老作家们的判断是很准确的。吕清非的死，对于我来说，
不仅仅是感动，而且产生一种精神上的震撼：这是已经被一个时期
的现实淡忘了的人物和精神的重新发现。

吕清非曾是前清的举人，在曾经被土匪扣为人质、对下层社会
有所接触的夫人沈梦佳的影响下，走上了推翻清朝、为中国的独立
和解放而奋斗的革命道路。他冒过险，劫过狱，辛亥革命后一度从
政，后来与蒋介石政权不合作，退出政坛，买了张之洞的旧宅，挂
上翁同龢的对联，以"守独务同，别微见显；辞高居下，知易行难"
自况，过起读古籍、念佛经、吟咏弄孙以自娱的高级隐退生活。七
七事变发生，老人壮怀激烈，情绪振奋。但北平旋即失守，南京陷
落，国难深重，使他感到回天无力的痛苦和耻辱。明仑大学南迁，

---

① 冯至：《〈南渡记〉读后》，《文艺报》1989 年 5 月 6 日。

② 韦君宜：《南渡记漫谈》，《文艺报》1988 年 10 月 29 日。

③ 卞之琳：《读宗璞〈野葫芦引〉第一卷〈南渡〉》，《当代作家评论》1989
年第 5 期。

儿孙先后离去，他以病废之身，困守深宅，仍不能避免日伪政权的纠缠。但他毕竟有丰富的政治经验，当老汉奸江朝宗逼他出任伪职时，他不动声色服安眠药殉国，并派人把讣告送各报馆，挫败了敌人的阴谋，表现出令人钦仰的民族气节。

很明显，吕清非这样的人物，是穿越了历史的风雨、政坛的浮沉，经历了高门巨族独特的生活氛围的熏染、中国古籍年深日久的浸润，才形成了他独具的思想性格的。详尽描写这样在信念上、感情上乃至生活习惯上已经进入"化境"的老人走过的历史道路，当然不可能包括在《南渡记》的艺术构思里；因此，作者着重描绘他在七七事变后的时代风云中的吐纳呼吸、喜怒哀乐、举手投足，着重揭示他在灵魂深处对接踵而来的历史巨变的感应，着重描绘他在日常起居中的微妙变化，以便按照生活的逻辑，写出迫使他终于辞生就死、别无选择的生活情势，这恰恰是作者的高明之处，也是现实主义的创作方法所要求的。

吕清非在历史上曾是英雄传奇式的人物，但他出现在我们面前时，已经是一个身老病多、行止依人、性情也有点返老还童的老太爷了。他在家庭中享有被尊敬、被奉养的地位，但他是意识到自己的老态可恼的，不仅杜绝社交，而且不问家政。他的发怒使性，只给予继室（实际是侍妾）赵莲秀和远亲吕贵堂，从未见他施于女儿和外孙们。相反，当他忧国忧民，感叹时局，自恨老朽时，外孙女峨会讥讽他，小娃会觉得他可怜，绛初会"神色不高兴"地用潜台词嫌他"添乱"。他要以平等待莲秀，明媒正娶为继室，儿女们不便拂逆，但莲秀在家庭中实际上仍是妾媵，人人无视她的存在。最后，为了莲秀将来的生活，他还接受了碧初临别前的奉养之资。总之，他在吕宅中的实际地位，并不像马风同志说的，是类似荣宁二府中的贾母那样的"最高主宰"，而是相当有自知之明且能自省自抑的谦和明理的老人。作者看准了他这个特点，一方面，深入到他的精神世界的深处，一层层地写出他被时局牵动的时而亢奋、时而衰颓的微妙的心理变化，写出他"时危时奋请缨志，骥老犹怀伏枥惭"，精神上志在千里、远骞高翔的爱国情怀；另一方面，纤毫毕现地描绘他的日常起居的琐事，一件件写出他那些在困居深宅、手无寸铁的现实处境中聊以自慰的、有时庄严、有时可笑的举动，例如：教小娃用肥皂刻"还我河山"的图章；教玮玮们边练武术边念抗日口号；登阁赏荷吟咏辛词以寄托"无人会"的"登临意"；为找不到颜之推的《观我生赋》而发怒；因南京陷落读《哀江南赋》而夜哭；大年夜拒绝儿孙磕头；编出西山游击队会来接自己的梦话以坚定碧初南渡之志等等；这些生动的细节描写使吕清非的形象活起来了。这个形象使我想起《战争与和平》中的俄罗斯爱国的老贵族鲍尔康斯基，也使我想起现实生活中的黄侃——这位辛亥革命的斗士、中国国学的大师在国土日蹙的形势下不也发出"神方不救群生厄，独臂莫囊空自劳"之叹，直到咯血盈盆的临终时还念念不忘时局吗？① 伟大的中国古典文化，是会孕育出这样哭吐精诚的爱国赤子的！

马风同志为什么会对吕清非的形象作出这样使人很难理解的苛评呢？细读马风同志的文章，我觉得有两个原因：

第一，马风同志受了近年来变得时髦起来的庸俗的自然主义文学思潮的影响，醉心于所谓"俗人"的"原生状态和通常状态"，以至于完全否定了时代的"重大"因素对人的精神特征的影响，否定了人物形象的思想内涵、时代色彩在决定其美学价值方面的重要意义。马风同志说，吕清非、卫萚的形象"之所以陷于二元状态的困窘之中，自然源于'重大'的'事件'的控制。可以说，人物的性格、命运的活动轨迹，一旦拘囿在'重大'的规定情境内，尤其是卷入到关系着民族生死存亡的冲突中，小说家出于民族自尊心理的集体无意识的支使，对于人物的认识和把握往往只能有一种价值取向了，这几乎是一种必然。在这个'必然'的催动之下，人物所能显露出的面目常常是一半，作为'英雄'的这一半。而作为'俗人'

---

① 陆敬：《黄季刚先生革命事迹纪略》，载程千帆、唐文编：《量守庐学记》，生活·读书·新知三联书店1985年版。

的另一半，则被遮盖了，甚至阉割了。而这被遮盖、阉割的另一半，又恰恰是饱含审美潜力和能量的一半。……我以为摆脱和超越的恰当途径，应该是让人物从'重大'中走出来，使之步履从容地在凡俗的人生世相中徜徉。"马风同志在这里所反复讥弹的造成宗璞艺术上的失误的所谓"重大"，实际上就是"关系着民族生死存亡的冲突"也即抗日战争的时局。在小说中，这是构成人物活动的典型环境的重大因素，其实恰恰是不可或缺的。正是这个"重大"的时局，控制了《南渡记》中诸多人物的命运，这诸多人物也只能在这个"重大"时局所决定的"规定情境"内思索着、歌哭着、行动着，并对自己的人生方向作出严肃的抉择。在这"重大"的历史关头，吕清非作出了有英雄气概的、辞生就死的选择，而凌京尧却作出了投降的选择，其他人物也纷纷作出了自己的各有差异的选择，由此显示出了不同的人生价值取向。在这个"重大"的是抗日还是投降的问题上，每个人只能有一种选择，这选择就决定了这个人物的基本命运，成为他的性格的基调中的不可或缺的因素之一。在这一点上，是不容混淆，不能主观随意地搞什么"性格的复杂化"的。宗璞忠实于她所亲历过的抗日战争的时代的真实，忠实于她高洁的爱国主义的审美理想，塑造了吕清非这个精神世界和"重大"的时代风云息息相通的爱国老人形象，这正是她艺术上的成功之处。前面所作的对吕清非形象的具体艺术分析已经表明，宗璞并没有犯把人物当作时代精神的号筒的错误。在具体的艺术描写中，吕清非灵魂里的光正是透过他作为一个病弱老人的日常生活的种种又庄严又可笑、又可敬又可怜的情状曲曲折折地衍射出来的。也就是说，作家并没有把老人凡俗的生活细节抽象掉，使他变成一个"寓言式的符号"；相反，正是凭借这些无不与"重大"的时代投影相通的凡人小事，才有血有肉地写出了吕清非的个性。如果说吕清非的形象显得还不够丰满的话，那主要是表现在对吕清非的历史的叙述和回忆上，因缺乏典型细节的充实，这些倒叙终究给人飘忽之感。卫葑的形象也有同病。不过这个人物在《南渡记》中着笔不多，他的命运和性格还有待于发展，本文也就不拟多加讨论。

要之，如果宗璞听从了马风同志的规劝，真的让人物从"重大"中走出来，那就不会有吕清非这样一个活生生的民族的忠魂徘徊在《南渡记》的字里行间了。受到马风同志激赏的赵莲秀的形象，倒是和"重大"的时代因素关联较少的（但也有关联）。这个形象在显示旧家庭中某一类妇女的命运和生活形态方面，自有其独特的意义（老太爷死后她的心理变化的描写确是大手笔），但是，她在书中的思想、艺术地位均不重要。正如作者在分析她和吕清非的关系时说的："她能了解他的一切生活需要，却从未能分担一点他精神的负荷，也从未懂得那已经离开躯壳的东西。她每天对着他的生命之烛，却只看见那根烛，从未领会那破除黑暗的摇曳的光。"她之所以不能和吕清非有精神上的共鸣，原因就在于她的精神生活未能像吕清非那样深广地与"重大"的时代巨变相通。对于一个没有文化、生活圈子极狭、身处旧家妾媵地位的女性来说，这是不能苛求的。但对于马风同志，我想是很难为他作同样的辩护的。

庸俗的自然主义的文学主张，必然会欣赏那种用卑俗的眼光看待一切人的所谓"复杂性格论"。马风同志指责吕清非形象的描写只有一种"英雄"的"价值取向"，而忽略他作为"凡人"的一半（其实并不忽略，已见上文分析）就流露出他在人的性格塑造上的看法的某种混乱。孙犁有一篇精短的文章，对前几年流行甚广、评论界翕然从风的所谓"复杂的性格"论，作了透彻的分析。他指出："我对典型性格的理解是：既是典型，就是有一定范畴的型。既是有一定范畴的型，就是比较单纯的，固定的，不同于别人的型。"① "所谓典型，其特征，并不在于复杂或是简单，而是在于真实、丰满、完整、统一。复杂而不统一，不能叫作典型，只能叫作分裂。而性格的分裂，无论现实生活中，或是小说创作上，都是不足取的，应该

---

① 孙犁：《"复杂的性格"论》，载孙犁著：《远道集》，百花文艺出版社 1984年版，第 145 页。

引以为戒的。"① "所谓复杂，应该指生活本身，人物的遭逢，人物的感情等等而言，不能指性格而言。在这一方面，过多立论，不只违反生活的现实，对创作也是不利的。"② 这些话，言简意赅，切中肯綮，胜过了很多人的唠叨词费，对于我们分析吕清非的形象，也是富有启示的。吕清非的性格，正是"有一定范畴的型"，即有固定性格基调的人物。这个人物，丰满稍逊，但它是真实的，单纯的，完整的，统一的。他的遭逢，他的感情，并不简单贫乏，而是复杂丰富的，也就是说，他是有生活基础的，是用现实主义的细节描写，才使他凸现在典型环境中，活动在由"重大"的抗日战争所造成的"规定情景"中的。宗璞的现实主义功力在吕清非形象的创造上，正表现在她超越了所谓"集体无意识"，自觉地掌握了抗日战争时期的时代精神，并把它渗透到现实主义创作方法中去，机智地绕开了自然主义的泥淖。

第二，马风同志忽视了对现实主义创作方法中"再现典型环境中的典型性格"的法则的学习和了解，以致陷入了离开人物的现实生活基础对人物进行纯审美分析的歧路。马风同志表白说："我绝不是在张扬小说创作应该回避'重大'和'英雄'；相反，我坚定地以为，在作品中艺术化地呈现出'重大'和'英雄'，乃是肩负建设社会主义精神文明的小说家的职责。当然，应该有这样的前提作为保证：小说家必须在作品中积蓄起足以引发'重大'和'英雄'的艺术情势（不是时代情势或者社会情势），并且，必须构建起适应于'重大'和'英雄'的艺术氛围（同样，不是时代氛围或社会氛围）。"说实在话，在领略了马风同志对《南渡记》特别是对吕清非形象的冰冷的苛评之后，我对马风同志的表白是不无怀疑的。但是，即使我们相信马风同志对小说中"艺术化地呈现出'重大'和'英

---

① 孙犁：《"复杂的性格"论》，载孙犁著：《远道集》，百花文艺出版社 1984 年版，第 146 页。

② 孙犁：《"复杂的性格"论》，载孙犁著：《远道集》，百花文艺出版社 1984 年版，第 147 页。

雄'的必要性"，的确有着"坚定"的认识，那么，按照马风同志设计的创作方法，这一切也是注定要落空的。因为，排除掉对"时代情势或者社会情势"、"时代氛围或者社会氛围"的描写，所谓引发、适应"重大"和"英雄"的"艺术情势"或"艺术氛围"是不可能单独存在的。二者必居其一：如果马风同志所讲的"艺术情势"或"艺术氛围"是指摆脱了"重大"控制的、避开了"英雄业绩"、"死亡"转向"无意义"，因而被马风同志认为"最富有美学光彩"的"凡俗的人生世相"描写，那么，这种单纯的"凡俗的人生世相"的描写本身，由于取消了艺术概括、典型创造这一套现实主义的基本要求，必然滑入自然主义，连创造较完整的艺术形象都很困难，遑论"艺术化地呈现出'重大'和'英雄'"？而如果马风同志所讲的"艺术情势"和"艺术氛围"是指紧紧环绕着人物的具体的生活规定情景、具体的场面、情节和细节以及在这些情景、场面、情节、细节中自然流露或呈现出来的驱使人物按照"这一个"特有的方式行动起来的活生生的生活逻辑，那么，马风同志所说的"艺术情势"或"艺术氛围"就必然是更广阔的"时代情势或社会情势"、"时代氛围或社会氛围"的一部分，就必然与"重大"相通，这样才能为"重大"与"英雄"的艺术化蓄势，而这样的"艺术情势"和"艺术氛围"，无疑地正是反映和概括了"时代情势或社会情势"、"时代氛围或社会氛围"的簇拥、映现、造就典型性格的典型环境。总之，不是自然主义就是现实主义，这是没有游移的余地的。冯雪峰曾经指出："人物的性格，是通过和环境的关系，通过他的斗争，而形成而发展的。现实主义描写人物的所谓性格化的原则，有其两个不可分离的重要方面。一是，人只有在他的斗争中，在他的由矛盾斗争所形成的社会环境中，才形成他的具体的社会关系，才形成他的行动和思想，才形成他的个性；但另一方面，他的任何斗争、行动和思想，以及他和社会的关系，都通过他这个作为具体的人所必然具有的特殊条件和个性而表现出来的。这两个重要方面，缺一不可；

否则，无论缺哪一方面，都不能完成艺术的真实性和典型性。"① 这是对现实主义要求的再现典型环境中的典型性格的具体阐发，我认为是很精当的。广阔的"时代情势或者社会情势""时代氛围或者社会氛围"对具体的环绕着人物的"艺术情景""艺术情势""艺术氛围"的控制和渗透，这两者在具体的艺术描写中的统一，正是现实主义创作方法的基本要求之一。宗璞的《南渡记》在艺术上的成功，主要正表现在这里。

马风同志最后一个能够为他对《南渡记》的苛评辩解的理由是，他是根据宗璞艺术上的优势和劣势的分析，才做出宗璞不适合写"史诗"的判断的；而对《南渡记》在艺术上失误的批评，正是为了劝告作家扬长避短，"不可进入误区"。他说："作家可以把小说当作'史诗'来作，也可以不当作'史诗'来作。""'重大'的领域和方位，并不是可以纵情驰骋她的艺术感觉的活跃区。"写作《南渡记》，是宗璞对自己的优势和劣势缺乏清醒认识才出现的作家的"机智"的迷失。马风同志把宗璞的艺术优势归结为三点："（1）对于凡俗的人生世相的展现和描绘；（2）平实的叙述风度；（3）小说家轻灵、细密的艺术感觉。"而"史诗"规范中所要求的若干"重大"，对这些优势"造成抵触乃至压抑威胁"。

对一个作家的艺术优势的看法，当然是见仁见智，可以各抒己见的。孙犁在谈到宗璞的小说《鲁鲁》时，对宗璞的艺术优势也谈了三点可供参考的意见："一、作者的深厚的文学修养；二、严谨沉潜的创作风度；三、优美的无懈可击的文学语言。"② 把孙犁的判断和马风同志的判断两相比较，我觉得前者所见者大，而后者所见者小。不仅"小"，而且这"小"也是被马风同志曲解了的。

孙犁认为，宗璞因其多年从事外国文学翻译和家学渊源，形成

---

① 冯雪峰：《关于创作和批评》，载《冯雪峰论文集》下卷，人民文学出版社1981年版，第56页。

② 孙犁：《读作品记（四）》，载孙犁著：《澹定集》，百花文艺出版社1981年版，第28页。

了她"深厚的文学修养"。我认为,这主要的是表现在她小说中的"鲁迅笔意"(孙犁评《鲁鲁》白描手法时语)和《红楼梦》笔意(冯至、卞之琳评《南渡记》时语),也即深厚的现实主义的艺术功力。宗璞已过中年,饱经人世沧桑、世态炎凉,对历史对人生的认识已臻成熟,是彻悟人世三昧的过来人又是祝福幼者的引渡者。她的笔底,世相从冷处看,人情从暖处生。她的湛深的观察力和深广的爱心,使她步入为人生的现实主义艺术的堂奥,从自己的亲身经历出发,体察众生,研讨万物,为时代造像,替历史留影,写"一代学人志士"之心史,现儿时伙伴之童心,这才是她创作《野葫芦引》的初衷。为了达到这个艺术目标,她只能在整体上采用现实主义的创作方法,不仅讲究细节的真实,而且致力于再现典型环境中的典型性格(当然这不排除她在艺术局部汲取浪漫主义、象征主义等手法)。马风同志所肯定的"凡俗的人生世相的展现和描绘",只是宗璞现实主义功力之一端,而且也不是马风同志解释的那样纯"凡俗"的"无意义"的描写,而是为典型化服务的具有艺术概括意义的日常生活描写。

孙犁所指出的宗璞的"严谨沉潜的创作风度",在《野葫芦引》的创作中,表现为严肃认真的创作态度、宏大严密的艺术构思、沉着有序的叙事安排,等等,以及"于生活静止、凝重之中,能作流动超逸之想,于尘嚣市声之中,得闻天籁"①,如为野葫芦写心,为棺中人发语,替卫葑写未发之信,突然插入嵋的第一人称的叙述,都是这一类潜心营运之笔。小说既有伦理家常的亲切平易的描写,也有"野葫芦里迷踪"的扑朔迷离。"平实"仅仅是其创作风度的一个侧面,此外尚有清奇、典雅、绵密、瑰丽、幽婉、悲壮……仅以"平实"概括宗璞的叙事风度,不客气地说,是没有读懂宗璞的作品,把宗璞的艺术风格作了简陋、寒伧的描述。要之,"严谨沉潜的

---

① 孙犁:《谈美》,载孙犁著:《尺泽集》,百花文艺出版社 1982 年版,第 111页。

创作风度"，是宗璞严谨深广的现实主义创作方法在小说体、气方面的表现。

最后，"优美的无懈可击的文学语言"，是宗璞现实主义艺术功力的最终的物质承载物。孙犁认为："语言是文学的第一要素，它不单是一种形式，而是一种艺术内在力量的表现，是衡量、探索作家气质、品质的最敏感的部位，是表明作品的现实主义及其伦理道德内容的血脉之音。"① 从文学语言上看宗璞的艺术优势，比从很难捉摸的"艺术感觉"着眼，要切实和准确得多。

总之，宗璞最根本的艺术优势，是她对古今中外伟大的现实主义文学创造性、革新性的继承和发展。这一优势在《南渡记》中得到了很好的发挥。以此观之，宗璞其人，写《南渡记》其书，正是人尽其才，书得其主。这是现实主义的一个胜利。

然而，马风同志却用种种曲说对《南渡记》加以主观武断的贬抑，宣称："小说家的企望在很大程度上意外地沦落为失望。"这样的评论，其实才是令人失望的。

我不禁想起，三十七年前，冯雪峰曾对主观主义的文艺批评方法作了这样的剖析："主观主义批评的错误，大都表现在这样的事实上，就是批评者常常不从所批评的具体作品本身出发，也不顾及这作品的题材与主题范围，忘记了作品的艺术形象的真实性是只能拿它所描写的实际生活来比较，而且这种比较也必须在作品所描写的生活的一定具体的范围之内，同时还允许作者从自己看见的侧面来描写，并且允许有他自己特殊的表现方法。批评者也常常忘记了他进行分析和比较的时候，还必须循着作者的观察和思索的路线，才能看出作者认识生活的深浅和艺术概括能力的大小。批评者忘记了从具体作品出发，忘记了这样做，于是从自己的概念出发，从自己认为应该这样那样的公式出发。……然后拿作品来套自己事先设定

① 刘梦岚：《"寂寞之道"与"赤子之心"——访孙犁》，《人民日报》1989 年4 月4 日。

的这种公式。这当然是很少能够套得上的。……这种非常坏的、完全主观主义的批评，当然是破产的，不能使人心服的。"①

这是一段多么切中现今批评界时弊的话啊！三复斯言，我霍然悚然，愿与马风同志共戒之。

（原载《文学评论》1991 年第 1 期）

---

① 冯雪峰：《关于创作和批评》，载《冯雪峰论文集》下卷，人民文学出版社 1981 年版，第 60 页。

朴实浑厚的生活长卷

——读《平凡的世界》

路遥以《人生》饮誉文坛之后，似乎销声匿迹了。他躲到黄土高原的一条皱褶里，经过四年多的艰苦准备和创作，终于完成了长篇小说《平凡的世界》，由《花城》1986年第6期"隆重推出"。这位人们寄予厚望的作家的新作写得怎样呢？读者对此关心和有兴趣是很自然的。

可能是由于小说的故事、人物以及艺术形式所具有的朴素和平凡的外观，《平凡的世界》问世以后，并不是很引人注目。但是，荆钗布裙，难掩天生丽质。这部小说内在的华彩和奇崛，正被越来越多的读者所认识。

我在相隔三四个月的时间里，先后把小说细读了两遍，每一遍都受到了强烈的吸引。不能说小说绝无烦冗沉闷之处，但是，它那浩大的气势，细腻生动的笔触，非常生活化的素质，深沉的社会、人生主题，充满激情的人物命运感，却汇成了一条表面平缓底层湍急的艺术激流，淹没了读者的心田。可以毫不夸张地说，这一朴素浑厚的生活长卷，它的后两部如果能以同样的或者更好的思想力度和饱满的笔墨完成，将会成为一部难得的大作品。

《平凡的世界》给我的第一个深刻印象，是它那种敢于铺展并正面描写多种社会生活画面、塑造多组人物形象之群的不平凡的写法。这种写法看似拙重，较少艺术结构上的巧思灵想，其实表现着作家敢于概括广阔驳杂的社会现象的艺术魄力和绝不避难趋易、避重就轻的创作态度。在新时期长篇小说创作中，由于过分张扬"小说观念变化"的喧声的影响和作家才力的限制，被曹雪芹、托尔斯泰发展到炉火纯青程度的那种内容厚重、结构宏伟、人物众多、场面铺展的长篇小说样式，似乎已被视为陈旧。追曹、托之仙踪，铸新世之伟辞的尝试当然也就久违了。但是，路遥却取了一种人皆避之、我独趋之的态度。他在《平凡的世界》里，追寻的显然是曹雪芹、托尔斯泰的笔意。虽有未逮，却多少给了我们尝鼎一脔的快慰；而且也未始不是具有创新意义的艺术探索之一途。

每个作家都有自己独擅的生活领域。路遥在创作《人生》时，就已经把"城乡交叉地带"上的生活确定为自己反映的主要对象。《平凡的世界》赓续着这一创作意向，堂庑更加扩大，开掘更加深广。它将双水村的山村生活画面，与从它延伸出去的浸染着农村氛围的原西县城镇生活画面衔接在一起，借着生息劳作、聚散来往于这城乡交叉地带的众多人物的命运变化，熔铸出了一条表现当代中国最基本的生活形态的从乡村到乡村型的小城镇的独特的社会生态链。在小说所描绘的 1975 年至 1978 年这一特定时代的风云里，这条社会生态链的激烈抖动、伸缩、翻转、变幻，便具有了折射历史走向的意义。

路遥所握取的这条社会生态链，具有独特的典型价值。它一头延伸到黄土地最深处的乡村，那里积淀着中华民族几千年来最本色、最朴野的生活方式、精神风貌、乡规民俗，也承受着十年浩劫所造成的极度贫困、落后、饥饿、混乱等等灾难的折磨。从这里走出来一群智愚妍媸各异的人物，加入到城镇生活的行列中去。他们穿上干部服或学生装，脱离了土地，呼吸着现代文明的气息，卷入了政治斗争的漩涡，结成了市民世界的人际关系，形成了路遥所描绘的社会生态链的另一头。在这个市民世界里生活的人，不但在社会联

系、政治、经济、文化生活上和乡村有千丝万缕的勾连，而且他们
自己的气质、命运、事业、爱情，也天然有着农村的色彩。说到底，
他们是市民化了的农民。像小说中所描写的孙少平具有的那种乡村、
城市混合型的精神气质，其实倒是这社会生态链中最普遍的现象，
不过因人因时因地而异，色彩气味参差变化，遂成斑驳人群罢了。
这是中国特有的一种国情，民族性特有的一种质地。若欲大规模地、
高度典型地描写中国的社会现象，这种国情民性是不能轻慢处之的。
农民命运的变化，农村经济关系的变动，往往牵动中国的全局。而
农民的精神气质向社会各阶层的渗透，农民的文化心态向都市文化
心态的渗透，更是深刻地表现在社会生活的各个方面。路遥正是从
他对中国社会现象的长期观察中，才发现了存在于城乡交叉地带的
社会生态链的典型意义。他笔下的平凡的世界和平凡的人物，在反
映中国当代社会生活的风貌及其变迁的原因方面，便有了一种"透
底"的真实性。

路遥的笔从社会的广度和人生的深度两个方面握取了这条社会
生态链。群体在传统的河道和历史的大波中的生存状态和个体在人
生的旅途和命运的锤击下的心理波澜，是这条社会生态链交错延伸
的两环。

双水村中田家、孙家、金家三个家族之间错综复杂的关系以及
在社会震荡中酿成的种种风波，是《平凡的世界》艺术结构的重心。
对这一农村生活场景的深刻描写，成了小说中最能表现路遥现实主
义创作方法的独特性的部分。这种独特性表现在：一方面，作家竭
力追求对历史进程本来面目的忠实再现，甚至不惜在小说中对政治
事件进行编年史式的实录，充分地写出了这个特定的时代里占统治
地位的观念是怎样普遍地控驭着人们的思想。不论是实权在手、富
足而稳重、狡狯的"革命领导人"田福堂，还是顺潮浮起、贫穷而
激进、浅薄的"革命家"孙玉亭；也不论是沉默而退让自保的副书
记金俊山，阴郁而孔武有力的金俊武，还是正直敏锐、久蓄改革之
志的孙少安，这些形形色色的农村生活舞台上的领袖人物，都处于

对那个灾难性的时代缺乏自觉审视的盲目状态。追随者的积极,中立者的麻木,反抗者的怀疑,都同样停留在很浅的认识层次。这种当年流行观念对人们思想的普遍控驭现象,倒是非常切合平凡的世界固有的平凡面目的。当人们被上升的历史滑梯送上新的时代观念的高度时,往往会产生一种幻觉:似乎他们早已在观念上达到对那个使他们一回想就觉得难堪的时代的自觉审视了,因而在言谈著述中就多多少少有些"事后诸葛亮"起来。但是他们忘记了,他们的脚其实并没有动。路遥的描写,好像是对人们轻轻地提醒:还是平实一点地认识自己吧!那些驱使成千上万的人们狂热、荒唐地行动起来的流行观念和时尚,也是历史的一部分,它们是不应该被轻易忘却或有意无意地改写的。

另一方面,路遥在考察那一特定时代人们的行为动机时,又不停留在人们观念的表层上,而是深入到人们在历史文化传统中获得的精神烙印中去,深入到人们在现实的物质经济利益基础上所形成的复杂关系中去,充分地写出人们的文化习俗和实际欲望与他们从时代潮流中获得的流行观念之间或融合或相斥的关系。

这样,作家就触及了人物心灵世界的密室,把平凡的世界中人们平凡的心绪有力地揭示出来,使时代性掩盖下的民族性具象化了。例如,田福堂为动员金老太太搬窑而下跪一举,就是蕴含丰富的神来之笔。此举的最一般的动机,当然是出于当时流行的政治观念,出于田福堂好大喜功的投机欲;然而决定着田福堂的劝说方式和金老太太的心理转变方式的,却完全是积淀在农村人际关系中的民族性传统和现实的物质利害关系。又比如,孙少安在黄土地上率先提出生产队经营管理上的承包责任制的设想,这诚然是这个敏感的青年农民对即将漫卷中国农村大地的历史大潮的充满预感的反应,但是,作家并没有停留在指出新时期的时代气氛对孙少安的驱动上,他深细地写出了,新的经营方案的提出,是孙少安对农村生产状况长期的、焦灼的观察和思考的结果。而这一方案的流产,也和孙少安自己未能摆脱旧观念的纠缠以及对政治打击心怀余悸有关。这样,孙少安作为一个勇于改革者向变革现实迈出的第一步，和他作为一个务实的庄稼人对现实条件的退让，就作为相反相成的两种因素凝结在他的性格中了。类似这些地方，是最能见出路遥那种朴素浑厚的笔力的。

但是，这种笔力并没有弥漫小说的所有部分。当生活场景向原西县城镇推移，特别是向县级干部的活动领域推移的时候，作家的生活底子和对素材进行生发、提炼的才情就显得有些不足了。冯世宽、田福军等干部的形象写得比较单薄平板，他们的行为动机是比较简单地从流行的政治观念中汲取的，因而他们性格深处那些富有历史和现实内容的欲望，也即支配他们行为的潜在动机却比较少被触摸到。总之，路遥描绘的城乡交叉地带社会生态链的城市一端，是小说中比较弱的部分。这是值得引起作者注意，并努力在小说的第二、三部弥补的。

《平凡的世界》给予我的另一个深刻的印象，是小说在描写一代农村青年坎坷的人生道路上所倾注的激情和所散发的温馨。当作家的笔一接触到孙少安、孙少平、田润叶、秀莲、金波、兰香等等双水村里的年轻人时，就好像充满了灵性，流溢着华彩。他好像在为这些年轻人弹奏命运的奏鸣曲：时而为平凡而多难的青春叹息，时而为朴实而顽强的生命赞美；有的乐段缀满了纯洁的友谊和爱情的花朵，有的乐段闪射着优美的人格和道德的光辉；而与沉重的现实生活抗争的紧张的动作和探索未来、认识自己的深沉的思索，则伴随着全部人生乐章的始终。这部小说真是激动人心的人生启示录！

肯定会在读者心中激起巨大的感情波澜的，是孙少安与田润叶的爱情悲剧。两个从孩提时代就培植了纯洁的友情的农村青年，因为生活道路的分叉而被固定在路遥所描写的社会生态链的两端。城乡差别的鸿沟，隔断了他们内心发出的爱的呼唤。悲剧的深刻性在于几乎没有什么外来的强迫性的力量拨乱于相爱者之间，社会压力以相爱者内心的自抑力的形式出现。田润叶在发出爱的呼唤时，一度沉浸在纯情的力量可以跨越世俗的障碍的幻觉里，一任感情像春潮一样泛滥。但是，被呼唤的孙少安，虽然也受到感情的煎熬，却终于冷静而理智地躲开了热情的润叶。这个在别的方面显得倔强而自信、并不乏向命运挑战的勇气的孙少安，在爱情和婚姻的选择上，却连想也没有想过稍稍作一下抗争就认命了。他跑到山西找到了不要彩礼的秀莲，而听任独木难撑的润叶眼睁睁跳入无爱的婚姻的深渊。而且，润叶的青春的葬礼，是以一个自愿、痴狂的求爱者为陪葬的。特别令人惊心动魄、甚至感到恐怖的，是润叶和李向前婚后生活的悲惨状况！是什么力量使润叶落到这种欲生不能、欲死不得的地步？作家以一种冷静的现实主义的力量，深刻地揭示了决定润叶悲剧命运的无情的生活逻辑，使我们看到了：不是哪一个具体的恶人戕害了她，而恰恰是所有喜爱她、希望她幸福的人共同给她造成了一个她无法逃避的陷阱。孙少安因为怕自己的农民身份不能给她带来幸福而躲开了她，李向前因为觉得自己能够给她带来幸福而硬娶了她，两家的长辈们更是为这一对大家都认为"合适"的人儿的幸福而费尽心力地撮合了他们。谁都从爱的动机出发，但谁都参与了这一杯苦酒的酿造，这不是非常发人深思吗？

对于润叶这样的纯情而朴实的少女，这场爱情悲剧几乎使她的生命之舟在人生的波涛中沉没；但对于少安这样倔强而沉实的青年，这场爱情悲剧不过是他所平静地理解并接受的命运的组成部分而已。他很快选择了美满的婚姻生活，把自己的心神气力用在更严峻的生的挣扎之中。孙少安的生命之舟之所以暂时滞留在恋爱和婚姻生活的弯曲的小河里，似乎还没有在真正的人生海洋中扬帆破浪（作家几乎是有意让他避开了村中一系列大的风波，如抢水挖坝、宗族械斗），这大概是时代环境对他的局限。我们眼里的孙少安，很像一只囚困在笼中待时思飞的鹰。他以自己对沉重的生活的感受和变革现实的朦胧而强烈的欲望感动着我们。中国农民勤劳、正直、善良、友爱的优秀品质和某种令人惋惜的狭隘的视野、心理，统一在孙少安的性格里。从这个典型性格中，我们看到了历史的负累、现实的重压和未来的转机，看到了继梁生宝之后出现的又一个智慧、刚强的青年农民事业家形象。如果说梁生宝是处于历史上行线上的生气勃勃的社会主义创业者，那么，孙少安则是被压在历史的波谷里正艰难地准备上升的社会主义事业的复兴者，他进行社会活动的能力将不断提高，范围将不断扩大。他的形象，为社会改革将从这个平凡的世界里释放出的不平凡的历史能量作了证词。

与孙少安的形象相媲美的，是他的弟弟孙少平的形象。一个贫穷的农家子弟上学读书的艰难和辛酸，一个处于青春期的少年的敏感和自尊、追求和幻想，这些，使孙少平的形象一出现就唤起了我亲切的共鸣。孙少平在县城中学的那一段生活，是这部小说最纯洁、最温馨、最迷人的篇章。他与郝红梅初恋的失败，他与金波的友谊，他在抢救侯玉英时表现出的无私和勇敢，他在使郝红梅摆脱困境时流露出的善良和大度，都是令人难忘的。这个少年和他哥哥一样，具有一种农家子弟自强不息的人格美，体现着作家独特的审美理想。但是，孙少平和孙少安也有很大的不同，那就是，他的人生道路并没有向黄土地深处延伸，他的理想和幻想具有更多的向外部世界飞腾的趋向。虽然他回乡当了民办教师，但他的精神并没有黏滞在双水村这个狭小的天地里，一种追求生活的激情时时煎熬着他。当他的父兄正在为解决起码的温饱问题而挣扎时，他却已经预感到，即使有吃有穿了，他的灵魂仍会感到煎熬，他的追求仍然不会止息。这个少年的心理状况，大概是从乡村到城镇的社会生态链上最活跃、最主动、最变幻莫测的一环吧？他虽然在气质上（城乡混合型的精神气质）和《人生》的主人公高加林有共同点，但他在品格的沉实和纯正方面却不同于高加林。他也尚未经历过高加林那样的人生历练，他的未来发展具有无限的可能性。这一性格的内涵也许暂时没有高加林复杂和丰富，但这一年轻的生命却有着高加林所没有的单纯和诚挚。两者各有审美价值。如果从孙少安、孙少平形象暂时还缺乏那种跌宕的命运感和凝聚社会复杂面影的斑驳色彩，就遽尔论定《平凡的世界》比《人生》后退了一步，那是对作家的创作意图和形象传达的实际缺乏精细的审察之故。

事实上，作家倾注了那么多的深情，塑造了从双水村到原西县城一群青少年的形象，是有其独特的审美追求的。他是在挖掘、寻觅平凡的世界中深藏的苦难而纯洁的青春的美。不仅孙少安、孙少平，还有田润叶、秀莲、金波、兰香、顾养民，都各有美好的性格的光芒。作家把他们像宝石一样缀在他握取的社会生态链上，让他们熠熠生辉，闪射着民族的生机、生活的希望。这个农民青少年的形象之群，给予读者一种巨大的温暖的感觉、纯洁的净化的力量。在这个意义上，可以毫不夸张地说，《平凡的世界》是多灾多难的黄土地深处飞扬而出的一曲青春之歌，它噙着苦涩的泪，像精灵一样朝着未来新生活的太阳飞升。

（原载《文论报》1986 年 3 月）

学 术 简 表

泥土与蒺藜	百花文艺出版社 1983 年版
生活的痕迹	江西人民出版社 1986 年版
王蒙论	中国社会科学出版社 1987 年版
缤纷的文学世界	中国文联出版公司 1988 年版
蝉蜕期中	宁夏人民出版社 1988 年版
思考与答问	陕西人民教育出版社 1991 年版
人生、文学与法	群众出版社 1993 年版
曾镇南文学论集	花山文艺出版社 2001 年版
平照集	中国文联出版社 2002 年版
微尘中的金屑	广州出版社 2004 年版
播芳馨集——曾镇南文艺论评选	大象出版社 2010 年版